U0815550

前路浩浩荡荡
万事皆可期待

魅丽文化 花火工作室

航向晨曦

栢夏 著

江苏凤凰文艺出版社
JIANGSU PHOENIX LITERATURE AND ART PUBLISHING

图书在版编目（CIP）数据

航向晨曦 / 柏夏著. -- 南京 : 江苏凤凰文艺出版社，2025.1
ISBN 978-7-5594-8392-8

Ⅰ. ①航… Ⅱ. ①柏… Ⅲ. ①长篇小说－中国－当代 Ⅳ. ①I247.5

中国国家版本馆CIP数据核字(2024)第008312号

航向晨曦

柏夏 著

出版统筹 曾英姿
责任编辑 周颖若
特约编辑 吴小波
装帧设计 阿 和
封面绘制 小石头
出版发行 江苏凤凰文艺出版社
南京市中央路 165 号，邮编：210009
网 址 http://www.jswenyi.com
印 刷 长沙金鹰印务有限公司
开 本 880mm × 1230mm 1/32
印 张 10.5
字 数 343 千字
版 次 2025 年 1 月第 1 版
印 次 2025 年 1 月第 1 次印刷
书 号 ISBN 978-7-5594-8392-8
定 价 46.80 元

江苏凤凰文艺版图书凡印刷、装订错误，可向出版社调换，联系电话 025 - 83280257

/// 目录

CONTENTS

第一章 · 初遇

Heading towards the morning light

接到同事电话的时候，宋晨曦刚结束一个繁忙的夜班，回家还没睡上两个小时，就被夺命连环电话叫醒。宋晨曦迷迷糊糊地看了一眼手机，是小林，一个金主爸爸。

在电话铃声不停叫嚣的情况下，宋晨曦犹豫地拉开窗帘，看到了无比熟悉的S市早上十点半的景象，太阳刚升起没多久，带着即将灼烤大地的野心照在她脸上，格外刺眼。她赶紧又拉上了窗帘，筋疲力尽地趴回床上。摁掉手机，假装没看见。但很快，小林的电话不死心地再次响起。她知道，如果再不接电话，半个小时后就能看见他站在自己的床前。

宋晨曦叹了一口气，接起电话问："这次又是哪里？"

"不远，很近，活很轻松！"

"直接点。"

"南边！"

"哦……西沙。"宋晨曦抬了抬眼皮。确实不远，绕着三沙和永乐一圈，来回加上玩乐，也顶多七天。不算辛苦，赚钱也还多。宋晨曦正盘算着，电话那头的小林已经声急如焚，火急火燎地说："曦姐，只有你能行了，这次你一定要帮我。"

"我哪次没帮你？"宋晨曦抬了抬眼皮，无奈地问，"大金呢？他也空闲着，干吗非得找我？"何况，这也实在算不得什么大生意。

"知道你连续两个月没上岸了，非紧急情况也不会找你。这不是大金被人给毙了嘛？我可只有你了。"

"毙了？为什么？"宋晨曦睁开眼，稍微打起些许精神。金山是为数不多拥有ASA教练级执照的船长，航海经验比她还丰富，她实在想不明白，他怎么会被人"毙"了？他已经是非职业运动员的业内顶配了！

小林沉默了一下，说："你来了就知道了。速度，打车来，给你报销。"从来一毛不拔的小林居然愿意报销车费，足以见得这次任务的紧急。

航行一次，短则一周，长则数月。她已经习惯了漂泊的生活，那么是七天还是七十天，对她来说都差不多。换洗衣服，三套足矣。挂断电话，宋晨曦迅速洗了把脸，带上换洗衣物，便又马不停蹄地奔赴下一个战场。

落霞湾的码头里，一艘破败不堪的帆船停靠在角落里。高高竖起的桅杆，缝缝补补的风帆，船头久经风雨却依然鲜亮的五星红旗图案，无一不展现出历史的沧桑和船龄的悠久。

“船身23米长，6.3米宽，桅杆高28米。虽然尺寸不算特别大，但可以远洋航行。是一艘经典的船型。”只一眼，宋晨曦便准确无误地说出了它的准确尺寸大小。

小林冲她竖起大拇指：“好眼力。”

“这么有辨识度的船型，我怎么会不知道？”宋晨曦摘下墨镜，惊讶地问他，“‘无畏号’，中国第一艘环球航行的帆船，船龄超过80年，假如我没猜错的话，跟它同龄的那艘船现在正躺在S市的海洋博物馆里。而这艘……船龄只高不低，是同一时代的产物，你从哪弄来的老古董？还能下水？”

小林应了一声，道：“客人自带的。他一定要用这艘船去西沙，还问我要经验最丰富的船长，价格还按包船价的三倍给我，我这不就想起你来了？这是一票大的，你好好干！”

宋晨曦默了一下，在“生死”和“穷死”之间，她毅然决然地选择赚钱。

她左顾右盼，没见码头有其他人，问：“大金呢？为什么被毙了？”

“因为……他太壮了。”

宋晨曦还是第一次听说，有人嫌船长太壮的。“壮”意味着力量和掌控感，魁梧的身躯，紧实的肌肉，才更有安全感，不是吗？她只被人嫌弃过不够壮，还没听说有人嫌金山太壮的。

但很快，她就理解了。

帆船上，最前端的桅杆下站着一个全身包裹在防晒衣下的男人。他的个子不算高，与身边两个目测平均身高一米七的小姐姐比起来，也并没有高出几分。撑死了一米七八。他戴着墨镜、手套，全身上下没有一处皮肤裸露在外。仿佛任何一点紫外线侵入，都是对他的伤害。渐渐地，他的身边出现了越来越多的女孩，清一色的大长腿、比基尼，露出清晰的蜂腰翘臀和马甲线。宋晨曦仔细数了数，一共八个。

平时这样的一个就能让人血脉偾张，何况同时出现八个？

好家伙，虽然他买的船很破，但他身边的女人把他衬托得很贵。看来，又是一个打肿脸充胖子的小孩——他个子不算高，又瘦弱，看着感觉还没断奶呢，就倾家荡产借外债买了一艘老古董，幻想着自己像动画片里的航海王一样，带着一群美女，乘风破浪，风雨无阻呢？做他的春秋大梦吧！

只一眼，他就被宋晨曦定了花心又硬撑场面的调性。初见印象并不好。

而此时的他也正居高临下，审视着宋晨曦。

宋晨曦戴着男款墨镜，穿着一件无袖T恤，头发结成一束，在脑后挽了个髻，从正面看去，仿佛是个梳着大背头的男子。而她小麦色的皮肤均匀又火辣，肆意暴露在阳光下，干练的肌肉线条拥有着让人不可忽视的力量。孔武有力，生命力磅礴。一时之间男女莫辨。

"就他了。"男子站在船上，冲宋晨曦扬了扬下巴。虽然语气高调，不可一世，可声音与他的身板一样斯文而纤弱。

小林笑靥如花，一拍手掌，笑道："我这就去办手续！"说完，还殷勤地接过宋晨曦的行李，要帮她拎上船。将她奉为了财神爷，和船头的男人一个级别的。

宋晨曦却大手一挥，摇了摇头："跟我客气什么？我自己来。"本也不是什么矫情的人，拿行李这种事情，她从来都是自己来。甚至，还在码头顺手拎了两大桶半人高的饮用水。多年经验告诉她，不论多先进的船只，在航行路上，有备无患总是好的。何况，这还是艘"破船"。

这一切落在船东的眼里，他满意极了。一个身板瘦弱的驾驶员，总不能抢过他的风头了。不管他航海经验如何，至少在这艘船上，没有其他男人比他更高大英伟了。

船上除宋晨曦之外，还有一名大副和两名厨子。他们乍看上去，都是清一色的小弱鸡，连太阳都没晒过几日，皮肤依然是白白嫩嫩的，看着就没什么经验的样子。也不知道小林是从哪临时找来这么一批人，真让人震惊。

后来宋晨曦才知道，厨子是船东自带的，负责照顾船上所有人的饮食起居，据说是五星级酒店里请来的，为的是在海上享受饕餮盛宴。但不管他们在岸上是干什么的，下了海，浪一打，很可能就什么都不是。

"他们不行，这不是有你吗？"小林办完手续，看到宋晨曦在甲板上发愣，忙跳出来解释，"船东说了，不要个子比他高、肌肉多过他的。我实在没办法了，在边上冲浪店里找了个人，没单独开过船，但好歹有帆船驾照，经常冲浪也说明海上经验丰富嘛，大风天里帮你升个帆拉个杆不成问题。何况，只要你在，就是定海神针。我相信你，无所畏惧！"

呵呵，每次他都这么说。可每次远洋都是险象环顾，九死一生。

“我可真是谢谢你。”宋晨曦黑着一张脸，很想下去，但已经上了贼船，也只能硬着头皮上了。不过西沙很近，问题不大。

放好行李，宋晨曦将所有船员集合一处。第一次跟他们合作，难免不想敲打一二，于是丑话说在前头：“行船路上，难免会有分歧和冲突，但一切以船长我的意志为先，这一点，你们明白？”

对突然冒出来的宋晨曦，众人都有些疑惑。

她是谁？

为什么要听她的？

“因为我是船长。”宋晨曦在这片海上是远近驰名的女船长。不仅仅因为她是女人，更因为她的实力。她的自信，来源于七年海上航行的经验。她的履历足以与所有男性船长抗衡，能够真正做到不掉链子、不拖后腿。

虽然大家都被她的魄力威慑住，但有一人直接跳出来质疑她。

“你是船长，那我是什么？”身后传来一个很清澈的声音。清清脆脆的，听来就眼高于顶，从未出过社会，与人打过交道的那一种。

宋晨曦回头，就看见全身裹得严严实实的船东带着他的八个“大蜜”走来。他们的身高相仿，她实在无法称她们是“小蜜”。

池远航摘下墨镜，露出了与他的声音同样清澈干净的眼睛。他向她伸出手，说：“池远航，这艘船的船东，也是这艘船的船长。”

“你？”宋晨曦看着弱不禁风的少年，冷不丁地笑了一下。眼前人将航海当度假，买不起好船，却出得起天价雇大副，还想感受船长的权力？这怎么可能！

明显的嘲讽意味和迟迟不愿伸出的手，让池远航很是尴尬。正想着缩回去，宋晨曦却又伸出手，紧紧地握住了，他的虎口传来一阵钻心的疼痛。宋晨曦面不改色，却在手上施加了十足的力量。常年跑船的她，能单手独自更换风帆，力气自是不小。池远航被她握得脸色发白，正要发怒，宋晨曦又倏尔放开了他，笑道：“你拿什么当船长？钱吗？”

“在海上，钱不值钱，命才值钱。你要么安稳当船东，享受你的假期。要么，另请高明。”宋晨曦语气简短，却气势逼人。二人个子相当，分明是平视，却让池远航感受到了来自上位者的压迫。他的气场全然被压制，竟说不出半个反驳的字眼来。

宋晨曦满意一笑："那好，既然没有异议，从现在起，我就是这艘船的船长。散会。"

短暂的交锋以池远航的完败为结局。一直到他被八个小姐姐簇拥到船头拍照，他都没有回过神来——他究竟是怎么被赶下"船长"位置的？

但问题也不大。船不船长的，无所谓吧？反正到了海上，就是一条船上的蚂蚱，自己这个船东多多少少也是说得上话的。

池远航很快自我安慰好，开心地给八个比基尼小姐姐拍起照来。

散会后，两个厨师叫住宋晨曦。

"假如船东要吃米饭，你要吃面条，我们是听你的还是听船东的？"

"等你们真的有力气做饭的时候再说吧。看他那副弱不禁风的模样，他有没有胃口吃饭还是个问题。"宋晨曦翻了一个白眼，便让他们各自散了。

船头甲板上，船东依然全身包裹在防晒衣里，殷勤地趴在地上帮八个小姐姐拍着照，丝毫没有表现出任何不耐烦的样子。这么低姿态、好脾气的船东她还是第一次见到。

至于米饭还是面条？

他大概率会说"随便"吧。

但他身边这八个女人看着不大像好相处的样子，光在镜头前面，谁站C位好似就已经掐了半个小时。众口难调，这一路该不会太平。

宋晨曦揉了揉太阳穴，便事不关己高高挂起，开始熟悉新帆船。半个小时后，她熟悉了一切船体操作，报备了海事局，帆船便拔锚，扬帆起航。

崭新的大红色风帆，在阳光下恣意昂扬，船东站在船头，风吹着防晒衣猎猎作响。他的身后，是海岸、沙滩、远山，身边是八个比基尼、大长腿，和着风浪一起欢声尖叫。乘风破浪中，挥洒的是青春。

宋晨曦坐在高处，驾驶着帆船，将这一切尽收眼底，感叹什么时候她也能召集八个八块腹肌的小哥一起出海？

哦，不对，她好像天天都和八块腹肌的小哥们一块儿出海。

只要她想，她甚至可以叫来八十个。

可惜她不想。

她想要的，只有那一个。

两个小时后，不出意料地，所有人吐成一团。

由于临时更换船长，错过了最佳起航时间，这时近岸浪大，足有四米。船身被高高卷起，又重重落下。晃悠的船体让所有人目眩神迷，胃部随着船身剧烈起伏。这种惨状在宋晨曦的意料之中。

船东虽然有钱有船，但始终穿着防晒衣，这足以说明他对海上的紫外线还不太了解。海上紫外线强烈，防晒衣也阻挡不了，等过几天，他就会发现，该晒黑的还得黑，除非穿棉袄。他现在还有心思穿防晒衣，将自己武装到牙齿，足以说明晒的日子还不够多，出海经验不足。至于那八个小姐姐，皮肤一水的白得发光，一看就是温室里的娇花。都是没航行经验的样子，她们不吐，谁吐？

但宋晨曦没想到的是，除了客人，就连那三个后勤也都一脸菜色，脚步虚浮。整艘船上，竟然只有宋晨曦还面不改色，稳坐在驾驶台上。她确实像一根定海神针，有她在，这船不至于偏航，能将他们送到想去的地方。但是不是全须全尾，就看他们自己的造化了。

“穿好救生衣，绑好安全绳，不要去船舷。”宋晨曦一只手握方向舵，一只手拿着对讲机，扯着嗓子喊。但甲板上的他们无动于衷。他们或趴或坐，结伴在船头，感受着胃部翻涌，脑子里天旋地转。

“要不然……咱还是回去吧？这活要命啊！”副手小张晃晃悠悠，拼了半条命才走到宋晨曦身边，开口就是打道回府。他没怎么跑过船，近岸冲浪和深海远航是截然不同的概念。小小的起伏，已经让他预感到十几米长的帆船行至海上无异于一片飘零的落叶。渺小到随时可能会被吞噬。何况他们还要这么漂七天！

七天后，他可能人已经没了……

宋晨曦虽然想赚钱，但海上天气瞬息万变，什么情况都有可能发生。太多的不可预测，在这小小的近岸浪里，已经窥见一斑。她是已经习惯了，可这一船的“弱鸡”该如何安放？看这情况，似乎返航才是最佳选择。

宋晨曦停了船，船身在波峰浪底间的疾行减少，但晃悠更大了。让人不适的海况，这还只是刚开始。她走到船头，把船东从地上拎起来，问他：“你怎么想？”

近距离观察，船东因长时间的呕吐显得更脆弱了。小身板在防晒衣的包裹下，更凸显他的纤细，一副弱不禁风又手无缚鸡之力的样子。因呕吐而露出的下巴洁白细腻，竟不输身边的女孩们。一看就是含着金汤匙出生、又什么风浪都没经历过的人。

不等他开口，小姐姐们都纷纷赞同宋晨曦：“本以为是一场蓝天与海的度假盛宴，却不想出门就变成了锅里的鱼。这滋味，比被烹煮的鱼肉还难受！我们回去吧！”

大家都等着船东发话，可他戴着墨镜沉默许久，又哇地吐了一大口之后，依然斩钉截铁地说：“不行！人生没有回头路，既然出发就没有回头的道理，继续开。我受得住！呕……”说着，又抱起了垃圾桶。

宋晨曦无语的同时，对他稍稍有了些许敬仰。他们两个小时就已经全军覆没，真不敢想象接下来一周他如何度过。不得不说，他的勇气可嘉。但宋晨曦无所谓他们如何度过，反正海上的日子她已经习惯了，再大的风雨她都见过，吐七天的人也不会是她。她只管赚钱就是了。

宋晨曦给了他们每人一件救生衣，又绑好了安全绳，便回到了驾驶室。既然已经坚定了行程，那么就乘风破浪，一往无前。

“呕……”

傍晚，海风伴随着此起彼伏的呕吐声，连同厨子一起，横七竖八地躺在客舱内，哪怕已经吐得无可再吐，也依然没能清醒过来。

米饭还是面条这个问题，以宋晨曦的预料告终。他们果然什么都没得吃，也什么都吃不下。宋晨曦便也只能独自啃着面包了……

当晚，他们所有人连上厕所的机会都没有，因为只要下船舱，必定晕头转向，所有人都睡在了甲板上。横七竖八地躺着，面子里子都顾不得了。

第二天一早，初升的太阳伴着朝霞自海平面升起，和煦地照在池远航的脸上。等再醒来的时候，风浪已经变小。波平浪静的海面，远离了尘世喧嚣，蓝天碧海，一片宁静。他们已经在睡梦中到达了北礁灯塔，在西沙群岛的范围内了。

池远航昨晚想死的心都有了。他不知道自己是怎么睡着的，更没想到睡醒就能看见北礁。巨大的惊喜爬上面颊，他苍白着脸，也不知是哪里来的力气，一个鲤鱼打挺，翻身而起，把宋晨曦赶下了驾驶室，一个人坐上去起身跟不远处的灯塔拍了一个合影。似乎怕旁人不相信他亲自驾驶帆船到了北礁似的，拍完照，还录了一个视频。

喜欢在驾驶室拍照似乎是男人的天性，宋晨曦见过不少这样的人，也见怪不怪了。她收完帆，泊好船，就下去厨房做了一大锅意面。意面好煮，若遇到紧急情况在锅里多待会儿也不会太烂，出锅了撒上一瓶番茄味鹰嘴豆罐头酱，饱腹感强，也不难吃。这是她最拿手的。

池远航一天一夜没吃东西，虽然很饿，但看着这一碗罐头面，也实在提不起什么兴趣。

“有得吃就不错了，趁现在浪小，赶紧。不然一会儿是什么情况，可就难说了。”宋晨曦三五下吃完，已经开始收拾自己的碗筷。

可池远航还是吃不下。

“厨子呢？”他问。

“还晕着呢。”

“晕船药没用吗？”

“你觉得呢？”大风大浪里，上个月的苦胆水都能吐出来，不管是国产晕船药还是进口的，也都能吐出来。那两个厨子到现在还在船舱里，下不了床。池远航和这八个小姐姐还算平时有锻炼，身体素质不错，过了一晚，风平浪静了就能缓过神来。而那俩厨子可就真是遭大罪了。

池远航不情不愿地吃了两口，胃里空了一天，本来就反酸，再加上番茄酱的酸味，更让他无法下咽。有几个挑食的小姐姐也是戳了两下，就扔在了一边。

“我来给你们露一手。”见状，池远航终于忍不住放下碗，走向了厨房。

厨房其实很简陋，一台电磁炉，一个洗手台，但上船之前，为了长途旅行，冰箱里的食物放得满满当当。他拿出西兰花，切碎，焯水。又煎了鸡蛋、烤肠、培根，鹰嘴豆铺在边上，再配上两片面包，标准的英式早餐，倒是像模像样。

“我在英国的时候，睡醒了就喜欢找一个洒满阳光的街角，吃一份这样的早午餐。”做好这些，再配一杯黑咖啡。和八个长腿小姐姐一起坐在甲板上，晒着太阳，吹着海风。终于有了些许度假的意思。

赢得了众人的交口称赞，池远航十分自得，自得到吃完的盘子和筷子，就这样直接顺手扔进了海里。第二个小姐姐也有样学样，正准备扔的时候，被宋晨曦看到。

“你们不能这样做。”宋晨曦高声喝止，将她们吓了一跳。回头，就看见宋晨曦戴着墨镜，沉着一张脸，站在她们身后。

“都说大城市里的人有素质，但你们……就这样？”宋晨曦皱着眉头，隔着墨镜也能看出她眼里的鄙夷。姑娘们的面子有些挂不住了。

“那你说怎么办？”姑娘问。

“垃圾桶。”宋晨曦冷冷地说了一个大家都知道的地方。但这艘船很小，可以用于收纳的地方更小，只有厨房和洗手间各有一个垃圾桶，已经堆放了不少垃圾。

池远航不满地说：“夏天这么热，食物容易腐烂，不扔海里扔哪儿？何况一次性筷子和碗都是可降解的材料，扔海里也会被海水自净掉，你别蒙我，我查过的。”说完，他又对小姐姐说，“别管她，扔就是了。”

“不许扔。”宋晨曦再次高声厉喝，“我是这艘船的船长，我说不许扔，谁敢？”

这时，小姐姐高举着手，手里拿着碗，一边是池远航的怂恿，一边是宋晨曦的喝止，一时间进退两难。扔也不是，不扔也不是。连空气都有些静默。

片刻后，池远航转身，站起来，走到宋晨曦身边。他与她面对面站着，俩人都戴着墨镜，身高相仿，但一个是瘦弱，一个是壮实。池远航面对宋晨曦的时候，气势自是不敌的，但他脚下的船和口袋里的人民币，却给了他十足的气场。

“船长怎么了？还不是我请来的？”池远航贴着宋晨曦的脸，道，“我给你面子，才让你当船长。但我才是船东，我做的事情合情合理合规，没有破坏海洋公约，也不算污染环境，你拿你那一套标准来指责我？凭什么？难道你比那些专家还更有发言权吗？”池远航一字一句，虽然没有发火，但显然，他已经很生气了。他气宋晨曦拿着鸡毛当令箭，让他在小姐姐们面前难堪。

“我不管那些专家说什么，我只知道，可降解的材料扔在海里，也一样会长时间污染环境，也一样会让人讨厌。在我的眼皮底下，我就见不得这样的事情发生。哪怕你是船东，我也依然会阻止你。”宋晨曦头脑顽固，怎么都不肯让步。

池远航冷笑，说：“那好，既然你不给我面子，我也不需要给你脸。从现在起，你被撤职了。不满意就跳海游回去，没人拦着你。Floria，以后你就是这艘船的船长。”池远航量她也不敢起哄，故意在这八个小姐姐面前耍威风。而Floria，就是刚刚要扔又不敢扔的小姐姐的名字。至于她的中文名字是什么，他记不得了。

宋晨曦无语，更加觉得他脑子有问题。航海途中，最忌讳船员与船长起冲突，她不想跟池远航起冲突，以免影响她的职业生涯，她决定息事宁人。但是，垃圾不能乱扔，这是原则。

“不管谁是船长，垃圾都不可以扔在海里，”宋晨曦再次坚持，说着，她拿出手机，对着池远航和这八个小姐姐拍摄，边拍边说，“我看看你们谁想出名，我不介意上岸之后帮你们上热搜。”这几个小姐姐都要模样有模样，要身材有身材，穿着比基尼在蓝天白云大海上扔垃圾，转发率一定奇高。

但是，这种出名，还是罢了。小姐姐们也没打算在这件事情上多做纠缠，乖乖端着盘子，把它们在海水里洗干净，然后按照宋晨曦的吩咐，把它们剪碎、晒干，扔在了垃圾桶。

这一局，虽然宋晨曦被剥夺了名义上的“船长”职位，但她说出来的话，倒是让人无可反驳。

池远航很窝火。明明他才是船东，明明他按照海洋公约行事，不算污染环境，怎么还被她当众羞辱，当作破坏海洋生态的恶人？他这么不给他面子，是不是故意的？他哪里得罪他了？池远航百思不得其解，只觉得这人真是给脸不要脸。

实在是可气。

下午，小姐姐们纷纷要求洗澡。昨天吐了一天一夜，连妆都没卸，再加上船舱里又闷又热，全身黏腻，现在风平浪静，正是洗漱的好时候。池远航大手一挥，欣然同意。但宋晨曦又不干了。

“船上淡水资源有限，就算安装了净化系统，也远远不够可以洗澡的程度。不能洗。”宋晨曦道。

池远航又是一阵无语：“我花大价钱换的设备，你跟我说不行？”

“再好的设备也有失灵的时候，为了以防万一，最好不要浪费淡水资源。”

“那你说，我们该怎么办？”Floria 忍不住了，问她。关于垃圾存放，小姐姐们还觉得她有道理。但不让洗澡，可就动了大家的蛋糕了，纷纷揭竿而起，指责宋晨曦太苛刻。

“你们可以等暴风雨的时候，就着雨水洗。”宋晨曦说完，全船人都静默了。一瞬后，爆发出惊天笑声。

Floria 捧着肚子说：“拿块肥皂，在雨水里洗？那岂不是都被人看光了？”

宋晨曦一点也不觉得好笑，这是她的日常。她平静地点头：“穿着泳衣和速干衣，连着衣服一块洗。这是艘赛船，不是游艇，必须尽最大的可能节约一切可节约的资源。”

Floria 疯了，指着池远航的鼻子骂：“上船前你不是这么说的！这哪里是度假，这是渡劫！”

池远航被她骂得脸红，将气又出在了宋晨曦身上：“这风平浪静的，到哪找暴风雨洗澡？”

“会有的。”宋晨曦淡淡回答。

“你简直是个疯子！”一水的如花般的女孩子，都是温室里培育的花朵，怎么可能用雨水洗澡？他请人来度假，变成了渡劫，他面子还要不要了？

池远航心一横：“我不管，我是船东，我说能洗就能洗！Floria，你先去洗。我还不信花二十万装的海水净化系统，连澡都洗不成！”

Floria 开心地带着小姐妹们去了房间，三个卧室各有一个洗手间，可以同时供三人使用。海水净化系统也非常给力，飞速旋转着，让所有人都轮番洗了个温暖的热水澡。

似乎是在炫耀，池远航也洗了个澡，换上了一身干净的短袖和短裤，毛巾搭在脖子上，头上的水珠还没干。在驾驶室里，他一身干净清爽的沐浴露味道，散发着淡淡的清香。原本挺好闻的，宋晨曦也没说什么，可紧接着，他便往宋晨曦身边一坐，头发一甩，甩了她一脸的水。

“起来。以后这个位置，我坐。”池远航的声音里带着船东特有的骄傲。

“你看得懂海图吗？”

“当然。”池远航像一只孔雀，骄傲地仰头，“我不仅看得懂海图，我还知道导航怎么用，定速巡航怎么开，方向舵怎么控制！总之，你会的，我都会。我也是正儿八经通过考试拿到帆船驾照的人，你别瞧不起人！”

“那你请我干什么来了？”宋晨曦看了他半晌，冷笑。

“我……”池远航一噎住，随后硬着头皮，说道，“钱多，喜欢热闹，可以吗？”

“可以啊。”宋晨曦又冷笑了一下，让池远航心里发毛。她似乎还想说什么，但最后却还是忍住了。宋晨曦默不作声地戴上了帽子，走出了船舱。

少了那些女孩子，船舱里显得有些空旷。宋晨曦也才发现，舱内的装潢与船体外部大不相同。

船体是破损的，缝补处斑驳，但舱内却经过了精心改造，皮革沙发上的H字母让宋晨曦认出是法国顶尖皮具的标志，一张沙发的价格足以买下一套房子。难怪就连净水系统都比别人的高级。看来池远航并非金玉其外，败絮其中，一时冲动借网贷来跑船的。

他是个真正的富二代。

但，那又怎么样？再多的钱也掩盖不了他脑子不好使的事实。她不想跟他争辩，她已经上船了，开了一天一夜，当然不可能掉头游回去。既然他要当船长、不让她管事，那她就拭目以待，未来一周，他怎么把船开回S市去。

“绑好安全绳，把床板固定好。”下半夜，宋晨曦躺在后厨舱的员工舱位上，对下铺两名吐得至今无法起身的厨子说。

厨子们不明所以，但还是听话地把床上的安全绳挂好。

“不够。”宋晨曦看了一眼，下床去，帮助二人将床板边的床帘和绳索紧紧勾连起来，二人几乎连翻身的空隙都没有。绑完后，她才翻身回了自己的床。厨子们见她对自己也这样，便也欣然接受了，只不过这么紧，也实在让他们提不起兴趣来对她说“谢谢”。

宋晨曦无所谓。她做任何事都不是为了别人的感激。

夜晚，小姐姐们陆续回舱睡觉了。由于白天的不愉快，她们对宋晨曦都没什么好脸色，但大抵也都是有素质的人，并没有恶言恶语。只是互不理睬罢了。

宋晨曦待在船员舱里，乐得清静，全神贯注地听着甲板上传来的声音。海洋天气图显示，低压槽正在逼近，后方有强暴雨。应该缩减主帆了。但甲板上一点动静都没有。池远航依然挂着一面球帆，在微风中前行。航速12节，有点太快了。宋晨曦虽然冷漠，但不是冷血。池远航虽然讨厌，但也罪不至死，何况，她也在这条船上。总不能把自己的命也搭上去？

宋晨曦睁着眼睛，躺在床板上。耳边是海浪拍打着船身的声音，温和而催人入眠。她一夜没怎么睡，但这会儿也睡不着。

她看了眼表，时间快到了。

三——

二——

一——

随着心中倒数声的结束，只听哐当一声。一个大浪打来，船身猛烈地颠簸了一下。紧接着，便是甲板上各种东西掉落的声音和碰撞声，混合着尖叫。听上去，只怕一个个都摔得挺疼。

海上天气瞬息万变，可能前一刻还风平浪静，艳阳高照。下一刻，就会风起云涌，狂风肆虐。船身开始剧烈地摇晃起来。

“不、不、不好了！暴风雨来了！”大副跌跌撞撞地从甲板跑下来，在舱里呼喊。所有人的脸色都一变，唯独宋晨曦，她等这一刻，似乎已经等候多时。又或者说，她知道海上是什么情况，他们小孩子间的儿戏、吵闹与暴风雨放在一起，真是不值一提。

她早已明白，池远航除了她，一无所有。他迟早得来低头。

宋晨曦见惯了这种情况，也不着急。等着池远航来叫救命。但她等了许久，他也没来。船的摇晃愈加剧烈。低气压遇到风团，风速瞬间可以达到 40 节以上。帆船在飘荡、颠簸、摇晃，恶浪滔天。海图上，帆船渐渐偏离航线，与原定的航线偏移，宋晨曦觉得这样下去不行，顾不得让池远航低头，只得率先走向甲板。

甲板上，池远航和 Floria 掌着舵，海面上波涛汹涌。前方是积雨云，闪电在海天之间交连。时不时将人脸映得发白。池远航不怕是不可能的。但 Floria 还在边上，他怕又能怎么办？

“别担心，我学过帆船驾驶，我有驾照。遇到这种情况，顶风顶浪穿过去就是了。”池远航坐在 Floria 身后，握着她的手，一起掌着舵。

宋晨曦上来的时候，看到的就是这一幕。只一眼，她就知道，这男人身板虽小，但自尊心挺强。为了逞威风，把全船人都置于危险之中。

宋晨曦在巨浪中摇摇晃晃地起身，爬上了甲板。甲板之上，狂风暴雨，巨浪翻滚，海水不断地撞击着船体，帆船在波峰浪谷中，随风穿行，摇摆不定，宛如弱小的蝼蚁。

“缩帆！只留暴风帆！”宋晨曦扯着嗓子喊，但池远航和 Floria 根本听不见。

Floria 吓得脸色苍白，双手紧紧扶着栏杆，仍然被晃得前仰后合，身体几乎散架。池远航也没好到哪里，慌忙套上安全绳，手握船舵，既要稳定自己的身体，又要让船顺着浪潮前行。低压槽在身后，只有全速航行，赶在暴风之前，才有可能更好地航行。但这只是理论，现实远没有这么容易。顷刻间，风速便从一开始的 12 节暴涨到 40 节，浪高五米。支索在暴风中摇摇欲坠。

“那是什么？”Floria 发出一声惊呼，指着前方不远处的云团。黑云之中，闪电劈下，惊鸿一瞥，在漆黑的海面上发出刺目的寒光。

甲板上的两个人都看傻了。

突然出现的雷暴团距离极近，池远航瞬间不知道该如何是好。而大副已经逃回了舱里，身边只有一个拽着他的衣领，不停问他“怎么办”的Floria。她除了五官精致、拥有蜂腰翘臀以外，在这种时候根本派不上用场。就连短短几步回船舱的路途都是堪比西天取经的难度。

池远航紧紧握着船舵，想要改变航行方向，往远离暴雨团的方向行驶。但事与愿违。啪的一声，船舵一松，船体陡然一百八十度的倾斜，所有人都朝着另一边摔去。

意外过帆了。

意外的风帆导致桅杆铰链损坏，白浪翻涌，拍打着船身，帆船犹如一片叶子，在巨浪中翻滚。主帆帆脚的绳索断裂，在飓风中猎猎作响。帆船更加猛烈地摇晃起来，在滔天巨浪中，他们卑微渺小到无能为力。前一日的近岸浪与之相比起来，只是小巫见大巫。他们也终于意识到，大海意味着力量和不可控，他们的旅途从这一刻，才算真正开始。

“被你害死了！这鬼地方，给我一百万都不会再来了！”Floria被摔得右胳膊生疼，要不是还能动，她都怀疑自己骨折了。

池远航自己也没好到哪里去，突然的风帆让他失去了方向。船非但没有朝着偏离暴雨云的方向而去，反而直挺挺地被风浪推进了暴风的中心。

宋晨曦看不下去了，三两步走到船头，在落差五米的大浪中拉绳索，降下球帆。而这时，巡航的球帆被吹裂，只剩一半。一个大浪打来，球帆的一大半被撕裂，落在甲板和水面上，重如千斤，要把它们收起来可不容易。宋晨曦浑身湿透，在雨水与大浪之间升起暴风帆，橙黄色的警示色吸引了池远航的注意。

“不想死就过来帮忙！”宋晨曦大喊，池远航终于明白了她的意思，赶忙跑上前来。

“你也过来。”池远航过去后，宋晨曦又看着弱不禁风的Floria。暴风雨中，Floria站起身都困难，但见宋晨曦格外严厉，还是费力地爬上了船头。

“你也不是万能嘛，没有我们，你也缩不了帆。”暴风雨中，池远航一边干活，一边还不忘讽刺她。

“换作是我，根本不会有这一刻。”宋晨曦止不住地翻白眼，还有更多的话都憋在了肚子里。池远航知道自己有错，也不好再说，三人费了九牛二虎之力，才终于把风帆卷起，放进了帆舱。而这时，他们已经身处暴风眼的中心。耳边雷声轰鸣，闪电一道接一道，似乎就在他们眼前落下。

“快进舱！”宋晨曦大喝一声。高耸的桅杆就是个巨大的活靶子，避雷针一般的存在，劈中他们是迟早的事。池远航听话地护着Floria进了舱里，宋晨曦却回到了驾驶室。

暴风巨浪中，雷雨云在剧烈地撞击着，她独自一人，手握着船舵，驾驶着帆船在惊涛骇浪中穿行。然而意外还是发生了，他们被雷击中了。闪电在他们的眼前炸开，池远航站在船舱与甲板之间的楼梯间，最后看到的景象就是宋晨曦在暴风中神色坚毅，岿然不动。

巨大的白光闪过，接踵而至的是瞬间的失明，隔了许久，他才能再次看清眼前。

宋晨曦依然站在风雨中，万幸，没有什么事。但是他们的身边一片黑暗。船舱、洗手间、厨房的灯全都熄灭，只剩一团漆黑。只剩夜航灯还在船舷两侧发着一红一绿的幽光。但停电不是最可怕的，最可怕的事是，闪电一路顺着桅杆而下，烧了导航仪，导致整个电力系统、GPS（全球定位系统）、AIS（船舶自动识别系统）、雷达全部烧毁。

池远航彻底傻眼了。

在驾驶学校里，躲避暴风团是池远航学习的最基础的操作。可他万万没想到，会意外过帆，更没想到意外过帆后他们会直接驶入雷暴区。而更倒霉的是，被雷击中后，损毁的是船上的电力系统。这艘船彻底成了一艘无动力帆船，只能依靠风帆前行。

忽然间，风力一下子降到最低。原本飞速前行的船突然晃悠悠地慢下来。积雨云和低压槽两股方向不同的风相遇，边缘对冲下，将它们堵在了暴风的中间，形成了短暂的无风区。左边电闪雷鸣、右边倾盆暴雨。而他们，失去照明和电力系统，在伸手不见五指的黑夜中，只能凭借着偶尔闪过的闪电看清对方。

全船人都意识到出了大问题。

就在大家以为自己死定了的时候，纷纷在平静中走上甲板，看着驾驶室的宋晨曦。宋晨曦面不改色，淡淡地道：“你，被免了。以后这艘船，我是船长。唯一的船长。”

全船静默，没有一个人敢反驳。她们转头，看向池远航。

池远航也自知能力不足，错漏百出，耷拉着脑袋，说：“哥，以后都听你的。”说完，他又紧接着补充了句：“只听你的。”

统一思想之后，宋晨曦着手解决问题。狭小的无风带，短暂的休憩，平静一闪即逝。突然，狂风从右船舷升起，顷刻间暴雨滂沱。夜航灯光湮灭在大雾之中，海面一片漆黑，伸手不见五指。只能靠感觉前行。宋晨曦接过了船舵，她很有经验，顺着风浪前行，意外过帆的情况没有再持续发生。他们顶风顶浪，却能乘风破浪。但麻烦并没有结束。

“不好了！船舱漏水了！”大副总是第一个发现危险，然后躲进船舱。船舱内的一丝变化都逃不过他的眼睛。这也算是他的一个长处。他第一个发现舱内海水倒灌，积水很多，船体倾斜度很大。

“你和Floria带人去底舱排水，天亮之后首先检查排水阀。”宋晨曦说完，看了眼手表，眼下距离天亮还有两个小时，他们除了在底舱里排水，根本没有别的办法。

池远航听了命令下了船舱，可他根本不知道底舱在哪。Floria也是如此。可谁让他们是除宋晨曦外唯二清醒的人呢？而其他人就算醒着，也不是把船开进雷暴区的元凶。这舱底最苦最累的活理应由他们来干。

船舱底部，没来得及放进防水袋的行李都被打湿，飘在船舱里，混合着海水的咸湿与闷热，气味十分难闻。而底舱的环境更糟糕。船底板已经被海水泡得漂浮起来，堆积的霉菌散发着恶臭，他们拿着桶子，一桶一桶地往外提水。其他人便一个接一个地在后头接应。

池远航双脚泡在发黑的海水里，满身脏污。Floria也没好到哪去，五个手指头因为长期泡在水里，已经泛白，原本镶嵌着亮片的十个美甲也只剩下两个。

这是上船以来最痛苦的一晚，甚至是他们有生以来最痛苦的一晚。但麻烦还远没有结束。宋晨曦平静地告诉他们：“这才是海上的常态。你们之前经历的风和日丽，才是稀奇。”

池远航总算明白，帆船为什么是一项极限运动了。

这可不是对体力、对心力的双份极限挑战嘛！

众人哼哧哼哧又提心吊胆地折腾了一晚，天光放白，暴雨将歇。一轮彩虹挂在船头的方向，从左到右，横亘整个天幕。众人横七竖八地瘫在甲板上，都是疲累至极的模样。只有宋晨曦，依然站姿笔挺，握着船舵，目不斜视。她果真像一枚定海神针。任凭疾风骤雨，我自岿然不动。也像一个灯塔，在黑暗中照亮前路。

池远航是彻底服了。不论是体力还是脑力，“他”都甩他们十八条街。他们加起来都比不过“他”的一根手指头。

“就歇着了？还没完。”宋晨曦像是一个永动机，又接连高声道，“你来掌舵，我去船舱看看。”

除她以外，船上有船舶驾驶证的人只有池远航，但他只是学了个五天的入门级，拿了一个有用但也没什么大用的帆船驾照。根本没下过水。顺风顺水里掌掌舵还行，这碰到大风暴雨天，就完全不知道该怎么办了。眼下，暴雨刚歇，让他掌掌舵问题不大。但他似乎有了心理阴影，握着方向舵的手都在颤抖，直望着宋晨曦的背影喊道：“你快点回来啊。”他怕又突然平地疾风起，再次让他们陷入危险。

宋晨曦摆了摆手，让他安心。

舱里，宋晨曦粗略检查了一遍，发现事情远比她想象中的更严重。

这艘船到底上了年纪，虽然发动机、净水器这些全都是后来改装的顶配，但也架不住它老化的躯壳。发动机失灵，整条船没有动力，电线短路导致排水泵罢工，污水箱排水阀门开裂，导致污水倒灌，整个情况惨不忍睹。出发才两天，他们已经经历了最坏的情况。好在没有人员受伤，是不幸中的万幸。但就算身体没有受伤，大家的精神已经受到了重创。

“回去吧？”大副再次提出返航的请求。两天时间，他食不下咽，躺在床上就没下来过。八个小姐姐经历了昨晚的事情，也是一个个面无血色，吓得够呛。

“还能回去吗？”Floria 小心翼翼地问。

“能。”宋晨曦斩钉截铁地说道。这种情况她并不陌生，虽然局势严峻，但并未到无法挽回的地步。帆船的主要动力本就不是发动机，而是依靠风帆。只要有风，帆船就能前行。再者，即使航海图的主板烧毁，她也能凭借罗盘和最原始的海图将他们带回 S 市。

所有人都松了口气。这时，池远航又问道：“假如……我说假如，不依靠救援，不求助邻船，也能回去吗？”

“能。”

得到宋晨曦的肯定，池远航想了想，点头，“那就继续航行，绝对不能半途而废。原定五天后回 S 市，就一定要在那一天回去。”

“……行。”虽然宋晨曦不知道池远航为何要坚持绕西沙一圈还不肯呼叫救援，而他的做法也有些冒进，但不放弃的精神倒是有些让她敬佩。

驾驶舱内，航行导航仪被烧毁，无法查看前方天气情况，但幸运的是，旁边的无线电还有备用电源，可以进行通讯。宋晨曦调整了电台频道。在帆友电台上，有一些业余组织的海洋天气预报员，他们会根据船只的位置提供建议。一般来说，他们会根据船只的名字来呼叫，但宋晨曦是个例外。只要听到她的声音，对方立刻会展颜一笑，发出朗朗笑声，亲切地跟她打招呼，称她为："宋船长。"

宋船长，是他们对宋晨曦的尊称。她已经在各个海域航行了好几年，对世界各国海域的情况和帆友都很熟悉。同样的，他们也很喜欢她。

宋晨曦按照池远航的要求，没有求助附近的船只，而是选择了国外的帆友进行通讯。这样既能得到她想要的信息，又不会惊动周边的船只，确保消息的保密性。

宋晨曦对着对讲机说道："我们的导航仪、电力系统、GPS、AIS、雷达全部烧毁，没办法，只能来求助你了。"

"没问题。"

宋晨曦流利地用英语跟对方交流，那一口地道的英语，就像土生土长的外国人。池远航这个在国外读了三年硕士的人，也并没有比她好多少。难道S市是个闭塞的小渔村，能驾驶帆船的大多是高中都没毕业就出来谋生的人吗？怎么这个宋晨曦的英文好得令他惊讶？

"收起你的下巴，我的优点还有很多。我怕你会脱臼。"宋晨曦挂断了无线电，她调侃了池远航两句，又说，"坐好了，接下来没什么好日子了。"宋晨曦得到消息，前方风力极弱，假如往前去，在不求助他人的情况下，他们很有可能在海上漂个一两十天都上不了岸。

"宋哥，那现在怎么办？"池远航的英语不错，也听懂了对方的意思。

宋晨曦当机立断，调转了船头，说："继续西行，顺风而行。"为了尽早回到S市，现在唯一的方法，是去追昨晚的暴风。一路往西，在暴风雨中驶向B市，再顺着洋流绕回S市。

她食君之禄，别无选择，只能满足池远航的需求，不惊动他人，不求助他人。恰好，这也是她未来极有可能遇到的问题，提前演练一下，也是好的。于是，二人一拍即合，决议乘风破浪，一往无前。

夜里，巨浪已经高达十四米，船像一片叶子一样，不停地在波峰浪谷之间飘摇。船舱闷热，根本无法待人，宋晨曦让每一个人都绑好了安全绳，生怕落下她们之中的任何一个。

但就算绑好了绳子，随着帆船上下飘摇的感觉也并不让人感到安心。池远航越想越担心。

“有笔吗？”池远航悄声问后厨的小哥。

厨子早就晕得七荤八素，别说笔了，就连池远航是谁都认不清了。

池远航又问几个人要，要么是没有，要么没有人愿意下船舱去给他拿。最后问到宋晨曦这里，宋晨曦不解：“你要笔干什么？”这种大风大浪天气，他难道还能写出字？

池远航没有回答，只问她：“有还是没有？”

“我没空理你。”宋晨曦的回答跟其他人一样。只不过其他人是根本下不去船舱，而宋晨曦要掌舵，为了防止在大风天意外过帆，她需要高度集中精力，哪有空去帮他找笔？

池远航无奈，只能拿出手机，噼里啪啦地在风雨中打着字。大浪迎头浇下，手机屏幕被水浸湿，宋晨曦忍不住提醒他：“就算是最新款的防水手机，也防不住海水。”海水里有盐，若堵塞了按钮会很麻烦。

池远航无奈地说：“可是我觉得我过不去了……”

“什么？”

“这一劫，我过不去了。”池远航欲哭无泪，双手抱着柱子，打字的手在颤抖，但依然一刻不停地编辑着文本。

“船上没电，手机很快也无法使用了，我们还错过了最佳求救时机。我要是死了，他们或许会在我的尸体上找到手机，然后看到我的遗书吧？这样也算对家里人有个交代了。”池远航说完，把手机塞进了怀里，贴身存放着。

其他人听了他的话，非但没觉得他说的不对，反而纷纷效仿。

“池远航，我要是死在这里了，你要负全责！”坐在他对面的小姐姐 Floria 大骂他，一边骂一边哭，还拿出手机，在备忘录里写着遗书。

宋晨曦看到他们这样，一时间不知该说什么。风急浪大是真的，危险也是真的，但死在海上？宋晨曦从未想过。她只觉得她已经跟这片海合而为一。她永远也不会离开这片海，这片海也永不会辜负她。她既然有信心接下这个单，也同意了池远航的要求不求助他人，自然就有绝对的信心把他们平安带回去。

再者，假如真的死在海上，他们的家人可能找到他们吗？

不可能的。

接下来的一整天，船上只有饼干和矿泉水。能做饭的宋晨曦需要掌舵，但就算有宋晨曦把着船舵，起伏的波涛也依然能将锅碗瓢盆都甩出去。而因为没电，船舱内没有空调，更是闷热，混合着污水阀反上来的污水气，几欲作呕，让人根本没办法待。每个人都痛不欲生，坐在甲板上，要不是疲累至极，根本睡不着。更别提洗澡了。

大浪一个接一个打来，浑身透湿，被太阳一晒，一层盐糊在脸上、身上，到处都是肮脏不堪的。假睫毛飞得只剩三两根，卸了妆之后，脸色比宋晨曦还要难看。池远航突然觉得，在一水八个白幼瘦的衬托下，反而紧握船舵，目不斜视的宋晨曦才是最耀眼的那一个。

等等，他为什么要把男人和女人放在一起比？

他是不是疯了？

池远航吓了自己一跳，赶紧跳下船舱，自觉承担排水的脏活。这种奇怪的感觉，还是早早甩掉，不要面对为妙。

在众人的提醒下，经过了两个晚上的惊险之后，第三天，风浪稍微平静了一些。那些连续两个晚上都没睡的女士们都下船舱去休息了。池远航也想去，但被宋晨曦叫住了。除了应对海上的风浪，还因为雷达失灵，永远需要有一个人眼观六路，确保不会与其他船只相撞。

“你来掌舵。”宋晨曦说。

“什么？”池远航吃了一惊，手有些颤抖。

“这船上只有你有些理论知识，只能是你。我去看看底板。”

经过两天的狂风暴雨，宋晨曦要检查的设备很多，风浪虽然小了，但依然需要有人看着舵。池远航无法推托。

池远航无奈，只能接手。

宋晨曦离开后，他意外地错过了舵三次。每一次，都让船差点倾覆。宋晨曦忧心忡忡，但船底板的问题也无法小觑。她清理完积水，固定了排水阀，立刻便回到了甲板上，接过了船舵。一刻不停地工作让她的额头布满了细密的汗水，哪怕在风雨中，也依然清晰可见。

“我给你涨工资。”池远航想要安抚几句，但发现说什么都是苍白。不如给钱来得实际。

“等上岸了再说吧。”宋晨曦没有拒绝，但也没有期待。生死之间画的大饼，等到了岸上还作不作数，谁也说不清。

接下来一天的时间里，宋晨曦又再次调整了风帆。在暴风中，她迅速解开绳索，取下暴风帆，升高了球帆，偏转了帆度，让船可以更加快速地前行。一系列的操作让全船人目瞪口呆。寻常三个大汉都不一定能迅速完成的事情，她一个人就收拾妥当，池远航再一次佩服得五体投地。

“为什么暴风中升球帆？”

“因为算算时间，快到了。”

眼前一片云雾缭绕，黑漆漆的一团，什么都看不见，要到了？到哪里了？

池远航一脸迷糊，且目瞪口呆地说：“你缩帆、降帆都不需要找人帮忙吗？”

“这船上还有谁能帮我？”那两个厨子已经晕船三天没醒了，以教人冲浪为生的大副更是指望不上，或者指望他这个弱不禁风的小菜鸡可以帮她？光指挥他俩都费力气，还不如自己来。

池远航咽了一口口水：“从现在开始，我叫你哥，我当你小弟。你喜欢什么样的女孩子？那八个里头有没有喜欢的？我让你先挑！”

宋晨曦呵呵一笑：“不必。”物化女性的男人，可真让人下头。

不，她都没上过头，何谈下头？

她只是觉得他很烦人。

等等，什么叫让她先挑？莫非……他把自己当男人了？

虽然离谱，但好像只有这番解释，才说得通了。这船东不仅脑袋有问题，还眼瞎。

但可喜可贺的是，一个小时后，云开雾散，他们真的看见了 S 市的小山坡。码头两侧，低矮的群山与他们出发时一模一样。

这一路的行程，可真是扶摇直上。原本需要六天的航程，他们仅仅用了三天。一路上狂风暴雨，却高歌猛进。终于在暴风的护送下，他们在原定的日期回到了 S 市。

当宋晨曦真的把船稳稳停在了落霞湾碧海蓝天、一片祥和的码头时，池远航还有些不可置信。

“你居然真的靠航海图和罗盘就能回到落霞湾！”而且，就连无动力状态下的靠岸都如此丝滑。

池远航惊呆了。若不是亲眼所见，他委实无法相信。

“不然呢？跟你们一起在大海上流浪吗？我倒是无所谓，可我怕你们吐死。”宋晨曦不仅没有超时，还提前回来，这让他不得不服气。

池远航向她伸出了大拇指，道：“从此以后，你就是我亲哥，我给你当小弟。”

得，还当她是男人。

宋晨曦翻了个白眼，率先跳上了码头。

码头上，与一周前几人的悄然出发不同，这一次，有很多人来给池远航接风。这么大的阵仗，宋晨曦倒是头一回见。

码头上守着的人群里没有标语，也没有拉横幅，但码头上站着的每一个人，看起来都非常富有，最不济也算是精英阶层。跟宋晨曦是两个世界的人。

但她也根本不关心那些是什么人。

池远航先下了船，立即被众人簇拥，感受着众人的拍手鼓掌和喝彩。宋晨曦知情识趣，一眼就知道池远航身上一定有秘密，而自己不该喧宾夺主。于是背起行囊，戴上鸭舌帽，趁众人不注意的时候，跳下了船，准备离开。

池远航盯着消失在人群中的宋晨曦，立即不顾旁人的围堵，追上去。

“你叫什么名字？”他这一路，都叫他宋哥。可临分别了，他连她的名字都不知道。

“叫我 Vicky 就好。”

Vicky Song，海上的人都这么叫她。他们相识于海上，也跟海上的朋友一样称呼她。

池远航默了一下。

呃……这个英文名 Vicky，怎么像个女人的名字？

但，问题不大，可能宋哥喜好就是特殊。

“哦，好吧，Vicky。加个微信？以后好联系。”池远航拿出手机，打开了扫一扫。

宋晨曦无语。

一个带着八个网红体验人生的富二代，她跟他有什么好联系的？

宋晨曦笑着婉拒了：“加微信就不必了，我想我们不会再见面了。”

“为什么？”池远航目瞪口呆，十分不解。

宋晨曦耸肩，淡道：“在我的世界里，没有弱鸡。就像在你的世界里，你应该和头等舱的人做朋友，甚至，买一艘自己的船或者飞机。而我，只会坐在经济舱。”

拥抱、挥手、道别，是临别传统。但宋晨曦并没有这样做。

这个公子哥儿给了她十分不好的印象。要知道留在船上的，都是没有退路的。那些富二代只是体验过生活之后，便一去不返。富家公子的玩票，与他们这些玩命的人是不同的。她喜欢安然待在自己的世界里，不为任何俗人烦扰。

宋晨曦转身，摆了摆手，只留给池远航一个潇洒的背影。

她一直如此潇洒。来去匆匆，简洁干练，就如一阵风，神秘又自由……

第二章 · 重逢

Heading towards the morning light

回到S市的宋晨曦连行李都顾不上放，下了船就去了白帆俱乐部。

白帆俱乐部致力于组织学员专业教学，并派遣运动员参加国内外各大帆船业余赛事以获得名次，背景、资金都很雄厚。宋晨曦是俱乐部的王牌成员，代表俱乐部参加各类赛事，大、小奖项拿了不少，于是在俱乐部里特权也多。除了必要赛事外，几乎不强制要求待在本市，所以业余时间她还能跟小林一起接接私活，驾驶帆船带客人领略海上风光，赚点外快。

这样的生活过了两年，原本相安无事。但是，这次西沙一行，从出发之后，海上没有信号，所有电子设备失灵。这四天里，她的电话几乎被俱乐部的主管打爆了。最近在S市举行的一场拉力赛，主力队员和替补纷纷生病、受伤，无法参赛。只能临时叫宋晨曦过来顶替，但是所有人竟然都联系不上她。直到有人在落霞湾的码头，拍到一身黑色紧身无袖T恤加鸭舌帽的她，这才知道，她竟然没有原地待命，而是私自出了海。

俱乐部明文规定，带底薪的全职成员，非必要不得离开S市。宋晨曦平时离开也就罢了，但在这关键节点，俱乐部输了比赛的责难毫无意外地落在了她的头上。主管无奈地说："宋晨曦，你究竟有多缺钱？你缺钱跟我说，没必要铤而走险。"

白帆俱乐部是国内帆船竞技的顶尖俱乐部，在国际上也有不俗的成绩表现，待遇一等一的好。他想不明白宋晨曦怎么还要接私活？

宋晨曦不知道该怎么回答。

她不缺钱，只是，旁人捧着钱送上门了，又有谁会拒绝呢？何况，还是她喜欢的运动，她可以训练自己的技能，一举两得，她没有理由拒绝。而这次的事件，应当是巧合。要不是主力和替补双双生病，怎么都查不到她的行踪。

但既然已经查到了，宋晨曦也无法辩驳，主管只能伸出手，向她索要会员证："这回领导点名批评，我也没办法保你了。工资发到这个月底，以后，你自求多福吧。"

看得出主管也很想留她。她这人，人狠话少听指挥，又没什么野心，是求之不得的人才。但这次，她的过错被人摊开来，暴晒在阳光下，是无论如何也保不住了。往轻了说是开除会籍，但有白帆开除会籍的前科在，又有哪个俱乐部还会要她？这次的动作，无异于全行业封杀。

她不再是一名运动员了。甚至，将绝缘于这个圈子。

这一次的处罚无疑是极重的，宋晨曦想不到自己会落到这个境地。但是，她就是落了。

“抱歉，Vicky，我真没想到事情会闹成这样。”小林第一时间赶来，拿出一沓厚厚的钞票，用报纸包好，塞到她的怀里。虽土，但收现金是规矩。就是为了这一次又一次的私活，这一沓又一沓的钞票，让她无缘于明年的环球帆船赛，她并不是不后悔的。但，后悔又有什么用呢？这世上没有后悔药，她的人生也从来都是落子无悔，愿赌服输。怪只怪她自己运气不好。

“跟你没关系，这次是意外。”宋晨曦说。

至于下次？

没有下次了。从此以后，她自由了。

宋晨曦：“以后还要仰仗你，多多介绍活儿，你知道，以后我就真的只能靠自己了。”

小林目光忧虑，艰难地点了点头：“你想得开就好。”

宋晨曦拿上钱，回到宿舍，整理了为数不多的行李，便离开了S市。小林说什么都要送她，但看她拎了个小箱子，一个双肩包，顿时有些不知道说什么好。

“全部？”半晌，小林不可置信地问。

宋晨曦点头：“嗯。”

小林惊掉了下巴。都说女生旅行都像搬家，而她正儿八经的搬家……却还抵不过人家去旅行。

“你怎么好像从来都没有牵挂过一样？”这一点，从她不多的行李上就可以看出。她随时准备着远行，随时都不让自己有多余的牵挂。

“东西不在多，够用就行。”没有物欲的女人，除了那张脸还算美貌，其他各方面都像一只刺猬，让人无法亲近。

“接下来你有什么打算？”上了车，小林问。

“先休息。等休息够了再说。”宋晨曦靠在副驾驶上闭目养神。她情绪稳定，看不出表情。连外人都替她难过，但是她本人却看不出遭遇了什么似的。

对宋晨曦来说，人生就是如此，有些事情已经发生了，后悔无用，内耗无用，她只能接受，然后再想办法改变。但准备了两年的赛事因这件事情而出了差池，还影响她未来的人生道路，说不难过是不可能的。

但这会儿，她着实是累了。连日的低压槽暴风航行，四天三夜的不眠不休，而后是被俱乐部开除的厄运。一切都马不停蹄似的一个接一个地到来，让她没有喘息的机会，也没有反抗的可能。

现在的她……只想睡觉。

很快，宋晨曦在驾驶座上睡着了，等醒来的时候，车已经停在了W市。窗外全黑了，小林开着车窗，在车下抽着烟。

宋晨曦睁开眼，问他："我睡了多久？"

"五个小时。"

W市和S市相邻不远，只有两个小时不到的车程，也就是说小林在车外等了她三个小时。

"多谢。"宋晨曦拿着包和行李，跳下车。向他告别。

"有活叫你。"小林道。

"行。"

都是讨生活的人，再说对不起就有些矫情了。

宋晨曦拍了拍小林的肩膀，上了楼。

W市是H省的一个小渔村，游人不多，空气清新，风景宜人。沿着海岸线，有一整条的冲浪带，岸边是接踵排列的咖啡厅。每到晚上，就会变成小酒吧。岸边还有篝火和爵士乐队表演。这里没有六便士的压力，只有月亮。被时光遗忘的角落，就像遗世独立的桃花源。

宋晨曦住的房子，就是在这条海岸线上。一家朋友开的小酒吧，前院用来做酒水生意，后院是两层的小屋，做民宿。宋晨曦从来到H省的那天起，就一直租着其中的一间带厨房和厕所的一室一厅，她所有的家当全都在这里。所以其实，这里对她来说并不算陌生，只是这两年忙，非必要不会回来罢了。

客厅里，摆放着宋晨曦的"行头"——巨大的美人鱼拖尾、各式各样的冲浪板、潜水服、氧气瓶、脚蹼，甚至有海钓用的渔枪、鱼线、钓竿。她喜欢与海有关的一切。这些也是她除帆船外，赖以生存的技能。离开白帆俱乐部她是遗憾的，但也不至于彷徨。

宋晨曦虽然说要休息，但其实也没闲着。她趁着夜晚将闲置已久的装备都洗刷了一番，然后注册了一个小红书账号，发了一些过去的潜水、冲浪、帆船的照片，以及美人鱼的Vlog。很快，就有人来问她关于冲浪、潜水的攻略、行程及价格。礼貌问价很多，她都一一回复了。她有无数的副业、营生还有存款，她就算被俱乐部除名，也怎么都饿不死。

第二天，宋晨曦的小红书里多了几十个关注。其中最醒目的，莫过于一张深夜海钓的头像。大半张脸隐匿在黑暗中，只露出浅浅的轮廓，在夕阳的背景下隐约可见。都不需要点开大图，就给人一种忧郁、深邃的印象。而他的背景图，则是一张海上朝霞的照片。

晨曦温暖，大海辽阔，偶尔露出的帆船一角，是她无比熟悉的迎风飞舞的红旗。而这张照片，她也认出来，正是她所拍摄的。

是向海川。

刚注册的新账号居然就关注她了，宋晨曦这才想起要关闭通讯录好友推荐。正纠结着要不要屏蔽他，他就发来了消息。

“回来吧。”

他说。

短短三个字，言简意赅。既道出了他知道宋晨曦身上发生的事情，知道她被俱乐部开除，又给了解决方案。跟过去的他行事作风一模一样，没有一个字废话，直接指给你一条最好走的金光大道——回到他的身边，依然可以航海，依然可以比赛，依然……是他的附属、他的跟班。

而她不想做跟班。

她要当船长。

无视了向海川，宋晨曦放下手机，便下楼，去了街对面的冲浪店，打点零工。冲浪店的老板娘和宋晨曦很熟了，知道她人美心善、负责任、技术好，所以即便店里有长期签约的教练员，但只要有客人，首先会介绍给她。

宋晨曦全身都套在防晒衣里，顶着太阳暴晒，带着客人在海水里泡了两个小时，轻轻松松地让客人入了门，享受到了冲浪的快感。对方也很给力，除了六百块的课时费，还给了她两百小费。她拿着八百块钱，美滋滋地上了岸。

岸上，因为是旺季，熟人不少。跟宋晨曦打招呼的挺多，她会回应，但也只是笑笑，便路过了。毕竟，她要走的路太孤独了，路上也不需要有人陪伴。

“Hey，Vicky！”宋晨曦听到这声呼唤后停下脚步，回头一看，只见一个身材魁梧、拥有八块腹肌和古铜色皮肤的高大男人朝她走来。

他身边还有另一个男子，也同样高大。他们身上展现出来的力量如大海般浩瀚，如山川般深远，毫不掩饰。再加上他们上半身只穿着一件透薄的白色T恤，肌肉线条若隐若现，更让人血脉偾张。两人成为一道风景，让每一个路过的人，无论男女都会回头看一眼。男人羡慕，女人垂涎。

他们就是她曾经的战友和伙伴，白帆俱乐部的王牌船员南舟和光意。

七月初，阳光灿烂，原本是国内外各大帆船赛事密集的时期，如果他们没有生病的话，现在应该已经驾驶帆船到了夏威夷，而不应该在这里。但是他们一起请了病假，这才导致了宋晨曦被临时呼叫，却找不到人的情况出现。这也直接导致了宋晨曦被俱乐部除名。

但现在看来，二人哪里生了什么重病？整条海岸线的风光都因他们的出现而被点亮。实在是刺眼得很。

“听说你回W市了，我们来看看你，你还好吗？”南舟比宋晨曦大五岁，看上去老成持重些。但一旁的光意比宋晨曦还小两岁，就没那么沉得住气了。不等宋晨曦回答，他就皱着眉头说：“W市看着破破烂烂的，你在S市待习惯了，国内外也跑了不少地方，突然回这小渔村，会不会难受啊？”

宋晨曦笑了一下，说：“托你们的福，还好。”

“真的吗？你可不要逞强，我听说你还挺缺钱的，不然也不会偷偷出去接私活。要不要我介绍几个人给你，你去跟着他们混，也多少稳定些。毕竟，作为你的前辈，还是希望你好。”南舟说完，光意也跟着点头。但话里话外都藏着笑意，那捧腹的模样，显然要撑不住了。

宋晨曦也快憋不住了。南舟虽然比她年长，可她在这行的资历比他还深。他认识的人，有谁是她不认识的？还需要他介绍？

宋晨曦分明知道他们玩的什么把戏，却又不想拆穿他们。毕竟，拆穿了有什么意思呢？都是同行业的，抬头不见低头见。撕破脸没意思，只有赚钱才有意思。

“介绍就不必了，不过既然你们来都来了，W市也值得玩一下，我这有些海上游乐项目，不如，我带你们玩？你们能照顾照顾我生意，就算帮了我大忙了。”宋晨曦一副天真烂漫的模样，立刻招呼了一旁冲浪店的老板娘过来，拿了一份项目清单给他们。

那老板娘人缘极好，围着她转的年轻小姐姐、小哥哥特别多。早就注意到这俩大帅哥了，宋晨曦一招手，乌泱泱的都一块跑来了。海边的游乐设施，不外乎摩托艇、香蕉船、拖尾冲浪。两人看了清单，没有多想玩，但也不排斥。且他们话都说到这个份上了，宋晨曦的表情又格外真诚，周边看着他们的人又多，他们面子挂不住，便答应了都试试。

“一共四千两百块，因为你们曾经是我的好战友，还特地跑来看我，给你们打个折，凑个吉利，三千八百八十八，微信就好。”宋晨曦立刻拿出收款码，举到了他们面前。一旁的老板娘惊掉了下巴，想说话，却被宋晨曦拉住了。她只能跟着宋晨曦一块儿微笑看着两人。

二人脸色难看，却还是硬着头皮扫给了她。随着叮咚一声，最好听又最熟悉的声音传来，宋晨曦笑逐颜开：“收到！谢谢金主爸爸们，这些项目，我亲自带你们玩。”海上项目，她样样在行。从摩托艇、到香蕉船、再到尾波冲浪，她一刻都不让自己闲着。玩到最后，她甚至给每个人拍摄了一组海岸风光大片。重点突出了古铜色的皮肤和八块腹肌，还用最快的速度将它们冲洗出来，贴在了冲浪店的门口。惹得冲浪店的老板娘又是一阵意乱情迷，小哥哥、小姐姐们尖叫了一路。

“平时给人拍照，我要收一千八，看在你们是前同事、好战友的份上，你们两个人只收两千八。还是微信吗？要是零钱不够，支付宝我也有，看你们方便。”说完，宋晨曦把照片框进了相框里，塞到他们手中，让他们想拒绝都拒绝不了。

于是，一个“渔村”之行，让他们每个人留下了三千块。这已经是她能薅的极限了。要知道其他人来，砍价都是从对半起。而他们作为白帆俱乐部的王牌船员，有骄傲、有包袱，对待宋晨曦还有天然的看笑话之情，自然不好意思还价。

那宋晨曦当然不会便宜他们。事已至此，阴险的是他们，但犯错的确实是她。她只能怪自己，给了他们可乘之机。至于他们到底是装病，还是真病，她不在乎。她只知道，没有下次了。同样的错误，她绝不会再犯第二次。同样的，她也不会再给人第二次伤害自己的机会。

“你还真是想得开。”冲浪店的老板娘收了宋晨曦八百块租赁分成费后，对宋晨曦竖起了大拇指。

宋晨曦无所谓地笑了笑，老板娘以为她不懂，又接了句：“换作我，早就已经气疯了，破口大骂都算轻的。而你，不仅笑脸相迎，还能跟他们做生意。不累吗？”

“累啊。”宋晨曦笑着说，“可是生活还在继续，我要是一蹶不振，才是中了他们的计。我知道自己的目标在哪里，过程曲折一点也无所谓，我总还能想别的办法，去到我想去的地方。”

老板娘听完更加佩服了，从冰箱里拿了一根冰棍给她：“降降火。”

“谢啦。”宋晨曦笑着接过，离开了冲浪店。

傍晚，结束了一天工作的宋晨曦已经疲惫不堪，正准备回去洗个澡、吃个晚饭，然后在海边悠闲地吹吹风。却没想到，这时候，海面上突然出现了一支帆船队，让本来已经安静些许的海岸又再次沸腾起来。

夕阳下，崭新的五星红旗迎风招展，姿态昂扬，只一眼，她便认出来，那是她魂牵梦萦，却又再也不想见面的人——向海川。他正带着他的船队，突然地出现在了海中央。

“好帅的船。”

“坐那个出海是不是很贵？”

“谁这么有钱，可以一下包这么多艘帆船？”

不少人注意到了突然出现的帆船队伍，都震惊不已。“深蓝游艇会”的船身都是清一色的墨蓝加白色条纹，深沉内敛却又狂傲不羁，一看就非同寻常。在白色的帆船队里格外扎眼。而墨色的船身上，每一艘船的船头都是一面崭新鲜艳的五星红旗，与船头那人一样，无时无刻不保持着最光鲜明亮的模样。

七年前，宋晨曦第一次坐上向海川的帆船的时候，他一上船，就指着那面红旗说：“不管我驾驶的船是什么型号，在船上，一定要有一面飘扬的国旗。那样，我不论走到世界的哪一个角落，他们都会知道，我从哪里来，要回哪里去。”

宋晨曦一开始不太懂，直到船开起来，她才知道，那面国旗有多好看。假如能带着她漂洋过海，环游世界，她相信，无论她穿过哪一个码头，都会是阳光海岸上最鲜明、最自信的一抹颜色。宋晨曦就是被他的环海梦、国旗梦所吸引，从那以后，只要看到国旗，就会想起他、想起大海。

如今七年过去，他的船还是这么旗帜鲜明。而他也依然如此光鲜亮丽，充满了活力，让人一眼就能从人群中看见他。而他此时正挥舞着双手，对着岸边的她大喊。虽然声音传不过来，但宋晨曦依然能听懂，他正在呼喊：“宋晨曦，我回来了。”

五年的相濡以沫，两年的音讯全无。相识七年，这是向海川第一次驾驶帆船为她而来。他无比自信、无比耀眼。同样，也无比残忍。

他轻描淡写地说："我回来了。"就像过去无数个日夜那样，亲昵地叫着她的名字。好像离开的那个人是他，而不是她一般。只要他肯回来，她就一定会在原地等待。仿佛这两年的光阴都未曾离去。

但只有宋晨曦知道，一切都已经不同了。

他依然可以叫她的名字，但是回不回应，她说了算。

宋晨曦头也不回地走了。她决定按照原计划行事。她现在要洗澡、要吃饭、要休息，她要按照自己的节奏来。她再也不把希望寄托在别人身上，也就再不会被别人牵着鼻子跑……

海上，向海川看着宋晨曦的背影，有些发愣。所有船员都收起了笑容，静静地看着向海川。

"看着我干什么？还不快追？"半晌，他反应过来，赶忙让船员们放下小艇，然后亲自驾着快艇，来到了海岸。

"宋晨曦呢？"向海川问冲浪店的老板娘。

向海川也是W市走出去的人，都是老熟人了，老板娘知道他没有恶意，指了指宋晨曦离去的方向，提醒说："女人得哄，脾气来得快去得也快，加油。"

向海川虽然深以为然，但不由得苦笑："你以为我没哄过吗？"

"那……"

"对一般女人或许有用，可你觉得，她是一般的女人吗？"向海川无奈。甚至有时候，他们私下都会怀疑，她究竟是不是女人？毕竟，哪个女人能在环球帆船赛的阴暗潮湿船舱里一待待一年还不喊一声累的？没有。连男人都做不到。

闻言，老板娘一时间无言以对，于是只能沉默。

"不管怎样，谢了，等忙完一块聚聚。"向海川勉强一笑，说完，奔着宋晨曦离开的方向，快步追去。

一个小时后，宋晨曦洗澡洗头，美美地吃完晚饭，换了一身干净的T恤牛仔裤，吹了半干的头发，才准备出门，去海岸线的清吧坐坐，看看有没有别的既赚钱又相对放松的营生。可谁知，她刚打开门，就看见向海川站在门口的走廊里，正抽着烟。

他明明不抽烟。

宋晨曦皱了皱眉头，不悦地摇了摇头。向海川赶忙掐灭了烟头，微笑着说：“你醒了？”

这简直就是废话。

不醒，他现在难道在做梦？还是她在做梦？

宋晨曦在心里翻了一个白眼，反问道：“你一直在这儿？”

“嗯。”

“有事吗？”宋晨曦冷淡地问。

“有。”

“重要吗？”

向海川刚想开口，宋晨曦又补充了一句：“比你的前途和自由还重要吗？不重要的话就别说了。”前途和自由，是向海川过去的口头禅。他是个为了自由，什么都能放弃的人。

向海川认真地想了想，说：“跟我的前途和自由一样重要。”

宋晨曦点了点头，说：“那你就在这里说吧。”

“在这里？”向海川有些惊讶。

走廊上，三面都是风，虽然是夏天不冷，但空空荡荡什么都没有。在过去，她绝不会给自己这样的待遇。这么久不见，就算不请他进屋坐坐，也该去楼下的咖啡厅才是。但宋晨曦面不改色地说：“就在这里。你我都忙，把路上的时间节约下来，对大家都好。”

向海川张大了嘴，半晌，才愣愣地说，“过去你不是这样的。”

她笑着说：“你也说了是过去。”过去，他是她的天、她的地、她的依靠、她的未来。至于现在……他也就是个路人甲，地位还不如冲浪店的老板。

这话放在心里，她没说出来，但满不在乎的表情，却已经一览无余。

向海川挫败地说：“我来W市不容易。真的是带着诚意和你商量很重要的事情，对你对我的前途都有关系。这里谈不方便，去我船上吧。”说完，不等宋晨曦拒绝，直接拉起她的手，就把她拽下了楼。

宋晨曦原本是想拒绝的。船、车、房间，都属于私密的场所，她如今已经不想跟他有任何过于密切的关系。但当他的手触碰到她的那一瞬间，虽然只是握着手腕，但也依然让她无法拒绝。温热包裹着她，像是有源源不断的能量从手掌传来，温暖着她的全身。这是她两年来日思夜想，梦寐以求的温暖，她嘴上虽然硬，但身体很诚实。她……完全舍不得放开了。

那就握着吧。就当做了场梦。而这个梦还没有醒。

落日余晖下，W市的码头，停靠着一艘远远大于其他船型的双体帆船。与向海川船队的其他船只外观不同。米白色的烤漆，流畅顺滑的轮廓线条，船尾宽阔的娱乐空间，这些截然不同于单体帆船的运动感，更像是一艘豪华的游艇。而这艘帆船，还没有名字。它的双侧船身洁白干净，没有一丝污渍，更加没有漆上船名。

向海川带着宋晨曦走到船前，宋晨曦瞬间明白了，这艘船是他的。

“新买的？”宋晨曦问。

向海川微笑着点了点头：“我两年前订的，刚到。在这个节骨眼上，也是缘分。”夕阳下，向海川的微笑与周围的晚霞一样温暖而灿烂，很难让人移开目光。

向海川比宋晨曦大十岁，但结实精干，身上没有一丝赘肉。整个人看上去既有年轻人的活力，又有年长者的睿智，沉稳又洒脱。截然不同的两种气质交叠在一起，格外吸引人。加之嘴角天然的上翘，不论什么处境，似乎都在微笑，仿佛天塌下来，都有他顶着。

宋晨曦就是被他嘴角的这一抹笑所吸引。五年才得以逃离。

如今是离开他的第二年，相识的第七年，她也依然没有能够真正忘记这一抹笑。

但，就算不忘，也不阻碍她清醒。

“什么缘分？”宋晨曦故意听不懂他的弦外之音，沉声问。

向海川没回答，只伸出手，邀请宋晨曦上船。

修长精干的五指在宋晨曦面前展开来，可宋晨曦却并没有像以前一样，无所顾忌地把手搭上去，而是直接越过了他，翻身跳上了船。

她的身手之矫健，动如脱兔。她走在他前头，始终一副趾高气扬、无所顾忌的模样。仿佛她才是船东，而他是个客人。

向海川看着自己伸出去的手，有些尴尬，但更多的是无奈。摇了摇头，也跟在她身后上了船。

船上还有一些大副和水手。所有人看到宋晨曦，都收起了嬉皮笑脸的模样。他们一个个皮肤黝黑、发红，一看就是老手，与池远航那一船“弱鸡”截然不同。但他们在宋晨曦的面前，都算晚辈，都得毕恭毕敬地对着宋晨曦点头，尊称她一声：“曦姐。”

宋晨曦没见过他们，应该是这两年新招的人。看来向海川没少提起她。

宋晨曦想笑，但忍住了。她这些年学会的，就是不要高估自己在男人心中的分量，不论是谁。

盛夏时节，晚霞遮天，向海川亲自驾驶着帆船，将船徐徐开入海中央。晚霞温柔，并不耀眼，海风也算给面子，徐徐吹来，并不觉得炎热。相反，很舒服。

宋晨曦坐在崭新的帆船上，享受着一场真正的海天盛筵。优雅奢华与高航海性能兼具，三百六十度无死角海景，既有蓝天白云的映衬，又没有白天难以睁眼的刺目阳光。一切的风景都是恰到好处的温柔，宋晨曦舒展地坐在船头二层的U型沙发上，是连日来从未有过的放松。

“蓝高65双体帆，全长20.6米，船宽10米，吃水1.6米，自带海水净化系统，有雷达、导航、Wifi（无线上网）、卫星电话一应俱全。落地价至少两千五百万。”宋晨曦赞赏道。

“好眼力。”

“新船就是不一样，无论哪方面都无可挑剔，就连新船独有的木质香，都这么好闻。”就像向海川一样，不论从什么角度来说，都无可挑剔。他成熟、稳重、睿智、多金，仿佛掌控着一切，做什么都游刃有余。

宋晨曦毫不吝啬自己的夸奖和羡慕，而他也大方接受她的夸奖。他站在驾驶室里，望着远方海天相接的地方，不无骄傲地说：“这是这艘船的处女航，今早刚到港，还没有命名。”

宋晨曦抚摸着崭新毫无瑕疵尘垢的真皮沙发坐垫，笑着点点头：“看出来了。”光洁米白色的船身上，一个Logo都没有。

“想好叫什么名字了吗？”宋晨曦问。

向海川点头：“想好了。”

宋晨曦：“叫什么？”

“晨曦号。”

在宋晨曦惊讶的眼神中，向海川又强调了一遍：“她的名字，叫晨曦号。”

“你可真会开玩笑。”宋晨曦望着向海川，笑得前仰后合。

“我没有在开玩笑。”向海川回头，望着身后的宋晨曦，表情分外认真。

宋晨曦笑不出来了。她一时间不知该说什么好。适逢海风吹起她的发丝，她竟难得地拿手拢了拢头发丝，以掩饰当下的慌乱。但越慌，越乱。

海风吹起的长发，胡乱地在脸上纠缠着，她左右手齐出，都没能将眼睛上那一绺头发给撩上去。向海川叹口气，直接伸手，像安抚一个三岁小孩般，将她卡在眼睫毛上的那一绺头发给拨到了耳后。

他指尖传来的触感，灼热滚烫。宋晨曦愣了一下，然后整个人见鬼似的弹开去，动作幅度之大，让两个人都是一惊。

向海川没想到她会反应这么大。宋晨曦自己也没想到。

在过去，这样的行为举动再正常不过了。他们不仅会互相帮助对方理头发，更多亲密的动作，他们也都做过。

他们亦师亦友，情同情侣，却只称兄道弟。

“抱、抱歉。”宋晨曦有些尴尬，连连道，“多谢，我自己来就好。”说着，之前被他理好的头发又再次乱开了。这一次，向海川没有再动手。他笑了笑，便继续驾驶着帆船，向前行去。而身后的宋晨曦是什么模样，他都装作看不见了。

他总是如此体贴。给人以最舒适的距离，知道她不想他看到自己的狼狈，他就装作看不见。给她足够的时间整理好自己，然后，再以最舒适的姿态出现。

入夜，船找了个小岛附近泊锚。而他们的身后，不远不近地跟着八九艘55尺单体帆船，清一色的墨蓝色风帆和船身，也同时调转了航向。宋晨曦发现，每一艘船上都配备了至少两名船员，一名大副。古铜色的皮肤昭示着男性的力量与魅力，以及金钱。请他们可不便宜。向海川这次所展示的，不仅仅是这两年的成果，更是向宋晨曦递来未来的邀请——他有足够的实力让身边的人过上好日子，他应当很希望宋晨曦也回到他的身边。

宋晨曦看出来了，却不动声色。如他过去所做的那般，装傻。他不开口，就装云淡风轻，装无所畏惧。他若开口……那就再说。

海湾里，船队的十几条船都连在一起停靠，场面既壮观又热闹。船尾的无烟烧烤区聚集了不少人，船员们带着各自这一路拖钓的战利品涌向他们。离得近的跨越船身，翻身而来，远一些的索性跳下海，游过来。私人亲水平台足以让人们自由地上下，若食物不够了，跳下去现捞现杀，也是极方便的。

向海川熟练地将他们带来的鱼洗净剖开，放在船尾吧台的烧烤架上翻烤，不一会儿便香气四溢，引得大伙儿食指大动。

“向老板从来没有亲自下厨过，我们都是托了曦姐的福！我先干为敬，欢迎曦姐回归！”旁边“月亮号”的船长大蹼拿起酒瓶，递了一瓶过来给宋晨曦。

宋晨曦有些发愣。过去的年月，她听人叫过向海川“向哥”“向船长”，却是第一次听见有人当着她的面叫他“老板”。

看来向海川真的很久没有驾驶过帆船了。

宋晨曦心中戚戚，面上却不动声色。大蹼见她迟迟没有接过酒，便将那酒瓶硬塞在她手里，而后自发地与她碰杯，一饮而尽。所有人都鼓掌叫好，纷纷附和。宋晨曦也鼓掌，但是迟迟没有喝那瓶酒。

“不好意思，我戒酒了。”宋晨曦抱歉地耸耸肩，拿起一旁的茶水，以茶代酒还之以礼。

宋晨曦酒量极好，在业内也是出了名的。她不仅会开船、会潜水、会捕鱼，就连喝酒，也没输给过别人。现在说戒酒，在他们听来，实在有些可笑。大蹼有些不高兴：“曦姐，一听说你出事了，老板让我们几个一起来接你，这么大的面子，你不给吗？”

“给啊，当然给。师傅的面子，我这辈子都抹不开。”宋晨曦说着，向海川惊讶地看了她一眼。

“师傅”这个称呼，他着实是好久没有听见了。

人群里，宋晨曦又道：“但戒酒这件事，也是师傅要求的，我两年如一日的坚持，还不算给面子吗？要知道，在海上不喝酒，可比死了还难受。”行船生活，短则一周，长则数月，无风无浪的日子全靠酒精打发时间，而她已经戒酒两年了。

宋晨曦看着烧烤台前的向海川，向海川闻言，停下手中的活，看着宋晨曦。

宋晨曦以前总是“师傅”“师傅”地喊，嗓门也算嘹亮，惹得周边的船都能听到她的喊声。就连向海川在无线对讲机里跟别的船沟通海况时，也经常能听到她在楼下，扯着嗓子喊他“师傅”。但这次见面，她再也没叫过他师傅。

啊不，确切来说，从那一晚开始，她就再也没叫过他“师傅”。她只叫他“向海川”。

“是我说的。”向海川默了一下，说：“女孩子喝酒不好。戒了也好。”一句对身体无益，便把事情揭过去了。丝毫也不提当年他为什么要她戒酒。有了向海川的盖棺论定，其他人也不好再说什么，各自拿着酒杯，涮着火锅，推杯换盏起来。很快，夜幕四合，灯光温暖，徐徐海风中，一派祥和。

海上的日子就是有今天不想明日的，活在当下，忠于自己，只有快乐，没有悲伤。一切美好得不真实。宋晨曦过了五年这样的生活，依然没有腻。如今她也依然喜欢这样的生活，依然会怀念在向海川船队工作的日子，但，却不得不逃离。

她怕自己再这样下去，终有一日，会陷入永恒的沉沦，再爬不出去。趁她现在还有翅膀，她总该自己试着飞翔。而不是在向海川的羽翼下，从未见过真正的风雨。

酒过三巡，大家都喝高了。有人躺在船头晒月光、聊人生；有人睡在了船舱里；沙龙区只剩下向海川和宋晨曦两人。静谧的氛围里，一切恰到好处地融洽。

向海川收拾完一切，将工作台整理完毕，才拿了杯酒过来，坐在宋晨曦身边。他将手自然而然地搭在宋晨曦身后的椅背上，整个人似是将她环在怀中，却又没有真正碰触到她。他总是能这样给予旁人最亲密的距离，又不至于让人感到冒犯。

“心情好些了吗？”向海川问她。

两年不见，难得的是他的脸上第一次没有出现轻松的笑意。凝重的眼眸，紧锁的眉头，显然他已经知道了宋晨曦如今的处境。不论是与白帆俱乐部签约，还是被白帆俱乐部除名，消息总能最快地传到业内人士耳朵里。向海川会知道她一点也不意外。

两年前，她离开了向海川，签约了白帆俱乐部。他没有来送她，甚至转身就成立了深蓝游艇会。与白帆俱乐部的专业参加比赛的性质不同，深蓝游艇会致力于打造轻奢旅行，以运营为生。如今，看向海川的状态和他船队的规模，游艇会做得应该很不错。而她却被白帆俱乐部除名，甚至收获了行业黑名单一张。离开了向海川，他越来越好了，而她……看上去似乎又回到了两年前，甚至，还不如两年前。

但她不后悔。她做得最正确的决定，就是离开了他。从此，不论在任何境况下，她都不至于再经历当时的绝望。

没有什么能比那时候更绝望。

“我一直都很好。”宋晨曦淡淡一笑，“能吃能睡有活干，有钱赚，还有饭吃，你说我过得好不好？”无法回答的问题，直接抛回给提问的人，是最躲避的做法。反正不管她回答好与否，他肯定只按照自己的想法来看待她，那她又何必多费唇舌？

而向海川的心疼，写在了眼睛里，写在了脸上，表现在了行动中。他带着她的团队一起来陪她散心，就像过去一样。而他对每个人都一样。宋晨曦曾无数次地想，温暖如向海川，假如 W 市有圣母院，那一定是他开的。独此一家，再无分歧。

虽然宋晨曦并没有真正表现出难受，但向海川懂她。她从不抱怨，从不回头看，但不代表她不难过。失去白帆俱乐部的比赛资格，意味着她可能失去未来的环球帆船赛奖杯。那是她梦寐以求的荣誉，为之奋斗了七年，突然被俱乐部除名，说不难过是不可能的。

向海川叹了口气，没有再跟她绕弯子，直言道："晨曦，这一次回来，我并不是在刻意炫耀，也没有责怪你当年的离开。我来，只是发自内心真诚地邀请你回来。这里永远有你的位置。甚至，只要你愿意，这艘船可以以你的名字命名。"

命名一事，向海川提了两次，他真的不是在开玩笑。

宋晨曦笑了笑，说道："晨曦号还挺好听的。可惜……"宋晨曦说到这里，停住了。

向海川停下手上的动作，转头看着宋晨曦，表情很是郑重，似乎有些紧张。

她可从未在他脸上看到过紧张。今日倒是稀奇了。宋晨曦笑了笑，右腿搭在左腿上，松弛地双手张开，舒展地放在靠背上，微笑地看着他，说："可惜我已经习惯了自由自在，回不去了。"

向海川皱眉："没有人会压在你头上，在我这里，你可以自由自在地做任何你想做的事情。我永远都会支持你。"

"不一样的。"宋晨曦斩钉截铁地摇头，"习惯了当船长的人，怎么去给别人当大副？"

"你也可以当船长，甚至是船东。"向海川几乎毫不犹豫地回答。他说完，站起身来，走进船舱，从事先准备好的文件袋里拿出两份文件，交到宋晨曦手里，"如今我有一百二十艘船，你可以任选自己喜欢的，就连这艘船，也可以是你的，你想用它来做什么都可以。"

那是一份船只转让证明文件，宋晨曦看了一眼，发现向海川已经在上面签好了字，只要自己签上自己的名字，这艘崭新的蓝高 65 就是她的囊中之物了。

宋晨曦张大了嘴，有些不可思议。

原来，他不仅仅只是要送给她一个浪漫的名字，而是一艘货真价实的顶级双体帆船。

他对她还真是大方啊……

两千五百万放在宋晨曦眼前，说不震惊是不可能的。她知道向海川在成立深蓝游艇会后，生意做得很大，但没想到有这么大。一百二十艘船，光一天的船舶费都能惊掉下巴，但他却轻描淡写地，浑不在意。

宋晨曦看着眼前的向海川，很是唏嘘。

七年过去了，良好的运动习惯让他的身体一直保持在巅峰状态。微微含笑的眼角，只有浅浅的两道皱纹，但丝毫也不影响他英俊的外表，反而更增添了岁月沉淀的味道，更有掌控着金钱的独特魅力。那是将人生的舵稳稳握在手里，一辈子不曾偏离的掌控感。

刚认识向海川的时候，他还只有一艘小小的单体帆船，是从国外二手市场淘来的。她陪他一起翻新了船体，靠着一次又一次的带客出海，完成了一个个零部件的更新。然后看着他租来更多的船，成立了自己的船队，而后一步步地拥有了自己的游艇会甚至是码头。她见证了他的成功，他也很感恩，愿意跟她分享他的成功。而且，他始终认为，他身边的每一个人、每一件事，都在他的掌控之中，就像他的航线一样不曾偏离。宋晨曦离开的这两年，或许是他唯一抓不住的两年。

但，没有关系，她终究还是会回来的。

向海川坐在宋晨曦的身边，递给她签字笔和印泥，甚至连按完手印后擦手的纸巾都想到了，抽了一张攥在手里，以备宋晨曦需要。他就是这样一个凡事都尽善尽美，极尽妥帖的人。让人无限沉浸在他的温柔里，无可自拔。

从天而降的巨大馅饼砸在宋晨曦脑袋上，说不心动是不可能的。但她知道自己的目标。她想要的，绝不仅仅是冷冰冰的一个股东名字，也不是一艘船的归属和命名。

她想要的，是独占、是私有。

可谁又能仅凭爱意将“富士山”私有呢？

她曾经以为自己可以。

但两年前那一晚，她也终于意识到，自己并不是能让海王上岸的那一个特殊。

她其实没那么重要。

见宋晨曦迟疑，向海川突然有些紧张，攥着纸巾的手微微颤抖。宋晨曦敏锐地捕捉到了，她更惊讶了。

她从没见向海川真的紧张过。

就连两年前，她离开的时候，他也没有说过什么，只轻描淡写地说："去外面看看也好，我会等你，欢迎你随时回来。"

听说她要走，他一句挽留的话都没有说。他对她的态度始终像大海一样，宽广而包容——只要你愿意来，我永远等着你、爱护你。你要走，我也尊重你、祝福你。

她跟在他身边，从水手到大副，过了五年浪迹天涯的日子。宋晨曦受尽了他的照顾，同样为了不辜负向海川的栽培，自己也很努力。甚至，超越了其他所有人加起来的努力。她永远是最早上船、最晚上床的人。五年的生活，孜孜不倦、小心翼翼，不仅仅因为她喜欢大海，更因为带她走向大海的人。她等了五年，却从没有换来向海川的正面回应。

她突然就不想再等待了。

哪怕时至今日，分别两年后，向海川依然在避重就轻。

他明明知道自己想要什么。但是他愿意给她钱、给她船、给她一切物质生活和荣耀，却依然不给她正面的回答。

向海川，他依然习惯性地拿着一把温柔的刀，在肢解她的灵魂。

"谢谢你。"宋晨曦除了说这三个字，还真不知道说什么。

"嗯？"向海川也没有步步紧逼，而是温和安静地看着她，等着她往下说。

宋晨曦倒了两杯酒，递了一杯给他。虽然她戒酒两年了，但一看到向海川，她实在是忍不住。

向海川没拒绝，笑着与她碰杯，一饮而尽后，他甚至亲密地替她擦去嘴角的红酒，宋晨曦也没拒绝。就像曾经那朝夕相对的五年，他们也曾如此亲密无间。

但，不拒绝并不代表能回到过去。

"向海川，我累了。"宋晨曦顿了一下，说："白帆俱乐部的这两年，我参加了十几场国内外大小赛事，业余时间也没闲着，几乎都在海上。我的整个青春都在海水里泡着，一刻都不曾停歇，如今被强行放假，倒也不错。我想过一阵子脚踏实地的生活了。你……明白吗？"

"我明白。"向海川微笑地、温柔地回应，"累了就休息，我绝不逼迫你。在我这里，你可以休息，无论多久，深蓝游艇会都不会责怪你。把卡号给我，我今天开始给你发底薪。"

"不，向海川，你还是没明白。"宋晨曦打断他，道，"手心向上，仰仗他人的日子，永远都是无底深渊，你永远不可能过上脚踏实地的生活。我不想这样，我只想简简单单，没有任何后顾之忧，去做自己想做的事情。再也不被过去的事情牵扯我的精力和情绪，这样我扬帆起航的时候，才不会有牵挂。才能驰骋得更远、更快一些。”

“矛盾吗？”向海川不理解，“你想做什么我都支持你，也不会束缚、禁锢你，我只会对你好，帮助你走得更远，仅此而已。”

宋晨曦跟他一样，是属于大海的。她迟早都会回到海上。他是她最坚强的靠山。不论白帆俱乐部对她产生多大的影响，不论这个行业还会不会接受她，他永远都给她留一个位置。有什么不好？她为什么不接受？

因为……她爱他啊。

向海川，你那么聪明，怎么会不知道我爱你？

从十七岁的夏天，那个初次相遇开始，到不顾一切留在你身边，我爱了你八年。就算离开了你两年，也依然还爱着你。

要拒绝你很难。

你知道我永远都不可能拒绝你。

但没名没分地跟在你身边，我也不愿意。

宋晨曦很清楚，向海川是知道、明白一切的，但是，他不愿意给。于是他一直在装傻。

“向海川，你知道我真正想要什么的。”宋晨曦说。

十七岁的时候，她可以不顾一切；二十三岁的时候，她可以自己骗自己。但如今她二十五岁了，她不想再等待了。假如得不到，还不如当作没遇见。

“向海川，在你身边，我只当你的唯一。其他的身份，我都不接受。”

没来由，宋晨曦突然就不想再跟他绕圈子了。她坦然地说：“我想要的是什么，其实你一直都明白。我从十七岁开始喜欢你，十九岁来到你的身边，二十三岁离开。现在我二十五岁，我承认自己依然还爱着你。但就因为爱，我没有办法勉强自己再以任何别的身份陪在你身边，那样的日子，每一分、每一秒都是煎熬，甚至，看到你，我就会心痛到无法呼吸。

“而我也明白，你无声地拒绝我，不是因为不喜欢我，而是还没到爱的程度。你也不想轻慢我、伤害我，所以你觉得，假如做朋友，我们可以一辈子在一起。不至于哪一天，我们会闹到老死不相往来的地步。

你希望在我的心里，你永远高高在上，没有瑕疵。

“我也知道你现在还不想结婚，不想为了一艘船而放弃一整片海洋。毕竟，人生海海，时间那么长，你难保不会心猿意马。你不想伤害我，你希望自己是护着我一辈子的那个人。所以，为了避免未来可能会到来的伤害，你选择装傻、选择了根本不开始。

“可是你大概没有想过，以朋友的身份陪在你身边，对我来说，又何尝不是一种伤害呢？

“看着自己喜欢的人，可以温柔地对待自己，除了没有情侣的名分，我们日夜不分，形影不离。甚至，有时候，我还要看着你与别人在我面前恩恩爱爱。这对我来说，难道不是一种伤害吗？

“向海川，你明明需要我，却又不敢给我承诺。而我无法自拔地爱了你这么多年，当我明白你不可能专心爱我一个人的时候，我就选择了离开。成年人的世界，总不可能既要、也要、都要的。有取舍、有遗憾，那才是人生。

“而这一切，都是我的问题，是我心态不对，我调整不过来，不是你的错。毕竟，没有身份的占有欲，进一步没资格，退一步舍不得。如果一定要取舍，这一步，只有我来走。

“所以，假如你对我尚有一丁点真正的怜悯，就不要再来烦我。因为看见你这张脸，我就会无缘无故地心痛。这种痛，或许你一生都不会明白。”

宋晨曦一口气说完，甚至没等向海川回答，拿起自己的帽子就离开了。

这些话，她憋在心里七年了。就像她到哪都想戴着帽子，把自己藏起来一样。

两年前没有说出口，也没有挑明白，是因为还心存幻想，还抱有一丝希望。但现在，她能坦然地说出来，恰恰证明她已经无所顾忌了。

她不再害怕失去了。

她早已失去。

而这一次，向海川没有阻止她。

他一直坐在船上，右手放在她身后的靠背上，像环绕着她，又并没有碰触她的姿势坐着，目送她离开。

她把他所有想说的一切都说完了。正如她所说，他能给她股份，给她船只，给她一切物质和荣耀，却没有办法给她一个独一无二的承诺。

他给不起。

他也不想欺骗她。

于是他只能再一次目送她离开。

宋晨曦回到自己的小窝时已经凌晨三点。没有了振聋发聩的音乐，没有了酒，没有了向海川，一切都显得空虚而苦涩。但这份宁静，似乎才是真实的。宋晨曦用尽了全身的力气才脱掉了鞋，也不管鞋被她踢到了哪个角落里，直接往床上一倒。然后就对着天花板，久久无法回神。

拒绝向海川需要比上一次离开时更大的勇气。她虽然已经习惯了没有他的生活，可是日日夜夜她所怀念的，也是有他的生活。她拒绝的，是她曾经的信仰。

卧室的床头台灯下摆放着一个紫色的贝壳。贝壳上有细密泛着金光的纹路，在台灯下熠熠闪光。那是向海川送给她的第一份礼物，或许连他自己都不记得，但是对她来说，这份礼物远比后来的所有礼物还要珍贵。

十七岁的那个夏天，她第一次看到了大海。海水卷起半人高的浪潮，一波又一波地向她袭来。在无边无际的大海之上，她的烦恼似乎不值一提，轻易地被海水带走，只剩下空灵和坦荡。站在海与天之间，向海川卷起裤腿，在浪花中摸索，然后掏出两个紫色的贝壳。巴掌大小，几乎一模一样，在阳光下闪着光。

向海川说："送给你，我们一人一个。等你回家了，不管我们相距多遥远，只要看到它，就能想起对方。就能想起在遥远的海的那头，还有一个人关心着你。"

宋晨曦接过，拿在手里。分明轻巧，没什么重量，却又沉甸甸的。

从此以后，她的牵挂，便有了实体。

到后来，她为了再次见到他，不顾一切地来到了海上，来到了他的世界。都因这枚贝壳，在她枯燥无味的人生里闪着光，点缀了她平淡无奇的人生。从此，她的生活变得不同寻常。

但她也清楚地知道，海上的生活再刺激、再潇洒，却也不是永恒。活在向海川的羽翼下，或许永远歌舞升平，无忧无虑。但那又怎样？那些美好的一切，犹如圣诞橱窗里精美的礼物，只能看，却并不属于她。那么……她宁愿不看。悲惨若没有幸福作对比，或许就显得没有那么难受。你若够不着他，就永远不会想他了。一念起，悲苦生。人生最痛苦的莫过于一线之隔，你好像努力就能够着，但这一步的距离，远比之前的九千九百九十九步还要难。她努力走了好久，最终也只能放弃。

离开了向海川，从此再无人可为她遮风挡雨。

可那又怎么样呢？

这世间一切惊涛骇浪，疾风骤雨，都抵不过他看向你时，苦恼为难的目光。他乞求地说："晨曦，我一直把你当最好的朋友、最可关爱的妹妹。以后我们也只是朋友，不好吗？"

不好，一点也不好。

朋友之间永不会做那么亲密的事，他对她无限包容，释放了一切的温柔和善意，到头来却只想和她做朋友？

抱歉，他可以，但她做不到。

她无法收回对向海川的爱慕，与他以朋友身份相处的每一分钟都是煎熬。

那时的宋晨曦低着头沉默了好久，可再是觉得心如刀绞、做不到。最后，在两人良久的无声拉扯中，也只能仰起脸，笑着点了点头，用力地说："好。"灯光下，宋晨曦露出八颗大白牙，与小麦色的皮肤形成鲜明对比，显得笑容更加灿烂。她无法拒绝他的任何请求，哪怕很过分、哪怕不愿意，她也依然无法拒绝。

这是她最可敬可爱，放在心头最重要位置的心上人啊。她舍不得他有一丁点的为难，哪怕最后为难的是她自己。

对面的向海川闻言，如释重负般地松了口气，跟以前一样，笑着摸了摸她的头："睡吧，明天就上岸了，我带你去吃顿好的，想吃什么都可以。"就像摸一只听话乖顺的宠物，语气也像在逗路边的小野猫。可宋晨曦知道，一切都回不到以前了。

"嗯，好。"宋晨曦低着头吸了吸鼻子，下定了决心似的点点头，然后，头也不回地走了。

第二天上岸后，宋晨曦便辞去了船长大副的职位，从此再也没有回来过。

直到向海川金盆洗手上岸，也再没有回来过。

她最后留给向海川的，就是那一晚在海上，无边星空下，风吹着浪花拍打甲板的声音里，桅杆宁谧的夜航灯光中，她幽幽望着自己的笑脸。

眼睛里有星星、有他。

而从那以后，向海川的世界里，却再也没有了她。

第二天，宋晨曦起床时，眼睛疼得有些睁不开。她已经不记得昨晚自己是什么时候睡着的了。她只知道自己顶着两个肿成了核桃的眼睛，和两个抹了三层遮瑕都盖不住的黑眼圈，二者无一不昭示昨夜内心的腥风血雨。但是成年人的世界，天一亮，该干什么还是得干什么。

宋晨曦打开邮箱，查看邮件。她早在第一时间就把自己的简历发往了各大帆船竞技俱乐部，但无一例外地石沉大海，没有回音。但她没有气馁，这是意料之中的结局。她不认命，继续搜了好几家俱乐部，就连国外的也有。将自己的简历发了过去之后，又打开了小红书，联系昨天预约过的客人，确认课程。然后比预定时间早五分钟，到达了潜水馆。

宋晨曦已经好几年没教过美人鱼了，第一位客人，是个不会游泳的小姐姐，甚至有些怕水。

客人："不会游泳也能学吗？"

宋晨曦："可以的。"

难得的是，她在当老师的时候，对学生格外温柔有耐心，以至于学生们也不怎么怕她。小姐姐天赋不够，还嫌累，学了一整天，没有什么进步，宋晨曦不想退费，只能答应她第二天继续。但没想到，第二天她也依然没有学会。

"腰部发力，想象你在跳舞，只不过换到了水底。"

"不行啊教练，我害怕。"

"怕水还学美人鱼？"

"那不是为了拍照好看吗？"

理论上是这样，但拍照好看，也要靠模特有实力。

宋晨曦不放弃，又教了她一天，依然学不好。她本来都准备退费了，但没想到，用这几天学习的花絮素材剪了一个视频出来，客人竟然无比满意，也不需要什么结业证和等级证书，拿着视频就美滋滋地走了。

两千八百的学费，只为了这么一条朋友圈，宋晨曦感叹，有钱人的钱真好赚。

或许是她拍摄手法很不错，把不会游泳也不会美人鱼的小姐姐都能拍得跟小美人鱼似的，她又接到了好几单生意——不要求学会，只要求能拍出同款水下视频。于是往后那一个月，宋晨曦除了特定的表演时间需要回S市，其余都泡在W市的潜水馆里，替人拍照。小林找到她的时候，差点没认出她来。

“你这个月瞒着我们干吗去了？光子嫩肤，全身？怪不得给你发消息都不回。”一个月没怎么晒太阳，宋晨曦白了不少，原先是典型的小麦色，如今白白嫩嫩，与在海天之间驰骋的模样大相径庭。尤其是洗完澡，头发披散下来，说她是来拍海岸风光宣传片的模特也有人信。

“你可真会开玩笑。”宋晨曦耸耸肩，扬了扬手中的摄影机，“给她们拍照，一直在水里，没晒过太阳。”

小林震惊：“你这新陈代谢也太快了，一个月就能脱胎换骨，要不是你这身乌漆嘛黑的泳衣，我还认不出你来了。”

宋晨曦的衣服来来回回就那么几件，但一点也不耽误她在人群中出挑——她的身材足以让穿在她身上的所有衣服发光。因为她就是力量与光芒本身，任何东西都无法阻止她闪耀。

“马屁就别拍了，说吧，找我什么事？”为了避免小林继续夸她，宋晨曦直截了当地问。

小林沉默了一下，说：“那小孩一直在找你。”

“谁？”

“池远航。那个小开。”小林做了个无比妖娆的动作，还比画了个“八”字。宋晨曦这才想起来，那个带着八个小姐姐出海的池远航。

“哦。”宋晨曦低头收拾着美人鱼拍照装备，眼睛都没抬，半点兴趣都没有的样子。也不问对方找自己干什么。

小林忍不住又补充道：“云杉远航集团的小开。”

听到这里，宋晨曦还是微微有些诧异。

云杉远航，世世代代以造船为生，世界超一流最顶尖的游艇、帆船，几乎都来自远航集团，一艘船的订货周期超过三年，供不应求。

早料到他是个富二代，却没想到是远航集团的。他还真是……德不配位啊。

造船为生的家族企业接班人却晕船？

真是一代远不如一代。

宋晨曦勾起嘴角，毫不掩饰自己的嘲弄。且……半点想要认识的样子都没有。

小林试探地：“你不打算见见？”

“不。”

“为什么？”小林不解。一个云杉远航所带来的经济效益，远远超过她跑一年的船，一个现成的宝贝金疙瘩摆在面前，她为什么要拒绝？

宋晨曦淡淡地说：“麻烦。”而且人永远也无法赚到认知以外的钱。云杉远航很好，可离她太遥远了些。她应该也不会有跟他们做生意的那一天。

小林目瞪口呆，被她这一番说辞震得外焦里嫩。

“就交个朋友，加个微信好友也不行？把他放在朋友圈，当个点赞之交，不好吗？”

“那就更没必要了。”宋晨曦淡淡地说，“朋友是自己选的家人，也讲求一个门当户对，我一个穷打工的，朝不保夕，凭什么跟他富三代做朋友？我没那么重要。”任何时候，宋晨曦都极力自保。不贪心、不从别人那里图什么，是她的原则。

跟有钱人做朋友，她怕自己的心态会崩，还是不要了。至于点赞之交？她一年到头也未必会看几眼手机，还点赞？不存在的。

小林碰了个软钉子，临走前，宋晨曦跟他说：“以后有活叫我，虽然没有在白帆俱乐部挂名了，但，我还是宋晨曦，我依然能远航。”

“知道啦。”

小林说不出自己究竟是高兴还是不高兴，池远航交代的任务没完成，但宋晨曦又整装待发了，也算是个好消息吧？一百个人有一百种生活方式，宋晨曦作为他的朋友，她过得恣意、洒脱就好，别的也劝不了了。

小林没有出卖宋晨曦。长久的合作让他非常了解她的脾气，她说一不二，说了不想跟池远航有来往，就是真的不想有来往。那么消息就绝不能是他传出来的，否则连朋友都没得做。

池远航软磨硬泡，也没能从小林那里得到宋晨曦的联系方式。他甚至连宋晨曦的真名叫什么都不知道。只怪他当时太自负，上船时连身份证都没看，不然也不至于这么被动。

他只知道他姓宋，英文名叫 Vicky，可是海边叫一声 Vicky 有一万个人答应，还都是女人。连性别都对不上号。

池远航这大半个月快把 S 市都给翻过来了，也仍然没有打听到他的任何消息。

池远航感到很挫败，或许他跟大海还真的就是没有什么缘分？

就在池远航准备放弃的时候，却没料到，他突然在一个从未设想能见到他的地方，再次见到了他……

那是S市最出名的一家酒店，十万一晚的深海套房里，池远航放下行李，准备度过最后一晚。他站在巨大的落地窗前，眼前是深蓝的大海，鱼儿成群结队地游过，而后，她就这样突如其来地从天而降。

宋晨曦身穿白色美人鱼装束，在鱼群的簇拥下翩然起舞。她身段婀娜，和着布满亮片的巨大美人鱼拖尾，旋转着来到了他的面前。

她停在套房巨大的落地窗前，一面挥舞着鱼尾，一面伸出手掌，将洁白纤细的手掌印在了池远航的眼前。

单向的玻璃，她看不清里面的人是谁。她也不在乎。

她只是像过去无数次对客人们做的那样，隔着窗户俯首称臣。让他们感受拥有一整片海洋的尊贵，也让他们深切地享受自己那无可匹敌的财力——这天地广阔，大海浩瀚，只要有钱，就能买到这世间至美的一切。

而宋晨曦，就是这整片海洋之中最美的那一尾鱼。

池远航惊呆了。

他怎么都想不到，他找遍了H省，向无数人打听都未果的神秘船长，就这样穿着美人鱼裙摆，突如其来地从海的另一头飘摇而至，落在自己面前。和着鱼群翩翩起舞，而后，一触即离。

纯白色落英点缀了星辰似的鱼尾，灵动飘逸。不染纤尘的面颊上，只有唇红一点。她长发披散，随波荡漾，翩跹而至，又决然而去。尾波荡漾之中，就如同月前在码头，她背对着自己，挥舞着右手，一眼也不回头地离去时一样潇洒。

只不过此刻的她，变成了女人。

一个不染凡尘、干净得如同深海里的美人鱼一样的女人。

哀婉、空灵，让人想抓却抓不住。到最后，只留下一个孤清的背影，在光与影的海洋中心，摇曳夺目，耀熠生辉。

原来她不仅是能乘风破浪、扬帆远航的船长，也是亚特兰蒂斯潜水馆的一名签约潜水员。

池远航向酒店工作人员打听过后，才终于知道了她的名字：

Vicky Song，宋晨曦。

第三章 · 会友

Heading towards the morning light

宋晨曦的美人鱼秀，在每个星期六和星期天下午各一场，演完就回W市。在W市里，有潜水馆、冲浪店，生活成本也更低，是她的大本营。虽然来回奔波，但赚的钱加起来并不比在俱乐部少。她很快调整好了自己的节奏，回到了适合自己的生活方式中来。

当晚，宋晨曦的小红书上收到一条私信："预约明天十点上课，有空吗？"

发私信的人显示是男士，但宋晨曦看了一眼他的ID：纯情病娇小猫猫2，看上去又不大像个男人。对于主页一片空白的ID来说，被骗的概率较大。这么晚了，她也不想浪费时间，于是自然而然地发了美人鱼的价目表给对方，同时告诉对方说："有空，但是要全款预订。"

"可以。"哪想到，对方很快回复了她，连讨价还价的过程都省略了。

宋晨曦更觉得有诈了。对方不问课程时长，不问考核指标，不关心职业前景，上来就约时间和给钱，更像是来闲聊打岔的，于是也不绕弯子，直接发了支付宝收款账户名给对方。本以为会从此石沉大海，却没想到，很快，"叮"的一声，支付宝到账两千八。

得，这是一个干脆的主儿。不是骗子。

宋晨曦为自己的阴暗思想默哀了三秒，随后，就推掉了第二天所有的行程，专程等纯情病娇小猫猫2。

第二天，宋晨曦兼职的潜水馆里来了一位特殊的客人。

潜水馆里学美人鱼的百分之九十九都是肤白貌美大长腿小姐姐，而他穿着平角泳裤，拖着一双巨大的脚蹼，点名要宋晨曦教。这脚蹼是他在来的路上，看到有潜店外挂着，顺手买来的。他从有记忆以来，就没学过游泳和潜水，以为一切装备都要自备，却不想到了店里才发现，这儿什么都齐全。他买的这双，不仅大，还显得有点业余。

"我今天有约了。"里间，宋晨曦眼睛也没抬，摆弄着自己的相机。相机有些年头了，最近给她们拍水下视频一直在用，有些小毛病，问题不大，但也足够用掉她的精力。对于不预约前来的客人，她实在没空应付。

"可他说……跟你约好了。"潜水馆的前台有些为难，宋晨曦闻言，这才抬头，发现外头的客人不是别人，正是前些日子央小林来要微信不成今日亲自登门的造船公司小开：池远航。

再相见，池远航整个人都精壮了不少，看样子这半个来月没少受罪……啊不，没少锻炼。他应当是认识到了自己体力不足，全力以赴地弥补。但看他这副打扮，就算身体充实了些许，脑子也依然不太好使的样子。至少在她这里，可没见过哪个男人学美人鱼的。

宋晨曦试探性地问：“纯情病娇小猫猫２？”

“是我！”池远航嗓门洪亮，刻意提高了声调，就是想在宋晨曦面前表现出自己男儿的一面，但似乎并没有什么效果。

宋晨曦不明白他怎么一副装女人还很骄傲的样子？

池远航大大方方的，半点不好意思的样子都没有，宋晨曦都没来由地替他脸红。她怎么都想不到，“纯情病娇小猫猫”的ID下，居然会是池远航。

池远航唯唯诺诺地挠了挠头，解释：“没玩过小红书，ID抄的。”怪不得会跟一个“2”，敢情前头还有个“1”。

宋晨曦半晌无语，很想骂他，但忍住了。

“脱了吧。”宋晨曦说。

“啊？”池远航一愣。

“上衣，脱了吧。连鱼尾都备好了，直接上课就是。”

“哦，好。”池远航说完，麻溜地脱了上衣，穿着沙滩泳裤，拎着鱼尾，就跟着宋晨曦去了潜池。

一路上，他都像一只舔狗，点头哈腰地说：“嘿嘿，宋哥，你是不知道啊，昨天我在亚特兰蒂斯看见你，都不敢认你。我叫了你七天的宋哥，但没想到，你……你居然是个女的！”还是个挺漂亮的女的。

宋晨曦皱眉，不悦地说道：“请叫我女士，或者小姐，而不是‘女的’。”

“抱、抱歉。我没有冒犯的意思，我就是有点……有点意外。”

不是宋晨曦不好看，也不是他眼瞎，只是她在船上的一系列操作，委实跟女生是一点都不沾边。

拜托，当时的他对小林说，要挑一个大副，不是满身肌肉让人一看就知道谁主谁副的船长！他挑了那么多个，最终好不容易找到一个个子比自己矮的，肌肉也还算没那么发达的，他本能地以为对方是个男的。却不想……下船之后，摘掉鸭舌帽、墨镜，长发披散的宋晨曦，比女人还要女人。

池远航看着她，没来由地就会脸发烧。尤其被她冷漠地盯着，更是觉得那熟悉的压迫感又回来了——她总是这样俯视地看他。不带一丝好意。

但池远航也不会感受到敌意。他知道，她纯粹就是看不起他而已。

这一点，他比谁都清楚。毕竟，他自己丢掉的脸，只能自己找回来了。

潜池边，池远航望着十米深的水池，半晌不敢靠近。宋晨曦皱眉，将他从上到下地打量："你确定要学美人鱼？"

池远航虽然有点发抖，但目光坚定，笃定地点了点头："是。"很有一副视死如归的样子。

池远航把宋晨曦在小红书上发的美人鱼视频翻来覆去地看，虽然都是别人拍的，但他总是会想起在亚特兰蒂斯的海底套房里，宋晨曦摆动着鱼尾，在海中游弋时所展现的完美曲线。她身段玲珑，长发飞舞，恣意飘扬。他还想看宋晨曦穿美人鱼装。但显然，她不会只给他一个人看。他也不想再隔着玻璃和海洋远距离地欣赏，索性，便来到她身边，跟她学美人鱼，她总不会拒绝了吧？

宋晨曦想了想，指着潜水馆说："你想学美人鱼可以，只不过……学美人鱼的男人很少。同样，我不喜欢半途而废的人，学习过程不会轻松，希望你做好准备再开始。而现在，你还可以放弃。除了场地费，其他的我能退给你。"宋晨曦抠门，不仅对自己抠，同时，她也不希望别人浪费钱。

这种钱，她宁愿不赚。

但池远航并没有退缩，他扬了扬手里的鱼尾巴，说："我连鱼尾都准备了，可见我的决心之大，我一定会学好的！"就算不能比宋晨曦好，但至少，他的努力一定会被宋晨曦看到，也算是好的开始了。

池远航说完，又嬉笑着道："而且，其他男人不学，不代表我不能学，只要我喜欢，用心学，没准我能学得更好呢？毕竟，女船长也少，但我看你比那些大个子也不遑多让。"

"这倒也是。"宋晨曦被夸到了点子上，觉得他说的很有道理。

"加个微信，以后有关于美人鱼课程不懂的地方，我再问你。"池远航说着，已经打开了扫一扫。

这一次，宋晨曦没拒绝。她教别人也是教，教池远航也是教，没什么不同。既然她已经答应，还收了钱，犯不着跟钱过不去。

然而毫无意外的，池远航学得像个灾难。除了理论课池远航记得挺好以外，下水之后，他的表现可说是一无可取。

学习美人鱼最重要的就是舒展，讲究放松，与海水融为一体，然后才能游得灵动而飘逸，不受束缚地轻松、愉悦地展示自己的身体。而池远航虽然是远航集团的少东家，从小就与海结缘，他却格外怕水。一下水，整个人就缩成了一团，像只八爪鱼，紧紧扒住宋晨曦不放。

宋晨曦这人冷漠，这两年对人对事从来都事不关己高高挂起，因为不求任何人，所以也懒得对任何人演戏。于是她也一眼就能看穿谁在对自己演戏。池远航的行为，在别人看来，就像是性骚扰，但宋晨曦却知道，他不是在装。

他是真的很怕水。

“你这样我没法教。”宋晨曦尝试了十三次把他推离自己失败之后，长叹了口气，把他拎上了岸。别的小姐姐怕水，至少能憋一口气，头埋下去，游好几下。而他——整个无法撒手，更别提潜下去了。

宋晨曦拿出手机，就打算还钱，池远航连忙摁住她：“就没别的办法了吗？”

“你得自己下水，而不是抱着我，一动不动地泡在水里。”

池远航飞快地摇头，“我……我做不到。”

“做不到还学美人鱼？”宋晨曦虽然大抵也能猜到他醉翁之意不在酒，但假如他不好好学，那她跟他也没什么好说的。

“你走吧。”宋晨曦冷冷地说道，“我这里不收废物。”君子赚钱，取之有道，不义之财，她不拿。

“等等。”随着叮咚一声，支付宝收款到账，池远航无比惊惶地说：“再、再给我一次机会！”

“晚了。”钱都给他打过去了，还给什么机会？

宋晨曦拿起装备就要走，池远航却突然鼓起勇气，破釜沉舟般，不上前拦她，而是回头，一个猛子，扎进了潜水池子里。

潜水馆的水有十米深，别的人下去可能还会扑腾两下，但也不知道池远航是天生的潜水高手，还是格外的倒霉。他就像一个秤砣，直接从水面沉入了池底，其中连一个泡泡都没吐过。什么耳压、浮力、物理，在他身上统统都不管用了。

宋晨曦愣了一秒，赶紧一头扎进去，迅速地游到池底，在他翻白眼之前，将他捞了起来。

“咳咳咳……”一连串的咳嗽，他吐出了好几口水。

宋晨曦一边帮他放松，一边说：“还记得我说过的呼吸节奏吗？吸气，憋三秒，再吐出，然后快速吸气，三秒，再吐出。”如此反复，三次后，池远航总算恢复了些许。

"我、我好像不怕水了。"

池远航平静下来后，惨白着一张脸，可怜巴巴地望着宋晨曦："这、这样……我还能继续吗？"

他的睫毛湿水，耷拉在一起，格外可怜。那乞求的模样，跟钢铁直女宋晨曦比起来，简直可说是楚楚动人。

"……行吧。"宋晨曦见池远航命都不要了，也不好意思再拒绝了。

吃过午饭，休息了片刻，池远航的表现果然好了很多。一个人恐水，大概率跟童年阴影有关。有些人一生都无法克服，但真的想克服，其实也很简单——在濒死的边缘狠狠地喝饱水，自然而然地也就不怕了。反正最差，也就是这种情况了。

但他的动作依然很诡异。寻常人两天可以学会并且考过的内容，他学了整整七天。课时费一续再续，续到后来，宋晨曦都不好意思收他的钱了。

"一码归一码。两千八是两天的课程加考证费，我考不过，自然要补考。"池远航自然是不差钱的，撒起钱来，眼睛都不眨一下，与他的进步程度成反比。别人是妖娆妩媚的美人鱼，而他……就像只河豚，一动不动。

但也算小有进步，至少，他能浮在水中，既沉不下去，也不慌乱了。

"你为什么要学美人鱼？"宋晨曦忍不住问他。

虽然这个人，从一开始出现就不太正常，但是她怎么都想不到，能不正常到这个程度。虽然说学美人鱼的男人不是没有，但池远航从一开始带着八个小姐姐一块出现，就是一副钢铁直男的样子。"美人鱼"这三个字，委实跟他扯不上任何关系。他好像也并不需要这个证书来赚钱的样子……

池远航毫不心虚，一本正经地说："那还不是因为你教美人鱼吗？你不肯跟我做朋友，那我只能另辟蹊径接近你。亦师亦友又有利益捆绑的关系，你总不会拒绝我了吧？"

他还真是诚实，以接近她为目的的学习，说得坦坦荡荡，毫不避讳。宋晨曦望着摄影机里，他别扭无比的姿势，说："其实，我自由潜的星级更高，要不然，你改学自由潜？水肺也行。"

宋晨曦什么都会，只不过小红书刚开不久，还没来得及把那些资料传上去。这让池远航误会了自己只教美人鱼，从而教出来这么一条"丑男鱼"，委实是她职业生涯中的一个败笔。趁他还没考证，换项目还来得及。

“你怎么不早说？”池远航连忙上岸，拖着那一身又黏又紧的鱼尾，喘着粗气，坐在了岸边，这是他这一周来为数不多的上课时间上岸的例子。他几乎从早到晚都泡在水里，格外用心。要不是看他还算认真，宋晨曦是真不想教了。

宋晨曦叹了口气：“你也没问过啊……”她以为他就是如此的特立独行。

“不行，我都学了一半了，身边的人都知道我在考，考不过可太丢人了！”池远航想了想，说完，又一个翻身，跳进了水里。

池远航从小到大学习都还不错，各类证书都齐全，好似有收集癖。美人鱼证书虽然是他刚接触的一个证，但存在即合理，合理即可学。而且他钱和时间都搭进来了，还是坚持到底吧。不仅因为撒出去的钱，也因为他不想再让宋晨曦看不起。于是他硬着头皮，又是咬牙泡在水里的一周，总算拿到了美人鱼潜水教练证书。前后总共历时两周半，当他拿到证书的那一刻，简直喜极而泣。

当时，池远航的朋友圈多了一条：“SSI 美人鱼证书到手。我无所不能。”配图是一张他在水下的照片，穿着鱼尾露着上半身的他，身材不算好，但在宋晨曦的照片里，他有一种别样的气质——那是坚强不屈、是生命本弱却努力向上、是积极不服输的拼搏精神。看得出来他很努力了，但也依然跟“美”人鱼扯不上半毛钱的关系。

宋晨曦刷到了，差点一口水喷出来，一时之间不知道该说什么好。她看到小林很快点了个赞并留言：“拍得很好，下次不要再拍了。”

天知道，这已经是宋晨曦从一千张照片里精挑细选出来的一张了。宋晨曦觉得，他还是别发的好，于是发出了朋友圈有生以来第一条评论。

她说：“删了吧。”

删了，就没有人知道，她还教出过这种徒弟了……

但池远航不肯，很久很久以后，那条朋友圈也依然放在最醒目的地方，恒久不变。每每旁人点开他的朋友圈都会看到，而看到了的人，都会觉得，这人……委实跟“富二代”没啥关系，更像个二傻子。

“接下来我们学什么？”第二天，池远航照旧又来到了潜水馆。但宋晨曦却是一愣。

“你已经毕业了。”她道。

"是啊。"

"所以……你还来干什么呢？"宋晨曦很是迷惑。她昨晚已经预约了新的学员，看到池远航又来了，实在有些奇怪。

池远航理所当然地说："你不是还教自由潜、冲浪、桨板吗？这些我都可以学呀。"

宋晨曦无语了。

宋晨曦："你都没有个人规划吗？"

"有啊！"池远航毫不心虚，十分骄傲地说，"跟着你学习，就是我的规划。你教别人也是教，教我也是教，大不了，我排队。等你教完这一个，我再来！"

这个人疯了。

宋晨曦瞪了他一眼，拎着自己的脚蹼就离开了。她约好的学员准时到来，半天的理论加半天的泳池，然后是一天的开放水域教学，池远航没有来捣乱，消失了两天。本以为他放弃离开了，却不想，第三天的早上，他准时发来了消息："今天轮到我了吗？"

宋晨曦看到他的消息，总是不知道该回什么。或许是看她临上课了还不回消息，知道她大抵是不想回，紧接着，"叮咚"一声响起，他又直接给她支付宝发来一笔转账。三千八百八，自由潜二星的学习加考证价格。

宋晨曦沉默了一瞬，原封不动地给他退了回去。宋晨曦带一个学员，两天出师，一个三千八，全国统一价。但是带池远航一个，要花费超过三倍的精力，他还未必学得好。对双方都是百害而无一利，还是不要再互相折磨了。

"我没什么可以教你的了，自由潜水和美人鱼都不适合你，你并不喜欢这项运动，你也不需要学会这项运动，不要再折磨自己。"当然，还有折磨她。宋晨曦说完，便将池远航的微信设置了免打扰，而后丢开了手机，继续教下一个学员了。

而后的一整天，池远航都抱着手机，等着宋晨曦的消息。但不论他是拍一拍，还是发表情，还是撒泼、打滚、耍无赖，他的所有消息都石沉大海，杳无音信。她也没有拉黑他，但就是不回他。池远航睁着眼睛，从天黑，等到日暮，又从日暮，等到天黑。就连发语音过去，都没有人回应。

池远航很烦。尊严告诉他不能再发消息了，可他却管不住自己的手，一遍又一遍地给她发语音。无一例外的，都没有回复。

三天后，池远航怒了。他在W市无亲无故，每天除了上课，都在酒店里。燃烧的不只是青春，还有钱。当然，烧钱对他来说问题不大，但是，等人回消息的感觉可太糟糕了。

池远航直接来到潜水馆，堵住了宋晨曦。彼时，宋晨曦刚洗完澡，穿了件大T恤，头发半干不干地耷拉在肩上，锁骨还淌着水。池远航就这样突然地出现，把她堵在了淋浴房的门口。

水池前，只要池远航再近半步，她就会被他推到洗手台上。

换别人被这样对待，早就已经惊慌失措，大喊“流氓”。但她是宋晨曦，她一点都不慌。她索性自己先退了半步，拉开了二人之间的距离，而后大大咧咧地坐在了大理石做的洗手台上，热裤刚刚盖住了臀部，露出两条白花花的大腿。她双腿交叠，双手抱在胸前，皱着眉，挑衅地问：“你到底想怎样？”

“再教我点别的。”池远航无意识地上前半步，双手搭在洗手池两边。整个人向前俯身，靠在宋晨曦身前。

宋晨曦依然抱着双手，目光镇定，一动不动；池远航也不退缩。

他目光坚定，像个求知若渴的三好学生，乞求又带着乖巧，让人不忍心拒绝。

这时，若换作旁人，可能就被他撒娇带偏了，但宋晨曦的心早已是铁石般的，百毒不侵，撒娇卖萌对她没有用。

“池少爷。”宋晨曦冷淡地开口。

池远航不理解她为什么突然这么严肃地叫自己“少爷”，但很快他就想明白了，一定是小林知道了他的身份，同时也告诉了宋晨曦。

不等他开口，宋晨曦接着道：“你来这里的目的想必不是为了学习美人鱼，更不是为了自由潜水，你来，是为了我，对吗？”

“对啊。”池远航大方点头。

“你喜欢我？”宋晨曦直截了当地问。

这下，轮到池远航愣住了。

他霎时睁大了眼睛，蓦地脸一红，完全没想到她会这么直白地问他。他很快哈哈一笑，掩饰地说：“这怎么可能呢？我都一直以为你是个男人。”

池远航一边说，一边看着她。见她脸色不变，并没有被冒犯到的样子，他的胆子又大了些许。他摸了摸头，笑着说：“当然了，你这么好看，又这么强大，喜欢你也很正常。我承认对你有好感，想接近你，但我对你也不是那方面的喜欢，甚至，在刚刚之前，没考虑过。但假如……你对我有那方面的想法，也不是不行。从今晚开始，我会认真考虑的。”

“你还真是自恋又自信。”宋晨曦呵呵一笑，翻了个白眼，“不管是朋友还是男朋友，我不跟咸鱼交朋友。而你，是我见过最闲的一条咸鱼。你做的所有事情在我看来，都是在浪费时间。”

“我怎么浪费你时间了？”宋晨曦陡然变脸，让池远航很是委屈。他没有像个狗皮膏药一样黏着宋晨曦，也没有耽误她的时间，与其他客人比起来，他学得既认真又爽快，该给的钱一分没少。除了确实没什么意义，没有任何不妥。

但也正是这种毫无意义的感觉，让宋晨曦心如刀绞。与过去七年的流浪相比，她与池远航在海上相处的一周时间并没有什么不同，甚至在船上，池远航的一切举止都让她感到厌恶。然而，海上风雨的经历总会让人误以为彼此是共同经历生死的伙伴，这种交情自然与一般的相遇不同。因此，即使她讨厌他，她也不希望他虚度光阴，浪费自己的时间。

“你的确没有浪费我的时间，但是，你在浪费你自己的时间。”宋晨曦说，“你是含着金钥匙出生的少爷，你的人生顺风顺水，毫无波澜。你可以一时兴起，今天找八个网红陪你去南海牧云，明天可以找八十个美人陪你横跨大西洋摘星。但你永远也不会了解，为一件事拼命努力的感觉。就像你永远也不会懂一无所有的人的人生有多艰难。你想找人陪你玩，可你找错了人。”

宋晨曦色厉内荏，语气不算严厉，但说的每句话都在强调二人之间的距离。他的存在，对她的人生来说，也像圣诞橱窗里的精美礼物，根本不是一个世界的人，还会照亮到她的世界里，连累她觉得自己的人生有多渺小和微不足道。因为你拼命奋斗一生，可能都买不起他随意处置的一艘船。他的存在，就是来告诉她这种人，你的奋斗是多么的没有意义。

周围的空气凝固，就连气温似乎都下降了些许。池远航能从她严肃的面容里感觉到，她恨不得现在就把自己踢出去。

她一刻都不想跟他废话。

“但我不觉得这是浪费时间。”许久，等宋晨曦的怒火发完了之后，池远航才缓缓开口。

一句话又勾起宋晨曦的不爽。她刚想骂人，池远航连忙道：“我承认，我接近你的确动机不纯。我喜欢你的人生态度、喜欢你的技能、喜欢你的生活方式，喜欢你展现在我面前的一切。我……想靠近你。”

意料之中的言语，宋晨曦却没想到被她这样辱骂之后，他还能说出口。

池远航像是毫不在乎一样，直言道："但我也知道，我一开始的表现并不算好。就算你不喜欢我，我也无所谓。我只是不由自主地想要靠近你，过上像你一样潇洒自如又恣意的人生。你的人生让我钦佩，你的生活让我向往，我想跟你学习。我想成为像你一样，成为可以独当一面、驰骋大海的船长！"池远航一改瑟缩的模样，一口气说了很多。

闻言，宋晨曦半晌不知该如何回答。就连刚刚被他勾起的怒火一时间都消失了，发不出来了。

池远航看着宋晨曦，目光坦然，神色镇定，没有半分回避。他没有任何阴暗的姿态，只有坦坦荡荡，无愧于心。他真的就是纯粹地被她吸引，从而引发了好奇。不求结果，只是想靠近而已。

宋晨曦看到他，突然像是看到了过去的自己。

十七岁的那年夏天，她也是被池远航所描述的那样的一个人所吸引，然后不顾一切地去接近他，从而改变了自己的一生。但她却没有勇气在一开始就向他表白，表明自己的来意，以至于他们之间从一开始对对方的预期就是不一致的。这种不一致一直到七年后的今天都依然横亘在他们之间，无法调和。

或许是心疼他，也是心疼过去的自己，宋晨曦终于叹了口气，淡淡地说："你以为我的生活永远都在阳光下，永远像在海上那样，乘风破浪、无所不能吗？"

"不然呢？"池远航问道。

"那我带你去看看人间疾苦。"

"嗯？"

"我带你去看看我真正的生活是什么模样。到那时，你应该就不会再在我身边浪费时间，荒度时光了。"

宋晨曦说完，带着池远航离开了潜水馆。

下午，宋晨曦领着池远航去了旧物市场。旧物市场里鱼龙混杂，说是旧物市场，实际上堪比垃圾堆。宋晨曦绑了头发，戴着鸭舌帽，又回到最初相遇时简洁干练的模样，与在美人鱼池子里悠哉游哉的样子大相径庭。很难想象一个在海中自由摇曳的精灵摇身一变会如此的接地气——好像她土生土长在这里似的。

“你是哪里人啊？”池远航有事没事就想套近乎。

“A市。”宋晨曦淡淡地道。

“啊，A市！”池远航惊呼道，“我跟你是同一个地方的人，北方姑娘，怎么跑到祖国南边来了？”

“那你呢？你又为什么待在这里不肯走？”宋晨曦反问。加上西沙一行，池远航来这里也有一个多月了。他好像还没有要走的意思。

宋晨曦一句话呛过去，池远航讪讪地笑了笑，没有再继续这个话题。

每个人都有过去，每个人都有秘密，多问就不礼貌了。

宋晨曦带着池远航在市场里穿行、讨价还价，花了极少的钱买了几桶别人用了一半没用完的漆，有些干巴，但稀释拯救一下还能用。而后又买了两个原木质的小马扎，由于年代太久远，小马扎已经被包了一层黑浆，看上去就很脏的样子。

宋晨曦直接把它们丢给了身后的池远航。

池远航穿着最新款的Dior秀场拖鞋，上身干净的白T恤，毫不避讳地接过了油漆桶和小马扎。白T恤很快被蹭脏，手上、胳膊上也都是，宋晨曦见了都有些皱眉头，但他本人一点也不在乎。他双眼放光，兴致勃勃，似乎觉得能帮上宋晨曦一二，是一件十分骄傲和荣幸的事。

宋晨曦买好了物料，准备驾车去海边。她的车是一辆破旧的五菱宏光，早些年落地就只要四万块，快报废的车，她四千块就淘来了。货车后的座椅都被拆掉了，放满了她各式各样讨生活的装备。有洁白的、波光荡漾的鱼尾裙，也有二十米长的渔网，还有跟池远航一起从旧货市场淘来的杂物。大夏天，车上没有空调，池远航刚上车，就被满车油漆味熏得不行。

“我们能不能换辆车？虽然我不是W市的人，但弄辆好车来很简单。你稍等一会儿，我这就打电话……”池远航刚要拿手机，宋晨曦就打断了他。

“这就退缩了？你不是想感受海上的生活？还没开始就要打退堂鼓了？”宋晨曦坐在驾驶座上，好笑地看着他。半挑的眉毛、微闭的眼睛，无一不展露着她的嘲笑。

这样的嘲笑曾在南海上伴随了他一路，在海上他没办法，但在陆地上，他怎么都不想被她看不起了！

“不退。我只是觉得能舒服就不必要受罪，想让你舒服一点而已。

但既然你喜欢这辆车，我也能坐。”池远航坐上了副驾驶座，系上了安全带。

安全带很久没清洗过了，有些积灰，弹一下，就让他止不住地打喷嚏。白T恤很快在经历油漆、包浆之后，又多了一道浅黄色的脏污。

池远航是有些无奈的。他实在不理解宋晨曦为什么放着豪车不坐，非要带他坐破车。

“因为由俭入奢易，由奢入俭难。”宋晨曦看出池远航的疑惑，淡淡地说，“不是靠自己的能力赚来的钱，迟早都会还回去。假如我没坐过豪车，我永远也不会知道我的车有多破，我就不会有比较。没有比较就不会觉得难受了。再说，车这种东西，在我看来不过都是代步工具，我没有必要为了一辆更新、更豪华的座驾而耽误我的时间，那毫无意义。”宋晨曦说完，旋钥匙，打火。池远航握紧了安全带，做足了准备，但车半天没有动静。

“经常这样，不必担心，一会儿就好。”宋晨曦又尝试打火了三次，依然点不着。

“这不也是浪费时间吗？”池远航皱眉。

“很快就好。”宋晨曦觉得他说的有道理，无法反驳，但她的能力，只能继续尝试打火。终于在第六次尝试、且池远航准备叫车时，车突然启动了。它像离弦之箭般飞了出去，池远航一个没注意，手机都差点飞出窗外。

“这真的没问题？”一路上，池远航被颠得不行。他保证，他这辈子都没有坐过这么颠簸的车，噼里啪啦的声音更让他怀疑这车下一秒就会散架。

“放心，它这样已经十年了，好着呢。”宋晨曦安慰着池远航，但显然，他没有被安慰到，反而更加担心了。

都这样了还在路上开，这怎么可能没问题？

问题太大了好吗！

池远航一路上手一直紧握在安全扣上，直到到了目的地，才长舒一口气，发现自己手心全是汗，安全扣都要被他抠烂了。

“淡定。再颠簸也不过是在陆地上，难道这不比在海上更安全吗？”宋晨曦调侃他。

“不一样的忐忑。”池远航苍白着一张脸，撇嘴，“何况，汽车的出事概率比船只要大得多。我可不想没死在南海的风暴里，却在高速上被分尸。”

“没那么夸张。”宋晨曦无所谓地笑笑，一路颠簸地带他去了W市郊区的海边。

这片海滩乱石嶙峋，垃圾遍地，海水能见度极低。垃圾混杂着海水的腥味，空气里弥漫着难以描述的气味。

“W市居然还有这样的地方。”

“有很多。”宋晨曦凝重地说，“你在海上扔的任何一件物品，都有可能在未来出现在某一片沙滩上，这真是很遗憾，不是吗？我永远也不想再在别处看到这样的景象。所以，就算我暂时还没有能力改变它，但至少我不会让自己成为污染海洋的一员。”

难怪宋晨曦那般严厉。她对自己、对船员的要求大抵就是因为看到了海的这一面，才格外苛刻。

池远航捏着鼻子跟着宋晨曦往里走，在乱石堆里，发现一艘被雨棚盖住的船。掀开遮雨布，一条残破的渔船露了出来。斑驳的漆已经掉了大半，船身上还有两个被明显撞击而磕出的大洞。宋晨曦买的马扎其实是拆了用来补漏洞用的。

“这条船还能用？”池远航觉得不可思议。

“当然。”宋晨曦点了点头，说，“这是我花了一年的薪水买来的船。又花了三个月的工资修整一番，备了案。现在它不仅还能用，还能带我去远航，让我买到更好的船。”

宋晨曦说着，带着池远航把渔船的外观从头到尾地刷了一遍。由于在旧物市场买到的每一桶漆颜色都不大一样，于是渔船最后呈现出的外观是五彩斑斓的。

“丑吗？”宋晨曦问池远航。

丑。

相当丑。

但，它是池远航撸起裤腿，在肮脏的浅滩里亲手一点一点刷出来的。虽然出生在造船世家，但真的去触碰到一艘船，让它在自己手里变成新的模样，也是第一次。所以就算丑，也别有一番滋味在心头。

“我觉得它挺自信的。”池远航颇有些骄傲地说。

“自信”这个词，就跟宋晨曦一样，不在乎旁人的看法，只在乎自己要什么。五彩斑斓的船只是载体，护送宋晨曦去她想要去的地方，说它“自信”也是对的。

“你还挺会说话的。”宋晨曦淡笑了一下，进了舱内。

老渔船基本上只剩一个壳了。宋晨曦早在网上淘了个三手的马达，虽然也旧，但还能用。三两下换好之后，还把马达的油也一起换了。马达的轰鸣声响起时，她整个人都松了一口气。最难的部分已经完成，再把船底板下水口阀门的润滑油换掉、船尾的渔网修整好，就能扬帆起航了。

临出发前，她还给船头换了面崭新的国旗。这是规矩，雷打不动。

宋晨曦带着池远航出海了。

远离码头之后，海风徐徐吹来，难闻的味道消散了许多。但随之而来的，破船带给池远航的心理阴影不比车少。他亲自刷过的船身，亲手补过的船板，他比谁都清楚这船有多么的老旧。这附近礁石众多，人烟稀少，一个不慎触礁，后果不堪设想。

宋晨曦安慰他："放心吧，所有部件都经过了检验，合理合法合规，有我在，安全可靠。而且，船虽然是老的，但航海仪是新的。"

“新？也不一定啊……”

这大半天的时间，让池远航对宋晨曦又有了全新的了解。她的“新”跟普通人的不大一样。普通人的“新”是全新，最差也是九成新。但她买来的东西，三四手、七八手都算“新”。这个从别的船上退役的航海仪，指不定是她从哪个偏僻的地方弄来的，能不能用还是未知数。

“肯定能用。”宋晨曦看出了池远航所想，坚定地告诉他，“在这片海上，还没有人能坑我。”

池远航想了想，也是。凭借她的火眼金睛和杀得一手好价，怕还真没人能骗得到她。

渔船出海与帆船不同。帆船的动力来自风帆，行进起来除了大浪拍打甲板，没什么其他的声音。但渔船的工作靠马达，马达的轰鸣声震耳欲聋，混合着柴油的味道，让本就晕船的池远航更加难受，立马趴在船尾抱着垃圾桶吐得痛不欲生。

“你到底带我干什么来了？”池远航苦不堪言地问。

“你不是想跟我做朋友、来海上生活吗？”宋晨曦一边掌着舵，一边笑着说，“我让你看看真实的我的生活，是什么样子的。到那时你若还想来，我可以考虑跟你做朋友。”

池远航听到消息后，眼中顿时闪现出兴奋的光芒。虽然过程可能会很艰辛，但结果让他很满意——能和宋晨曦成为朋友，这将使他的人生变得坚强不屈！

夜幕降临，渔船驶入海的中心，抛下锚后，打开巨大的探照灯，鱼群便像疯了一般跃上船来。几乎无须费力，船上到处都是鱼。池远航目瞪口呆，甚至连晕船的感觉都有所减轻。

“你在这守着，我去一下就回来。”宋晨曦换上潜水服，穿上脚蹼，手持渔枪，池远航见她的模样，有些慌张。

“你要去哪里？”

“捕鱼。”

“这么多鱼，还需要捕捉吗？”

“多多益善，反正闲着也是闲着。”宋晨曦说完，直接拿着渔枪下了海。水肺潜水员因携带氧气瓶，与海底生物形成了不公平竞争关系，因此被禁止捕鱼。但自由潜水员不同，他们纯靠憋气，与鱼比的是肺活量，不会造成不公平。因此，宋晨曦在闲暇时总是摩拳擦掌，想着能够用渔枪再赚点别的钱。

池远航很无语。觉得她似乎掉进了钱眼里，而他还没有资格说她。毕竟，她说的似乎还有那么几分道理。

池远航看着满船乱蹦的鱼，又是兴奋又是忐忑。兴奋再没见过这么神奇的捕鱼方法，忐忑在乌漆嘛黑的海上，伸手不见五指，万一宋晨曦遇到什么危险，他都不知道该怎么救！

好在，宋晨曦去得快回来的也快，他倒也没有等很久。近海海域，大型鱼类少，但石斑鱼、乌贼王之类的不少。宋晨曦没一会儿，腰间就绑了一串五颜六色的鱼儿上来。

“还晕着呢？”她上船的时候，池远航依然坐在原地，抱着垃圾桶生不如死。池远航强撑着力气，眨了眨眼，表示是的。他甚至想站起来，帮宋晨曦解鱼。

宋晨曦连忙摁住他，说：“你的水平我还不清楚吗？不必在我面前逞强。”宋晨曦说着，将鱼都收在了小鱼袋里，然后放在船尾绑住，让它们在海水里泡着，又恢复了些许生机。

池远航听了就有些不乐意了。

池远航说：“我不是逞强，我是好心。”

“好心办不了好事，就是逞强。而且，你也不需要在我面前逞强，你的形象无论好坏，都跟我没什么关系。其次，我刚上船那阵，情况没比你好多少，我也不会嘲笑你。”

听前半句的时候，池远航是有些不开心的。听到后面，觉得心里头又舒服了些。

原来宋晨曦也不是一直无所不能的，她是慢慢一点一点成长起来的。

那是不是也说明，只要他肯努力，他也可以？

“你不行。”宋晨曦斩钉截铁地说。

“为什么？”池远航皱眉。

“因为我在玩命，而你……在玩票。”

一句话，让池远航闭了嘴。

宋晨曦是一个在大风大浪中度过的人，说她是在玩命一点都不夸张。池远航的种种行为，也确实只能称作“玩票”。

当晚，他们拖着一大船的鱼回了海岸，这一次不是乱石坑，而是码头。码头上有专业收鱼的商人，这一趟没少赚。正如宋晨曦所说，她未来心心念念的梦想之船，就会在她这一次又一次的往返中获得。她如此节俭、如此努力，就是为了未来有一天，能够买到属于自己的运动型帆船。然后驾驶着她扬帆远航，去往全世界各地。

快到凌晨，他们卖完了鱼，池远航已经累得快要虚脱了。

“这就累了？还没完呢。”宋晨曦告诉他。

池远航顶着满身臭汗，邋里邋遢地望着她，分外不解：“这么晚了，你还不休息吗？”这一天，从潜水馆教美人鱼，再去旧物市场买材料，然后驱车到W市刷了半天的船漆，又捕了大半晚的鱼，到凌晨了，她还不能睡觉？

宋晨曦摇了摇头，神秘地笑了笑：“年轻人的夜生活才刚刚开始。”

W市区内，沿海的冲浪带边，有一整条街的小酒吧。到了夜里，各个酒吧都有自己的驻唱，风情万种，不胜枚举。白天潜水、冲浪之后，点一杯科罗娜，吹着海风听着歌，别样的惬意。宋晨曦就住在这里，当她知道驻唱一晚两小时有三百的收入之后，掐指一算，是笔一本万利的买卖，于是自学了唱歌。

意外的是，她唱得还不错，在这一条酒吧街上，也算小有名气。她花了半个小时卷了头发、化了个烟熏妆，再换上露脐装之后，午夜时分，宋晨曦准时站在了麦克风前。

宋晨曦弹着吉他，摇身一变就成了酒吧里最风情的歌手。

她非专业人士，嗓音不宽广，也不嘹亮，于是唱的歌都是中性爵士或者摇滚，以掩饰她专业的不足。但也正是因为中性的嗓音，让她与其他歌手格外不同。听上去可男可女，别有一番风味。慕名来听她唱歌的人不少。

池远航在台下看傻了。他无法将眼前人与海上英姿飒爽、杀伐果决的宋晨曦和在水族馆里隔着落地窗带着凄迷宛如大海中一闪而逝的美人鱼结合起来。她们分明是截然不同的个体，迥然相异的气质，可每一个都切切实实就是宋晨曦。

她千人千面，她无所不能。

“你还有多少惊喜是我不知道的？”驻唱结束之后，池远航问宋晨曦。

宋晨曦怪异地看着他，半晌才道：“这叫惊喜？”

“当然算，不然，是什么？”

“顶多算惊吓吧。”宋晨曦翻了一个白眼，拿起装备，准备上楼回房。

她从来不觉得这是她的长处，这只是她赚钱的技能之一。仅此而已。

“我呢？”池远航追在她身后，问她。

这么晚了，她把他丢下了？

宋晨曦头也不回地说：“我又不是你妈，还要管你的死活不成？这么大个人了，自己看着办吧。”

池远航被她噎得说不出话来，虽然有些失落，但想了想她说的确实有道理，于是老老实实地叫了一辆车。

正要走，宋晨曦又叫住了他：“明天早上五点半，不见不散。”

池远航有一瞬间的惊喜。

喜在“不见不散”，惊在“五点半”。

池远航看了一眼表盘：现在已经两点半了。距离五点半只剩下三个小时，铁人也起不来吧？而且，五点半起来干什么？

池远航心中有一万个疑惑，但是也不打算问了。他观察了宋晨曦一整天，发现她真的除了付钱和收钱，其余时间一眼都没看过手机。也难怪他给她发的消息全都不回了。

她不是已读不回，而是根本“不读”！

当晚，池远航直接在宋晨曦楼下的小酒吧借住了。老板娘给了一条毯子，就让他睡在了门口的榻榻米上。

这是他有生以来第一次睡地铺。

街道上，时不时就有喝多的人在路边发酒疯。唱歌的、砸酒瓶的声音此起彼伏。他翻来覆去，一宿都没睡好。

第二天一早，宋晨曦出门的时候，就看见池远航顶着两个巨大的黑眼圈，坐在咖啡厅的落地窗前。

“早啊。”池远航坐在一楼的咖啡厅里，虚脱得像个男鬼。

宋晨曦愣了一会儿，惊讶地问：“你昨晚睡在这里？”

“是啊。不想迟到，索性就睡这吧。”池远航强撑起精神，微笑。

宋晨曦望了眼他身后的沙发，长度不足一米五，一个大男人睡在这上面，蜷缩一晚的滋味怕是不好过。

“走吧。”宋晨曦说着，朝池远航扔了一个塑料袋过去。

池远航下意识接过，打开，才发现是一截玉米。

“给我带的？”池远航有些感动，抓起来就啃。宋晨曦连阻止的机会都没有。

但其实，那是她的早饭。她一直以为池远航住在五星级酒店里，应该吃了早饭才过来。她只是想使唤他，让他拎东西而已。

但看他这一副又累又饿的样子，她把话又咽了回去。

“吃吧，多吃点，一会儿活很多。”宋晨曦说。

海边城市，靠旅游业为生，原本生活节奏很慢，睡到中午才起床的大有人在。但宋晨曦不一样，她的二十四小时跟别人的不同。为了争取利益最大化，有些鱼要今早去鱼市卖，价格更高。于是一部分储存在船舱的水池里，得起大早去卖鱼。

“你倒是有精力。”池远航哭笑不得。昨晚卖和今早卖，差别能有多大？码头收鱼和送到菜市场，又能有多少差距？

“小一点的差别不大，但石斑鱼和青衣数量多了，就不一样了。”宋晨曦伸出两根手指，摇了摇。

“两百？”两百对他来说，都吃不上一顿饭。为了两百块只睡三个小时，他做不到。

宋晨曦说：“是两千。”

“……哦。”两千可以做什么？

也就是吃一顿饭罢了。

看到池远航一脸蔫巴，宋晨曦知道他对此兴趣不大。但兴趣不大才好，蔫巴才好。她昨天带着池远航一整天，就是想让他看看自己的生活是多么忙碌和艰苦，希望他这个细皮嫩肉的二世祖能够知难而退，不要破坏她的生活。但也不知道他是真的不为所动还是闲得发慌，这都没能逼退他。今天再加一把火，他该打退堂鼓了。

早上五点的鱼市，热闹非凡。买菜的民众还没到来，但渔民们却已经领着各式各样的鱼进了鱼市。宋晨曦网罗到的鱼、虾、螃蟹不少，其中最贵的是一条马鲛鱼。三千块，一手交钱，一手交鱼。池远航看着他们说着本地话，你来我往的砍价，迷惑的感觉再次萦绕在心头。

宋晨曦可以在海上用英语和世界各地的人交流，也可以偏安一隅，在鱼市里，穿着塑料鞋、围裙，戴着手套，和本地人为了十几、二十块钱讨价还价。

谈妥了价格，宋晨曦开始从五菱小货车上搬货下来。

“我来。”池远航走过去，要搭把手，但被宋晨曦拒绝了。

“你一晚上没睡，歇着吧。否则猝死了，我可赔不起。”宋晨曦挤开池远航，麻利地将两箱子鱼搬到了小推车上，一系列动作行云流水，连气都不带喘。

池远航确实有些累，但也不至于说会猝死。他很想帮忙，然而满地的鱼鳞、血腥，让他不敢接近，只能木讷地站在一边，连手都不知道该往哪放，看宋晨曦的目光便愈加地痴迷起来。

宋晨曦可以快速地融入周围的一切环境，有力地掌握周遭发生的所有事情，但又与周遭的一切格格不入。她仿佛浑身上下都散发着光芒。池远航甚至有一种错觉，觉得再名贵的奢侈品放在宋晨曦的身上，也不能掩盖她的锋芒。

她才是奢侈本身。

搬完鱼后，宋晨曦坐在车里，非常满意地清点了今日的收入。池远航跟着上来，一声不吭地坐在宋晨曦身边，听话得像一只鹌鹑。他一点忙都帮不上，让他感到十分的挫败。一路无话。

宋晨曦看着难得安静的池远航，非但没觉得不妥，还觉得自己的行为有了结果，十分满意。他应当已经认识到了二人的差距，会知难而退了吧？

回到市区，宋晨曦把池远航送到酒店，临下车时，池远航突然开口说道：“今晚我还要去。”

“嗯？”宋晨曦有些惊讶。他都累成这样了，还要去？

“我还要去。”池远航顶着满脸沧桑，肯定地说，“之前没做好准备，但是现在我准备好了。今晚我还要陪你去捕鱼。”

宋晨曦轻笑了一下，没有拒绝。等池远航下车，便踩下油门，绝尘而去。

她既没有同意，也没有拒绝，池远航就当她已经同意了。

下午，宋晨曦带完学生，简单吃了口饭，换好湿衣就准备出门。一开门，就看见她家门口，池远航叼着一个三明治蹲在台阶上，一口三明治一口牛奶地吃着。

他头发乱糟糟的，显然刚睡醒没多久就赶了过来，都没时间打理。

宋晨曦笑了一下，走过去：“又来啦？”

池远航没想到她会突然出来，被她看见自己这副模样噎了一下，立即把嘴里的东西咽了下去，点头：“唔……是啊！”

“那走吧。”宋晨曦跟池远航很熟了，知道他要干什么，她也不介意再多虐他一天。

宋晨曦昂首挺胸走在前头，上了那辆本不应该引人注目、但因为过于破旧而显得很引人注目的货车。这一次，池远航也驾轻就熟，一点也不觉得它脏。路上，甚至因为没有空调，把车窗放下来，手搭在车门上，一副对这辆车驾轻就熟的老手模样。要不是他太白净，宋晨曦都要以为他真的是本地渔民了。

“你学得挺快。”宋晨曦的手也同样搭在车门上。这里找出一百个渔民，一百个都是这般姿势。池远航的姿势也如出一辙的标准。

池远航说：“我说了，我是为大海而生，我要让你看到我的决心。”

当晚，池远航上了船，又原形毕露。哪怕他再努力学习融入，但晕船这个问题，怎么都掩饰不了。他依然吐得昏天暗地，没有精神。

宋晨曦也不管他，只管自己干活。而他则一直抱着垃圾桶在吐，吐到后来，垃圾桶都扔了，直接绑着安全绳，趴在船舷，往海里吐。

宋晨曦铁石心肠，一句安慰都没有。本来就是他自己要跟来的，所有的苦都该自己承受。

然而出乎意料的，池远航依然还是咬牙坚持下来了。甚至，只要上了岸，他整个人就焕然一新，重获新生。

池远航从昨天初见宋晨曦拼命三娘的惊讶中回过神后，见宋晨曦搬东西，不再是站在一旁拍手、鼓掌，而是走到她身边，直接抢过她手里的东西，说："我来。你坐着。"

他一个大老爷们儿，看到女人搬东西，哪有只会干瞪眼的道理？他必须承担自己该承担的。哪怕……哪怕他搬不动，还没有宋晨曦来得轻而易举。但男人的尊严不能丢。

他坚持独立地帮宋晨曦把鱼一箱一箱地搬下船，而后自负地说："以后这些体力活都交给我，我只要学一次，就都明白了。"

宋晨曦没说什么，既不感谢、也不鼓励，只带着他奔向下一场。

夜晚，宋晨曦的歌唱得比昨天更好听。昨天她教学、修船、潜水、送鱼，累了一整日，说状态好，也只是表面好。全凭一口气撑着而已。但今日，有了池远航的陪伴和帮忙，到底还是轻松了些许。

她的声音干脆、清冷，就跟她的人一样。但也就是这个清澈的声音，在炎炎夏日的海边，犹如海面上吹来的一缕清风，吹散夏日的燥热，带起一股清流，声入人心。

池远航的心情也从震惊，变成了欣赏。看着她的目光也越发地痴迷。痴迷到……连边上穿着比基尼的小姐姐过来敬酒都浑然不觉。

"帅哥，喝酒吗？"小姐姐兴致勃勃地问。她难得看到一个落单的白净少年，怎能放过？

然而池远航根本没有回答她。不是他刻意不回答，实在是因为没听到。他的双眼只盯着宋晨曦，耳朵里也只听得到宋晨曦的歌声。

"你好无趣。"小姐姐撇嘴，气愤离去。

池远航根本没注意到她生气与否，甚至没注意到她的存在。但宋晨曦注意到了。

他……还真是个直男啊。一点也不怜香惜玉。

宋晨曦没来由地，突然在台上轻笑一声。

池远航第一次见她笑。那一瞬间，仿佛全岛的树都开了。

什么树？

铁树。

铁树开花大抵就是这个意思。

第二天，池远航比宋晨曦还要早起床。五点半，他不仅已经自己吃完早饭，还给宋晨曦带了一盒热牛奶。

“别老吃玉米，也要补充一点蛋白质。”见宋晨曦不想接，池远航催促说完，直接把那盒牛奶的吸管拆开，递了过来。

无缘无故地受到照顾，宋晨曦有些发愣。她本能地想拒绝，但池远航的行为既不讨好也不羞涩，他自然大方。她要是不接，反而显得小气了。

“谢了。”宋晨曦接过，一饮而尽。

“喝牛奶，又不是喝酒，你急什么？”池远航看呆了。

“急着干活。”宋晨曦把玉米也三两口吃完了，垃圾扔进垃圾桶，然后就要上车。

这时，池远航突然说道：“车钥匙给我。”

“嗯？”

“我来开。”池远航伸出手，认真地说。

宋晨曦看着他，突然笑了一下。

“你又笑什么？”池远航不解。他没注意到自己说了个“又”字，但宋晨曦大概知道他为什么说“又”。

宋晨曦挑眉，笑道：“你会开？这玩意可比开船难多了，你确定你要开？”

“我确定。”池远航道，“开船可能开不过你，但是开车，能有多难？”

事实证明，开这台车，确实不太容易。

池远航在驾驶室摸索了半天，才问：“怎么打不着火？”

“挡位不对，这是手动挡，不是自动挡。你还是下来吧。”

“我不。”池远航坚定地说，“一开始不太熟，你教我用就好了。”

池远航说什么都不下来，宋晨曦也乐得看戏，指点了一番，车终于歪歪扭扭地开了出去。

“你小心些，我只买了交强险，出事你全责。”

“知道了，我可是十年驾龄的老司机，保证安全完成任务。”

一路上，池远航开得还算稳当。除了两次急刹，让宋晨曦险些内出血外，没什么大毛病。

等到了菜市场，池远航提议不把鱼卖给鱼贩子，自己卖。除去中间商赚差价，他们能赚得更多。

宋晨曦拒绝了：“我可没空天天自己在这儿守摊子，而且，会坏规矩。”她是想赚最多的钱不错，但是她的生命中，还有更多更重要的事情要做。

池远航没坚持，让她在车上等他，他去卖鱼。

宋晨曦同意了。看着池远航有样学样地把鱼搬下车，然后跟鱼贩子们讨价还价，最后拿回来的钱跟她差不多，他格外兴奋和满意。

“我干得还不错吧？”池远航拿着钱，献宝似的问。

宋晨曦见他这副兴致勃勃的模样，不忍心泼冷水，只是淡淡地笑着点了点头：“你还挺有天赋。”

“我也觉得。”池远航上辈子没见过钱一般，把那几百块翻来覆去地点了好几遍，才交到了宋晨曦手里。

宋晨曦挑眉：“给你吧。留个纪念。”毕竟，他好像第一次赚到钱一样。

“这不太好吧？”池远航惊讶，“鱼是你捕来的，我怎么好拿这个钱。”

“当然不是白给你。”宋晨曦淡淡地说，“你可以微信转给我，这现金，你留着做纪念。”

池远航定定地看了宋晨曦一秒，突然一拍大腿，兴奋地说：“那行！”那一副兴奋的模样，好像自己真的白捡几百块钱。

宋晨曦无语。

这人真的好像——少了一根筋啊。

往后的连续六天，池远航每天都如此跟在宋晨曦的身边。他起得比宋晨曦早，跑得很远给她带早饭，然后回去得也比她晚。他甚至会在一天结束后主动去给车加油、洗车。至于为什么大晚上还能洗车？因为他跟洗车店的老板谈妥了，按三倍的价格，就为他留个门。当然，这一切宋晨曦都不知道。她最多奇怪这油似乎格外的耐用，而且，自从池远航来了以后，她的车每天都干干净净、清清爽爽。比过去好开了许多。

一周后，她终于察觉到池远航偷偷把车开去加油了，但她没觉得有什么不好，只是把油卡给了他：“一码归一码，亲兄弟也要明算账，何况，你不是我兄弟。该给你的，我一分都不会少。”

池远航接过来，却觉得怪怪的。这是他第一次从女人那里接到卡，让他拿去刷。虽然只是张油卡，却也分外诡异。沉甸甸的。

宋晨曦不再像只刺猬那样排斥他，而他与周围的人际关系也越来越融洽，办起事来也越来越得心应手。伸手不打笑脸人这件事，到哪都是真理。池远航不管去哪做什么、见什么人，第一件事先给大家发烟。于是，原本不抽烟的一个人，到哪都带着包烟。大家与他的关系也愈加熟稔起来，没过几天，他甚至连本地话都会说几句。

“Vicky，你这个小男朋友，不错啊。”房东兼咖啡店的老板娘鲸歌也冲她竖起了大拇指，夸她眼光不错。

宋晨曦一脸茫然："他不是我男朋友。"

"不是男朋友还天天陪着你、给你带早饭？"鲸歌笑呵呵地说，"看得出来，他对你挺上心的，连带对我们都很好。有毅力、还暖心，这次你可别错过了。"

这次不要再错过了，上次呢？上次错过的，又是哪一次呢？

她和向海川也不是那种关系。

宋晨曦刚想解释，但想到鲸歌就住在一楼，每天看到池远航，会误会也是正常的。等池远航走了，自然也就解开了误会。她也无须赘述。

而老板娘对宋晨曦这些年的一切都看在眼里，自然心疼。好不容易等到铁树开花了，恨不得全世界都为她一起喝彩。于是很快，就连大蹼都发来了消息问候。

"这是你的新男朋友？你就是因为他拒绝了向哥？"大蹼发来的配图是池远航在码头搬鱼的照片。池远航身材不壮，与码头其他人相比，像个小菜鸡，毫无男人的威严。

大蹼是"月亮号"的船长，跟宋晨曦的关系不算近，几乎是在她离开向海川之后，才来到向海川的团队。连他都知道池远航的存在，那显然，向海川也已经知晓。

但是向海川并没有来问她。他兑现了当年的诺言，不管宋晨曦干什么，他都不过问。只要她开心就好。倒是他身边的人，对宋晨曦和别人出双入对的消息看不过眼。

可是，干他们屁事啊？！

宋晨曦没有回大蹼，无视了信息，继续干自己的活了。

下午，宋晨曦教完学生，看了眼手机，依然是大蹼发来的信息，横在屏幕上，格外刺眼。大蹼说："向哥不高兴了。"

宋晨曦看到这条消息，觉得很是离谱。

向海川高不高兴，与她何干？她反手就给大蹼设置了一个免打扰，然后下了楼。

咖啡厅里，原本该在这等候的池远航没见人，宋晨曦看了眼手表，五点三十分。按照以往的时间，池远航现在已经等在这里，看她下来，会塞给她一个苹果，或者一个梨子。而苹果是切好的，梨子是完整的。他说："梨子不能分，预示着分离。"

宋晨曦哪里会在乎苹果梨子分不分？他拿了，她顺手吃了，如此而已。

宋晨曦在咖啡厅里等到五点五十，还没有等到池远航。以往，她来去都像一阵风，神龙见首不见尾，咖啡厅的老板也是头一回见她在门口徘徊，也很是稀奇。

“在等 Alen 吗？”Alen 是池远航的英文名，叫起来亲切又顺口，她们就都这么叫他。

宋晨曦愣了一下。当她意识到自己居然在这里等了池远航二十分钟，她突然有些懊恼——她在期待什么？

她带池远航参与自己的生活，原本只是想让池远航知难而退，但他不仅不退，还跟在她身边鞍前马后，什么活都干。不过两周而已，她竟然就已经适应了有他存在的生活。

这可不像她。

“没有。今天码头忙，要晚一点才能出海。”宋晨曦说完，匆匆戴上鸭舌帽，离开了咖啡厅。

晚一些，宋晨曦再见到池远航的时候，是在码头。她状态不太好，有些心不在焉，为了安全没有下水渔猎。再加上季节要过了，渔船捕捞也没有以往那样轻松。

池远航望着寥寥几筐鱼，有些奇怪：“今天只有这么点吗？”

“嗯。”连池远航都看出来今天鱼有些少，宋晨曦脸色更加不好看了。她直接搬起鱼箱，一个人就把它们都搬下了船，根本用不着池远航帮忙。

她其实从来都不需要他的帮助，她怎么就允许他一直出现在自己的世界里？

池远航伸出的接鱼箱的手愣在空气里，很是不解。

她怎么突然又拒人于千里之外了？

是不是因为他迟到了？

“抱歉啊……”池远航认真地说，“今天那个司机车胎爆了，临时叫不到车，这才晚了，下次不会了。”

“没有下次了。”宋晨曦冷淡地告诉池远航，“明天你不要来了。”

“为什么？”池远航不解。

“没有为什么。”

“可是这些天我做得很好。”池远航说。

“你确实做得很好。”宋晨曦也承认他做得不错，“但你不属于这里，这点是肯定的。”

“为什么我不属于这里？”池远航不懂。

他都不知道自己属于哪里，她怎么就能肯定自己不属于这里？

宋晨曦又说道：“老实说，一开始我并不指望你能帮上什么忙。我带你来，也只是想告诉你，你跟我有本质上的不同。”

“什么不同？”

“如你所见，你住在总统套房里，看着我们像小丑一样，在你面前旋转、跳跃、起舞。我们是提供服务的，而你们是买单的金主。我每周都要往返S市和W市，就为了在S市每天下午的美人鱼表演，而在W市，我要捕鱼、驻唱、卖鱼。这是我除了航海以外，每天的日常。”

“是啊。”池远航跟了她半个月，能不知道她的日常吗？

可是这有什么不好吗？

“你不是小丑，你是美人鱼。”池远航强调。甚至，在整个海洋里，是最美的那一尾。池远航没有说出后面这句话，因为他知道，夸她的人太多了。她未必需要旁人的夸奖。她清楚知道自己的定位在哪里。她说是小丑，那就是小丑。至于怎么改变这个看法，他只能慢慢来。

“不必慢慢来了，我们没有以后了。”宋晨曦看出了他的所思所想，冷漠地接道，“我的人生很辛苦，但对我来说，这是必经之路，跟吃饭喝水一样简单且日常的事情，像呼吸一样寻常。但是你不同。我以为你会很快离开，所以才任由你跟在我的身边浪费时间。但大半个月过去了，你不仅没有退缩，还习惯了这样的生活模式。这样不对。”

“哪里不对？”池远航不懂。

宋晨曦：“我要走的路太孤独了，不需要同行者。而你的存在，会拖累我的脚步。”

“不可能。”池远航激动地说，“我只会成为你的助力，不可能是你的拖累！”他能给的，远比她想象的要多。

他不懂，他做的万事到位，怎么就做错了？

宋晨曦：“当我发现我在等你的时候，这就说明，这件事错了。我不习惯等任何人。”

“我保证以后不让你等！”池远航急道。

“这不是你让我等不等的问题，而是一开始，你就不该出现的。”

宋晨曦缓缓地说：“你之所以会在这里，是因为你有底气。你有家底，有人为你的行为买单，所以你可以不求回报地帮我做一切，但是你有没有想过，假如只靠你自己，你能不能活下去？”

毫无疑问地，不能。

“你不属于这里，我不能耽误你，你应该回到你原定的轨道上去。你为我浪费的时间，我无法视而不见。”她的生命不容浪费，她的时间精确到每一分钟，一刻都不容耽误，连带她身边的人都该如此。

“或许你觉得这也不是问题。你可以有大把的时间玩闹，但是我不行。我有自己的追求，自己的目标，我不希望任何人来打扰我。同样的，我也不需要朋友，我只有合作伙伴，我只想赚钱。”

“我出钱了，我没有浪费你的时间。”池远航依然在为自己辩解。虽然宋晨曦看着很冷漠，但他依然觉得自己罪不至死。

的确，池远航花钱了，上了她的课。但作为一个还残存些许道德的人，她知道池远航的目的，以结果为导向，倒推他的行为，他醉翁之意不在学美人鱼，而在她。

而她，不需要任何形式的拖累。

“总之，你跟我是两个世界的人，我们不会成为朋友。以后……不要再见了。”宋晨曦说完，不等池远航回答，便拖着空置的箱子离开了。

冷漠又决绝，一点机会都不给他留。

第四章 · 轻舟

Heading towards the morning light

池远航离开了。微信上也没有再铺天盖地地给她发消息。九月份的H省，人流量比暑假少，回W市的高速上，已是深夜，车少，空寂。沿途路灯都没有两盏，全靠车灯照在两边的反光条才能认清前路。

半个月来，这是宋晨曦第一次独自驾车。身旁少了一个叽里呱啦说话的人，说实话，有些不习惯。但也仅仅只是有一些而已。人生这个课题，每个人终其一生都在与孤独对抗。对抗不了的会凑合，会想尽办法竭尽所能将一个人绑在身边，以任何形式，其中最多的莫过于伴侣。但伴侣的陪伴也只是与时间借来的关系，早晚或许都会还回去。她最终依然会是独身一人。

短暂的失落之后，宋晨曦还是有些庆幸。庆幸自己及时叫停，没有让池远航更深入地进入自己的生活。因为哪怕你再讨厌一个人，一旦这个人日日夜夜存在于你身边之后，你也会习惯他的存在。而习惯，改掉的过程极其艰难。宛如分娩。

或许向海川就是如此。他对她没有达到爱的程度，却已经习惯了不论他在外流浪多久，一回头，她都在那里。于是她成了他的习惯，却无法拥有他的爱。

周末去S市表演之后，又再次回到W市，紧接着又是一周按部就班的生活。宋晨曦每天教课、捕鱼、驻唱，这是她不变的主题。偶尔有一些插曲，只要赚钱，她也会接受。

她回到了一个人拼命的日子。很快，她身边的人就都发现池远航不见了。

“Alen呢？好久都没看见他了，你俩是不是吵架了？”鲸歌问宋晨曦。

宋晨曦摇了摇头：“他的假期结束，回家了。”

“这样啊……也是，像我们这样把家安在海边的人不多。但没了他，还真是有些不习惯。”

是啊，不习惯。

和宋晨曦的感觉一样。

池远航每天都会去潜水店买一瓶汽水，兴致来了，给在场的每一个人都发一瓶。

“今天我请客。”——就是他的口头禅。一开始还觉得他有点装腔作势，但相处久了，就会发现，他真的就是这样的性格，甚至会因为今天没有晕船而感到无比快乐。

这种进步，一般人体会不到。

宋晨曦想到这里，嘴角不由自主地勾起了一抹笑，当她看到自己这抹笑之后，又迅速地放下了笑意。

“你很快就会习惯的。”宋晨曦笑了笑，对老板娘说，“这些年来往的人还少吗？这里每天都有新人来，每日都会有旧人离开。不管别人要做什么、要去哪里，知道自己要去哪里就好。”把注意力放在自己身上，就不会有那么多感慨了。

宋晨曦结束了半天的行程，傍晚坐在海边，点了一杯没有酒精的莫吉托。甜蜜的青柠沉在杯子底部，上头是热辣的苏打水，搅拌一下，一口沁甜，这在过去是她绝不可能会碰的饮料。苏打和甜蜜糖浆都是她讨厌的东西，而没有酒精的日子也是寸步难行。但两年过去，现在她不也觉得这杯很好喝吗？习惯难改，却也能改。

晚上，宋晨曦结束了一天的工作，洗了个澡躺在床上，准备敲定明日的工作，就在这时，她收到一个陌生的号码，发来了一条短信息：“把我放出来。”

放出来？

宋晨曦愣了会儿，才明白，他指的是放出黑名单来。

宋晨曦这辈子没拉黑过别人。因为她根本不在乎别人是删了她，还是没删她。她也根本想不起来找别人。而生意伙伴们也不大会闹到不可挽回需要拉黑的地步。她唯一拉黑的人，只有向海川。

向海川也没有做错过什么，她只是不想收到他的消息从而影响自己的心情而已。她希望她往后的人生，毫无期待。

宋晨曦原本准备继续把这个陌生号码也拉黑的，但紧接着，他又发了一条过来：“求你。”

“求”这个字眼，在向海川的嘴里，几乎是不可能出现的。自从宋晨曦认识向海川以来，他从未向任何人求过助。总是别人求他。他总是站在上帝视角，给予他人帮助，于是大家也都愿意帮他、跟着他。他会发这两条消息，想来已经是耗尽了毕生的自尊。

他或许真的遇到了什么困难，而能帮助他的只有她，否则他不会这样低声下气，甚至在大半夜借了别人的手机给她发消息。

宋晨曦还是回复了他，短信息栏里，发了一个问号过去。

向海川很快回复她："刚唱完歌？"

她："嗯。"

他："女孩子不必这样辛苦。"

当年，她就是被他这一句话，裹挟到海上，温水煮青蛙。

有向海川在的地方，她真的不必吃苦。他开船技术好，做饭又好吃，潜水、渔猎，无一不通、无一不精。在他的身边，她会觉得时间过得特别快、特别充实，还有特别的快乐。

于是她竟真的天真地觉得，海上的生活就是极乐的天堂。今朝有酒今朝醉，明日还能再来一杯。以至于她放下了曾经拥有的一切，奋不顾身来到他身边。等她觉得辛苦了，一回头，才发现自己已经走了好远，再也回不去了。她只能一往无前。

她不曾后悔，但偶尔停下来的时候，也会幻想，假如自己按部就班地去生活，又会是一种什么样的人生？

当她发现自己会幻想如寻常人一样生活了，她便感到无比恐惧。因为，那意味着她对自身产生了怀疑。而作为一名船长，她绝不能怀疑自己。于是她把自己安排得满满当当，除了赚钱，也让她没有时间停下来去思考，去幻想。她只接受当下，只接受现在。

见她没有回复，过了会儿，向海川又发来消息："他走了？"

"谁？"宋晨曦不解。

"那个小孩，挺白净的。"向海川说。

哦，他说的是池远航。

池远航的确是走了，但，与他何干？

"他不是小孩。他的名字叫池远航。"宋晨曦说。池远航看着小，但其实，他的韧劲不比她少，心性也善良，人畜无害。虽然她对他好感也没有多少，但维护自己身边的人，是她的本能。尤其是在向海川面前，她不希望被他看不起一丝一毫。

"是不是因为大蹼，你才把他赶走？"向海川的消息让宋晨曦更加疑惑了。

这又关大蹼什么事？

"大蹼多管闲事，我替他向你道歉。"

"假如你喜欢那个小孩，不要因为我而错过他。"

"晨曦，我只希望你幸福。"

向海川接二连三的信息出现在屏幕上，宋晨曦看到这些消息，内心不知道是个什么心情。

她等向海川的消息，等了两年，虽然是她拉黑的他，但她内心暗地里总有一个声音，是希望他能回头来认真地看一看自己，认真地审视一下他们之间的关系。但是，他说出来的话，永远都不是她想听的。

“放心，不会。”宋晨曦沉默了一会儿，突然摇头笑了笑，然后她淡淡地在对话框内打字，说，“我不会再因为你错过任何人、任何事了。我只听凭自己的心。”

宋晨曦没有再回复向海川，直接关机睡觉了。

这一次，她突然发现，就算把向海川从通讯录的黑名单中移出，她的内心也可以做到毫无波澜。她不再期待他回复自己，也不需要他的关心。

他可以安安静静地待在那里，永不被想起。

第二天起床，向海川没有再回复宋晨曦。宋晨曦也很忙，没空想他。本以为这件事到此为止，不会再被人提起，她的生活也将回归平静，却不想下午的时候向海川再次出现，直接坐在了宋晨曦楼下的咖啡厅里，悠闲地看着宋晨曦拿着巨大的鱼尾，蹒跚而来。

临近傍晚，阳光西斜，洒在咖啡厅的门口，风铃一响，宋晨曦抱着巨大的鱼尾，像一阵风似的吹了进来，刚一进门，就看到窗边的向海川，顿时一愣。

“你怎么在这里？”她的头发湿漉漉的，显然她刚下课。也许是因为耽搁了什么事，导致她今天连吹头发的时间都没有，就匆匆赶了回来。

向海川笑着说：“我在等你。”

“看出来了。”宋晨曦点头说，“所以呢，找我什么事？”

“没事就不能找你吗？”

“当然可以。”宋晨曦说，“你历来日理万机，无事不登三宝殿，虽然我这儿也不是什么三宝殿，但你也不会无缘无故大老远地跑过来吧？”

“我真的只是想来看看你，仅此而已。”向海川表情受伤，挫败地说，“晨曦，我们的关系，什么时候变得连问候都不可以了？两年了，你再大的气也该消散了。何况……我也没做错什么。”

他的确没做错什么。他只是对她百般宠爱、千般呵护，把她当作亲女儿一样养着，让她变成了他的附属、他的骄傲，把她的成长当作他彰显自己能力的一环。而后，还要这个附属品听话。不吵不闹不炫耀，难过也不能让他知道。

但是，那都已经过去了。现在的她想明白了，他们的关系确实没必要那么紧张。他教会她那么多，她还是应该感激他的。

“那好吧。”宋晨曦无所谓地笑了笑，“我很好，那你呢？”

“如你所见，我也很好。”

“既然都很好，也算打过招呼了，没事我就上去了。我有点事，很忙。”宋晨曦说完，就要走。

厨房的门通向后院，二楼就是宋晨曦居住的地方。

“你还在等我吗？”突然，向海川追出来，再次开口，叫住了她。

后院楼梯上，宋晨曦惊讶地转头，不可思议地看着他：“什么意思？”

向海川站在楼梯口，盯着宋晨曦，目光沉重地说：“你还是在等我，对吗？”

上一次，她说得那么清楚了。很明显，她依然爱他，但是也没有期待、不奢求回复了。现在他突然跑来问这个，是什么意思？

难道……

宋晨曦的心陡然加快，几乎要跳到嗓子眼。

可紧接着，向海川又说：“晨曦，我们之间是不可能的。你不要再等我了，假如有合适的对象，不要放弃，好吗？”

闻言，宋晨曦跳动的心又再次冰封，倏尔冷却。

他还真是让人无法期待呢……

宋晨曦突然就释怀了。她笑了笑，说：“你来就是要跟我说这个？”

向海川：“是。”

宋晨曦冷眸问他：“假如我没记错的话，我已经跟你说过了，我不会因为你再错过任何人、任何事，你又何必大老远地跑过来，多此一举？”

“因为……我依然想陪在你身边，以另一种方式。”

一瞬间，宋晨曦的怒火又燃烧到了临界点，她刚想说话：“我……”可还没来得及说下去，咖啡厅的大门再次被人推开，风铃声呼啦乱响，打乱了二人的对话。与此同时，一个十分熟悉的声音传来——

“Vicky 回来了吗？”

说话的人的声音非常熟悉，清爽、干净中又带了些许轻浮，一听就是个小男孩。气喘吁吁地，风风火火。只一句，就听出来人正是消失了半个月的池远航。

“Vicky！是我！”不等鲸歌回复，池远航已经一眼看到了落地窗边，后院里的宋晨曦。而后，他便急不可耐地跑了过来，站在宋晨曦和向海川之间，兴奋地说，“宋晨曦，我回来了！”他的脸上，兴奋大于一切。那般骄傲、那般自由，就像一阵风一般刮了过来，将宋晨曦和向海川之间凝重的气氛吹得一干二净。

她眼睁睁地看着池远航拎着大包小包，跑到了她面前。他全然忽略了向海川的存在，他的眼里只有她。

宋晨曦突然有点想笑，但她忍住了。

“你怎么又回来了？”宋晨曦问。

“想你，所以就回来了。”

宋晨曦脸色一沉：“说人话。”

“真的！我仔细考虑之后，觉得你说的很有道理，于是决定改变。”池远航献宝般炫耀着手里拎着的七八个包裹，说，“你说我不安定，只是表面光鲜，我就回去拿行李，打算把家安在这儿，这样就不会再随心所欲了。这一次，我很确定，我要留下来，我要像你一样，靠这片海养活自己。”

池远航认真地说完，怕宋晨曦不信，又拿出手机，在宋晨曦面前晃了晃，说：“这是我的租约。我已经跟房东谈妥了，每个月一千六，就住在你隔壁。为了每个月能便宜两百块，我一次性付清了一年的房租，怎么样，我这次够有诚意、够有决心了吧？”

她没听错吧？

那样都赶不走他，他甚至回去收了行李，把家都搬了过来，他是不是疯了？

“随便你。”宋晨曦皱眉，当着向海川的面，她也不好说什么重话。省得向海川又误会，以为自己会因为他而放弃了良人。

“这次过来，我特地坐大巴，原来大巴比高铁还便宜，可划算了！”池远航孜孜不倦地向宋晨曦炫耀自己一路上是怎么省钱的，宋晨曦也注意到了他的变化。

的确，这一次，他全身上下，没有一件奢侈品，所有的穿着打扮都十分亲民。

他真的下定决心要定居在这片海上了。

“咳……”这时，一旁的向海川咳嗽了一声。

向海川与宋晨曦站得很近，二人明显认识，池远航这时候才注意到他们身边还有一个人。

“啊，抱歉，看到Vicky太激动了，没打扰到你们吧？”池远航手里拎着的东西太多，一时间不知道该伸出哪只手，最后只能把右手的三四个包裹都放在左手，才伸出手去，跟向海川打招呼，“你好，我叫池远航，是宋晨曦的朋友，您是？”

“向海川。”向海川伸出了手，同样微笑地说，“也是她的朋友。”

二人同时看向宋晨曦，宋晨曦都没有反驳，便算是接受他们是自己朋友的事实了？

刹那间，兴奋再次满溢。三人之间，各有各的思量，且……互不相通。

“向哥，加个微信，以后好联系。”池远航半点没嗅到二人之间的独特意味。只觉得这个向海川身材好、气质佳，一定是这十里八海举足轻重的人物。搞不好跟宋晨曦一样，是个乘风破浪的船长。他以后若有不懂之处，还能仰仗他多教导。

向海川看了宋晨曦一眼，宋晨曦无所表示。既不反感，也不表态，就一副事不关己的样子。

池远航和向海川加微信，与她何干？加就加呗。

于是向海川笑了一下，打开了微信二维码，添加了池远航。

“名字给你发过去了，以后我会定居在这里，大家应该会常见面，请多多关照。”

池远航十分热情，而向海川始终淡淡地，带着既不高傲也不好打交道的微笑，微微地点了点头，说：“好。”

这时，咖啡厅的老板娘也就是民宿的主人鲸歌，给池远航送来了钥匙，她一脸看热闹不嫌事大的模样，盯着三人看了好一会儿。

向海川和宋晨曦都很无语，只有池远航浑然不觉，甚至，还准备跟向海川称兄道弟。

池远航依照惯例，从裤兜里掏出一盒烟，给向海川递了一支烟，却被他拒绝了。

向海川：“抱歉，我不抽烟。”

池远航：“不抽烟啊……没事，下次请你喝酒。”

向海川礼貌地点头：“行。”

在向海川面前，池远航比他足足矮了半个头，但一点也不输阵。他光明磊落，没有其他心思，所以才能在向海川面前背脊挺直——他看向海川没有遮掩。在他看来，向海川也只是生活在大海上的众多人中的一个。他顶多更英俊、更帅气，气质也更优越了一些而已。宋晨曦常年在海上，身边这样的人还少吗？他也未必特殊。

老板娘已经快憋不住笑了，摆了摆手就回店里了。池远航也不打算在院子里久留。

“那你们聊，我先上去收拾。”池远航见宋晨曦没有激烈赶他走的意思，便美滋滋地拿了老板娘送来的钥匙上了楼。

他离开后，向海川礼貌微笑的笑容便沉了下来，他凝眸看着宋晨曦，沉声说：“保护好自己和自己的财产，不要被有心人骗了。”

“什么意思？”宋晨曦冷下脸。

“字面上的意思，Vicky，我永远只会为你好。”

“所以……你以为他是小白脸吗？”宋晨曦冷笑了下，“你放心，我没钱。就算他想当小白脸，我也不是会包养小白脸的富婆。”何况，池远航有的是钱。他只是长得白，像个小白脸而已。

后半句，她放在了心里，没说出口。

但向海川显然不信，他满脸忧虑地点了点头，说：“你自己把握就好。有事记得给我发消息，我会帮你。”说完，向海川便转身要走。

宋晨曦摆了摆手，在他转身的瞬间，比他更快地上了楼。她不想再做那个一直望着他背影的人。

宋晨曦强装镇定，却心烦意乱，落荒而逃。但她没走出两步，又不知怎么回事，停住了。她突然转过身，站在楼梯上，望着向海川的背影。

不料，此时向海川也陡然停住了步伐，转身看着她所在的方向。双方似乎都没料到对方会停下，四目相对，都是一阵沉默。

向海川：“还有事吗？”

宋晨曦：“……没有。”

向海川：“那……我走了。”

宋晨曦：“嗯。”

向海川说完，却没有转身的意思，看了宋晨曦一秒，又说：“当然，没事也可以给我发消息。我等你。”

宋晨曦也不知道自己还能怎么回复他，只能一咬牙，狠心转身，上了楼。这一次，她半点犹豫都没有，一口气回到房间关上了门，才整个人虚脱似的，坐在了门后，久久无法回神。

直到隔壁传来断断续续的歌声——那是池远航经典的快乐音乐：今儿个真高兴。

他可真是永远都这么高兴。

要见他表现出些许难过……还真有点难。

池远航的房间是个一室一厅的开间，五十多平方米。这是他住过的最小的房子。但麻雀虽小，五脏俱全。一进门就是厨房和洗手间，客厅一面是个小阳台，另一面则是卧室——房间格局和宋晨曦的一样。走出阳台，就可以看到隔壁的宋晨曦的阳台。她的阳台门没有关，海风一吹，纱帘飘摇。距离近到纱帘似乎就要吹到他的阳台上。甚至，他只要稍微用点力，翻个身，就能到达宋晨曦的房间！

二人之间的距离突然变得如此近，让池远航无比兴奋。他极力克制自己，才没有立刻翻过去找宋晨曦聊天。毕竟，来日方长，他有的是时间。

池远航格外快乐，不自觉地就哼起歌来。

——“今天天气好晴朗，处处好风光啊～好风光嘿！”

隔壁的宋晨曦听到后，喝水的手都抖了一下。她连忙放下杯子，开始收拾行李。

离开的时候，池远航的歌声正唱到激情处，所以连隔壁开门关门的声音都没听到。几乎同时，他的一个高音吓得宋晨曦落荒而逃，连钥匙都忘了带。

傍晚，池远航收拾完行李，已是饿得前胸贴后背。

“咚咚咚。”急切的敲门声响起，他抑制不住乔迁的兴奋，想要叫宋晨曦一起吃晚饭。她今天回来得早，现在还不到她出海的时间，她应该完全有时间跟自己共进晚餐。

但他敲了半天门，里面都没有回音。

“别敲了，Vicky 出去了。”老板娘也听到他的敲门声，忍不住在楼下探头。

“她去哪儿了？”

“不知道，戴着帽子，拎着小包，就走了。”

“走多久了？”

“给你们送了钥匙没多久就走了。”

咖啡厅老板娘说得很稀松平常，池远航也就放下心来——她急匆匆地出门只带了一个小包，应该很快就会回来的。却忘了，他第一次见宋晨曦的时候，她也只带了个小包。

她出海的行头，永远就那么一套。

池远航回到房间，一直在等宋晨曦回来。可他等到深夜，宋晨曦的房间依然没有任何动静——两点了，她还没回来！

她不会出事了吧？

池远航想到宋晨曦每天一个人在海里漂来荡去，谁知道她又去了哪里？

大海无情，万一在水里抽个筋，她可能连尸体都找不着！

巨大的恐惧淹没了池远航，让他忘记了饥饿。他四处打听，却都没有人知道宋晨曦的消息。

"Vicky一直神龙见首不见尾，才消失半天而已，不算消失。"咖啡店老板娘淡淡地说，"放心吧，靠海吃饭的人，大海不会亏待她。而且，Vicky经常出海，海上没信号，她十天半个月、三个月不回来是常有之事，等她忙完了自然就回来了。别担心。"

依照咖啡店老板娘对她的了解，她不消失半年都不叫消失。但池远航不管，他已经急疯了。因为就连小林都没有回他的消息，这说明小林都不知道她去了哪里。

池远航急得差点就要报警了，但警察告诉他："直系亲属才能报案，你是她的什么人？"

"我是她的……"说到这里，池远航噎住了。

他什么人都不是。最多，他只是她的一个朋友，还不是很亲近的那种。

池远航没有资格报案，不由得泄气。此时，他才发现，宋晨曦不在的日子里，他除了等待，其余的什么都做不了。搬家的喜悦在宋晨曦失踪后变得荡然无存，池远航闷闷不乐，在房间里度日如年。

半个月后，宋晨曦终于回来了。

凌晨三点，池远航的房门被敲响。他一开始没在意，街道吵闹，时常会有喝多了的人恶作剧，直到，宋晨曦的声音在门后响起："池远航，你睡了没？"

池远航蓦地睁开眼睛，以为自己幻听。但很快，宋晨曦又说："不好意思，打扰你一下，我……"

"你终于回来了！"突然，门猛地向内打开，池远航穿着大裤衩、小背心出现在门后。他顶着乱糟糟的鸡窝头，不顾形象地向宋晨曦扑来，"你还知道回来？！"

“你去哪里了？你知不知道我有多担心！”池远航双手紧紧握住宋晨曦的双臂，边说边摇，晃得宋晨曦头疼。

宋晨曦皱眉，默默地推开池远航，冷静地说：“我去工作了。”

“工作了你不知道说一声？！”

“海上没信号。”

“上船前不能跟我说一声？！”

宋晨曦无语。

她跟他很熟吗？她需要去哪儿都跟他报备吗？

没有。

“我没有义务跟你汇报。”宋晨曦始终脸色冷淡，对池远航的激动感到莫名其妙。

宋晨曦本来刚上岸没多久，已是疲累至极，被他没来由地这么一通质问，也很是火大。

眼见宋晨曦皱眉，脸色难看，池远航剩下的话也只能咽回肚子里。

“我以为我们是朋友了。”良久，他才泄气了似的，放开了宋晨曦。

宋晨曦既没反驳，也没赞同。

就算他们是朋友，所以，她就有义务跟他汇报行踪吗？

没有。

依然没有。

朋友之间，也不是需要时刻联系，随时报备的。

“可我刚来，都还没熟悉这里，你不陪我庆祝乔迁也就罢了，还让我担心了半个月！你……”

你真是太过分了。

池远航满目委屈，但宋晨曦连让他开口的机会都不给他。

“能借你阳台一用吗？”不等他说完，宋晨曦便打断了他。她指着他身后的阳台门，问道。

“借阳台干什么？”池远航不解。

宋晨曦沉默了一下，说：“忘带钥匙了。太晚，不好麻烦房东。”

所以就来麻烦他了？

池远航真不知该哭该笑，她该通知他的时候不通知，不该打扰的时候偏来打扰。既然不是很近的朋友，又凭什么半夜来打扰他？

“因为你年轻，熬夜没事儿。”宋晨曦淡淡地接了一句，“房东四十好几了，入睡难，理解一下。”

她说得理直气壮，又让人无法反驳。

“进来吧。”池远航无奈地叹了口气，让开门，让宋晨曦进来。

宋晨曦进门后，不忘把鞋脱下，拎在手里，然后快步走进，打开阳台落地窗，手搭在栏杆上，腾空一跃而起，她的左脚便利落地落在了对面的阳台上，紧接着整个身子也越到对面。一系列动作行云流水，没有半分迟疑。显然，她已经这么做了很多次。

“以前你也这样吗？”池远航迟疑地问。

宋晨曦点头：“有过。”但也不经常。毕竟，她回来的次数也少。

池远航暗忖，没记错的话，上一个长租客，也是个男的。宋晨曦半夜去敲一个男人的门，是不是不太妥当？

“没什么不妥当的，”看出了池远航的疑惑，宋晨曦笑了笑，说，“他可能更担心我会对他做什么，而不必担心他对我做什么。”宋晨曦说完，微微一笑，转身进了屋。

宋晨曦没有关阳台门的习惯。她屋里杂物众多，开着窗户透风透气。对面也没人，可以说是毫不避讳。月色下，纱帘涌动，帘后，宋晨曦脱衣服、换衣服的声音传来，池远航站在原处，几乎就要在窗户的倒影上看见宋晨曦光洁的背脊。

池远航本来还想再唠叨她两句，但一看到这一幕，剩下的话全都吞了回去，逃也似的回了房间。

宋晨曦这个女人，还真是神经大条！

他是个正当壮年、血气方刚的正常男人。她这么一通折腾，他还睡得着吗？！

池远航生气，气得几乎一宿没睡。

池远航气得两天没理宋晨曦，而宋晨曦根本不知道对方生气了。她回来后，日子照旧，周末下午在S市的水族馆表演，晚上回W市捕鱼和驻唱，上午要是没人约课就在家里睡觉，有人约课就去上课。美人鱼、冲浪、帆船，甚至跳伞她都会。海陆空只要是赚钱的，她都会做。远近驰名的拼命三娘，让一切男人望尘莫及。

但也不会有人不把她当作女人。下课后，她刚洗完澡之后的那一头长发，直垂到腰间，往海边那么一坐，什么都不需要做，就是千种姿态，万般风情。女人该有的柔美，在她的头发上展现得淋漓尽致，无可比拟。

而池远航能眼瞎七天，纯粹是因为海上淡水资源不足，又都是大风大浪天气，能站在船上保持清醒都不错了，又哪来的时间打理头发？于是池远航一直到在水族馆，才发现，她竟然不是一个带有艺术气息的不羁的流浪船长，而是一个女人。他在震惊之后，其余的就都化作了惊艳。要跟着宋晨曦的愿望日益浓厚起来。

宋晨曦上完课，回家洗个澡，坐在咖啡厅里，点一杯没有酒精的莫吉托，然后边喝边用五指梳头。松松散散的，十分惬意。

这可能是宋晨曦仅剩的时间放松了，池远航也只能在这个间隙，跟宋晨曦说上话。

“晚上我能不能跟你去钓鱼？”池远航拿了一杯可乐，坐在宋晨曦身边。两天的冷战以池远航低头为结束。当然，只有他觉得自己在冷战，宋晨曦根本不知道他在生气。

宋晨曦看了他一眼，默默挪开了自己的杯子，然后往边上坐了一个位置。

“不能。”她说。

“为什么？你以前不是这样的。”池远航感到十分挫败。她不仅没有觉得自己在跟她冷战，甚至，她希望他离得越远越好。

宋晨曦淡淡地说道：“同样的话我不想说第二遍。我早已经跟你说清楚，我们之间天差地别，需要保持距离。而你的选择是留下，还是离开，都由你自己负责。我不参与任何你的决定，我也完全不在意。”宋晨曦是一个负责任的人，但她只能对自己能掌控的东西负责。池远航是一个个体，不是她可以负责的人。假若他想要的东西，她给不起，那么她一开始就不会应承。

就像向海川一样。过去的向海川没有阻止宋晨曦来到海上，虽然没有参与鼓动，但他给予她所有美好的回忆，都让她无时无刻不想念着这片海和海上的他。他给她看的是关于大海最美的一切，这比言语上的鼓励更加令人难以拒绝。虽然向海川最终也做到了会照顾她一生的承诺，但那绝不是她想要的一生——他能给予的照顾和她想要的不一样。所以，对待池远航，她只能敬而远之。她无法给池远航任何帮助、任何承诺，她也不想告诉他大海有多好。她从来对他展现的从来都是大海的无情，而海边的人，没有想象中那般自由、恣意。她们靠海而生，却被困在这里了。而他的人生，应该有更多的可能。他不该在这里浪费时间。

宋晨曦无情地拒绝了池远航。

池远航发现，他搬来之后，他们的关系不如之前亲近。宋晨曦简直当他是个瘟神，避之不及。他不理解。

接连几次约饭、套近乎失败之后，池远航也不再打扰了，开始每天早出晚归。

宋晨曦不知道他每天在干什么，她也不关心，但是，却知道他没有离开。因为每天早上她的门口都会放一瓶温热的牛奶——池远航用这种方式提醒她，他依然在。

他依然没有放弃。

宋晨曦没有喝他的牛奶，每天都原封不动地放在那里。可每天，它们又会再次出现。只不过每一天的牌子都不同，日期也不同。但无一例外，都是温好的。

池远航锲而不舍，掐准时间，每天都送。

他还真是有恒心。

半个月后，宋晨曦熬不住了，以极低的价格，又临时帮人跑了一趟西沙。目的只是为了离开小院，这样她就不用每天都看见那杯温牛奶了。

这次的西沙航行船员和客人全体在线。船员卖力，客人听指挥，加之又风和日丽，很愉快的六天四晚行程结束，宋晨曦心情不错地下了船，却陡然间看见落霞湾里，一艘破破烂烂的帆船吸引了她的注意。依照直觉，这艘帆船长23米，宽6.3米，桅杆高28米——与池远航用来出海的无畏号一模一样。但眼前这艘船身五颜六色，各不相同。有的是随手涂鸦，有的却小心落笔，导致这艘船的外观宛若涂鸦。显然，它船身上每一块地方的漆，都是从不同的地方淘来的。这一点，跟她的渔船有点像。只不过她的渔船小，停在一众渔船堆里，不怎么起眼。而这艘帆船，在清一色洁白的船身中，显得格外突出。而更神奇的是，船身上龙飞凤舞地写着一个名字——晨曦号。

虽然是草书，但也能让人一眼看出，真的是“晨曦号”三个字！

看到这个名字，宋晨曦几乎就确定了，这艘船的主人不是别人，就是消失了半个月，每天早出晚归不知道在干什么的池远航。

宋晨曦在帆船边等了一会儿，果然，就见到池远航远远地拎着两桶油漆，走到船边。

他见了宋晨曦，也是一愣：“你怎么来了？”

宋晨曦没回答他，而是抱着双手，指着船身的“晨曦号”三个字，问池远航：“解释一下？”

池远航满身都是各色的油漆，手里也因为油漆还没干，不好跟宋晨曦握手，只能笑说：“被你发现了呀，我这些天就在忙这个。”

宋晨曦看出来了。她没空跟他绕弯子，目光冷淡地沉下脸，很有些不高兴地说：“这到底是怎么回事？”

池远航连忙解释：“你别误会，这不是你的名字，是我们航海会的名字。”

“航海会？”宋晨曦更加不解了。

池远航骄傲地说：“我要扎根W市，成立航海会。我要以这里为起点，迈向世界，征服地球！”

宋晨曦无语。良久，她才道：“你这么不干脆去征服宇宙？留在W市可屈才了，你应该去航天局。”宋晨曦说完，翻了个白眼，便头也不回地离开了码头。

既然晨曦号指的不是宋晨曦，那她就没什么可说的了。不管他是征服地球还是征服宇宙，都与她无关。

她管不着。

没过几天，“晨曦航海会”的名声就在W市悄然升起。码头的注册表里，突然多了一个俱乐部，业务范围广阔，以夺得各大环球航海冠军杯为目标，致力于打造最具竞争力的个人运动品牌。而它的名字叫“晨曦航海会”。不是俱乐部，也不是游艇会，而是航海会。比白帆和深蓝的经营范围加起来还要大，很有一种气吞山河、万里如虎的气势。而环球航海冠军杯不是一个人能办到的，它需要一个团队；最具竞争力的个人运动品牌又与冠军杯相矛盾，让人完全理不清头绪。而它的名下还只有一艘船。远不如白帆俱乐部的高精尖，也没有深蓝游艇会的数量优势，怎么看都是个空壳公司。

但她的名字叫“晨曦”，那也就意味着，她或许跟宋晨曦有关？

宋晨曦接到了无数人的慰问，就连小林都忍不住跑到她住的地方来找她。

“可以啊，悄悄默默地成立了一个航海会，还买了艘帆船，你什么时候攒够钱了？连我都不知道！藏得够深的。”小林惊讶地问她。

宋晨曦也是一脸懵懂：“别说你不知道了，就连我自己，也是不知情的。”

“‘晨曦航海会’不是你的？”

“不是。”宋晨曦毫无保留地摇头，“除了名字一样，跟我没有半点关系。”

“那这就奇怪了……”小林思索着，但很快，他就想到了一个人。能有这个实力、这个闲工夫的人，他们共同认识一个，那就是池远航。

果然，当“晨曦航海会”的所有手续办理齐全后，池远航在一个深夜——宋晨曦结束一日工作后——在她的房间门口等她。他拿出一大摞的资料，认真地说：“我又来向你证明，我留下来的决心了。”那一大摞的资料，宋晨曦看一眼就知道是什么。因为当年，她在帮向海川跑手续的时候，这些资料经手了无数次。

他没有说谎。他的确做好了在W市扎根的打算。

池远航说：“或许在你心里，一直觉得我是一个衣来伸手、饭来张口的富二代，但云杉远航不是我的，他跟我的关系也仅仅只是名字一样。或许我们也有同一个爹，但那又怎样？如你所说，靠自己双手赚来的钱，才花得踏实。”池远航说得无比真诚，宋晨曦差点就要相信了，但也还是没有答应他。

“那是你的人生，我不管。你也不要再来找我，我没空。”宋晨曦说完，啪的一下，关上了房门。她早已习惯了独来独往，她不需要同行者，也不想进入他人的人生。

池远航并没有说谎——“晨曦号”确实不是宋晨曦的名字，而是航海会的名字。但是他的做法，的确给宋晨曦带来了困扰。询问她的人很多，她都一一无视了。

讨厌手机的理由又多了一条，而这全拜池远航所赐。

宋晨曦更加忙碌了。二人就算是邻居，也时常见不着面。宋晨曦觉得这样挺好，池远航终于不再缠着她，她也终于回到了熟悉的轨道中来。

台风过后，前往西沙的人络绎不绝。宋晨曦忙得不亦乐乎，一趟接着一趟，带着客人们出海游玩。海上天气晴好，碧海蓝天，彩虹横跨天际，是难得的波平浪静的好时候。宋晨曦将船开到了北礁灯塔。灯塔边，围满了帆船。到西沙的船只首先会到达北礁，而回程时也会经过北礁。北礁灯塔可说是整个南海的货物集散地，各种物资在此处交易。出海几日没烟抽的船长会用剩下的大米跟刚出港的船只交换香烟，缺少淡水资源的会跟别的船交换淡水。这里络绎往来，热闹非凡。

宋晨曦一向备足物资，从不需要以物易物，总是别人来求她。但这一次，却有人不断地往她船上送东西——有时是刚捕捞的金枪鱼，已经切好，蘸了芥末就能食用。有时是刚从冰箱里拿出来的冰激凌，全船只有一份，明显是给宋晨曦的。

来自四面八方的礼物让宋晨曦应接不暇，这在过去也不是没有过。但这样密集的示好，还真是第一次。很快，她就知道，这些礼物都来自同一个人——池远航，他开着他那艘色彩繁复的帆船，也来到了西沙群岛。

“你怎么来了？”宋晨曦把船开过去，问池远航。

大红色的风帆刚刚落下，池远航站在船头，不好意思地挠了挠头，笑着说：“我要靠这片海活下去，我只有这艘帆船，我也只能像你一样，带客人出海，赚点钱。”这一次，他是在试水。他请了一个船长、两个大副，跟着他的帆船，环绕西沙群岛一周。船上只有他们四个人，罗汉局，与上次的仙女局截然不同。

出海一趟，按照他的船只规格，可以带八至十二名客人，也不过十万元。一艘帆船少则几百，大则几千，他这艘船虽然老，但一切装备都不算便宜，这算哪门子赚钱？

“没办法，我跟老爷子坦白，说上次去西沙，是你开的船，他很生气。于是除了这艘帆船，他什么都没给我。创业资金就这么一艘船，我实在没办法了。Vicky，你不愿意帮助我。我只能找别人了。”

由于小林是宋晨曦的人，虽然宋晨曦不待见池远航，但池远航找他，他也只能推托，说自己这边无人可用。他们大多是签了公司，常年有人养着的船员，很少有人会跳槽。但俗话说得好，有钱能使鬼推磨，W市找不着，他就从远处请。池远航在网上斥巨资请了一个船长、两名大副，而他自己，则是船上的水手之一，跟着他们学习。

“你这次竟没想当船长了？”宋晨曦盯着对面船上的池远航，问。

池远航不好意思地挠了挠头：“能力有限。再说了，这船上也没别人，大家都知根知底的，没必要装腔作势。”

宋晨曦高深莫测地一笑，笑得池远航心里发毛。

“当然，也不纯粹是为了在她们面前装，还有更深层的原因，只是现在也不需要了而已。”这个“她们”自然指的是那八个肤白貌美的大长腿小姐姐。

池远航讪讪地笑：“我知道你看不起我，我会努力让你看得起的！”上次在海上，印象确实糟糕，但他知错能改、善莫大焉！

宋晨曦没再理他，但他送上船去的东西，她还是吃了。海上物资宝贵，有的吃，何必浪费？何况，他们也不是什么不可共存的敌对关系。

宋晨曦这一趟航行，七天五晚，比池远航要久。池远航在北礁转悠了一圈，确认了这个船长和两个大副配合没有问题，夜晚便准备返航了。

“看在我已经是这片海上商船队的一员，以后是不是能对我好点了？上岸了请你吃饭？”池远航临走前，小心翼翼地在对讲机里问。

很快，对讲机里，此起彼伏的笑声响了起来：“注意注意，这里是公共频道。‘远洋号’提醒‘晨曦号’，想约Vicky吃饭要排队。”

“‘鸿洲号’重复一次，想约Vicky吃饭，要排队。”

“‘西月号’重复……”

如此，后续还跟了无数个排队喊话晨曦号约饭要排队的人。

宋晨曦听着无线电台里欢快无比的声音，“噗”的一下笑出了声，几乎不在对讲机里说话的她拿起了对讲机，说：“你也听到了，我还欠了这么多顿饭，轮到你的时候，怎么着也得明年的六七八月份了吧。”

听到宋晨曦的声音，霎时，整个北礁的船都加入了群聊。对讲机里的声音嘈杂不堪，你一句我一句，像开了锅一样，听不清楚。宋晨曦也没有再说话。

海上就是这样，大家都没有什么心眼，想法很简单——快乐就好。在这一带跑船的几乎都认识，只有池远航叫来的那三个人，不知是从哪里找来的，从未听他们开口说过话。不开船的池远航却在频道里聊得欢快。

“兄弟们，我得走了，但我很快又会回来的。以后，还要仰仗各位多多关照了。”池远航说完，趁着北礁还有信号，建了个面对面群聊，在群里发了一个红包。一听说有人在发大红包，虽然是池远航发的，但每个人都有，那她又怎能错过？抢红包这种事情，宋晨曦从来都是最积极的。

宋晨曦加入群聊，但是红包已经被抢完了，她好一阵失落。但很快，池远航当着整个群的面，给她发了一个大红包——88块2毛6。比之前那个红包里，手气最好的人多了1块钱。

池远航的意思也很明显，来晚了不要紧，手气最佳内定给你。没有私交，大家都是表面合作、工作关系，自己若再推拒，就显得有些小气了。

宋晨曦笑了一下，这次没拒绝，收了。于是这样，池远航拜码头的行为，就算是完成了。这片海上，从此有了“晨曦号”的身影，大家也都知道他的存在，会给予照顾。

下船后，宋晨曦回到码头，却看见“晨曦号”没有停在原来的位置，没听说过池远航要出海，她很是奇怪。问小林：“池远航呢？”

小林很快回答她：“出了点麻烦，船被扣了。”

“被扣了？为什么？”宋晨曦一愣，大为不解。

“那两个船员证件造假，海事局规定了一艘船上必须有三个人有航海执照，但另外两个人的是伪造的。池远航作为船东，脱不了干系。现在这会儿估计正焦头烂额呢。”小林说完，宋晨曦也有些不知该说什么。

这件事，要说跟她有关系，确实也没什么大关系。要说无关，却也有一丁点儿的责任——池远航一直在邀请她帮他开船，但是她迟迟没有答应。于是他只能舍近求远，从外地找了几个不知根不知底的人来。被人骗了钱财不说，还得罪了海事局。

“有没有办法把他捞出来？”

“他问题不大，解释清楚也就回来了，只是以后，可能要被盯得更紧了。那艘船估计也得禁航一个月起。”怪不得船不在港口，合着已经被带走了。

宋晨曦是有点同情他的。

但也只有一点。

毕竟，他是云杉远航的公子，早点知道人世险恶，对他未来有好处。而眼下的困境，应该也不算什么困境。扣几天船而已，以后手续齐备了再拿回来好了。

宋晨曦这天晚上回家的路上经过了一家卖烤鸡的店，原本按照惯例只打算给自己买一只，但想到刚刚意气风发地拜完码头的池远航就折翼了，于是多要了一只。

“老板，再来一只原味的，不要放辣。”池远航吃不了辣，她记得很清楚。

宋晨曦拿着两只烤鸡和两瓶啤酒回了家。W市的九月份，正是最好的时候。夜晚，海风习习，不冷不热。海浪拍打着礁石，声音起伏不定，令人感到十分惬意。咖啡店在夜晚显得格外清静，店门前，面朝大海的方向，池远航点了一桌子的烧烤，啤酒瓶横七竖八地倒在边上，桌旁坐着好几个人，都是宋晨曦没见过的。

显然，这位公子哥儿心情不好，路边拉了几个人来陪他吃吃喝喝。

宋晨曦看了一眼自己的烤鸡，突然觉得，好像也不是那么香了，她拿着东西就要往里面走。

“Vicky。”池远航眼尖，一眼看到她，叫住，“你下船了？”

“嗯，刚下。”宋晨曦点了点头，不动声色地将烤鸡往身后拎。

池远航醉醺醺的，显然已经喝了不少，但意识也还算清醒。他一眼就看到宋晨曦手里拎着的纸袋和啤酒，顿时两眼放光：“那个是给我带的吗？”池远航直接问。

所有人都向宋晨曦投来注目礼。

宋晨曦什么都没说，他怎么肯定这烤鸡是给他带的？

见到宋晨曦不说话，池远航又说道：“你的邻居目前就我一个，你不喝酒，吃的也不多，怎么可能吃两只？”池远航不管不顾地跑过来，接过宋晨曦的酒和烤鸡，甚至找到了没有蘸辣椒料的那一只，笑眯眯地说，“这只肯定是给我的。”池远航无比肯定。他这份自信和底气，非常人可及——宋晨曦是有些佩服的。

“快把桌子收拾一下，我要吃鸡。”池远航指挥着众人，很快将桌子清理了出来。他其实并不饿，点这么一大桌子烧烤，也只是为了招待朋友。但宋晨曦带来的东西意义特殊——这是她第一次给他带东西。虽然她肯定已经从小林那里得知了自己的惨况，带着同情来接济自己，但他乐于接受她的同情。

同情代表关心，宋晨曦终于把他当自己人了，所以才会给他买东西，不是吗？

池远航心里在流泪，嘴上却吃得香。很快，大家给宋晨曦也拿了一个凳子，让她坐在了池远航的旁边。

“好吃吧？”宋晨曦问。

“好吃！”池远航顾不得擦油，伸出满手都是油的大拇指，冲她比画了一个“赞”。

宋晨曦见他这副强忍难受、强颜欢笑的模样，突然觉得，他还不如在她面前大哭一场，求安慰、求帮助呢。

他在硬撑、在逞强。

在努力维护他本来就几乎等于没有的自尊心。

“其实，你可以跟我说。”宋晨曦下船后，没有收到一条池远航的消息。这在过去，几乎是不可能的。他大事小事都会事无巨细地跟她说。无论是今天没带钥匙，打不开门；还是房东生病，他要临时帮她看店。

总之，他的日常生活大小事，他的习惯就是向宋晨曦汇报。

对此，他一度振振有词地说："我在这里只认识你一个人，别人我都不放心。万一我有什么事，别人问起来，你可以告诉他们我每天在做什么，最后见了什么人。"

以往这些消息让她烦不胜烦，所以他在她的列表里，一直都是免打扰。但这次她上岸后，他一句话都没有。想必，这几天他都过得不太开心。

他不想跟宋晨曦说一些负能量的东西。

他只想跟她分享快乐。

"Vicky，你说，赚钱怎么这么难呢？"良久，池远航完完整整地吃完了烤鸡，又喝了一瓶啤酒之后，才缓缓开口。

宋晨曦点了点头，说："钱难赚、屎难吃。话糙理不糙，赚钱就是这么难。"

"可是为什么对你来说好像很简单？"

"哪里简单？"宋晨曦每天像陀螺一样旋转，可从未有过一刻放松。

池远航道："你永远都知道自己下一步要做什么、要去哪里、要见什么人、能赚多少钱。虽然辛苦，但是你的目的地不迷茫。而我，根本看不到方向。"

"没有人一开始就知道自己的方向。"宋晨曦沉默了一下，说，"我也走过很多、很多的弯路，比你想象的还要多。"

其中最长久的一条弯路，就是待在向海川的身边。很长一段时间里，她的身后一片黑暗，身前一片迷茫，只有她身边的向海川是真实的。但是他，也不总是存在。

他像大海一样宽广、包容。

不仅包容她，还有成千上万的别的她。

说到这里，两年没喝酒的宋晨曦突然打开了一听啤酒，与池远航碰了碰，说："相信我，过了这道坎，一切都会好起来。因为同一条阴沟，你不会掉下去两次。"年轻的时候，早吃亏、早吃苦，都不是坏事。只有经历了那些吃亏、吃苦的日子，未来才会一天比一天好。

再后来，宋晨曦就不肯多说一句了。她能做的，只有陪池远航喝两口。至于自己的过去，她实在不想提及。

她永远也不会向第二个人提及。

但宋晨曦没想到的是，还真有人会在同一条阴沟里翻第二次船。

宋晨曦忙，池远航也忙，等她再见到池远航的时候，距离他被骗已经过了两个星期。两星期后，池远航的帆船已经回到了码头。修理厂的吊装设备上，他的帆船被高高地吊起，那意味着船只要进行一系列的全面检查——价格不菲。

“他没事修船干什么？”宋晨曦皱眉问小林。

小林常年混迹在码头，接洽各个帆船、游艇、旅游公司，是大小八卦的百事通。他说：“池远航听了那个船长的建议，说这船在暴风天中航行过，电路严重受损，虽然明面上的已经修好，但可能依旧会存在很多问题，需要做全面的修理和保养。”小林说着，伸出两个手指头，在宋晨曦脸上摆了摆，“据说，花费了这个数。”

宋晨曦惊讶地说：“两万？！”

小林高深莫测地一笑，摇了摇头：“二十万。”

宋晨曦亲自驾驶过这艘帆船，对它了如指掌。上岸后，虽然她没有亲自参与维修，但根据它在暴风中的表现来看，似乎没有什么大问题。就算电路被烧毁，也只是更换保险丝的问题。根本不需要全船维修，更不用说保养。一次保养的费用足够他们去环游世界一年了。想必池远航已经把发生的事情告诉了别人，那些人觉得可以趁机故意夸大事态，让他支付巨额维修费。

“你为什么不阻止他？”宋晨曦问小林。

小林摊摊手：“好心救不了找死的人。他信任自己的船长，我们只是外人，不方便说什么。”

“他居然还信任那个船长！？”宋晨曦震惊了。

小林苦笑着点了点头：“他说，两个大副的文件是造假的，但船长的是真的。大副欺骗了他，但船长没有。”

有经验的船长一眼就能辨别对方是好是坏，他说他不知情，可能吗？那个外地来的船长，宋晨曦从来没在这片海域见过，但看他办的这些事情，没一件是好事。她的火气顿时就上来了。

“虽然池远航不是我的人，但我也知道他不是坏人，我不能眼睁睁地看着他上当受骗。”宋晨曦说完，戴上墨镜，带着小林、大金，还有码头一些相熟的船长、水手，浩浩荡荡地就杀进了船舶修理厂。

修理厂里，池远航正在听从他请来的船长的建议，准备更换海水净化系统和发动机。

“你是哪个公司的？”宋晨曦走近。梳着大背头、戴着几乎遮住半张脸的黑墨镜，让她问出的话很有一种“你是哪路的”的气势。

当初，池远航就是因为她这份气势，完全忽略了她是女人的可能性，一路把她当男人使唤。今日，她的脸比当时在船上还要黑。

池远航请来的船长看了池远航一眼，池远航忙跳出来打圆场，互相介绍：“这是大昌，昌哥，D市来的，驾龄丰富。这是宋晨曦，Vicky Song，W市唯一的女船长，十里八海的团宠，大家都知道她。驾龄没您久，但经验丰富。大家别紧张，交个朋友。”

大昌一听宋晨曦的名字，就知道这人不简单，因为远在北方沿海城市的他都听过宋晨曦的名字，足以想见她在这一行扎根有多深，自然也知道这船舶修理是怎么回事。

大昌的脸色没好多少，宋晨曦也同样。

“昌哥是吧？”宋晨曦看着他手上拎着的一节小小发黑的水管，说道，“既然您的驾龄比我还久，应该知道这艘船上的海水淡化系统已经是业内顶配，因为一节每艘船都会遇到的水管堵塞问题就更换整套设备，有点说不过去吧？而且，您更换的这是什么？”

实际上，他因为一根发黑的水管，告诉池远航是这个淡化水系统的循环有问题。假如不换掉这个淡化系统，更换再多的水管，也依然会堵塞，到了外海依然会淡水资源紧缺。那在远航途中会是致命的问题。他提议拆掉池远航昂贵的进口海水淡化装置，改装一个不知道经过几手的老旧设备。这一轮“以新换旧”让宋晨曦忍不住想为他鼓掌——他实在是做得一手好生意，骗一次不够，要赚两份的钱。

“还有，这发动机有什么问题？假如我没记错的话，这艘船的发动机也是德国的最新款。您让他更换，是打算换一个宇宙最新款吗？”宋晨曦字字句句，每一句都充满了敌对的意味，问出来的问题也尖锐犀利，让大昌无法回答。

大昌沉着脸，望向池远航：“假如你相信她，那你就别找我。一山不容二虎，我不希望我的船还有别人来指手画脚。”

“你的船？”不等池远航回答，宋晨曦已经笑了，“这艘船刻着什么名字，我相信你很清楚。你觉得，它叫‘晨曦号’，会跟我没关系吗？你当着我的面坑他，你觉得，我能放过你吗？”

的确，他刚刚注意到，宋晨曦这个名字跟“晨曦号”的关系似乎很不一般。而在西沙那次试航，池远航不断地让他们给宋晨曦送东西，也已经昭示着池远航的“舔狗”行为。

他对宋晨曦极为崇拜。

而宋晨曦的身后，还跟了十几个五大三粗的船长、水手，每一个都是地头蛇，很不好招惹的样子。

“既然你这么相信宋晨曦，那我也没什么好说的了，你自求多福吧。”大昌说完，戴上帽子，拿着自己的东西，一溜烟就消失在了码头。

根本不需要宋晨曦带着人赶他走，他已经自觉地灰溜溜地离开了。

黄鼠狼之心，昭然若揭。而身为船东兼发工资的老板池远航本人，从头到尾连插嘴的机会都没有。

池远航愣愣地说：“你把我的船长赶走了。”

宋晨曦回答道：“是他自己要走的。”

池远航说：“要不是你带这么多人，让他当众下不来台，他不会跑这么快的。”

“早走晚走都是走，他这样做人做事，在这行混不下去。现在自己走，比以后被人挂在行业黑名单上驱逐离开要有面子得多。”

“可是……钱已经打给他了。”

“什么？！”

池远航喜欢撒钱、打钱快，宋晨曦不是第一次知道。但这么、这么快，还是让她没想到的。

宋晨曦说：“阴沟里翻船翻两次，你真够可以的。”

池远航满腹委屈地说：“我对人都是真诚相待，却没想到别人对我心怀叵测，Vicky，我也不知道该怎么办了……”

“你给他开了多少钱？”宋晨曦问池远航。

池远航如实交代：“四万。”

“一个月？！”宋晨曦震惊道。

“是的……”池远航原本觉得四万不是什么大数目，但看到宋晨曦惊讶的表情，他突然觉得好像又做错了什么事情？

“你这么大方，也难怪别人会占你便宜。毕竟，不割你一刀，感觉都对不住自己。”宋晨曦说完，抬起双手，问身后的人，“给你们这价格，你们怎么选？”

“跳槽！跳槽！跳槽！”

“池老板还缺人不？”

“我身强体壮，随时听候差遣。”

“池老板福如东海，寿比南山！”

宋晨曦扬了扬手，一副“你们听着”的表情。

“早知道你给这个价格，我也来了……”小林在一旁嘟囔了一句，其他所有人也都露出一副“好可惜”的表情。

池远航咬着嘴唇，满脸委屈：“可是你们都拒绝我了。我以为……以为你们格外有原则。”就像宋晨曦一样，什么都不问，就斩钉截铁地拒绝。

但是这会儿，就连宋晨曦都忍不住叹了口气，说：“这样吧，我来。”

池远航倏尔抬头，一瞬间，被船长坑钱、被宋晨曦辱骂的失落荡然无存，他两眼放光地望着宋晨曦：“真的吗？你愿意加入我的团队，给我当船长？”

宋晨曦认真地点头：“真的。”

“但我不需要你给我四万，按照码头平均薪资水准，五千一个月，再加上提成。”

宋晨曦知道池远航有钱，但也不想坑他的钱，更不允许他破坏这里的规矩。如果他开出四万一个月的天价，其他船舶公司还怎么做生意呢？所有人都到了池远航这里，其他老板一定会群起而攻之。生意不长久，没必要破坏和气。而只有她，现在并没有与任何一家公司签约，她是自由身，给池远航干活没问题。

与其让他被别人坑，还不如自己来，也算是为民除害了。

宋晨曦很有一副“我不入地狱，谁入地狱”的架势，这让大家对她又是好一阵佩服——放着四万的月薪不要，要求跟其他船员公司一样，拿着五千底薪，干着底层的劳苦活，何苦呢？

但宋晨曦自己知道，她并不清高，也不故作姿态。她只是觉得她并不特殊，她也不想破坏市场，仅此而已。若逆市而为，只会树大招风，招致灾祸。这对所有人都不好。

池远航原本耷拉着的脸，在听到宋晨曦的主动加入后，突然又大笑开了，不是因为每个月省了十万块的月薪，而是因为他费了这么大的力气，舍近求远，最终宋晨曦还是回到了他的怀抱。他高兴得立即张开了双手，想要跟宋晨曦来一个“欢迎加入”的友好拥抱，但是他的手才刚伸出去，就被宋晨曦推了回来。

宋晨曦单手掌抵住他的额头，淡淡地说：“保持距离，是我对你唯一的要求。船——东！”

“……好、好吧。”池远航讪讪地点头，并没有因为她的动作而感到生气，快乐洋溢在他的脸上，他就像买了二十年彩票终于中了五百万的彩民。

等回去后，便煞有介事地拿出了一沓资料，跟宋晨曦签订劳务合同。但合同上，几乎都是空白的。

“什么意思？”宋晨曦问。

“刚刚当着那么多人的面，可能你会不好意思。但我对你，有天然的滤镜加持，你不会坑我，也一定会对公司、对船负责。这里面的条件你自己填，你想怎么填，我都举双手双脚同意。”

“池总。”宋晨曦突然正色道。

“嗯？”面对她突如其来的正经，池远航有些紧张。

宋晨曦认真地说：“您这样做生意，公司真的不会倒闭吗？”

宋晨曦感到有些奇怪，他明明是个富二代，难道爸妈没教过他怎么做生意吗？

他这样大手大脚没节制地花钱，根本赚不了钱吧？

然而池远航根本不担心，理直气壮地说：“我爸妈教我的最关键的一条，就是在合适的位置，放上合适的人。我觉得你最合适，那么我就放权。全权交给你，我相信，你不会让我失望的。”池远航振振有词，这下，倒是宋晨曦无法反驳了。

池远航又说：“而且，我还要投资你。这绝不是浪费时间，也不是浪费生命和金钱。我在做一本万利的买卖。宋晨曦，我相信你。这艘船在你的手上，一定会发挥最大的价值。我绝不会亏。”

池远航的话让宋晨曦无法反驳。如果他只是简单地拿一两千万给宋晨曦玩，她怕是会拒绝。她不是会白受人恩惠的人，而当她能为他人创造价值时，她会义无反顾，全力以赴。

“我不会让你亏的。”宋晨曦说着，看完合同，便签上了自己的大名。

“好。”池远航笑着说，眼睛只盯着宋晨曦，压根没注意她签的文件。她签不签好像都无所谓，他只是想名正言顺地跟在她身边。跟她学习，向她请教。仅此而已。至于期间要交多少学费，他都觉得值。

宋晨曦：“既然船只起吊费已经付清了，那就趁此机会检查保养一番吧。”虽然远远不到大保养的时候，但既然已经花了这个钱，就给她一个全新的开始。

船舶修理厂里，一两百项的清单，宋晨曦照着损坏打钩，带着船工维修师绕着船走了好几圈，事无巨细地交代。池远航作为船东，只能在一旁干瞪眼。

新来的船工维修师疑惑地看了他几眼，问她："那是你们的水手？"

宋晨曦摇头："不是。"

"那是厨子？"

"不是。"

维修师猜了半天都没猜到，宋晨曦面无表情地耸肩，笑说："水手、厨师、机械师、医药师、导航员、翻译员、大副、船长，都是我。"

船工维修师疑惑地看向宋晨曦身后的池远航："那他呢？"

宋晨曦漠然地瞥了他一眼，淡道："大抵是个啦啦队员吧。"

有时候，甚至连啦啦队员都不算，应该叫他"后腿王"。

一系列检查完毕，"晨曦号"重新下了水。五颜六色的她不论在什么样的光线下，都是码头最引人注目的一艘。不见得有多豪华，但大家都知道，那艘船是宋晨曦的船。

她全新的航海篇章也终于再次开启——宋晨曦正式加入池远航的团队，成为他团队里唯一的船长，还兼职大副、水手、炊事员、清洁工、修理员等一系列的职务。

"这么看来，我赚大发了。"池远航大笑，得意扬扬。

宋晨曦回了他一个白眼，让他自己体会……

第五章 · 牧云

Heading towards the morning light

两周后，帆船完成了抛光、打蜡，所有资质、手续齐备，宋晨曦便准备扬帆出海了。她临时请来了小林和大金，带着八个小鲜肉和两个小仙女一起出海。但池远航显然直接无视了那俩小仙女，眼里只有那清一色的八块腹肌。

池远航非要跟着去，宋晨曦却严词拒绝了。

“船上位置不够。”宋晨曦说。

“怎么不够？”七十尺的船，可以塞得下二十个人。何况他是船东，他想住哪儿就住哪儿！

宋晨曦说：“主卧 24800 一个人卖出去了，次卧 19800 卖了，总共四个卧室，八个人住，还有沙发位 15800 卖给了两个美女，大金、小林还有我只能睡驾驶舱，你来的话……可能只能睡机房。”

机房是个什么地方呢？就是发动机的上方、轰鸣声最响的地方。

“为什么都卖了？就不能给我留一个位置吗？”池远航瞪大了眼睛，很是不理解。

宋晨曦一边数钱，一边说：“环岛七日游，除去小林、大金的工资还有船上的补给，这次航行净赚十万，已经在账上了，你查收一下，不带你也是为了利润着想。”

钱钱钱，宋晨曦就知道赚钱！

还……赚得真不少。于是为了节约成本，自然而然地，就没有了船东池远航的位置。

但池远航就是来学习、适应海上生活的，他怎么能不去？何况这次航程宋晨曦要跟八个大帅哥一起出海！那八个人，连他看了都直呼养眼。他作为船东，怎么着也要跟着一起去的，不然他不放心。

宋晨曦叹气：“都是些靠脸吃饭的人，我对他们没兴趣，他们对我也没兴趣。或许，对你兴趣还大一些。您要上了船，不害怕吗？”

宋晨曦说的话池远航没听懂，他只知道，她不能在他看不见的地方跟八个大帅哥一起出海！

“我要去。”池远航坚定地说，“这是我的船，我有这个权利。”

“那……好吧。”宋晨曦看他坚持，也就没有再劝说，多拿个睡袋，就算是把他打发了。

落霞湾码头里，“晨曦号”报备了海事局，便一路南下，进入南海，驶向了西沙群岛。这艘船注册过商用，手续齐全，带游客出海是经营范畴以内。而西沙群岛虽然是我国近海，但一路上，风浪也不小。池远航待了一会儿，就有些头晕了。

“早说了让你不要来，偏要来受罪，何苦呢？”宋晨曦一早就猜到他是这种情况，所以才不想让他上船。她把他当朋友，他却以为她要甩掉他！真是以小人之心度君子之腹。

池远航本想反驳两句，但一张口，就呕的一声，弯着腰，趴在船舷痛不欲生。

“给你，晕船药。”宋晨曦掏出一颗，还下船舱去拿了一瓶水，一边给他递药，一边在旁给他拍背。客人们也都晕得不行，但池远航是船东，享受特殊待遇。这在过去，池远航也是没有这份待遇的。

池远航想起第一次出海的时候，宋晨曦一脸的冷漠，生人勿近，吐死也没有一句安慰。但今日，到底是他花过钱的，宋晨曦对待甲方的态度与过去截然不同。那是发自内心的关心和爱护，甚至还有拍背服务。池远航感受到了些许温暖，但又觉得没那么多。

宋晨曦或许还有一个名字，她的小名叫“现实”。

还全写在脸上的那种。

夜晚，近岸浪潮过去，驶入深海，浪反而变小了。入夜后，客人们基本都回船舱里休息了，小林和大金值班掌舵，盯着航海仪。宋晨曦躺在甲板上，把自己包在睡袋里，开始看电子书。池远航形影不离地跟在她身边睡着，两个人躺在一起，宛若睡在一张床上。

如此平静的海面，是池远航第一次遇到。头顶繁星密布，银河从海的一端延伸到另一端。带状银河清晰可见。远离城市喧嚣，放下手机，一切与世隔绝。身边只有无边的海风、海浪，醉人的灯光下，宋晨曦的呼吸声惬意又绵长。

“海上睡觉还挺舒服的……你看我们像不像在度蜜月？”池远航终于实现了连日来的梦想，能在宋晨曦的陪伴下，欣赏简单的海上夜景。

宋晨曦瞪了他一眼，全然不想理他，只顾着自己看书。

池远航孜孜不倦地戳着她的背：“你看，有流星，好几颗。”

池远航隔一会儿就嚷嚷一声，宋晨曦一点兴趣都没有。海上万千星辰，她看了足足七年。她认识每一个星座，她甚至能说出偏远处的星星的名字。可是那又怎样？划过的流星，不过是一闪而逝的风景。而那些亘古不变的万千星辰闪烁，星光璀璨，可也没有属于她的那一颗。

而她要做的事情还有很多，她没空欣赏沿途的风景。

不看，不想，不听，是她能做的最节约时间和精力的事。

“你可真无趣。”池远航有些挫败，好像他做什么、说什么都提不起她的兴致。

“作为朋友，跟你说话，你应该回应。作为船东，我是上司，现在你是上班期间，更应该理我，怎么搞得我像只舔狗一样？”池远航自言自语地嘟囔着，本不期待宋晨曦会回答，但没想到，她突然放下了电子书，转过头来看着他。

“假如这是工作内容，那我认真地回答你。”宋晨曦说，“首先，我们不是在度蜜月，虽然我们打着蜜月的旗号招揽客人，但假如这算的话，我已经度了千百回蜜月了，一点也不稀奇。其次，流星这种东西，哪里都有，我不在乎。最后，我本就是无趣的人，假如你想让我变得有趣，你可以给我一个范本，我尽量去学，但仅限于上班时间。池总，我说得够明白了吗？”

宋晨曦一字一句地回答完毕，表情分外认真，半点没有开玩笑的意思。

倒是池远航愣住了。

万万没想到她会如此认真地回复。认真到让他觉得自己似乎犯了什么错误，有一种被高中的教导主任盯上了的错觉。

池远航吞了口水，愣愣地说：“明、明白了。我就是开个玩笑，别放在心上。”

“嗯。还有事吗？”

“没、没了。”

“那好，睡觉。”宋晨曦说完，转过头，把头埋在睡袋里，然后就休息了。

独留下池远航一个人，在微风和煦的甲板上，无限璀璨的星光下，妙龄女子躺在身边，却像个叫不醒的木头。

无趣。真是无趣。

不多时，身边传来了池远航均匀的呼吸声。累了半日，他也没心情折腾了。但宋晨曦还很清醒。她转过身，平躺在睡袋里，睁开眼睛，目光清明地看着头顶的无边星空。

其实她也有过跟池远航一样激动兴奋的时候。

曾经，她也曾彻夜不眠，指着头顶的星星，兴致勃勃地问向海川它们每一颗的名字，每一个星座的故事。向海川也不是都知道，但他会耐心地拿出手机，用软件标注出每一个星座，然后耐心地讲给她听。她听得极为认真。不仅因为刚来海上，对美景的向往，更因为对面坐着的人是向海川。

他温柔、耐心、有力量；他掌控一切，他一诺千金。

他说他永远都不会离开，他会永远陪着她。

的确，他做到了自己的承诺，他永远都不会离开。

但她也没想到，先离开的，竟然是她。

第二天，船在银鱼岛锚泊。银鱼岛附近，满是珊瑚礁群，纯净的玻璃海，一览无余的水下童话世界，很适合浮潜。大金和小林带着客人们穿上浮潜装备上了岛，宋晨曦闲着无事，便准备开着小船去拖钓。

“你去哪儿？”池远航站在船舷边，看着即将远去的宋晨曦，十分焦急，仿佛一刻都离不开她，黏人得紧。

宋晨曦道：“捕鱼。”

“又捕鱼？捕鱼能挣几个钱？就不能好好享受一下难得的海天盛筵吗？”

“我在享受。”宋晨曦强调。

“拿着二十米的渔枪享受？”池远航愣住。

宋晨曦点头：“也是享受的一种，渔猎带给我的快乐和滋养要胜过在船上瘫着。我不跟你废话了，时间紧迫。你作为船东，经营管理你也有份，假如我回来得晚，客人的午饭就交给你了。”

“那你呢？”

“我不饿。”宋晨曦说完，一点也没有要带上池远航的样子，开着小船就离开了。一望无际的蓝天大海里，很快就只剩下一道快艇划过的浅浅尾波，而宋晨曦已经消失在了海天相接之处，再也看不见。

这几乎是她每次出海的必备项目。渔猎途中，顺便快艇拖钓，运气好能有大鱼。当然不是每次都会中，但只要有，一条蓝鳍金枪鱼，上岸就能卖上万。出海的油费、人力费全都回来了。但一般有了鱼，默认归船东，宋晨曦也不想贪，按照以前的规矩，全都记在公司账上，一分也不拿。倒不是她道德水准有多高，只是生而为人，她肯定自己的价值，她确定自己能挣到更多的钱，她不会因为一点蝇头小利，破坏了行规。

而关系的本质是价值交换，爱情会消散，友情会变质，任何关系都不是一成不变的，不变的只有利益。她需要不停地创造利益，来证明自己的价值，只有价值才是永恒不消散的力量。而拥有力量，才会持续拥有话语权。

池远航一个人待在船上，因为他是船东，既不能和游客们打成一片，又没有人指挥他干活，所以感到无聊。临近中午，宋晨曦还没有要回来的样子，他干脆听话地去做饭。

说实话，他几乎没有下过厨，能煎鸡蛋、煎培根，已经是耗费了毕生的功力。他历来十指不沾阳春水，只拿过画笔，其他都一窍不通。做饭？开火煮熟就行了吧？

经过上次出海，池远航感受到了没有网络的痛苦，于是上次大修，便配备了最先进的卫星 WiFi。上网速度慢，但看看攻略问题不大。池远航摸索着，就开了火……

中午，太阳当空，大海之上什么遮挡物都没有，客人们从银鱼岛上回来，匆忙上了船，都是饥肠辘辘，等着一顿丰盛的美餐。但他们没想到的是，迎接他们的，是一盆咸得发苦，还鱼腥味深重的海鲜火锅，里面的鱼连内脏都没处理的那一种。

“你们怎么都不吃？”池远航十分骄傲地问。他自己没尝，但五颜六色的海产鱼，看卖相，好像还挺好的。比网页上的图片还要更诱人。

所有人都一脸菜色，有两个脾气不太好的当场就甩脸子：“你们就给我们吃这个？”

“有什么问题吗？”池远航问。

“你们招募游客的时候，写的是海天盛宴，图片里是大龙虾、海胆、三文鱼。现在这是什么？连内脏都没去掉的鱼，你吃给我看看？”

池远航第一次被人指着鼻子骂，面子很是过不去。他第一次伺候人，不被夸奖也就罢了，还被人辱骂？

池远航气得不轻，刚要反驳，小林忙拦住他：“我们是来赚钱的，客人的要求我们应该满足。何况，想吃点好的也不算过分，我来、我来……”

小林和大金忙得不可开交，一会儿送客人上岛，一会儿又要在一旁保障他们的安全，还得顺便帮他们拍照，然后再把他们从岛上接回来。已经累了一个上午，原本以为可以好好享受一顿大餐来犒劳一下自己的胃口，却没想到等待他们的是池远航的“海鲜大餐”，不仅无法下咽，还可能招致满船的客人不满。

他只能左右安抚，然后赶紧起锅烧油，重新为客人准备食物。

大金平日里只顾自己玩乐，从来都是外出就餐，根本没做过饭。

小林一个人准备食材，因为时间紧迫，只有火锅最为方便，但上桌后客人仍然不满意。

“天天都是火锅，能不能吃点别的？”一个挑剔的客人白眼几乎要翻上天了，池远航刚想说不想吃就别吃，但小林又是摁住了他。鞍前马后地伺候客人，再次煮了面、炒了蛋炒饭，一番折腾已经是两点多。他本人已经饿得前胸贴后背，但还是没有人领情。

“你们这样叫欺诈，懂吗？”八块腹肌的小哥露出了不满的神色。在他合理的要求下，全船的船员都无法反驳。这里的确没有人会做饭。

“这时候宋哥在就好了。”小林苦不堪言，感觉船上的客人已经要吵开锅了。这时，却见大金眼尖，看到远处一艘快艇后漂浮着一个球，正缓缓朝着帆船而来。

“是宋哥！她打到大鱼了！”大金兴奋地喊。他这一嗓子，小林眼睛一亮，顾不得沙龙区因午饭而吵开锅的客人们，冲到船尾，准备帮忙。

其他人不太懂什么是“大鱼”，也没觉得有什么了不起。毕竟，这两天除了玩水，就是钓鱼，从来没钓过鱼的人也能一条接一条地往上钓。可等宋晨曦抱着“大鱼”上船的时候，所有人都惊呆了。就连见惯了各种大场面的池远航，都目瞪口呆——她的怀里，抱着一只比肩还高的金枪鱼，看上去少说有五六十斤。

“把秤拿来。”宋晨曦气喘吁吁，头一件事就是吩咐小林去把她老旧泛黄看似祖传了三代的秤取来。

所有人都忘记了争吵，只围着宋晨曦拍照。

“我们能拍吗？”刚刚吵嚷得最凶的那一位客人问。

“当然可以，你们是客人，这条鱼你们也能分享。”宋晨曦一点都不吝啬，准备好手套，让他们轮流拍照。等拍好照了，秤也拿来了。

一称，好家伙，足足有 78 斤。

“这得值不少钱吧？”

“金枪鱼，越大越值钱，上了五十斤以上的，都不便宜。”宋晨曦麻利地将它解剖，放血，然后吊在船尾，准备晚上吃金枪鱼刺身。

宋晨曦说：“我还抓了不少海胆和龙虾，一时忘了时间，这才耽搁了午饭，实在是抱歉。我向各位保证，今晚的晚餐，绝不会让你们失望。”

宋晨曦见他们的神色，不用问都猜到中午发生了什么事。狠狠瞪了池远航一眼，她才又对着客人们赔笑。没有力量的道歉，毫无说服力。可宋晨曦抱着大鱼出现时，展现的何止是力量？在座哪怕是拥有八块腹肌的帅小哥，也不能轻易地抱起这条鱼，但宋晨曦全程都带着微笑，自信与张扬，无须任何假装。

她就是力量本身。

客人们的情绪很快就被安抚了，一个个忙着把刚刚的金枪鱼烹饪好，然后发朋友圈。一个下午，光回朋友圈的评论都回不过来，哪里还有心思因为中饭难吃而吵架？这种体验，一生都未必能见到一次，他们只觉得这趟来得可真值得。

“你，跟我过来。”安抚好了客人，宋晨曦把池远航叫到了一边。

“不是让你做饭吗，你怎么能把整条船的客人都得罪了？”宋晨曦不解。

“我做了，按照食谱做的，色香味俱全。”池远航被约谈，虽然有点慌，但事实就是他努力了。他拿出手机，给宋晨曦看了自己做的那一锅五彩缤纷的鱼汤煲。

宋晨曦倒吸了一口凉气。九月末的海上，天气是最炎热的，日头一晒，毒辣得紧，但宋晨曦头一次觉得冷。这五彩斑斓的石锅鱼，比之毒蘑菇宴还要惊悚。就像是把原本该待在观赏鱼池里的小丑鱼、斗鱼等，鲜艳美丽的鱼类一锅炖了，还不去内脏。好看是好看，像油画一样。但……着实让人没有胃口。

“方便面在厨房的柜子里，下次要是不会，就把面拿出来煮了炒，至于这些鱼……你别碰了。”看着就有毒的样子。宋晨曦叹了口气，觉得很恐怖。她想想自己刚上船的时候，也不是这样的呀？做人就算没常识，也应该看过电视！

晚上的饭是宋晨曦做的。蒜蓉的龙虾，新鲜的刺身金枪鱼和海胆，清蒸的大螃蟹，还有一锅白灼的海螺。这一顿在岸上吃可不便宜，但全都是自己现抓现杀现做的，客人们吃起来倒是格外舒心，也一扫中午池远航那一顿“海鲜盛宴”带来的心理阴影。

客人们吃得很开心，水手们就不太高兴了，尤其是池远航。小林和大金是宋晨曦临时请来帮忙的，他们之前都是在向海川手下谋生的人，后来因为各自的原因都离开了，但跑商船的经验还在。以往客人们都把他们当家人，海上的生活枯燥，大多靠船员带动气氛，但这一船的客人都是网红小主播，朋友们约着一起玩，完全不需要其他人带动。吃饭什么的也不叫船员，他们完全把他们当作了服务员，呼来喝去，没什么好脸色。

吃完饭，一桌菜所剩无几，宋晨曦给小林、大金、池远航炒了面，还留了金枪鱼刺身，小林、大金习惯了，默默吃了也没说什么。但池远航不同，他哪里受过这种委屈？

"他们也太看不起人了。"池远航撇着嘴，感觉炒面都不香了。尤其这还是宋晨曦炒的，他可不想看见她像个服务员，各种讨好。她明明是该站在船头，对着大海和波浪分毫不动摇的人，怎么还能纠缠在柴米油盐酱醋茶里呢？

"这很正常，记住，你是来赚钱的，只要能赚到钱，其他的都不重要。"宋晨曦说着，吃了一块金枪鱼。

"快尝尝看，虽然没有静置两三天，但足够新鲜，味道很鲜美，比米其林餐厅里的更为香甜。"宋晨曦转变了话题，让池远航眼睛里又有了光。

他尝了一口，点头说："确实不错，比得上米其林了。不过话说回来，你吃过哪家的米其林？"按照宋晨曦这个抠法，她不可能去那么贵的餐厅。

宋晨曦摇了摇头，说："我没吃过米其林。人均三四千，只能吃两筷子的金枪鱼，我可吃不起。但是……我做过米其林的供应商。"

宋晨曦夹起一块金枪鱼，笑道："一万块从我手里买的鱼，转手卖给你们就是几十万，恭喜你，今天可以去除中间商赚差价了。"

池远航闻言，脸色有点发青。虽然知道米其林餐厅卖的是服务和情怀，但也没想到服务和情怀能这么、这么、这么的贵！

"以后我跟着你，你去哪儿我就去哪儿，你吃什么我就吃什么，绝不再让中间商赚差价！"池远航下定了决心，又狠狠吃了一块鱼。

宋晨曦被逗乐了。今天打到大鱼本来就很开心，客人们的投诉也有惊无险地解决了。一切都在往好的方向发展，她由衷地感到放松了些许。

头顶是无边的星空，脚下是无垠的海浪，永远让她心向往之。

只要在海上，她就能拥有真正的快乐。

回程的路上，波平浪静，全船人都没有再如来时那般晕船。不想，竟然还遇到了十几只海豚。满船的人都疯了一般，纷纷围着船头跟海豚们合照，小林和大金虽然见过，但也不总是见，也会在人群后拍拍照。

池远航很开心，他听说这是幸运的象征。“晨曦号”第一次出海就遇到这样壮丽的景象，他这个自信满满的福娃想当然地将这一切归功于自己的身上：“一定是我吸引了他们！”池远航骄傲地喊。

大金不知道池远航的身份，没理他这个小弱鸡。但小林是个商人，还是知道池远航底细的商人，自然而然地捧着他：“你是福娃体质，大家都知道的。平时别说看见海豚了，就连这么平静的海面都没见过。”

客人们听着他们互相吹嘘，很是无语。好在海豚足够壮观，所以也没参与他们的对话，自己玩得非常开心。全船只有宋晨曦稳坐驾驶台，一点都不惊奇。

“过来合个影吧。”池远航叫宋晨曦。正是海豚跳得最欢快的时候，眼看着海豚就要远去了，但宋晨曦依然无动于衷。

池远航有些小失落。眼看着海豚群离开，宋晨曦依然在驾驶台上，一个人静静地喝着水，看都不看一眼。

“你怎么一点都不兴奋啊？”池远航疑惑地走过去，在她身边坐下。

宋晨曦看了他一眼，然后竟然难得地拿了瓶啤酒，打开来，喝了一口。许久后，才道：“我见过更壮阔的景象。”

“所以呢？”

“所以……令我惊讶的阈值变高了。”

她见过更壮阔的景象，而当时身边陪着的人是向海川。在那艘帆船上，按照池远航的说法，她也是福娃。第一次出海，就见到了两三百只海豚集体出游，围着帆船翻转、跳跃。雀跃得如同她的心。她曾经跟池远航一样兴奋，也有过更加心动的时刻。她要怎么才能忘记和向海川在一起时两三百条海豚同时伴着帆船游弋、飞舞跳跃的景象呢？

那一年，他们在帆船上见了第一面，从此，海风吹起的帆飘扬了很多年。

所以就算再见一千、一万只海豚，她或许也不会再激动了。

池远航虽然听不懂宋晨曦在说什么，但一见到她的眼神，大概也猜到了。

那陪她看更壮阔的景象是一个男人，而那个人至今还在她心里。

池远航有点不高兴了。他撇了撇嘴，说：“老司机，比不了。别喝了，小心被人投诉酒驾。”池远航说完，夺走了宋晨曦手里的啤酒。

宋晨曦愣愣地看着自己空荡荡的手心，还有池远航漫步离去的背影，有些恍惚。

这小孩……胆子什么时候变得这么大了？！

帆船快要到港之际，远远地便能看到落霞湾的码头里停着一艘十分醒目的双体帆船。

洁白的外观，豪华的装饰，孤清的桅杆，干净明亮、高不可攀。正是向海川新买的那艘蓝高65。它没有被漆成深蓝游艇会的同款色，她的外形依然洁白、冷艳。等靠近了才发现，她与上次相见，唯一的不同，是“晨曦号”三个字印刻在船身两侧，显得格外瞩目。

是向海川。他把那艘双体帆船，也停在了落霞湾里，泊船位置就在池远航的“晨曦号”的边上。

宋晨曦嘴角微微上扬，将两艘“晨曦号”停靠在一起。她们一个老旧、一个崭新；一个接地气，五颜六色，炫目多姿，很有点达·芬奇的艺术朦胧感；一个桅杆高耸，风帆尽收，平静而内敛。

他是来威慑池远航的。

他想告诉池远航，一艘破旧残缺的帆船与他能给予宋晨曦的全新蓝高没有可比性，宋晨曦的身后有他，池远航该掂量掂量，那是不是他可以碰的人？

但向海川完全忽略了，她和池远航之间，未必是他想的那样。而那艘蓝高实在过于醒目了，醒目到见惯了豪华船只的池远航也不禁好奇。

“Vicky！这又多了一艘‘晨曦号’，是你的吗？”池远航兴奋地问。

“与我无关。”宋晨曦冷冷地说完，脸色难看得犹如暴风雨即将来临。

池远航第一次见到宋晨曦的脸色比经历风暴时还要严峻、冷酷。他吓得不敢再说话，对那艘船的好奇，也只能暂且按下。

而宋晨曦，也是第一次，她忽然觉得自己有点讨厌向海川了。

他总是以高位者的姿态，自以为是地打着为她好的旗号，做着伤害她的事实。他这样高调地帮她吸引大家的目光、为她撑场面，究竟有没有想过，会给她造成多大的困扰呢？

他总是在不合时宜的时候给她希望，又让她迅速地绝望。

她永远都不想再见到这个人了。

宋晨曦烦闷地将向海川的手机号又扔进了黑名单，而后收起一脸难堪，重新换上笑脸，将一众客人送下了船。

“晨曦号”带客人们的第一次出海，便算是圆满地结束了。

送走客人之后，就像在海上一样，整艘船都需要大扫除。不过，之前在海上航行时，海况艰险，船只损耗严重。而这次出游前刚刚经历了大修，而且海面基本上平静无浪，除了客人们自己产生的垃圾外，几乎没有什么工作量。小林负责清理厨房和垃圾；大金负责擦拭船身；宋晨曦则在舱内更换床单和被套；池远航一个人坐在驾驶室里，有些无聊。

“有什么事我可以帮忙的吗？”池远航第三次问宋晨曦。

宋晨曦想也不想地说：“船东只负责收钱。”

以往他们都跟着向海川，那时的向海川还没有自己的船，也是租了他人的船只。他一人要管很多艘，所以上岸之后，几乎不管船只的清洁事宜，全都交给宋晨曦和下面的水手。宋晨曦习惯了这样的日子，让她把船东当水手指挥，她做不出来。她是一个边界感很强的人，她在什么位置，就做什么事情，对上对下都界限分明。

但池远航显然不是这样的人。他觉得大家在一起，就是你好我好大家好，其乐融融才对。他巴不得宋晨曦多麻烦他。

“如果你真的想体验一下辛苦的生活，不如……去刷刷底板？”见池远航一直围绕着他们不肯离去，宋晨曦提议道。

船底板是什么样子的，池远航可太清楚了。当时他们第一次出海，风急浪大，遇到意外，船舱进水，他和Floria被派去清理底板的积水。掀开船底板，底舱里是泡沫发烂的液体，黑黄黑黄的，混合着不知名的污垢，气味恶臭难闻。他记忆犹新。

而现在，他的面前，是阳光、海滩、椰林和比基尼，谁想在这种地方干这种苦差事？那不是没事找事吗？

池远航脸色一僵，连忙摆手：“我去别处看看。”于是便拿着相机，在码头附近走走停停，一直百无聊赖地晃悠到宋晨曦他们忙完了才回来。

宋晨曦打扫完船只，清点了一下账目。这一趟载了十位客人，八男两女，总收入十五万七，扣除小林、大金、宋晨曦的工资和船只的耗油、停靠费用，净赚十四万八千。

夜晚，四人在船上大吃了一顿。食材就地取，十分满意。

“我可太喜欢这里了。”池远航吃得饱饱地，拍着肚皮，觉得不够，又续了一杯啤酒，说，“这里自由自在、毫无压力，有的只是快乐。希望我们能永远快乐下去，发财、暴富！”

“敬自由、敬暴富！”酒至酣处，大金和小林索性把衣服全脱了，光着膀子开怀畅饮。加上周边船只上闻到香味跑来喝酒的水手，十几二十人都是清一色的古铜色皮肤，孔武有力。

池远航和宋晨曦在其中，便显得有些格格不入。宋晨曦是因为性别，天然地无法彻底摆脱束缚。而池远航则是因为肤色，和他身上穿着的衣服……

池远航的肤色，在这一群船长、水手里，是处于食物链最底端的。白皙、娇嫩、吹弹可破，几乎就是小白脸的代名词。这在过去，没有人会多看他一眼，但现在，他已然是其中的一员，他们尊重他的肤色。但是他在宋晨曦面前抹不开面子，不肯光着膀子喝酒、吃肉，让大家对他有些不满。

“大老爷们儿的，怕啥？”大金说完，喝多了酒，就想要去扒他的衣服，但池远航抵死不从，拽紧了衣服，不让他们脱。

碍于船东的颜面，最终他们还是没有下黑手。

“今天先放过你，没多久，你就会跟我们一样了。”大金拍着池远航的肩膀，一副过来人的样子，说道。

池远航笑着跟他碰了杯，却不自觉地看了宋晨曦一眼。他笑着说道：“在女士面前脱衣服，确实不太好意思……”

“女士？”大金疑惑地问道，“你说谁？”

“还有谁？”池远航目瞪口呆。这里除了宋晨曦，还有别的女人吗？

大金看了他一眼，然后看了看宋晨曦，拍着桌子笑道：“虽然她身份证上性别是女，但我跟你打包票，她绝对不是！”

满船人笑开了，纷纷赞同大金的话，就连宋晨曦自己都跟着笑。她这些年风风火火，比男人还拼命。人人都叫她“宋哥”，也不怪他们都不把她当个女人看了。

也好。不当她是女人，她就做个男人，反正她也不比他们差上什么。

宋晨曦一边笑得恣意，一边数钱数到手抽筋。

吃完饭，小林和大金都回去休息了。宋晨曦准备留下来收拾，正抱着一大摞盘子去了水池。池远航见状，哪忍心让一个女人又做饭又洗碗？

“放着我来！”池远航喝完最后一口酒，便义不容辞走了过去，撸起袖子就准备干活。

“不必。”这种粗活，她干得多，熟悉得很，三五下就能整得干干净净、明明白白。而池远航这个肩不能挑手不能提的，她怕他活干不好，还惹一身腥，然而池远航很坚持。

“你累了好几天，这种小事交给我，好吗？”他说。

“你确定？”宋晨曦狐疑地问。

“我确定。”

宋晨曦见他下定了决心不洗完不会走的样子，便只能依着他了。告诉了他洗洁精的位置，她便继续打扫沙龙区去了。

这艘船虽然已经很宽敞，但毕竟只是一艘船，船上的厨房不算太大，几十个充满了泡沫的盘子堆叠在一起，很容易就出事。很快，噼里啪啦的一声巨响传来，宋晨曦脑子里紧绷的弦就这么断了。

果然，她冲进厨房，就看见池远航戴着手套，在布满碎碴的地板上跳脚。脚底板已经被碎碴弄得血肉模糊，但他还在想尽办法清理“灾难现场”。

“Vicky，抱、抱歉啊……我……”池远航一见到宋晨曦，莫名气场就矮三分。顾不得自己脚底板疼，开口就是道歉。

他怕宋晨曦骂他是废物。毕竟……他连盘子都洗不好，确实像个废物。

“别动。”宋晨曦喝止了他，他立即停下了手中的动作，一动不敢动地盯着宋晨曦。

船上不允许穿鞋，地上到处都是碎碴，宋晨曦看了一眼，从边上抄起几条浴巾，垫在地板上，然后三两步走过去，抱起池远航就往外走。

池远航从来没有被人抱过。他虽然看着瘦弱，但也不算太矮，一米七九点八是他永远的痛，但放在南方，也算是一个高个子男生。被一个女人抱在怀里，还真是大姑娘出嫁——头一回。

池远航瞬间就脸红到了耳朵根。

“你忍一下，很快就到医院了。”宋晨曦说。虽然她的动作很快，可她的语气里半点彷徨都没有，接下来的每一步要做什么，该做什么，能做什么，她都门儿清。

她身体强健，臂膀有力，将他稳稳当当地抱在怀中，脚下的每一步都不曾飘浮。

池远航一点都不担心自己的伤口。他双手环住宋晨曦的脖子，也不知道究竟是酒喝多了让他气血上涌，还是躺在宋晨曦的怀里让他的内心充满了害臊，抑或是宋晨曦的身体和体温感染了他。他突然觉得一点都不疼了，还……暖乎乎的。

暖到……他突然有点不想下来了。

到了医院，租了轮椅、挂急诊、缝针、上药，一系列的行为动作都由宋晨曦完成。池远航连话都不需要说，就愣愣地在一边看着，时不时配合着点个头，喊个疼便结束了。

等宋晨曦推着他出医院的时候，他整个人都还有些恍惚——这就结束了？

“嗯，结束了。”宋晨曦说，“纱布不能沾水，每天早上去换药，保守估计三天不能下床。一会儿轮椅用不着了我还回去，你在车上等我。”

“好。”

宋晨曦交代着注意事项，池远航听了，但似乎又不用听，因为只要宋晨曦在，他好似什么都不用记住。她会搞定一切。

医院上完药，池远航的双脚已然被包得像个粽子。宋晨曦借了一个轮椅，把池远航推出了医院，而后上车，送回了家。但是从轮椅上下车乃至到了住处，上下楼之间，都是宋晨曦将池远航拦腰抱起，一路以公主抱相送。

躺在宋晨曦的怀里，池远航的心怦怦直跳，还伴随着脸发烧。也不知是被宋晨曦的灼热体温感染了，还是作为一个大男人头一回被这样对待，他突然有点怀疑自己的性取向了……

难道他喜欢被这样对待？

被人抱在怀里？

不，不会的，如果可以，他希望自己是“抱”她那一个，而不是“被抱着”。

他今晚一定是喝多了酒，意识不清醒，等明天醒酒了就好了。

“幸亏你遇到的是我，若换作别人，还真不一定能把你抱得起来。”楼梯上，宋晨曦面色有些沉重。池远航虽然看着瘦弱，但体重着实不轻。再加上他还总自诩“纯爷们”，在宋晨曦怀里老动，把他一路抱回房间还真有点难。

“我给你算加班费。”看着宋晨曦吃力的表情，池远航很是过意不去。

池远航脸色发红，半僵硬半尴尬地问：“八百，这个数字吉利吗？”

按照宋晨曦以往的出场费，他耽误了她一个小时，再加上医药费，八百不算高，跟她驻唱差不多。

“多了。”宋晨曦说，“我唱歌一小时就三百，医药费四十五。”

“成交。”池远航毫不犹豫，就准备转钱。

“别动。”宋晨曦虽然还没有气喘吁吁，但看得出来，这十几级的台阶，已是极为吃力。池远航在这个节骨眼上掏手机，无异于乘着一叶扁舟在狂风暴雨的大海上蹦迪。宋晨曦即便是铁打的也绷不住。

池远航不敢再动，紧紧搂住宋晨曦的脖颈，大气都不敢再喘。一直到他们上了楼，进了房间后才敢再喘气。

“放我下来吧。”房间门口，池远航有些着急，“不必进去了，在这儿就好。”

“然后让你爬过去吗？”宋晨曦没理会他，脱了鞋，直接把他往卧室抱。

二人是邻居，房间格局一样，她几乎不需要开灯就能知道房间的床在哪里，却没想到，突然，脚下出现了一个东西，将她一绊。她反应力惊人，躲过了一劫，但随之而来的又是另一绊，接连两次，她委实避不开，“嘭”的一声巨响，二人一齐摔在了地毯上。

落地前，宋晨曦下意识地将二人掉了个身，宋晨曦在下，池远航便重重地砸在了她的身上。宋晨曦闷哼一声，池远航赶忙想起身，却触手一片柔软。

“对、对不起！”池远航吓了一跳，慌忙跳开，但双腿一动，便是一片钻心的疼。又惨叫一声，趴了回去。

宋晨曦在心里叹了一口气，你还不如老老实实待着。

此时，宋晨曦已经从一开始的慌忙中镇定下来，她摸了摸四周，发现肩膀下面还有个凸起，她反手一摸，拿起来，而后凑在眼前就着月色一看，是一个牛奶瓶，空的。

“为什么地毯上会有一个牛奶瓶？”宋晨曦压根没注意到池远航的尴尬，也没有在乎自己刚刚是不是被他摸到了不该摸的东西。

她径直起身，想要去开灯。

“别、别开灯！”池远航想要阻止她，但根本来不及。随着开关啪的一声，房间随之亮起。

目之所及，一片狼藉。

宋晨曦目瞪口呆地望着眼前的一切：“你……是住在垃圾场吗？”

垃圾桶已经塞满了，垃圾桶边上全是垃圾，大多是牛奶盒。显然，那是宋晨曦每天不喝的牛奶，他只能自己喝了。

但，假如没记错的话，她加入团队后，每天在船上，她还是会喝的。

也就是说，这些牛奶盒，是一个月以前的？

而周边的地上，穿过的袜子、T恤、裤子，扔得满屋子都是，活像刚打完仗。

他之前不是这样的啊？

此时池远航的脸已经红到了耳朵根，他用了毕生精力，忍着脚上巨大的痛苦，赶忙挪到了沙发边，藏起了某个东西。

宋晨曦居高临下还眼尖，发现那是一条花色内裤的一角。

很好，他的内裤都能被他扔得到处都是。她真想为他鼓掌。

客厅已经一片狼藉，更不用说房间了。

“你打算睡在垃圾场里吗？”宋晨曦问他。

池远航飞速地摇头：“不，不是垃圾场。”

“不是垃圾场是什么？猪圈？还是鸡窝？”宋晨曦说出来的每一个字眼都不友好，池远航恨不得找个地洞钻进去。

他极力地解释：“都是上船之前留下的，没、没来得及收拾……”

“哦，所以呢？”

“我想着今天下船之后回来收拾……这不是，出意外了吗？”池远航指了指自己的脚，很是无辜。

宋晨曦叹气：“这么乱，你打算从何收拾？”

池远航：“全部打包，送去酒店。”

“酒店？”宋晨曦疑惑，“哪个酒店？”

“就边上的，已经联系好了。”池远航说了一个名字，宋晨曦知道，是个一晚四位数的五星级酒店。

池远航解释道：“他们会派人来接，然后洗干净、熨烫好，再一起送回来。我只需要把它们塞进一个袋子里就可以了。”

“所以……你是准备下船之后，把你在船上的脏衣服收集在一起，然后明天一起送去洗？”

“是的。”池远航像是突然找到了一个很合理的理由，来证明自己是一个爱干净的人，而宋晨曦今晚看到的一切，显然都是意外。

宋晨曦呵呵一笑：“你还挺讲究的。”这一笑，就差没骂他金玉其外、败絮其中了。

但她也没资格说别人什么，那是他的生活，与她无关。

宋晨曦低头，一把又将池远航捞起来，半分嫌弃都没有，往卧室方向走去。

毫无意外的，卧室也依然脏乱差。床上堆满了各式各样关于航海的书籍，能睡人的地方并不多。但比起客厅来说，已经是好很多了。

她绕过无数障碍，才终于将他放在了床上，问：“睡衣在哪里？”

宋晨曦看了一眼，实在找不到一件干净的衣服。

池远航自己也答不上来，犹豫着：“好像……没有了。”

宋晨曦整个人都不好了。

“给你，穿我的吧。”宋晨曦离开了一会儿，连门都没出，直接从客厅的阳台上翻到了自己的房间里，在阳台上取了一件长T恤下来，扔在池远航的头上。他本就瘦弱，穿宋晨曦的大T恤应该没有什么压力。

迎面而来的白色T恤上有宋晨曦的香味。

那是她长期使用的洗衣液的味道，混合着阳光的气息，突如其来地盖在池远航的头上，让他久久没有下一步动作。

宋晨曦催促：“你是伤了脚，又不是伤了手，还要我帮你穿不成？”

“哦……”池远航被她一骂，立即开始脱衣服，换T恤。但他刚脱完一只袖子，见宋晨曦半点避讳都没有，有些迟疑，“你……要不要转过去？”他试探性地问道。

宋晨曦在海上漂了七年，海岸上一年四季每天都是光着膀子走来走去的男人，她倒是头一回见到害羞的男人。

宋晨曦翻了个白眼，却还是尊重他，转过了身，走向了厨房。

厨房里自然也是惨不忍睹的，她无从收拾，索性又从阳台拿了自己的烧水壶过来，给池远航烧水吃药。等池远航换完衣服，她烧的水也开了，兑了冷水送到卧室，温度刚刚好。

“把药吃了，我就回去睡觉了，你也早点休息。”宋晨曦说。

“嗯，好。”池远航听话地接过，一口咽下，然后把杯子还给了宋晨曦，“谢谢。”

吃完药后，宋晨曦又去厨房给他倒了一杯开水，放在床头凉着。床头的柜子上摆放着满满当当的资料书，但几乎连书封都没有拆开，拆开的书籍，即使有折角也只翻了一两页。

“挺爱学习啊。”宋晨曦笑了笑。

池远航全然没有意识到她在讽刺自己，反而无比骄傲地说：“跟你学的。”

“跟我？”宋晨曦疑惑。

“你在海上表现得那么好，言传身教，我也该多看看书，活到老、学到老嘛！”否则他不仅开船技术没她好，留学三年回来英语都没她好，那可真成了个笑话。

“早点休息。我先回去了，有事给我发消息。”这一次，宋晨曦把他的微信置顶了，还设置了强提醒。她担心的是他作为一个病患，需要她的时候她却没有看到。

池远航十分感激，目送她离去。又因为宋晨曦离开船的时候走得匆忙，包还在船上，自然又没有带钥匙。于是老样子，走阳台回了房。

等她走后，已经到了午夜。确定她不会再回来，池远航才突然又坐起来，提起身上的衣服，猛吸了一大口。

就是这个味道！

宋晨曦身上若有若无的香味，连同被太阳暴晒之后，充满了温暖的太阳味道！

宋晨曦与池远航不同。

宋晨曦每天早出晚归，早上出门早，金秋十月，W市阳光明媚，白天只要拉开窗帘，太阳就能把衣服、被子都晒得暖烘烘的，全然没有海边的潮气，与池远航的房间截然不同。

而池远航一般都想睡懒觉，故而把窗帘拉得严严实实，出门也忘了拉开，房间里总不那么通风。池远航一直以为是在海边缘故，原来不是因为大海，而是因为窗帘。

而宋晨曦的衣服上，就有着属于阳光的气息，吹散了周围的一切阴暗潮湿。在乱糟糟的环境里，突然闻到这股混合着阳光的香气，他忍不住抱着衣服在床上打了个滚。而后不知为何，他想起了什么，伸出手掌，捏了捏，然后，他的脸更红了。

他把整个人都埋在了枕头里，笑得像个傻子，一点也没有受伤的样子。哪怕两个脚掌一直在疼，也仿佛未觉。

他兴奋了一整晚，直到太阳快要升起，才沉沉睡去……

第二天中午，他是被一阵饭菜的香味“吵”醒的，而且不是从外面走廊传来的，就是从他的房间传来的！池远航睁开眼睛，就听见外头“乒乒乓乓”的声音，虽然噪音不大，但还是有。

经过一晚，他的脚伤已经好了许多，甚至只要不动，他根本意识不到伤的存在。他一激动，直接下床，结果一落地，不碰还好，一碰便是钻心的疼。整个人龇牙咧嘴，忙跳回了床上。又是一阵刻骨铭心的疼。

卧室外的宋晨曦听到动静，连围裙都没有脱，跑进来一看，便见到池远航以一个极为扭曲的姿势躺在床上。

“你怎么了？”宋晨曦惊讶地问道。

池远航冷汗淋漓：“疼……”

“你要去哪儿？怎么不叫我？”

拜托，他是个男人，虽然也算是她的领导，但老求助一个女人，是人都会有自尊心的吧！

宋晨曦上前，将他扶起来，问：“饿了吗？”

“饿了。”池远航老实回答。他就是被那阵香气吸引，饿醒的。

“洗漱完了去吃饭。”

“……好。”

宋晨曦轻车熟路地将池远航抱到了厕所，给他拿了一个凳子，挤好牙膏才离开。

他还正在担心自己要怎么“爬”到马桶上去，宋晨曦又敲了敲门，给他送来了一把没有椅背的凳子，好让他洗漱完了慢慢挪到马桶边。不愧是做了七年服务业的人，万事细心，极致妥帖。都不需要池远航开口，她就知道他想要什么。谢谢已经说了很多遍，再说就矫情了。

池远航认真洗漱完毕，又被她抱出洗手间，坐在了饭桌上。

桌面上，摆了两碗面。最普通的面条，上面摆放着蔬菜、荷包蛋、午餐肉，还有池远航喜欢的榨菜。简简单单的一顿，却又很丰盛、用心。让池远航险些落泪。

“你怎么了？”宋晨曦疑惑。

池远航眼眶泛红，憋着眼泪，到底还是没让它流下来，但还是被宋晨曦看出来了。

她哈哈大笑：“你别告诉我，你从来没吃过这种面？”

“……还真没有。”

池远航小脸委屈巴巴的，看得宋晨曦有些揪心。正想着要怎么安慰，他又说：“我在家一般都吃龙虾盖面，五星级酒店送来的。”

宋晨曦的同情又在一瞬间收回。

得，收起她的同情。

她不配。

“不吃拉倒。”宋晨曦说着，就要去收那碗面。

池远航连忙拦住她：“谁说我不吃？我吃！”说着，证明似的吃了一大口。

“我喜欢吃。”池远航认真地说，“虽然从来没吃过家常面，但是我觉得，比酒店的好吃，好吃很多！”很快，那碗面就一点不剩地被吃完，连汤底渣都喝干净了。

宋晨曦虽然觉得他这马屁拍得有点俗气，但见他的反应，好像又不像说谎。

“没有人给你做饭吗？”宋晨曦问。

“有。”

“专业的，那应该比我做的好吃。”

好吃是好吃，但池远航总觉得，没这么窝心。

“之前那些女孩子不给你做饭吗？”宋晨曦一边吃面，一边问他。

“她们不要我伺候就不错了，怎么可能伺候我？”池远航翻了个白眼，说，“她们都是新时代的独立女性，她们喜欢你都多过喜欢我。”

宋晨曦闻言，愣了一会儿，突然扑哧一笑：“我终于明白你为什么会孑然一身地蹲在这里了，敢情那些女孩子最后一个都没看上你啊？”

“你还笑？”池远航嘟囔，“我这辈子，还没这么艰难过。”

倘若被一个男人比下去了他还想得通，但对方是个女人，他脸还要不要了？还好她们不知情，但就算知情也没事，反正他的脸面早在海上已经丢了个精光，所剩无几，再丢一点问题也不大了。池远航幽幽地叹气，带着丝丝埋怨道：“总之，以后我只有你了，你要对我的鳏寡孤独负责。”

“没有人能对他人的人生负责，可以负责的只有你自己。”宋晨曦收起笑脸，一本正经地说，“你得反省你自己了，一个富二代，落到如此田地，该从自己身上找原因。”

池远航撇嘴，无法反驳。

吃完饭后，宋晨曦洗了碗，顺便收拾了一遍房间。她把一大桶衣服都带回了自己的房间，临走前说：“以后你的衣服我包了。我负责给你洗好、熨好，价格跟酒店一样，但活一定比他们细、比他们好。”

舍远求近自然是极好的。看着一尘不染的房间，池远航很是感动，但一听她又在算钱，就觉得有些不是滋味。倒不是他不想给钱，他只是觉得，这宋晨曦……她是不是掉钱眼里去了？她简直不放过任何一个可以赚钱的机会！而且，他好像也从来没见她花过什么钱？

这是一只貔貅啊！只进不出。

“你要这么多钱有什么用？”池远航问她。她既不买东西，也不出去吃饭，一门心思想着赚钱，她总该有个目标吧？

宋晨曦却狡黠一笑，避重就轻，道：“谁会嫌钱多呢？当然是越多越好了。况且，这些举手之劳罢了，能从你身上赚钱，是我的荣幸。船、东。”

“以后你别叫宋晨曦了，叫宋貔貅吧。”池远航无语地说道。

宋晨曦连连摇头：“不行不行，上古掌管钱财的神兽名字，万万不可轻慢了，但它的精神值得我们学习。”宋晨曦说完，转身走了。

“哦，对了，千万别爱上我，我会让你流泪。”临到门口，宋晨曦提着两大袋衣服，嬉笑地又来了这么一句。说完，人就没影了。对她而言，原本只是一句玩笑话，了解她的人都知道，这就像她的口头禅一样平常。

池远航闻言，却脸红了。他也没有反驳。

池远航在沙发上百无聊赖地盼了一天，都没等到宋晨曦发一条消息。晚上，来送饭的人也是小林。小林拎着两盒外卖，来陪池远航吃晚饭。

池远航看到直接开门进来，如入无人之境，眉头一皱：“你好像对这里很熟？”

小林点头：“是啊。你这跟宋哥的房间格局一样，我当然熟悉。”

池远航脸色更加不好看了，咬牙切齿地说：“是吗？”

小林浑然不觉，坦然道：“宋哥手机老是静音，我找不着她，就只能来她家了。就你们第一次出海那天，我也差点过来了。”

池远航脸色更难看了，黑着一张脸，说：“男女有别，你以后，少来。”

小林一脸莫名。

男女有别在哪里？他们不都是男人吗？

难道……

小林看着池远航洁白细腻的脸，一时之间，很有些讳莫如深。

“Vicky 呢？”池远航问他。

“她忙，让我来给你送饭。”小林说着，打开了外卖。

外卖是特地从高档餐厅打包来的，三菜一汤，都很清淡，是池远航平时吃的餐标水准，又很适合病患。可池远航看了，提不起半点兴趣。好似这世上的所有珍馐美味，都比不上她清晨煮的那一碗面。

池远航戳了两筷子，又放下了，叹息地问：“Vicky 什么时候回来？”

“三天后吧。”

“三天？！她干什么去了？”原以为她最多午夜就会回来，还能给他煮个夜宵，却不想一去三天！

小林：“明天有人包了船要去海钓，她得通宵清理甲板，明儿一早又要出海了，所以今晚不会回来了。以后由我来给你送饭。”

池远航张大了嘴，突然呆呆地看了他一会儿：“也就是说往后三天我都见不到她了？”

“是的。”

池远航不想一个人待在家里，想去船上，小林却告诉他：“你最好别出现。”

“为什么？”

“宋哥情绪不太好，你还是别出现为妙。”

“她怎么了？为什么不高兴？是不是有人欺负她！”池远航双腿残疾，却一副“放开让我来”的架势要出门。

小林却摇了摇头，说：“宋哥因为打扫甲板整个人非常暴躁，你最好不要在这时候去触霉头，等她出海回来消消火，对你俩都好。”

池远航想起那艘船上的碎碴，觉得他说得很有道理，又看了眼自己的脚，觉得他现在也只能接受现实了。

老实待着，对双方都好。

第六章 · 摘星

Heading towards the morning light

宋晨曦出海后，池远航一人百无聊赖，只能坐在楼下的咖啡厅里，一坐就是一整天。小林也忙，虽然奉命照顾池远航，但大多时候都不在咖啡店里。池远航大学时主修美术，虽然已经许久没碰了，但在咖啡店里没什么事，就拿着素描本写写画画。

咖啡厅外就是海岸线，阳光、沙滩、椰林、比基尼，每日游人如织，风景极美。池远航望着窗外的滚滚红尘，手里勾勒出来的线条，却都是宋晨曦。宋晨曦背着黑色的防水包，戴着黑色的鸭舌帽，墨镜、黑 T 恤，一人孑身孤独地走在阳光海岸线上，与其他游人背道而驰。

“哥们儿，有才华啊！”突然，身后传来一声赞叹，“看着眼前成群结队的 36D，画出来的是个平板。”还乌漆嘛黑的。

咖啡师兼调酒师 KK 拿了一杯鸡尾酒走到池远航身边，将酒杯放在了他的右手边。

“我不能喝酒。”池远航说。为了能早日痊愈，他严格遵照宋晨曦的指示，滴酒不沾，咖啡、茶饮，都不喝。

“纯果汁，无酒精！”KK 一头蓝绿色的头发，英文不错，喜欢耍帅，而调酒就是他最大的爱好。知道池远航不能喝酒，于是调了一杯没有酒精的苏打水，但外形看着像莫吉托。

KK 是个大学刚毕业的小伙子，咖啡厅的咖啡师，夜里就是调酒师。据说准备出国，来这里是为了追求梦想，顺便体验生活。

老板娘鲸歌包吃包住，每个月给他两千八百，就住在池远航楼下。于是前几天池远航房间里传来的声响他都听得到。

“你和宋哥……是什么关系？”KK 双手食指弯曲，做了个相对的动作。

池远航听不太懂：“什么关系？”

“就是那个关系啊！”KK 推了推他的肩膀，挤眉弄眼地说，“别装傻，我都听到了。哥们儿，够激烈的呀。”

池远航明白了。他想到那一晚，二人一起倒在“垃圾堆”里，脸有些发烧。

KK 见状，了然于心：“都是男人，别拘谨。我懂，我都懂。”

池远航连忙摇头，否认道：“不是，绝对没有，不可能！”

宋晨曦是什么人？超人。

就算他有贼心，那也没贼胆啊！

“真没有？”KK 问。

池远航发誓：“真没有。”

KK 摊手：“行吧，你说没有就没有。不过我来这大半年了，也确实没听说宋哥对什么人感兴趣。本来以为铁树开花，没想到只是个误会。”

池远航尴尬地笑了笑，也是没来由地叹了一口气。

“别沮丧，哥们儿，喜欢她的人很多，被拒绝的绝不止你一个。”

池远航脸色又是一僵：“谁被拒绝了？”他怎么可能被拒绝？没有这回事！

KK 一副“都是过来人，我懂”的模样，指着窗外走过的女孩，说：“天涯何处无芳草，何必单恋一枝花？你看那边，至少一米七，F 罩杯。”

池远航瞅了一眼，便兴趣索然。他感觉……还不如画板上的宋晨曦好看呢。如此，他又在画板上添了一笔。腰线一勾勒，哪怕穿着黑衣也能看出宋晨曦的身材傲人。

KK 见了直鼓掌：“行啊你，黑寡妇都能被你画成天仙，真牛。”

“她才不是黑寡妇。”池远航沉沉道。

“不是……但也接近了。”KK 还想再说，但见池远航的眼神有点冷，于是又只能闭嘴。

“虽然我也很佩服宋哥，但在我们眼里，宋哥真的与女人毫无关系。也只有你，能把她画得像女人。”

“那是你没见过她女人的样子。”

池远航是见过的。在水族馆里、在酒吧的麦克风后、也在清晨给他煮面的时候……

见池远航这模样，瞎子都看得出来，他陷入爱情了。可惜他本人不知道，还死不承认。

KK 笑了下，一脸高深莫测地说：“远离女人，会变得不幸。”

“什么意思？”池远航不懂。

“有一句话听过没？上岸第一剑，先斩意中人。你和宋哥是不可能的，趁早死了这条心吧！”

“我不知道你在说什么。”池远航一脸掩饰，喝了口饮料，KK 的关注点立刻被挪开了。

“好喝吗？”KK 问。

“好喝。”池远航诚实地回答。

KK：“自创的，哥们儿牛吧？”

“牛。”池远航点了点头，又喝了一大口。甜而不腻，清心解暑，还外形美观，不得不说，他在调酒这方面还是有天赋的。

看到池远航真的很喜欢，KK满足地瘫在了凳子上，双手搭在椅背上，望着窗外的蓝天白云和大海，说道：“我的目标就不在这些情啊爱啊的浮云上，所以我每天都很快乐。只要你们夸一句我调的酒好喝，我就能开心好几天。”

“那你的目标是什么？”池远航问。

KK神秘地说：“副业是酒类博主，有个人团队，利用品牌效应开一家店，早C晚A。”

“早C晚A是什么意思？”

“不是吧？你这都不知道？你也太土了。”KK夸张地怪叫道，“别告诉我你也是90后叔叔。”

90后已经是叔叔了吗？

是的。

KK的眼神毫不犹豫地回答了他。

“好吧，我确实不知道，我承认我是叔叔。”池远航长了一张娃娃脸，刚出社会没多久。最多被人叫过哥哥，还头一回被人叫叔叔，很受打击。

KK又道：“就是早咖啡，晚酒精！”

“哦……早晨卖咖啡，晚上卖酒精，那不就跟这家店一样嘛？”还说得如此神秘，他还以为是多了不起的事业。

KK点头道：“所以我来到这里，我已经实现了一半的梦想。”

“那另一半呢？”池远航问。

KK大笑着说：“另一半我也做到了一大半。那就是——去法国留学，半工半读，兼职调酒师尽显个人风采，而后投资威士忌赚得盆满钵满，参加调酒比赛前三名飞到欧洲参加决赛，满载而归回国自创国潮品牌，直播间带货赚得手软，最后担任人头马品牌主理人尽显奢靡，从此打开人生新篇章，走向世界，冲上巅峰。”

池远航听得目瞪口呆，直想给他鼓掌：“真是志向远大，佩服佩服。”

“那你呢？”KK问池远航，“你的梦想是什么？”

梦想这个词，说大可大，说小可小。在大人的眼里，是毕生所求，是空中月，是启明星，是一生为之不懈奋斗的动力来源。说小了，不过是小学初中老师编造出来的一个海市蜃楼，诓骗着孩子们做一个遥不可及的梦，长大了梦就醒了，如风过无痕。百分之九十九的人都是第二种人，只有不到百分之一的人，会真的把梦想印刻在骨血里，并为之努力，终生奋斗。

眼前的 KK 还有海上的宋晨曦，或许就属于那百分之一。

而他的梦想？早已经随着时光，付诸东流了。

池远航笑了笑，说：“在帆船上，瘫着。”

“这就算梦想？”KK 问。

池远航点头：“是啊。”

“你可真无趣。”

池远航高深莫测地说：“你还年轻，不懂。”

他长大了，已经没有资格谈梦想了。

“不要灰心，叔叔。”KK 拍了拍池远航的肩，笑着说，“心有多大，梦想就有多大，还没到时候，怎么知道不会实现呢？别给自己设了框架。若实在找不到新的梦想，大不了你跟我一起当调酒师，我带你去纽约、去巴黎，我把我的梦想分给你。”

被一个小半轮的弟弟教育，池远航耸肩一笑。曾几何时，他也同他一样狂妄。要出人头地、要自由恣意。可时间也终会磨平人的棱角，少年随时出征的意气变得安静。他并不特殊，与那些普罗大众、芸芸众生一样，终有一日，淹没在琐碎的日常里。但那也没什么不好，人回归到平淡和安稳，才是正常。

池远航拿着画笔，继续写写画画。

老板娘也就是他的房东鲸歌，常年要睡到日晒三竿了才起来，起来就问：“KK，有吃的吗？”

“有！”KK 听到这软软腻腻的一声，眼睛陡然放光，立刻起身走回吧台，不跟池远航贫嘴了。

厨房通往后院的门口，鲸歌穿了一身花色的敞口真丝睡裙，腰间一根细带，将整个身材凸显，走起路来千般柔软，万种风情。她施施然地走到吧台前，问 KK：“今天吃什么？”

“芝士滑蛋火腿三明治，可颂皮的。”KK 献宝似的拿出早已做好的糕点，加热了三十秒，然后递到鲸歌面前，等着她品鉴。

KK 除了是咖啡师、调酒师，还要兼职鲸歌 Coffee&Whisky Bar 的厨师，原本按照劳务合同，他是不必做这些的。但老板娘是一个少女心爆棚的人，四十多了还长得跟个小姑娘似的，对男人撒起娇来极有一套。KK 总是在鲸歌的哄骗下，身兼数职还乐此不疲，除了练就一手好的咖啡拉花工艺，还中西方餐点无一不会。渐渐地，咖啡店除了卖咖啡和酒，还成了远近驰名的甜品工坊，品类常换常新。

“真好吃。我每天晚上睡觉之前，最期待的就是第二天早上你煮的咖啡和早餐，我只要一想到这一口，就觉得人生都充满希望了呀。”鲸歌说完，KK 适时奉上了一杯手工现磨的热拿铁，咖啡上的拉花还是一只出水换气的鲸鱼，惟妙惟肖。

鲸歌眼睛都看直了，连连鼓掌：“KK，你这功夫日益精进，我这店没了你可怎么好？你可千万不能抛下我！”鲸歌星星眼的崇拜，让小男生自信心爆炸。脸红的同时，对鲸歌的保护欲也达到了顶峰。

KK：“您放心，鲸歌在一日，我就在一日，只要您不开除我，我绝对不离开！”

“真可爱。”鲸歌一边吃，一边自然而然地拍了拍他的头。最后，还不忘帮他把头顶的蓝毛给捋捋直，亲密得就像对待男朋友一样。

池远航在一旁看着，鸡皮疙瘩掉了一地。鲸歌在海边待了半辈子，可谓阅人无数，对待小男生更是有一套，几乎手到擒来，从无失手。明明什么好处也没给人家，却哄得他人当牛做马，让池远航好一阵佩服。

鲸歌吃完早餐，喝完咖啡，上楼收拾了一会儿，便穿着小高跟、细吊带，拎着一只五彩夺目的钻石水晶包下了楼。

“店里交给你了。”鲸歌对 KK 说。

KK 摆了摆手，让她放心。

“她这是干吗去？”池远航望着她摇曳身姿的背影问。

“约会。”

“约会？”池远航一惊，“跟谁约会？”

“当然是跟男朋友啊，这副打扮，难道是去海里摸鱼？”

池远航愣了一会儿，问：“你不是她的男朋友吗？”

“当然不是。”这下轮到 KK 发愣了，“你怎么会这么想？”

“你俩成天卿卿我我、黏黏糊糊的，你不是她男朋友，谁是？”

KK 望着池远航，待了一会儿，然后耸肩大笑：“做做早饭、摸摸头就算男朋友啦？那鲸歌的男朋友可能要从这里排队到法国！她的男朋友，假如我没记错的话，现在应该是个潜水教练。19 岁，自由潜可以下深度到 90 米，是潜水圈的大神。”

“十九岁？！”池远航惊呼。

“是啊。”

“比你还小？”

“当然。”

“……她不会觉得自己在犯罪吗？”

“她觉得自己在拯救世界，以自身经历带领迷茫小孩走向快乐的人生，有什么不妥？”

池远航连连咋舌：比不了比不了，我这留学回来的，也只能自叹不如。

池远航在咖啡厅里坐了三天，感觉世界观都被刷新了。原来90后跟00后，真的是有差距的。但鲸歌这个70后，怎么也如此肆意呢？

“我不说，你看得出来她是70后？”KK笑问，“最多是个90后吧？而且呀，心态决定一切，咱们老板娘主打的就是一个心态好。在海边，你也要学着自由开放一点，不然白来一遭了。毕竟，来海上，大家都是为了浪啊！”

池远航突然觉得KK说得甚是有理，让人无法反驳。

三天后，池远航的伤口已经痊愈，能下地走路，宋晨曦也带着客人满载而归了。船舱的冰箱里，青衣、石斑鱼、鲷鱼，各式各样，应有尽有。就连不大出现在这片海域的蓝鳍金枪鱼都有，运气不可谓不好。

“赚了多少？”一上岸，小林便问宋晨曦。

“赔了。”宋晨曦脸色不好看，引得池远航也关注了起来。

“怎么会赔呢？”池远航不解。这么多的鱼，光卖鱼的价格都有好几万了。

宋晨曦淡道：“临行前说好了是包船价，捕到的鱼全部归客人。但发动机出现了一点问题，现在还没坏，但……得马上修。”

“没坏你就知道要修了？”池远航疑惑。

宋晨曦点点头：“油门、挂挡都在我脑海中，我一摸就知道它的转速多少，它发出的声响不对就知道它哪里有问题。哪个部位出现问题，第一时间要知道它哪里坏了，要尽快维修。目前还不清楚受损情况如何，赔了多少不知道。”

假如发动机要大修甚至更换，那……损失将不可估量。

池远航松了一口气：“我当多大的事呢，没关系，找个修理厂就是了，都算在公司头上，不会让你亏的。”

“公司赔钱我就能高兴了吗？”

宋晨曦是拿底薪加提成的人，她拿人钱财替人办事，绝不想白占池远航的便宜，所以只会更加努力地去赚钱。池远航要是赔钱，她的难过可不比她自己赔钱轻。

“先修修看吧。”宋晨曦说。

尽量降低损失，不让任何一方亏本，是她做人做事的宗旨。

送走了客人，宋晨曦便带着小林开始拆船。掀起甲板，露出了发动机、抽水泵、发电机、叶轮，一一检修，零件摊开来，摆了足足一船。池远航就坐在驾驶室内，俯瞰着两人。他还是第一次看到船里面的部件。原来白色的甲板下面，有这么多的弯弯绕绕，由上万个零件组成。与平日里见到的蓝天白云下的洁白截然不同，甚至有些狰狞可怕。

巨大的柴油混合着机油的味道渗透出来，不算好闻。

池远航过去很讨厌这股味道，但不知怎么的，见宋晨曦不慌不忙地穿梭其中，双手布满了污渍，就让这股味道都随之冲淡了许多。宋晨曦跪在甲板上，俯身探出手去，认真修理船部件的模样，格外好看。她分明不是专业修理船只的人，却比船厂的修理工人还要认真、尽职。

池远航坐在驾驶台上，突然很是过意不去。

他一个造船世家出身的人，却一点忙都帮不上。

他什么都不懂。

还真是丢人……

蓝天白云下，池远航忍不住便将这一幕画了下来。

他第一次画抽象画。

大海的背景下，帆船的风帆吹拂着，甲板上劳作的宋晨曦的脸上连汗滴都清晰可见。

宋晨曦的脸是黑的。不是因为背光，而是双手沾满了油渍，一擦汗，脸上便都是脏污。

但他一点都不觉得她脏。

他觉得她美极了。

池远航画画功底扎实，也画出了一番意趣，但总觉得这幅画有哪里还差一点，不尽完美。

傍晚，宋晨曦和大金忙碌一下午，终于让发动机发出了正常的轰鸣声。

“成了！”宋晨曦长舒一口气，盖上了盖板。帆船便又在她的手里，合而为一。

“你也太厉害了！怎么做到的？”池远航从头到尾见证了这一切，崇拜之情无以言表。她有这份手艺，还跑什么船？去船厂里待着，领着高薪，卖着器材，舒舒服服的不好吗？

宋晨曦却摇头笑着说：“待在一个地方我会抑郁。只有在海上，听到海风的声音，我才安心。”

池远航似懂非懂地点了点头，问她：“这次发动机出了什么问题？”

“其实问题不大，发电机的抽水泵坏了而已。”像是担心他听不懂，她又解释道，“就是发电机冷却装置需要海水抽上来，进入发电机再排出去，那个抽水泵有个叶轮，叶轮松了，抽不上水，导致发电机不到一分钟发热自动熄火，就像汽车的中冷器，汽车利用风散热，而船只的发动机靠海水散热。叶轮松了，于是发电机就烧了。为了避免损伤，只能先一步杜绝后患。”

池远航第一次听宋晨曦说这么多话，发现她在说这些的时候，眼睛里是闪着光的。

那些拆得七零八落的部件，不是累赘，而是她的“梦想”。

她用这一点一滴的积累，完成着她的“梦想”……

宋晨曦洗了手、换了身干净的衣裳，拿了一瓶可乐，往池远航身边一坐，看见池远航一脸凝重地呆坐着，似是遇到了很苦恼的事情。她原本以为他是伤口疼，等走近了，才发现他正捧着画板发愣。

只一眼，她就发现了问题。

抽象的风景，可宋晨曦是唯一醒目的人。虽然她理解池远航想画她的心情，但她的脸就是这幅画的败笔所在。

宋晨曦拿起画笔，也不顾他在乎他的想法，直接一笔抹去了自己的脸。

“你干吗？！”池远航大急。

“现在看看，是不是好多了？”宋晨曦说完，把画笔扔给他。

池远航再看那幅水彩画，便见宋晨曦完全地与蓝天大海和帆船融为一体。

她真正走进了画里。

“厉、厉害啊……”池远航愣愣地看着，宋晨曦随意添一笔，就能让画焕然一新，池远航非常佩服。

“你怎么做到的？我一个A大美术系的高才生，都自愧不如！”

“……A大吗？”宋晨曦有些呆愣地问。

“对啊。”池远航毫不犹豫地点头，颇有几分骄傲。

A大是国内最顶尖的学府，他能考上A大的美术系，足以证明自己不是个只会撒钱玩的废柴富二代。

宋晨曦却是莞尔，怔忪地念叨：“居然是 A 大啊……”

那一副表情，像是不相信一样。

“真的，如假包换。”池远航强调。

“没有质疑的意思，就是觉得突然有点景仰了。”

“景仰什么？”池远航又不是傻子，看她这表情，也觉得她不是在景仰自己。

她笑了笑，说：“没什么。我只是在感叹，假如我没有来跑船，现在会不会也跟你一样，念完大学考研究生，研究生毕业了继续攻读博士。”那种坐在舒适的空调房里的、截然不同的人生，会是什么样子呢？

宋晨曦思绪飘远，池远航见状，问她：“你有没有想过继续读书？”

宋晨曦摇了摇头，说：“没想过。”

“为什么？”

“目前我还有更重要的事情要做，等那件事情做完，或许我会考虑考虑。”宋晨曦很清楚自己想要什么，在努力做成这件事之前，其他的一切都要往后靠。

“那你的梦想，是什么？”池远航问。

梦想啊……从十七岁开始，宋晨曦的梦想就没有改变过。环球航行，获得名次，是宋晨曦从十七岁时就有了的目标，七年过去，从未改变。原本她离梦想已经很近了，但突如其来的离开让她只能再次搁置计划。但不论这个计划往后推迟多久，她都一定会去完成。

这一点，海上的朋友虽然不说，但都心照不宣。他们都知道宋晨曦不属于陆地，她独属于海洋。但现在，宋晨曦显然还没有跟池远航熟到想要跟他探讨这个的意思。

“你不需要知道。”宋晨曦笑了笑，道：“梦想说出来就不灵了。等实现了你自然会知道，我的梦想是什么。”

池远航有些失落。

他自以为跟宋晨曦已经很熟稔了，但这个宋晨曦依然油盐不进的样子，防备心极重。

但显然，他误会她了。

她不是防备他，她只是觉得没必要而已。

宋晨曦闲淡地吹着海风，擦着头发。连日来的奔波告一段落，她难得清闲几刻。反问他：“那你呢？你明明不喜欢航海，甚至晕船，又为什么一定要来海上生活？”

宋晨曦见的人不少，知道池远航不是属于海上的人，他的心思完全不在此处。想不明白他为什么要天天守在这里耽误时间。

池远航想了想，说："以前确实不喜欢大海。我自小就生活在海上，小时候对大海的记忆就是枯燥、乏味、无聊，甚至是恐惧。父亲为了训练我们的胆量，把我们扔进海里，我差点淹死。长大后，便对大海毫无兴趣，甚至与水有关的一切我都恐惧和讨厌。但我喜欢浪漫，喜欢艺术，父亲说只要我能自己驾驶帆船去西沙，再返航，我就可以拿到一笔钱，投资我的画廊。"

宋晨曦："所以你才花大价钱聘请我当你的大副？"

"是。"

说到此处，宋晨曦便理解了。怪不得池远航到了西沙群岛各个角落，都会拍视频和照片，证明自己"到此一游"。

"可你这不是作弊吗？"宋晨曦惊讶。

"也不算作弊吧？我的确掌握了开船的技巧，只是途中遭遇到一点小风浪，多亏了我的大副——你，才把船开回来。严格来说，也算是完成了任务。毕竟，我爸没说不能请大副，他只说要我当船长。"

谢天谢地，他这个"船长"没把一船人送到太平洋海底。

宋晨曦叹了口气，又问："那你画廊开起来了吗？"

池远航摇了摇头："没有。"

"为什么？作弊被发现了？"

池远航点了点头，说："我坦白从宽了。自然也就没有然后了，但是，我发现了比开画廊更有意义的事情。"

"什么事？"宋晨曦好奇。

池渊好笑了下，指了指地板，说："画画在哪里都可以画，作品可以刊登在任何平台。假如我真的受欢迎，任何地方都是我的画廊。而大海……远比我想象的有趣。"

在海上，有宋晨曦、有小林、有大金，海岸边有鲸歌、有KK，还有许多他从未接触过的人群。跟他们在一起，他感到自己的生命也变得丰盈起来。

池远航："我想要靠近你们，脚踏实地地去生活一次。"

宋晨曦嗤笑："那你这个'脚踏实地'，可有些晃荡。"大海意味着自由、漂泊、未知，他却说自己在"脚踏实地"？这不是个悖论吗？

"靠自己的能力赚钱，就是脚踏实地。"池远航坚持着。

宋晨曦笑了笑，一脸高深莫测地摇了摇头，叹道："你啊……还是没吃过生活的苦。"说完，她便收起毛巾，离开了帆船，潇洒地翻身上了岸。临走前那个眼神，依然像在看一个小孩。

池远航一脸莫名，他明明如此坦荡真诚，不知道自己怎么又被摁上轻浮的烙印了？

晚上，忙碌了一天，四人找了一家小酒馆，约着一起喝喝酒、吃吃烤串。

约好了七点在蓝湾海岸的烧烤店见面，但池远航、宋晨曦、大金都到了，菜上齐了，小林也迟迟不见人。

"别等了，先吃吧。"大金说完，开了一罐冰啤酒，也不管其他人怎么想，拿起啤酒就喝了一大口。再连吃三大串牛肉之后，见池远航和宋晨曦都不动筷子，感到很奇怪。

"你们怎么都不吃啊？"大金问。

"小林还没来呢。"池远航说。

这些日子，小林每天来给他送饭，换药，他跟小林也算处得来了。不等他就吃，不是他的风格。哪怕再饿，他也还是忍着。

"他不会来了。"

大金沉闷地又喝了一大口酒，道："他家那个婆娘……唉，算了，不提也罢。"话到这里，大金又止住了话头。只有一个人喝酒吃肉。

宋晨曦闻言，也大致明白了，给池远航拿了烤串，倒了饮料，说："吃吧。"

"真不等啦？"

宋晨曦："不等了。"

反正，等也是等不来的。

酒过三巡，大金喝得酩酊大醉，看到身边那未打开的碗筷，就忍不住大声抱怨："每次都这样，家里那位一句话，就能把他叫回去。让他往东他就不敢往西，哪有这种事？偏偏小林还对她言听计从，她全家都靠小林养着，还对小林指手画脚，凭什么？"

"好了大金，小林的家事，别说了。"宋晨曦拿过大金的酒，不让他再喝了。

但大金哪里忍得住？

"照我说，就不该有男女那一套！有酒有肉有兄弟，要什么女人？麻烦！他还上赶着给人当后爹，拖油瓶。晦气！"大金"呸"了一口，让宋晨曦有些生气了。

“我说别说了。”宋晨曦沉下脸，冷冷地说道。

大金见宋晨曦真的有些生气了，再醉的酒意也散了一大半了，连连摆手：“行，我不说了。小林想怎么选择、过什么生活，都是他的自由。我不说了。咱们喝！反正啊，我的人生座右铭就是‘上船不记岸上人，上岸不提船上事，今朝有酒今朝醉’！”

吃完饭，大金便回去睡觉了。

蓝湾海岸离宋晨曦和池远航的住处不远，二人便沿着海岸一路往回走。夜晚，灯火昏暗，散步、运动的人不少，走在路上不觉得冷清，也不会太吵闹。一切刚刚好。

“小林是怎么回事？打电话给他也不接。”走在路上，池远航忍不住问宋晨曦。

宋晨曦道：“小林和大金从小一起长大，家里条件都不好，初中毕业后就一起到了海上谋生。他们一起渔猎、一起捕鱼、一起开船。原本是配合默契的两兄弟，但后来小林没有顶住家里的压力，相亲结了婚，砸锅卖铁娶了一个二婚的老婆。她和前夫还有个孩子，现在一家五口人一起生活。”

“然后呢？”池远航静静地听着，觉得没什么问题。

毕竟，二婚也属正常，他不明白，大金怎么对这件事的反应这么大？

宋晨曦面不改色地说：“婚后的生活自然不是一帆风顺的，或者说，是一地鸡毛。婆婆看不上媳妇，更不喜欢那个孩子。媳妇受了气，就往小林身上撒。小林夹在中间，两头不是人。”

池远航这下就不理解了：“娶媳妇的时候不就知道了是二婚，怎么这会儿又甩脸色？”

宋晨曦：“按照小林家的想法，想着找一个结过婚有孩子的女人，能在金钱上少付出，小林婚后的日子也舒坦些。但小林妈没想到的是小林对她掏心掏肺，钱都给了她去养儿子不说，还成日里对小林吆五喝六，自从嫁进来就没做过家务，整日里像个女菩萨，让小林供着。”

“一个愿打，一个愿挨，照我说，就应该搬出来，跟父母划清界限。”

“哪有这么容易？”宋晨曦苦笑，“你当这世上人人都和你一样，今天想去夏威夷吃芒果，晚上就能到？没有那么简单的。”

普通人的艰辛，池远航永远不会明白。

“后来呢？”池远航又问。

“后来，小林为了平衡工作和生活的关系，几乎就告别了船队。平时拉拉私活，打打零工，对接一下客户资源，大部分时间都在家里洗衣煮饭带娃。可他媳妇还是不满意，天天嚷嚷着不搬出去就离婚。这在大金看来，换作是他，婚已经离了八百回了，绝不可能忍气吞声这么久。”

“大金最常挂在嘴边的话就是‘男人就该有男人的样子，只要不结婚，就能乘风破浪、风雨无阻，生活过得潇洒又自由’。他的确很自由，潇洒了半辈子。但小林为了世俗的眼光，迫于家庭的压力，找了个二婚老婆，帮别人养了三年的孩子，对大金来说，就是愚蠢。何况婚后，小林还……”话到这里，宋晨曦也止住了，没有继续往下说，她的表情变得像大金一样含蓄。

“还什么？”池远航催促道。

但宋晨曦说什么都不肯说了，她突然指了前方，说：“啊，我们到家了。”

前方，霓虹闪烁，灯火通明，正是鲸歌Coffee&Whisky Bar的招牌——蓝白相间的灯带组成了一条巨大的鲸鱼徜徉在海里，随着灯光闪烁，有一种浪花翻涌的视觉效果，灵动又飘逸。而鲸鱼的鱼尾上还用粉色的霓虹灯带龙飞凤舞地写着“鲸歌”二字，随后跟着的一串英文也像彩虹一样，横横竖竖地悬挂在天幕，将鲸鱼和“鲸歌”都笼罩在一起，浑然天成。老板娘将自己对大海、咖啡和酒的浪漫在门头上展现得淋漓尽致，宋晨曦一眼就喜欢上了这里，哪怕后来去了S市的白帆俱乐部，也没有退租。

这样舒适而不尴尬地和池远航从昏暗的海岸椰林一直走到灯影辉煌，看到绿树掩映下的霓虹招牌，还是第一次。

到了房间门口，宋晨曦开门进屋，却在进去的一瞬间又停住了。

“虽然家家有本难念的经，但大金有句话，我觉得是对的。”

她转身，看着同样在开房门的池远航，道：“上船不记岸上人，上岸不提船上事，今朝有酒今朝醉。你在这里快乐就好，别的，不用放在心上。”

不论是小林，还是大金，各有各的苦，各有各的修行。这世上辛苦的人太多了，池远航所见到的，只不过是冰山一角。他若想帮扶，帮得过来吗？帮不过来的。

所以，见识过、感受过、快乐过，足矣。其他的……都不要在意。

宋晨曦进屋后关上了门，很快，浴室的水声响了起来。她半分停留都没有，该干什么就干什么，但池远航还有些回不过神。

若说这里的人都是今朝有酒今朝醉，那么宋晨曦呢？

她也是今朝有酒今朝醉的人吗？

上船不记岸上人，上岸不提船上事，等有一天他们不再开船，回到了A市，各奔东西，难道就从此闭口不提了？

她也太薄情了。

想到这里，突然，池远航就不高兴了。

很不高兴。

当晚，池远航没睡得着觉。

宋晨曦自从接管了“晨曦号”后，每天在船上忙活已经够她忙活的了，就没有再继续驻唱，早早地就睡下了。但在酒吧一条街上，这里永远也不缺人。宋晨曦早上说不唱了，当晚就能找到替补。

夜里，来自全国的年轻人都纷纷出动了，比基尼是标配，脚蹼、冲浪板、陆冲和啤酒，是这里永恒不变的色彩。

“又被宋哥骂了吧？”十一点多，池远航睡不着，下到酒吧，KK一眼就看见了他，揶揄道，“我说什么来着，不要在意、不要在意。这世界上最不缺的就是女人，尤其咱们这里，来，哥们儿给你介绍一个，柳柳——”

池远航刚想说不必，那柳柳已经端着一杯酒，像一阵风似的刮了过来，黏在了池远航身上。

“小帅哥，你挺白呀，刚来吧？”

池远航天生就很白，虽然容易晒黑，但也容易白回来。这些日子变化不算大。他看着眼前穿了半截抹胸、一条热裤、露着半个屁股就跑出来的小美女，手都不知道该往哪儿放。

青春洋溢、热情似火。男人喜欢的样子，她全都有。

“小哥哥，做什么工作的呀？”柳柳靠近池远航，一只手挽着他的胳膊，头靠近他的下巴，几乎将整个身子都靠在他的身上。他身边虽然来来去去女孩儿众多，但像柳柳这么有侵略性的还是少，略有些不适应，默默把手拉开了些许距离，干笑道：“跟宋哥一起跑船的。”

“是水手呀！”柳柳惊讶。

“算……是吧。”船东兼水手，对外说是水手不会骗人。

柳柳的眼睛都放起光来了：“海上是不是特别刺激？我还没坐过帆船呢，一定很好玩吧？”

“还不错，有空可以体验一下。”

“那你不忙了带我去玩好不好？”

柳柳一个劲地蹭池远航，池远航就算是个神仙也顶不住，只能点着头说：“……好。”

“这杯我请你，以后咱们就是朋友了，你可要记得今后带我去玩呀。”柳柳给池远航点了杯B52-轰炸机，蓝色的火焰在顶部燃烧，看着挺新奇。说着，便跟池远航碰杯，一饮而尽。

一口下去，池远航就开始晕晕乎乎的了。

“我加你微信吧。”柳柳说着，调出自己的微信二维码，让池远航扫。但池远航显然对她没兴趣，没有打算加微信，然而一杯酒下肚，不知怎么的就连手机都给人家了。她扫了池远航的脸，手机自动打开，再点开微信直接就加上了。

柳柳又依葫芦画瓢，把整个酒吧里的年轻人都加了个遍，男男女女，高矮胖瘦，什么样的都有。

“光喝酒没意思，不如来玩游戏吧？来玩真心话大冒险怎么样？”柳柳提议。

大家没有反对，柳柳便拉着酒吧里的KK、红红、绿绿等天南海北的一群人坐在一起，大家互相都不认识，但都是出来玩的，也不尴尬，很快便玩得很熟稔了。

池远航长得不错，白白净净的大小伙子，也没什么架子，很快跟她们玩到了一块儿。但他的运气也真的差，几乎每把都输了。

柳柳：“真心话还是大冒险？”

池远航：“……真心话吧。”

柳柳：“谈过几次恋爱？”

池远航：“一次……都没有。”

“哈？不可能吧？”柳柳惊呼。

“……真的。”

话音刚落，全场哗然。

池远航虽然看起来年纪不大，但怎么说也比在座各位都年长，一次恋爱都没谈过，所以对此产生怀疑也是应该的。

“你确定？”

“确定。”但也不是那么确定。毕竟，要说对什么人有意思，脑海里浮现出来的全是宋晨曦，可宋晨曦平日里又实在不像个女人。

“那你现在有喜欢的人了吗？”好几双眼睛都盯着池远航，赤裸裸的，活像看到唐僧进了盘丝洞。

对待没谈过恋爱的帅哥来说，池远航在她们眼里还真像一块肉。

“……有吧。”

“她在这里吗？”

“不在。”

“那她在W市吗？”

池远航犹豫了一下，问：“这算另一个问题了吗？假如我没记错的话，你问了好几个问题了。”

众人眯着眼睛，有些遗憾。

但池远航既然不答，就说明她在这W市里。

柳柳来了兴趣，一摇骰子，大手一挥，说：“再来！”

毫无意外地，很快又轮到了池远航。

“真心话还是大冒险？”

池远航怕她们又逼问自己那个问题，硬着头皮说：“大冒险吧。”

柳柳想了想，说：“给你喜欢的女生发：我、喜、欢、你。”

池远航犹豫了，他的脸还要不要了？

他会被宋晨曦打吧？

而且，他其实也不是那么确定自己对宋晨曦是什么感觉。要说特殊，她的确是最特殊的那一个。

可要说上升到女朋友，又好像还不到那个份上。

池远航犹豫着：“这不太好吧？这么晚了。”

“怕什么？问起来就说是玩游戏，没准她回你个‘我也喜欢你’呢？你岂不是赚大发了？别怪姐们没帮你，大好的机会别错过了。”

池远航想了想，觉得她说的有道理。

“可是……”池远航犹豫了一会儿，说，“但这种话，不管是认真还是玩笑，都不该在微信上说。”

“不是吧，你也太老土了哇。”KK吓得哇哇大叫。

柳柳却摇了摇手指，高深莫测地说：“他不是老土，他是认真的。”

“为什么？”池远航疑惑。

“你连玩笑话都不敢跟人说，不就怕她看轻你，觉得你轻浮？你这么在意她的看法，你比你想象中的还要喜欢她。”

池远航想了想，无法反驳，于是自觉地拿起桌上的酒，一饮而尽。

既是认输了游戏，也算是赞同了柳柳的话。

“得，还是怂，宁愿喝酒也不愿意开这种玩笑。”KK叹了口气，又给他续上了一杯。

池远航喝了一晚上酒，被她们几人联合起来一通灌，早就已经晕头转向。众人一直喝到四点，局才散去。后来，他是怎么回家的，家里怎么躺了四五六七八个人，他完全不知道。

他只知道他是被一阵猛烈的敲门声叫起来的。

“谁啊？这么早，还不让人睡觉了？”池远航头痛欲裂地走到门口，打开门，就看见宋晨曦一身潜水装，站在门口。

“这么早？”宋晨曦扬着嘴角，冷笑地问，“已经下午1点了！跟客户约好的出海时间，打你的电话打不通，我只能来找你。”

池远航一拍脑袋，这才想起来，他们今天被包船海钓了！大金轮休，轮到他在船上值班。

“你等等，我这就来。”池远航头痛欲裂，赶忙去穿衣服，可一回头，就发现，自家沙发上横七竖八地躺着五六七八个人，还都是女人！而他的手机也不知道什么时候被静音了。

这一幕何其惊悚，但更惊悚的是宋晨曦还在门口看着。

这时候，她们也都一个个地睁开了眼，看着门口尴尬的池远航和一脸镇定的宋晨曦，突然就了然于胸了。

池远航有些怕她呀……

“宝贝，她是谁啊？”柳柳睡眼惺忪，打着哈欠问道。显然，这两人还不太熟，她忍不住就想帮他添一把火。

池远航很是慌乱，连忙对宋晨曦说：“你听我解释……”

宋晨曦抱着双手，将这一幕尽收眼底。

“可以啊，玩得够花的。”宋晨曦笑了笑，打断他，“你先处理，我在楼下等你。”说完，她便转身下了楼。

“嗒嗒嗒”的下楼声，每一声都快而稳健，与过去没什么不同，在池远航心里，却像一把刀子，一下一下地戳着，直吓得他魂飞魄散。

池远航一个头两个大，慌忙将那六个人往外赶。六个人都没睡醒，被池远航这样一对待，都非常生气。

“你昨晚可不是这样的！”柳柳说，“你抱着我的肩膀，求我们留下来，我们才留下来的。今天穿上裤子就不认人了，真过分。”

池远航更加无语了。

“姑奶奶，你到底在说什么啊？”

后来，不管那些小姐姐怎么不满，池远航也坚定地把她们都“请”了出去，在KK那边绅士地给她们点好了早餐和咖啡，她们这才消停。

池远航这才抽身去追宋晨曦。但宋晨曦显然没有等池远航，池远航穿好衣服下来，宋晨曦已经大步离开了。

鲸歌咖啡厅门口的风铃被她带得叮当乱响，吓得池远航赶忙追上去。

“宋哥……Vicky……宋晨曦！”在宋晨曦后边喊，宋晨曦置若罔闻，油门一踩，小货车便疾驰离去。

池远航都惊呆了。他从来没想到一起步就熄火的小破车今天怎么就那么给力？一次就点火成功？还开得这么快？

宋晨曦……她该不会生气了吧？

池远航当即在路边找了辆电瓶车，一路飞奔跟着宋晨曦到了码头。

码头上，宋晨曦刚接到今天的客人，见她一脸笑容，池远航知道自己又想多了——宋晨曦根本不是生自己“玩得花”的气，她只是不想让客人等。

为了好的口碑和可持续发展的道路，宋晨曦对待每一批客人都十分热情。在她身上，“顾客就是上帝”这句话得到了淋漓尽致的体现。就连他这个船东，有时候都会羡慕。

羡慕这些客人怎么这么幸运，能坐到宋晨曦开的船？

船上，宋晨曦早早已经将船清洗干净，每一个坐垫都晾在了甲板上，包括救生衣，也都一字展开来，在阳光下暴晒杀菌。

这在别的船上是没有的待遇。

“就你一个人在？”池远航问。

船上，小林、大金都不在，宋晨曦一个人忙里忙外，什么活都没落下。像宋晨曦这么爱船的人，他还真是第一次见。哪怕以前在船厂，他也没见谁对待船就像对待恋人。

宋晨曦点了点头，说道：“我照顾好我的船，她才能在风浪中照顾好我。”

池远航也深以为然。但是，这么晚了，小林和大金还没来，这不合理。

“他们人呢？”池远航问。

“大金喝多了，小林……应该快到了吧。”宋晨曦安顿好客人，看了眼表，果然，小林和大金二人携手而来，姗姗来迟。

大金一脸的宿醉未醒，而小林的脸上，还有四道血痕，一看就是被人打的。

还是个指甲很长的女人。

“你的脸怎么了？”池远航问。

小林尴尬地笑了一下，说：“没什么大不了的，蹭了一下。”

没读过什么书的大金见了，啧啧摇头说道：“唯女子与小人难养也。”说完，直接去了船尾，给宋晨曦帮忙。

满脸的避之不及。

他大步走到船尾，拍了拍宋晨曦的肩膀，长出一口气说：“还好你不是女人，跟你在一起比较舒服。”

宋晨曦耸了耸肩，仿佛在说“我谢谢你”，把他的话当成了夸奖自己。

启动了马达，张开了帆，帆船再次驶向大海。

近日海浪汹涌，海事局不允许远航，只能在近海巡航。因此，包船海钓的项目比较受欢迎。

宋晨曦把船停靠在钻井平台附近，然后让小林和大金在船上照看客人，自己拿着渔枪下水了。

“宋哥真是……到哪儿都不忘搞钱。”池远航见识过宋晨曦的渔猎能力，她每次都满载而归，让池远航觉得这事情很容易，于是也跃跃欲试。

“我也想试试。”池远航向客人借了装备，稍加点拨，穿上脚蹼，背着氧气瓶，和客人一起下海了。

小林以为他只是去看看，没有阻止。

等宋晨曦腰间挂了一大串的鱼上船的时候，恰好看到池远航背了一个硕大的氧气瓶，跟另一个客人一块儿上了船。

他的腰间也绑了一串鱼，不大，都是捕捞网捞起来的。

他献宝似的把它们拎起来，递到宋晨曦眼前，晃了晃：“你看，我也抓到鱼了，也没那么难嘛。”

宋晨曦盯着他后面的氧气瓶看了半晌，问：“你带这个去捕鱼？”

“对呀。”

“你知道这是违法的吗？”

“什么？”

“水肺潜水捕鱼，违法。”

“你不也天天潜水去捕鱼吗？”

“我不一样。我是自由潜水。”宋晨曦镇定地说，“我全靠自主呼吸，与鱼同游，属于公平竞争关系。而你……你这是作弊。”

换言之，就是破坏海洋公约。

宋晨曦："把这些鱼都放生了，另外，写五千字的检讨，今晚交给我，我可以考虑不告发你。"

池远航无奈，万万没想到，自己献宝不成，竟变成了违法乱纪。他再一次在宋晨曦面前丢尽了脸。

还害得她跟自己一起丢脸。

池远航感觉自己很无辜，又有点活该。

当晚，池远航拒绝了 KK、柳柳等人的烧烤，在房间里抓耳挠腮、冥思苦想了一整晚，写出来的检讨书，满打满算也才 2300 个字。

"Vicky……我这辈子也就高考的时候写过这么多字，你放过我吧？"半夜，池远航敲响了宋晨曦的门。

宋晨曦看到他双手郑重其事、无比正经地递来了检讨书，突然笑出了声。

"你还真写了啊？"宋晨曦惊讶地说。

池远航见她突然笑了，没明白，疑惑地问："不是你让我写的吗？"

"我让你写你就写啊？"

不然呢？宋哥开口，说一不二。

她让他写，他当然会写！

她一直觉得他每天无所事事，没个正形，却没想到这么听话。这么没有架子的船东，她还是第一回见。

"既然写了便写了吧，我会好好检查的。"宋晨曦接过检讨书，然后把门一关，就回屋睡觉了。

隔壁灯光很快就熄灭了，她……她看了个鬼啊！

池远航有一种深深的被人玩弄的感觉，但又说不上来，就好像是他自己上杆子往上撞、让自己被她玩弄一样？

但他还乐意。

这就很难理解了。

楼下 KK 和柳柳她们已经玩疯了，灯光、音乐、欢笑、各种嘈杂交织在一起，独独宋晨曦的房间，一片黑暗。

这么吵，她睡得着吗？

池远航很好奇。在这样的环境里，神仙才能自律吧？

宋晨曦不是人，是神。

第七章 · 乘风

Heading towards the morning light

半个月后，距离柳柳一事已经过去好几天了。宋晨曦绝口不提这件事，让池远航心神不宁，如鲠在喉。池远航一直想找机会跟宋晨曦认真解释，但宋晨曦并不给他机会。每天都泡在船上，宁愿跟船培养感情，也不听他说话。

“你到底什么时候才有空？”池远航问宋晨曦。

宋晨曦疑惑地问：“有事吗？”

“我……我就想解释一下，那天的事情。”

“哪天？”

“就……那天。”池远航犹豫着，有些说不出口。

宋晨曦的目光锐利又镇定，永远一副公事公办的样子，让人完全无法开口说任何私事。柳柳这件事情，好像只有池远航一个人在意，而她根本就没放在心上。

她就这样不在意和见怪不怪吗？

宋晨曦见他迟迟不开口，又问：“你是说水肺潜水的事？你已经写过检讨书了，以后不再犯就行。我还有事，先走了。”宋晨曦说完，又要走。

池远航忙拦住她，问：“你每天都在忙什么？”

“清理、保养、熟悉新帆船，想法带客人、制定线路、规划游乐项目。”总之，她的一天，比别人的四十八小时加起来还要多，半分都不比没帆船时少。

“有必要这么拼吗？”池远航惊掉了下巴。

宋晨曦娓娓道来：“帆船的停泊费、打理费，小林、大金的雇用费这些都要钱。”

“账上有。”池远航说。

“那也不能坐吃山空。”

“不会空，空了我再补。”池远航半点没觉得有什么压力，但宋晨曦与他截然不同。

“我不知道你的生活状态是什么样子，但是对我来说，没有收入就等于是在倒退。我不允许我的人生倒退，你也不要拖后腿。让一让，我要去接人。”宋晨曦匆匆留下这句话，就开着小破货车离开了码头。

池远航很是无语。

他第一次被人说拖后腿。

他怎么会是后腿？！他明明是后盾！还是很坚实的那一种。

“小林，你说我该怎么办？”池远航的队友只有小林一个人。但小林显然也是个猪队友，完全不明白他的意思。

“宋哥为什么要在意？”小林反问，“你的生活她又管不着，你也不是她的什么人，何必纠结，多此一举？与其在以前无法挽回的事情上纠结，不如想想以后，怎么让宋哥少不了你。比如说，宋哥就少不了我。”

“哦？”池远航皱眉，有些不悦，“为什么她少不了你？”

小林说：“因为我能帮宋哥赚钱！宋哥爱钱，但是也不贪钱，不是她该拿的她一分都不要。你得让她合理合法合规地赚钱，而不是朝她脸上砸钱。”

好像是这么个道理。

宋晨曦的确只喜欢赚钱，送到她嘴边的她不要，但是靠自己的能力赚来的，她会欣然接受，于是开始跟小林琢磨，怎么能帮她赚到更多钱。

“落日海风的尽头，去南海牧云，西沙摘星。”

池远航的朋友圈里，突然开始发布关于西沙的游玩海报。

他每天发十七八条朋友圈，配图几乎都不重样，是各种帆船在海上迎风招展的模样。加之他学的就是绘画、构图，审美极为在线，迅速便跟其他的商家拉开了距离。来找他出海的人不少，而宋晨曦又是他们的活招牌之一。

宋晨曦参加过克利伯环球帆船赛，作为赛段成员之一，在海上一共漂了一百六十天。

她曾去过咆哮的西风带，在德雷克海峡经历过十五米巨浪的洗礼。也在南极遇到过企鹅，去冰岛追过极光。在这一带的船长中，几乎没有人有这样的经历，她的事迹在海边广为人知。而她本人更是自由潜水、美人鱼、水肺潜水、渔猎的教练。

当她被任命为宣传大使，并登上小红书、微博、微信朋友圈的封面后，池远航团队的出海价格直接比其他家高了三成，排队游玩的人已经预订到了两个月之后。

“可以啊。”宋晨曦朝他竖起大拇指，打趣地说，“以前觉得你就会躺在甲板上看月亮数星星，闲来无事画个画、撩撩妹，没想到你竟然还有这个功能，你该自封一个销售总监。”

这是半个月来宋晨曦跟池远航说话最多的一句。

池远航像一只骄傲的小孔雀，学着宋晨曦说话：“收起你的下巴，我的优点还有很多，我怕你会脱臼。不过……等等，什么叫我闲来无事撩撩妹？”他什么时候撩过了？他除了撩宋晨曦，他没撩过谁！

那八个女网红都是自己要来的！

柳柳更是自己往上凑，跟他一点关系都没有！

池远航原以为自己的帮助能让她有更多的时间陪自己，却不想她更加忙碌了。她根本不听他解释，她对此，也毫不在意。

宋晨曦直接将权力下放，让池远航专心管顾客资源这一块，而她就可以抽出更多的时间来做别的事情。跑船之外的时间里，她整个人神龙见首不见尾，根本看不到人。

“你觉不觉得宋哥最近很神秘？”池远航问大金。

大金眼皮也不抬地说：“她一直很神秘。”

大金是个直男，直得像个棒槌，比小林还木讷，问他还不如问网络。

池远航的人生仿佛掉进了死胡同，一口憋屈升不上来，又咽不下去，直到柳柳的到来。

“Hey，水手。”码头上，柳柳穿着露脐装、戴着小墨镜、扎了两个麻花辫，放肆又愉悦地朝池远航挥手。她的身边，自然也跟了一群小姐妹。

“你上次说过要带我去船上玩的，现在还算数吗？”柳柳走近，问池远航。

池远航点头：“当然算数，这是我们的套餐，你了解一下。”池远航说着，就拿出了价目表，想让柳柳自己挑。

柳柳一看就不高兴了，说：“老熟人了，还要收钱啊？”

他们熟吗？

池远航有些发愣，半晌没答话。

“十年修得同船渡，百年修得共枕眠！都是一起睡过的关系了，搭同一条船没什么问题吧？”

“可是……”话虽如此，但他并不想跟她扯上这方面的关系。

他希望她跟自己是纯粹的商业关系！

“我知道了，你一定是因为身份，所以为难对吧？你们船长是谁？我去跟他说。”柳柳说着，也不管池远航同意与否，就直接上了船，向着大金而去。

这船上，看着像船长的就是大金。

“你好，我是池远航的女朋友，从来没有坐过帆船，能带我出海去玩一次吗？”柳柳说话时的眼神真诚又善良，眼睛弯弯的，笑起来特别甜——是直男都无法拒绝的类型。

何况，她还是船东的女朋友。

在绞盘忙碌的小林、宋晨曦听了这话，也都抬头看了她一眼。

大金不明白为什么她会问自己，但还是很快地点了头："没问题，当然可以。池远航的女朋友，怎么会不行呢？"

"多谢。"柳柳说完，就走回了岸上，挽起岸上池远航的手臂，甜甜地朝大金挥手。那一副亲密的模样，就好像真的是一对恋人。

柳柳顺利上了船，与她一起上来的，还有她的两个"闺密"。

这两个人池远航也认识，那天晚上在一起喝过酒的。这两人明明刚认识不久，怎么就成了"闺密"了呢？不够了解的人，也能叫"闺密"？

池远航有些疑惑，但柳柳这个人向来是个自来熟，或许跟她们格外投缘吧……池远航没多想，带着之前确定好的另外五位客人一起出了海。顺路带上她们不算超载，也热闹。

船上，每个人都对柳柳非常热情，就连宋晨曦都对她格外和颜悦色，让池远航很是摸不着头脑。而柳柳对宋晨曦却并没有那么好的脸色，甚至有些咄咄逼人。

"我见过你。"柳柳说，"你就住在池远航隔壁。"

宋晨曦微笑："是，我们只是邻居。"

"只是"这个词用得特别微妙。

池远航听了有些不开心，她有必要刻意提醒，他们"只是"邻居关系吗？她跟柳柳解释个什么劲呢……

柳柳笑着说："我知道的，远航跟我说过你，你们的关系很纯粹。"纯粹到池远航连个玩笑都不敢跟她开……

宋晨曦笑了一下，没说话。

海风吹拂着她的发丝，一丝不苟的面上表情很镇定。半点没把柳柳的话放在心上，就连一个眼神也没有多给。

柳柳不由得有些好奇了。

"你这么厉害，又这么好看，一定很多人喜欢你吧？"柳柳又问。

宋晨曦手握方向舵，看着远方的海，波涛汹涌间，就连身边的话锋都莫名吹到了自己这里。

她不理解。

察觉到柳柳话语中的茶气，宋晨曦的微笑便不自然地收起了些许。

她说："没有。"

"哈？居然没有吗？"柳柳夸张地怪叫，"那这些男人可真没眼光，是不是因为你太强势了，把人吓着了？"

"柳柳！"这时候，池远航听不下去了，出声斥责了她。

柳柳噘了噘嘴，不满地说："怎么了？我说错什么了吗？Vicky 都还没说我，你不开心个什么劲啊？"

柳柳半点都没打算给池远航面子的样子，见人就呛。但由于她的脸实在长得可爱，让人格外容忍，哪怕说出来的话再茶，也让人难以讨厌。

小林和大金互相看了一眼，觉得这里气氛不太对劲，默默地都跑到了船头，跟那些海钓的人站在一起，将驾驶室完全让给了三人。

宋晨曦其实也想走。

池远航的这个女朋友好看是好看，就是话实在太多了。但她是船长，开着船，想跑都跑不了。

柳柳好像完全察觉不到空气里微妙的气氛，又睁大着眼睛，一派天真地问："Vicky，你喜欢什么样的男人呀？我认识很多，我给你介绍呀。"

"不必了。"宋晨曦笑了笑，说，"我不喜欢男人。"

这下，不仅是柳柳，就连池远航都震惊到说不出话了。

"男人就是麻烦。"宋晨曦道，"他们只会影响我开船的速度。"

柳柳听得简直想一个劲地鼓掌，连声赞叹："怪不得他们都叫你'宋哥'，你真的是哥。哥，加个微信吗？以后好联系。"

宋晨曦看了池远航一眼，意味深长。

池远航不懂她为什么要看自己，但很快，她又收回了目光，微微一笑："不必了吧。"

柳柳不高兴了。

她难得放下了对宋晨曦的成见，由衷有些钦佩她，她怎么连加个微信都不愿意呢？

这还是她来 W 市半个月以来，第一次被人拒绝加微信。

"为什么呀？"柳柳问道，"我不会打扰你的，我只是觉得大家天南海北的遇见了不容易，喜欢你，不想跟你失去联系。这也不行吗？"

宋晨曦依然摇头，说："现在还不是时候，等以后你们结婚了再加，也不迟。"

宋晨曦这番话就像一颗炸弹，落在了池远航的耳朵里。他左右看了看，这里除了柳柳，就是他和宋晨曦。谁和谁结婚？只能是他和柳柳了。

“谁要结婚？”池远航愣住，“我和她？”怎么可能？！

柳柳也怪叫道：“跟他结婚？他想都不要想！”

“为什么？”宋晨曦不解。

不是男女朋友吗？谈恋爱不应该就为了结婚吗？

柳柳满不在乎地说：“都是出来玩的，等各自回家就各自过各自的生活了，嫁给一个水手？难道我希望后半辈子跟着他一起漂泊吗？现在开心就足够了。”

池远航：“等等……”

“哦……”不等池远航解释，宋晨曦高深莫测地冲他笑了笑，“那就更加没有加微信的必要了呀。”

宋晨曦淡淡地说道：“你跟我不是朋友，你只是池远航的女朋友，等哪天你们分手了，我还要夹在你们中间，何必呢？”她需要负责的只有池远航一个，池远航这女朋友当衣服一样换的人，她还真没什么兴趣加微信。

“什么叫我们分手？”池远航不解。

他们什么时候在一起了？

是不是那天晚上——她果然误会了。

池远航：“你听我解释，我们……”

“没什么好解释的。”柳柳打断他，“Vicky说得对，本来就是有今天没明天的关系，何必想太多。不加就不加吧。”

一个在海上跑船的，有什么好骄傲的？还真以为自己有多了不起啊？

柳柳翻了一个白眼，就嗒嗒嗒地跑到船头，跟自己的两个“闺密”拍照去了。

船头，还有花了钱包船出海玩海钓的客人，那些客人年纪不小了，但精神头很好，显然经常在海上玩钓鱼。

每次包船出海海钓都不便宜，他们的经济实力是很可以的。至少明面上，看着比池远航这个毛头小子要强上不少。

远远看去，听不清他们在说什么，但是很快，柳柳又拿出手机，将他们所有人都加了一遍。和着两个闺密一起，一群人男男女女、老老少少聊得特别开心。

此刻，宋晨曦看池远航的表情很有些同情。

“看我干什么？”池远航不解，“跟我没关系！”

宋晨曦却明显不信，摇了摇头，一副“你们年轻人啊……”的表情，很有些无奈的样子。

池远航更加看不懂了。

她怎么一副看他脑袋上冒绿光的样子？

这时候，大金走到了那一群人中间，特意将柳柳和其他人分开一些，要教柳柳钓鱼。柳柳想跟他们一起玩，并不想搭理大金，但大金一点也不想让步，拉着她不许她走。

柳柳翻了好多白眼，觉得大金就像只舔狗，说不让她过去，就不让她过去。

池远航看傻了。

“大金……这是春心萌动了？”他从来都不近女色，今天怎么跟柳柳过不去了？

虽然柳柳挺好看的，但好看到大金这么主动，就有些匪夷所思了。

“他哪里是喜欢柳柳？他是在保护你啊……”宋晨曦叹了口气，戴着墨镜的她，看不见墨镜下面是什么表情，但很有些过来人洞悉一切的意味。

池远航疑惑：“保护我，什么意思？”

宋晨曦：“柳柳不是你的女朋友吗？虽然你这人的女朋友也像流水一样来来去去，但作为兄弟，他肯定不能眼看着你在他眼皮底下被绿。”

怪不得今天这满船人都不大对劲，什么女朋友，他有个锤子的女朋友！

第一次，池远航忍不住想爆粗口了……

池远航怎么都没想到，柳柳的船票竟然是以他女朋友的名义骗来的。池远航极力撇清自己和柳柳的关系，但宋晨曦根本不听他解释。

“你没必要跟我解释。”宋晨曦说，“你不是我的什么人，你只是我的船东。船东玩得花，不是天经地义的吗？不然买船图什么呢？您啊，开心就好。”

“什么叫船东玩得花是天经地义？”池远航很费解，“我什么时候玩得花过了？还有，难道别的船东都玩得花？”

宋晨曦没有反驳，只眯着眼睛说道：“拥有生产资料的人天生就比旁人拥有更多的选择权，船东不叫玩得花，最多……叫多情。而你，自从咱俩第一次见面开始，你的一切行为在我这儿都属于多情中的多情，你以后干什么我都不会觉得奇怪的。”

池远航愣愣地看了她半晌，只憋出两个字：“冤枉！”

他真的冤枉。

“我说那八个小姐姐是意外你信吗？”

“哦？”宋晨曦微笑，“难道不是你出钱请她们来玩的？”

“……是。”

“难道你不是对她们有什么想法，只是后来没成功？”

“……的确是有过想法，但是我发誓，想法不多。全是我爸安排的！我寻思着一个一个见麻烦，索性一块儿见了！”

“噗……”宋晨曦没忍住，差点一口水喷在池远航脸上。

“至于后来发生的事情，你也都看到了，我回去就被她们集体拉黑了，我保证跟她们没有任何关系了！”

至今他都没放出来，他根本没来得及“玩得花”！那就是一个乌龙！

“所以呢？她们的存在跟柳柳有关系吗？你被她们拉黑了，只能说明她们是有底线有骄傲的新时代女性，不会被你的外表和家底所蒙蔽。于是你调转口味，开始喜欢这些刚出社会不谙世事的小姑娘，这也说得通？只不过这些小姑娘嘛……她们视金钱如粪土，对你也不感冒罢了。”

池远航一方面觉得宋晨曦分析得没错，一方面又觉得她大错特错！

“这不对……”池远航说。

“哪里不对？”

“除了她们不喜欢我以外，我也不喜欢她们啊！”池远航急道，“我至今也不知道，她怎么就成了我女朋友了？”

“人家自己说的，还能有假？你可不能提起裤子就不认账了。”宋晨曦面无表情地看着前方，虽然望向的是柳柳的方向，但池远航知道，她根本没在看他。

她盯着的，是一望无际的大海，是她方向舵所掌控的方向。

池远航觉得自己跳进黄河都洗不清了。她不仅认定了柳柳的身份，还漠不关心自己的解释。她根本不在乎真相，因为她根本不在乎他。

池远航气得抱住双手，气鼓鼓地坐在一旁。

午饭时，柳柳突然拿着碗跑到了大金身边，这让人感到莫名其妙。大金是船上的工作人员，一般情况下不会和客人一起用餐，他通常独自一人端着碗，坐在帆船后面，三五口就解决了，然后把饭碗在海里冲洗一下，再扔进垃圾桶。他的动作行云流水，吃饭只是应付而已。

柳柳和她的闺密作为客人，又是池远航的女朋友，自然应该和其他客人一起坐着，属于被服务的对象。但她扒拉了一些菜，就跑到了大金跟前，似乎和大金一起吃饭更舒适。

两个人吹着海风，有一搭没一搭地聊着，并不像上午对这些钓鱼包船的老板感兴趣。显然，她现在感兴趣的人是大金。

但宋晨曦看着大金和柳柳，觉得很是惊奇。

本以为是个傍大款的小姐姐，但她的口味变得也太快了吧？

柳柳上船这么久，自然看出了船长是宋晨曦，大金跟池远航一样，说好听是大副，但本质上还是个水手。就像她所说的，只是一个破船的水手而已。但仅仅相处了一个上午，柳柳就被这个“破跑船的”吸引了。还真是随心所欲，随遇而安啊……

宋晨曦望着池远航，眼中的同情更加深了。

池远航一心埋头吃饭，根本想不到其中的曲折。见到宋晨曦的表情，一口饭噎在喉咙里，既吞不下去又无法吐出来。

“你看我干什么？”好半天，他才把嘴里的饭咽下去，问宋晨曦。

宋晨曦神秘地说：“假如……我说假如，有一天，柳柳成了大金的女朋友，你会生气吗？”

“不会生气啊。那不挺好的嘛？软萌萝莉配大块头直男癌，反差萌，我们还有戏可以看，那不挺好的嘛？”

“……你想得开就行。”

池远航无语，他有什么想不开的啊？

柳柳开始明目张胆地纠缠大金。

大金换帆，她要去帮忙；大金拖钓，她也去搭把手；大金下海捕鱼，她就在橡皮艇上，帮他打鱼。总之大金去哪里，她就在哪里，而大金觉得，只要她不跟那些老男人混在一起，他这样做就是在帮兄弟避免戴绿帽子。而那些只能在船上打窝钓鱼的老男人们，就只能看着这位嫩得能掐出水的小姑娘围着别人跑，一时间很有些失望。但好在柳柳的两个朋友还在，他们也不至于无聊。于是一船人，各有各的心思，一天很快便度过了……

吃晚饭的时候，柳柳提议大家喝点酒。

海上行船，目之所及只有大海，景色千篇一律，又一望无际，喝酒几乎是每艘船的标配项目，很快得到了大家的赞同。

小林和大金搬出早已备好的啤酒，一桌人连干三杯，还觉得不尽兴，大金又拿出了自家酿的白酒，度数不低。几个老大哥喝了很快就醉了，纷纷下了船舱，直接躺倒了。

宋晨曦也是个清冷性子，她不喝酒，索性就去了甲板上躺着，一个人看星星。

小林的老婆则每天都要查岗，但凡在有信号的地方，两个人都会打视频电话直到睡觉。沙龙区域喝酒的就只剩下了池远航、大金，还有柳柳和她的两个闺密。

池远航是最先投降的，他一觉得上头，立刻就脚底抹油，跑去了宋晨曦那边。

而大金，不愧为十里八海最健壮的船长，哪怕被三个如花似玉的女人包围着，也半点旁的心思都没有，说喝酒，就只喝酒，分毫也不怜香惜玉，直接将两个闺密给喝趴下了。

“还喝吗？”大金问柳柳。

柳柳已经开始犯迷糊，趴在桌上，却不认输，说：“喝，奉陪到底。”

大金也是个实在人，她说喝，那就喝。

两个人在沙龙区不知道喝到几点，直到全船人都睡下了，两个人还在划拳。

一直到大半夜，这划拳的声音才真的消散了去。

夜晚，大海之上，繁星密布，从海平面开始的地方向四面八方延展开来。银河仿佛就在头顶，星空触手可及。又是一个繁星闪烁、星辰满天的好天气。

宋晨曦习惯了睡在驾驶室，池远航就陪着她睡在甲板上。大金和柳柳接连下了船舱，没了扰人清净的划拳声，在这绝对空旷无人的境地里，池远航和宋晨曦仿佛就是这世界上唯一的两个人。虽然他们很累，但在这样的景色中，还是舍不得就此睡去。

“你真的不后悔？”宋晨曦问池远航。

“后悔什么？”池远航疑惑地问道。

“大金和柳柳，下去了。”

“嗯？”

“船舱里还有一间空房间。”

“嗯？”

“大金虽然不交女朋友，但他是个男人，就算以前不近女色，未来也说不准。再加上他们喝了这么多酒……”宋晨曦迟疑地说着，有些不太好开口的样子。

“所以呢？”池远航越听越觉得预感不祥。

果然，宋晨曦接着说道：“所以……他们要是做了什么，可就真的与你无关了。还是说，你不在意？”

池远航这下真的要炸了。

他解释了一天，都没能解释清楚，现在在如此良辰美景下，她还在替自己“可疑”的前女友着想，她是想气死谁？

眼见池远航的目光变得凶狠，宋晨曦识趣地闭上了嘴：“好吧，我不管了，你们爱怎么样就怎么样吧。”

宋晨曦本来也不是喜欢管闲事的人，她只是不想这艘船上的人被这些莫名其妙的事情所影响。毕竟，在帆船上，最重要的就是和谐统一听指挥。

但宋晨曦担心的事情并没有发生。

很快，大金便上来了甲板，在距离宋晨曦他们不远处的地方，拿了个睡袋，找了个空地躺下。

大金也是个粗汉子，在船上随便找个角落就能睡。他没有和柳柳一起睡在船舱里，或许还是因为他敬重池远航，他真的将他当作了自己的兄弟。

大金远远给了池远航一个“好兄弟，在心中”的手势，右手握拳，拍了拍胸脯。

但池远航并不这么想，他隔着老远撇了撇嘴，给了大金一个向下的大拇指。这让大金好一阵摸不着头脑。

他尊重池远航，帮他保护女朋友，不让别人染指，自己也不碰，他怎么倒还不高兴了？

大金想不明白，懒得想了，累了一天，直接倒头就睡下了。

“这也太美了吧！”但这时，突然一声惊呼，陡然将三人都吓了一跳。

“嗒嗒嗒”的脚步声传来，柳柳又爬上了甲板，跑到了大金的边上坐下。

“想不到海上夜晚的星空这么美。你怎么不早说这里这么漂亮？把我一个人扔在房间里，真过分。”

“你这么又上来了？”大金不悦地问。

“房间闷。”柳柳说。

“那就睡沙发。”

“沙发黏糊。”

“那就睡餐厅。”

“餐厅有油……”

总之，睡哪儿都不舒服，只有睡在大金边上，才比较舒服。但是大金睡的地方，又硌头。

柳柳在大金附近找了块空地，但甲板上为了防滑，表面是磨砂质地，并不平整。不喜欢的人睡上去，会觉得硌得慌。何况夜里有风，海风吹着也会头疼。

“这里四面八方都是风，怎么睡？吹多了会不会头疼？”柳柳问。

“我有睡袋。”

“哦，这样啊，那我也陪你睡吧，不然一个人多寂寞啊，有我在还能陪你说说话。对了，还有睡袋吗？海风有点冷。”

大金还是第一次见到这样的女人。

现在女人都这么……直白又黏人的吗？她一点都不觉得尴尬吗？

大金忍了一天，突然就不想忍了。

现在傻子都看得出来，柳柳醉翁之意不在酒，而在他身上。而她刚刚只怕也是在装醉，想把他诱骗回房间罢了。

被小姑娘耍的感觉让大金十分不爽，他陡然起身，看着不远处的池远航，很有些恼火：“你找他去。”

柳柳疑惑：“找他干什么？”

“你是他女朋友，他有义务负责你的舒适度，他有睡袋，让他让给你。”

闻言，不远处的池远航一个鲤鱼打挺，就跳起来了，再三强调：“她不是我的女朋友！”

柳柳也是点头，义正词严地说：“我们已经分手了，就在刚刚。”

“什么？”大金惊讶。

但见二人这一个抵死不认、一个毫不在意的模样，他知道自己大概是被耍了。于是大金对柳柳便更加没有好脸色起来。

一个姑娘家的，怎么这么不害臊？什么瞎话都张口就来，实在可气！

“不管你们是什么关系，你也不能缠着我啊？”大金无奈地说。

纠缠他算怎么一回事？他可不想卷入这奇怪的三角恋里去。

“为什么不能？我问过小林了，他说你是单身。现在我也是单身，我跟你在一块儿没毛病，怎么样，你考虑考虑？”

大金觉得她是疯子。

池远航也这么觉得。

只有一开始对柳柳没那么有好感的宋晨曦突然有些欣赏她了。

她还真是自由随性，想干什么干什么，想说什么说什么，喜欢谁就靠近谁，半点也不扭捏。一切以自己的快乐为先，一点也不在乎别人的看法，也没有得失羞耻心。

她当年要是有柳柳一半的勇气……也不至于落到今日这般田地了。

宋晨曦的眼神有些落寞，池远航敏锐地捕捉到了，等大金给柳柳找了个睡袋后，好不容易安静下来了，池远航才问她："你怎么突然不高兴了？"

宋晨曦有些惊讶："你怎么知道我不高兴了？"

"看出来了。"池远航翻了个身，看着她的眼睛，说，"你的眼睛里写满了落寞。"跟宋晨曦跑了这么多次船，池远航大抵也了解了宋晨曦的生活，和她身边的人都是些什么样的人。

小林是个顾家的好男人，大金是个有今天没明日的浪子，但他有原则、有底线，还讲义气；只有宋晨曦……他始终看不透。

她勤奋、努力，有拼搏精神，可是他怎么都看不懂，她想要的，究竟是什么？

"睡吧。"宋晨曦闭上了眼睛，依然对自己的一切闭口不谈。

池远航也只得叹了口气，说："……晚安。"

虽然在这么好的聊天环境里，他也依然没有问出什么来，但他相信，总有一天，他会自己了解到的……

两天一夜的近海海钓旅程很快结束了。下船的时候，柳柳死缠着大金，要加人家微信，吓得大金连岸都不敢上，套上双脚蹼直接跳下了海，从海的另一端潜水潜回去了。

柳柳气急败坏，非但没放弃，又开始曲线救国，找池远航要大金的微信。

池远航自然是不给的。不管柳柳怎么撒泼、打滚、耍无赖、撒娇都坚定信念，坚决不给。最后，是小林不知是有意还是无意地提了句，大金住在蓝湾海岸，几乎每晚都要去楼下的烧烤店喝啤酒吃烤串，她可以去那里碰碰运气。

"谢谢你们兄弟，等我成了你们嫂子，再请你们吃饭。"柳柳说完，带着闺密就直奔蓝湾海岸而去。

宋晨曦和池远航看着小林，有些无语。

小林道："你们可千万别告诉大金，我只是希望，他的人生能有更多可能。"

"这哪是有更多可能，你这是把人往火坑里推啊……"池远航叹息。

难得地，宋晨曦头一次对他的话如此赞同。

柳柳过于活跃了，与大金不是一个世界的人，年纪也不合适。两人相差至少有十几岁。但海边的爱情，谁知道会怎么样呢？

宋晨曦懒得管别人的事情，等把客人们都送走了，又独自一人洗刷起甲板、房间来——她的船，永远是最干净、最敞亮的。别的船上黏黏糊糊的闷热潮湿在她的船上几乎感受不到。她总有办法，让自己的船始终保持干爽和整洁，这也是池远航非常欣赏她的一点。

她真的将船当作了家、姐妹，甚至是亲人。

诚如她所说，她照顾好她的船，她的船才能在海上照顾好她。而池远航作为船东，看到她如此细心照料自己的船，自然也是放了一百个心。

放心到……简直有些吃醋。

她陪船的时间都比陪他多得多。

时间还早，池远航不想回去，便坐在驾驶舱里，拿出画本，又独自画起画来。

蓝天碧海下，几十艘帆船整齐划一地停靠在码头里，其中最抢眼的，就数他们这艘，颜色绚丽，多彩多姿。但最神秘的，便是一旁同为"晨曦号"的双体帆船。

它崭新、洁白又孤傲。

池远航从来没见它出过海，也没见船上有过什么人。它的舱门永远是封闭的。但只要人想上去，任何人都可以上去。不说启动它，带它离开，但在上面拍拍照、睡个觉什么的很简单。它的主人就将它这样放心地放在这里，日晒雨淋的，心也太宽了些？

虽然帆船不怕水，长时间无人照拂，也算是暴殄天物了。

池远航默不作声地将那艘帆船画下来，在纸上的船，比现实中更多了一份孤寂。因为他可以选择性地模糊掉周围的一切，只剩下那一艘双体帆船漂浮在海天之间。

他越看越觉得喜欢。

双体帆船虽然不如单体那样有运动感，但舒适感极强。一艘双体帆船的可使用面积相当于三艘单体帆船，在海上游玩时，娱乐感也不是单体帆船可以比的。毋庸置疑，船的主人非常会享受。买的几乎是顶级配置。

让他这种见惯了各种豪华帆船、游艇的人，也不禁为他暗自竖起大拇指。

何况，他还这样神秘。

“你在这里这么久，真的不知道那艘船是谁的吗？”池远航问。

“不知道。”宋晨曦冷淡地回答，甚至不想看一眼。

“连你都不知道，小林、大金估计就更加不知道了。”池远航想着宋晨曦是十里八乡的团宠，什么事情她都知道，这种事情若连她都不知道，就不会有人知道了，于是也没打算去问别人。

他只能目瞪口呆，看着那艘双体帆船流口水。

看得久了，他就有了旁的心思。

“你说，我要不要去留张字条？”池远航问。

“留字条干什么？”宋晨曦吃惊地问道。

“租他的船。”

池远航拿出手机打出一串数字，说：“这是我们这个月的营业额，我算了下，扣除船只的日常养护、停泊、运营费，我们还赚了这个数。”

池远航拿出两根手指晃了晃，说：“现在的情况是，我们的船只载客能力有限，档期太满，还有很多客人想来却来不了。假如我们租下这艘船，一来可以帮他保养维护，二来可以接更多的客人，一个月下来，我们的利润至少能翻倍！而大金也有足够的经验可以胜任船长，你俩搭配带队，我们的业务就更宽广了！”

池远航叉着腰，一口气说出了自己的新计划。看得出来，他对自己的想法感到很自豪。

他正等着宋晨曦夸奖并支持自己，哪知掉进钱眼的宋晨曦却在这一刻爬了出来，冷冷地说：“不行。”

“为什么？”一盆冷水当头浇下，池远航甚是不解。

他一个从来只知道风花雪月的人开始想着赚钱了，怎么她突然喊停了？

宋晨曦面无表情地说：“你可以租别的船，但这一艘，不行。”

池远航更加疑惑了。

宋晨曦默了一下，说：“新船，金贵，赔不起。”

原来如此……

池远航张大了嘴，点了点头，觉得她说的有道理！

他除了要考虑利润问题，还有一点他们需要考虑的：这艘船看着就不便宜，万一磕着碰着出了什么事，他们一年的利润可能就搭进去了。

没必要、没必要……

那怎么解决客人过剩的问题呢？

池远航既然想到了这一层，便很快找到了解决办法。周围有不少旅游公司，船只有个人的，也有公司的。他将他们全都拉拢到一处，跟他们商量了统一的价格，再统一分派客人和船。既解决了客人无船出海的问题，又解决了其他公司船只空窗期以及恶意竞争的问题。

加入池远航联盟战线的人不少，很快，他们出海的队伍便从一艘船，扩展到了四艘……后来的每一次出海西沙，几乎都是一整个团队出行，场面十分壮观。

宋晨曦看到这样的场景，说不佩服是假的。

池远航不愧为商业世家出身，她和向海川奋斗了五年才搞出来的事情，池远航不到五个月就想出来并且实现了。

他的才能，不容小觑。

原来他不是一个只会吊儿郎当、风花雪月的纨绔子弟，他会干事，也能干事。

"怎么样，对我改观了许多吧？"池远航拿着最新的分红，沉甸甸的一袋子钱站在宋晨曦的门口，表情格外骄傲。

这不是他拿钱砸她，而是她跟他一起赚的辛苦钱！是她应得的那一份。

宋晨曦当然没有拒绝，但也没有多兴奋。

"谢谢了。"她说完，就要关闭房间门。

池远航却抵住了门框，站在她的门口，迟疑地说道："明天全体休息一天，后天才有行程，你明天干什么？要不要……跟我约会？"

柳柳的人生态度除了影响了宋晨曦，大概也影响了池远航。他没有像柳柳那样具有进攻性，但他也可以稍稍地往前迈一小步，不管宋晨曦怎么想。

"你是不是疯了？"预想中，宋晨曦大概会瞪大了眼睛，指着他的鼻子骂他神经病，但预想中的辱骂并没有到来。

她甚至连回答都懒得回答，只给了他一个白眼，让他自己体会。

旋即，她的房间门"嘭"的一声关上，池远航碰了一鼻子灰。

不是吧……已经不尊重他到这个地步了吗？

虽然他刚刚也是一时兴起，借着赚了钱的东风壮了一点胆子随口胡说，并没有真的想好要跟她"约会"，但宋晨曦这种连骂都懒得骂他的态度，着实是伤人。

池远航带着闷气，睡了一晚。

第二天，宋晨曦的房间迟迟没有动静，显然还在睡懒觉。她在船上连续工作了好些日子，难得放个假，她什么都不想干。她只想睡觉。

但她能睡，池远航却不能睡。他虽然不开船，但要对接市场资源，联系客户，一大早就在给各个船和客人们排班。

这时，池远航收到一条微信消息，原先已经订好了一条船的客人发来一张截图，说："这家比你们便宜，唯一不同的只有上船的地点。定金我不要了，抱歉啊。"

池远航一看，对方在S市的鸿恩码头上船前往南海。

鸿恩码头距离W市的落霞湾只有一个多小时的车程，确实不远。但是这个价格，足足比他们便宜了三千块每人。池远航看了手头的排班表，他已经将钱付给了另一艘船的船长，假如不出这一趟海，他要亏。

可商人的本性是宁愿让利，也不会让自己亏的。再者，为了保障自己在整个团队中的地位，他也不能允许自己做出空船出海的行为。池远航想了想说："兄弟，等等。"

"怎么了？"对方很快回复。显然，他也是在等池远航的信息。

"第一次出来玩，大家交给朋友，我不让你亏，你也别让我难做。价格跟他们一样，但你不能出去说，定金还算数。"

这当然是最好的解决方式，但池远航没想到，那边很快又让利了。他们一副哪怕亏钱也要做这一单的架势，让池远航很是苦恼。

以池远航对帆船自驾游的了解，他们这样的价格，是一定会亏的。对方不惜下血本跟他竞争，已经是恶性竞争了，但他不能输。

池远航思考了两秒，直接报给他一个打骨折的价格，除了出一口气外，更是为了拓宽人脉资源。

有更多的人出去玩，他们自发在朋友圈、微博、小红书上分享，所带来的效益是源源不断的。他可以在眼前吃点亏，为了以后的长线发展。

池远航顺利将这一单抢了回来，却没想到，带来的不是效益，而是源源不断的麻烦……

临出发前，他才发现包船的客人中有个七十岁的老爷子，他虽然看着身体好，一口气能拎起好几个氧气瓶。但他身份证上的年纪，着实是太大了些。

池远航有些忧虑，而他却精神很好地一拍胸脯，说："我来西沙五六十次了，每个月都去，你就放心吧！我绝不给你拖后腿！”

事实证明，老爷子的精神和身体都很好。在船上能帮小林做饭，下海能跟上宋晨曦的脚蹼，是个老当益壮的老爷子。

而他也跟宋晨曦一样，也是真的热爱海洋。

别的客人下海，顶多两个小时，就得上来歇半日。但宋晨曦和钱老爷子不一样，他们早上趁太阳没完全升起，先下去一遭。宋晨曦抓些海胆之类的上来，而钱老爷子就在旁边拍照。

下午吃完午饭，其他人在午休，他们依然在海里，这次，多半能带回来许多贝壳和鲍鱼。他们玩水玩得开心，池远航他们吃得也开心。宾主尽欢。

等到了夜里，原本该是大家一起躺在甲板上看星星月亮的时光，老爷子却背着氧气瓶，还要下去。

他说：“真正的美景在夜里才能看见。”

原来鱼群喜欢光源，只要头顶的潜水灯亮着，鱼儿们就会被光所吸引，拼命往他身边游。

钱老爷子把西沙帆船自驾游的精髓全然融会贯通了，将船上其他客人都好一阵羡慕，说回去都要学潜水，跟他一起再来一次。这下，又便宜了宋晨曦。

宋晨曦是专业的水肺潜水、自由潜水兼美人鱼教练，虽然现在在海上开船的时间比较多，但老本行依然可以干。而且，就地就能干。

池远航又为宋晨曦开发了新业务，让她赚得盆满钵满。宋晨曦突然发觉，她过去有点小看池远航了。

“画画的确是屈才了。”宋晨曦对池远航说。

池远航：“嗯？”

“你该回到岸上，到你爸的公司去，那里才能发挥你最大的价值。”

池远航笑了笑，说“会回去的。现在还年轻，急什么？反正都是我的，又跑不了，对吧？”

池远航心态很稳，这也是他的一个优点。

船上除了小林和宋晨曦，没人知道他的身份。就连这艘船他是船东，他都很少向外人透露。他没架子，与人相处也没有隔阂，认错还特别快，这让宋晨曦对他改观良多。

“以后我不能只把你当船东了。”宋晨曦说。

池远航眼睛一亮，问她：“还有什么？”

"还是伙伴。很坚实的那一种，只排在小林后头。"

喊，他还以为她把自己当另一半了呢。搞半天，只是伙伴。

池远航叹了口气，闷闷不乐地跑去找别人聊天了。

宋晨曦看不出来他生气，自然随他去了。

但就算她看出来了，她也不会去哄他。

她啊，没空。

晚上，船队吃烧烤，他们这艘船最大，客人们全都涌到了他们船上。宋晨曦自动让出位置，去了帆船前头。池远航见了，拿了食物过去递给她，是一碗意面。

过去池远航不懂宋晨曦为什么要给他们煮意面，后来懂了。

在帆船上，波平浪静是少数，大多数情况下，船都会随着波浪起伏。有时候就算做好了，也要等海面平静了才能吃饭。意面耐煮，在锅里放多久都不会绵软，撒上鹰嘴豆番茄酱，拿来填饱肚子又及时又方便，还极易储存，就连池远航这样的做饭黑洞也能做好它。

"谢谢。"宋晨曦接过，道谢。

池远航一个下午没跟她说话，却又总是第一个注意到她吃没吃饭的人。

他好像特别关注这一点？

宋晨曦问出了自己的疑惑，池远航道："还记得第一次见面的时候吗？"

"嗯？"

"在帆船上，暴风雨里，你开了三天三夜的船。你照顾我们全船的人，问我们每一个人饿不饿、渴不渴，但是唯独没有注意到自己。那三天，你几乎只喝了水。"

"……有吗？"宋晨曦不记得了。

"有的。"

"那应该是太忙了吧。"

"是。你不仅要忙着开船，要想法在不通知救援的情况下把我们带回去，还要照顾我们全船人的情绪。那时候我就在想，你这个铁打的人，有没有人在意你吃没吃得饱、穿不穿得暖呢？但那时候，我以为你是个男人，并没有产生保护的想法，最多在心里喊了句'哇哦，这哥们儿牛'。可后来发现你是个女人，这才觉得自己的想法是多么可笑……"

星光下，烧烤飘香的海面上，池远航挠着头，笑得尴尬又腼腆。

他是发自肺腑地说出了这番话，没有任何情绪，没有任何目的，只是想到了，就这么说了。

宋晨曦看了他半晌，才点了点头："原来如此。"

怪不得，他每天都给自己送牛奶，原来是因为这个……她差点以为他对自己别有所图了。

毕竟，在海上吃饭都是奢侈，又怎么会有人关心她吃得好不好呢？

就连事事妥帖、事事尽责的向海川都未曾注意到这一点。而这一点，就连他自己也是不在意的，何况她呢？

但是池远航，他总是会在饭点跑过来，问她："饿不饿？"然后不管她回答是饿还是不饿，都会拿出一包吃的，跟她说："给你。"

他总是惦记着她，说："该吃饭了。"

宋晨曦有印象以来，没有人在意这些小事。船上的生活，历来是随意的，有什么吃什么。像池远航这样一日三餐，定时定点，维生素、蛋白质、碳水都要到位的人，真不多。他格外关注宋晨曦有没有吃好饭，是她从来没想过的问题。

池远航："因为生活就是照顾好自己的一日三餐。所谓的幸福，也就是一日三餐吃得好、吃得饱。而吃得好就包括了食材本身的好，以及陪你吃饭的人好不好。"

好好吃饭，就是好好活着。

好好吃饭，比什么都重要。

宋晨曦笑着吃完了他拿来的意面，说："谢谢你。"

池远航："嗯？"

宋晨曦："谢谢你记得我还饿着肚子。"

"咱俩谁跟谁啊，举手之劳而已。但假如你真的想感激我，不如……上岸后跟我约会？"池远航"哈哈"一笑，笑得自然又欠打。

宋晨曦当然知道这不是举手之劳，毕竟，也没见他天天摁着小林抑或大金吃饭。他虽然极力想要表现出很随意的模样，可他的行为却如何也随意不起来，宋晨曦见过那么多人，又怎会看不出来？

"放弃吧，我是你得不到的女人。"宋晨曦叹了一口气说。

池远航的笑容僵在脸上，一脸迷惑："嗯？"

"以后不要管我了，你管不住的。"宋晨曦粲然一笑，把空碗还给了他。

池远航虽然知道她说的是事实，但也没必要强调啊？

何况，他也没想管她。他只是单纯地看见了，提个醒，再顺手带个饭，仅此而已。

至于约会……朋友之间吃个饭、喝个酒，也是可以的吧！

宋晨曦没理他，自顾自忙去了。

上岸后，宋晨曦约好了要教客人潜水，便将清洗帆船的工作交给了小林和大金，自己早早地离开了。而池远航则东奔西跑，将其他商船的分红全都分好，给人送去，一忙就忙到了半夜。

池远航是最后一个离开的。夜里，落霞湾万籁俱寂，空旷的码头上一个人都没有。而落霞湾到打车的地方需要走一段很长的夜路。

幽暗的街道上，椰子树伫立在两旁，将月光都阻隔在外头，格外昏暗。夜里，海风吹来，有股腥甜，微风不燥，天气正好。

池远航最近赚了不少钱，淡季生意都已经这么好，再加上马上就要到寒假，定金已经收到了手软。他心情很不错，走夜路都忍不住想放声歌唱。

就在他哼着歌儿往前走的时候，突然，他头顶一黑，紧接着一个黑色的塑料袋蒙在了他的头上。

突如其来的呼吸一滞，让他有些喘不过气，心在刹那间已经跳到了嗓子眼。

数道脚步声急速响起，气势汹汹，来者不善。

“谁？！”池远航慌忙开口，回答他的却是腹部挨了一拳。接着，一只脚踹在他的双膝盖窝，他一个不察，往前扑倒在地。

雨点般的拳头接连落下，每一拳都打在腹部、胸背。他明显能感觉到，这些拳头既不会造成他死亡，却也足够他喝一壶。

疼……好疼……

铺天盖地的疼痛随着拳头席卷而来，他的脸上、肩膀、腹部，还有膝盖都火辣辣地疼。

就在池远航以为自己快要被打死的时候，他们又突然地撤开了。显然，对方不想把事情闹大，只是想给池远航一个教训。

“以后夹着尾巴做人，不该你碰的生意，别碰！”最后池远航听到的便是这句话。他抱着腹部，蜷缩在地上，等他把罩在头上的塑料袋拿掉时，还能依稀看见行凶者的面容。

他明白了。

他最近过于高调，碰了别人的生意，于是被打击报复。而他们选的这条路也特别好，特别黑，还没有摄像头。但对方显然不怕他报警，也不怕他知道自己是谁。他们就是想要他明白，以后鸿恩码头的生意，他不要染指。

夜色朦胧，人影摇摇欲坠，他头昏脑涨，用尽最后的力气，拿出手机，却发现连手机屏幕都已经被他们打坏了。

池远航艰难地在破碎的屏幕上找到了宋晨曦的号码，拨了过去。

“这么晚了，有事吗？”宋晨曦的声音很快传来。

自从他们组建团队后，宋晨曦只要没事，接他的电话都很及时。

“宋晨曦……我被人打了。”池远航艰难地说。

“什么？”电话那头悚然一惊，忙问，“你在哪里？”她说完，紧接着，电话那头便传来穿衣、关门、下楼的声音。

宋晨曦跑下楼，穿过酒吧，走到车里，电话那头又恢复了安静。而后就是小破车打火打不着的声音。

池远航听着这些声音，发现总共时长不超过一分钟，宋晨曦的行动力哦……向来惊人。她正向他飞奔而来。

池远航突然就定心了。

虽然他的身上很疼，但他的心一点也不慌了。

他翻了个身，用最舒适的姿态，仰躺在马路牙子上，说道：“落霞湾码头，风光大道。”

“你在那儿等我，我马上到。”说完，宋晨曦没有挂断电话，而是一直保持着通话状态。

“你怎么样？哪里受伤了？”她问。

“你别急，我……我就肚子有点疼，脚也磕着了。但问题不大，你慢点开……”池远航拖着疲惫的身体，看着自己根本动不了的双腿，明明疼得直不起腰，说出来的话却轻描淡写。

她听出来了，他的呼吸很沉重，他的伤应该不轻，可他不想她担心，于是故意这么说。

宋晨曦更加着急了，飞一般地向落霞湾疾驰而去。平时要半个小时的车程，她十五分钟就赶到了。

昏黄的灯光下，宋晨曦远远就看见有个人坐在马路边，躺在那里，一副无精打采的模样。

她将车稳稳停在他身前，赶忙下车，发现他哪里是受了什么“小伤”？他明显是整个人都快废了！

鼻青脸肿不说，膝盖磕破了一大块皮，血淋淋的，十分惊人。

“池远航，你怎么样？怎么不叫救护车？”宋晨曦忙将他扶起来，检查他的伤。

他却淡定地说：“我在等你。”

“我又不是医生！你受伤这么严重，你需要立刻去医院。”

“没事的。”池远航笑着说，“医生也没有你管用。”

池远航不是在开玩笑。

他在这里虽然交到了不少朋友，可由衷让他感到安心的人只有宋晨曦。

宋晨曦是能将一切都处理好的存在，比医生还要让人放心。

“不管怎样，先去医院再说。”宋晨曦叹了一口气，将他背到背上，送上了车。

池远航在短短半年内，第二次在半夜进了急诊。

医生见了他，好一阵惊讶：“怎么又是你？”

宋晨曦抱着池远航进来的模样太经典了，这次再见发现还是他们。

而这次，池远航的形容更加惨烈了。

池远航自己也感到尴尬，他一笑，因为嘴角肿大，比哭还难看。他说：“我也不想，但情况就是这样，我也很无奈……”

池远航还能开玩笑，说明伤势确实不重。

短暂清理了伤口，拍了片子，验了伤，发现都是轻伤，连骨头都没有断一根，或许构不成刑事犯罪。对方显然只是想让他吃点苦头罢了。

但为了保险起见，宋晨曦还是决定让他在医院住一晚，留观。

宋晨曦也没离开，在房间里支了一个小行军床，陪着池远航。

“明天我陪你去警局。”宋晨曦说。

“不必了。我知道是谁干的。”关了灯，池远航许久都没睡着，最终还是缓缓开了口。

宋晨曦疑惑：“你知道？”

“嗯。”

“谁？”

“应该是……深蓝游艇会。”

这个名字从池远航的嘴里说出来，就像一道闪电，劈中了宋晨曦的天灵盖。宋晨曦从行军床上坐起来，盯着池远航看了半晌。

池远航丝毫也没注意到宋晨曦的惊愕，他仰躺在病床上，不知道在思考些什么。

许久，宋晨曦才又问："……你怎么知道是深蓝游艇会的？"

"猜的。"池远航说完，把钱老爷子这件事情原原本本地告诉了宋晨曦。

池远航也大概猜到，钱老爷子之前所说的那五六十次出海，只怕都是跟深蓝游艇会去的。他打价格战把钱老爷子这个客户抢了过来，对方气不过，于是打击报复。

池远航叹气："古来商场以和为贵，都是靠海吃饭的，是我有错在先，这件事就算了吧……以后，和气生财。"

"你居然忍得下这口气？"

池远航沉默了一会儿，淡淡地说："忍不下……也得忍。"

宋晨曦的眼神变得阴沉，问道："为什么？"

池远航说："我听说深蓝游艇在S市的势力很大，他们在这一带海上扎根许久，我们毕竟是新成立的公司，如果我们想要平稳顺利地发展，就不能得罪他们。"

池远航累了一天，又被打了一顿，非但没有被情绪所左右，这时，脑子倒是比以往更清醒、更有远见。

他完全知道自己来这里的目标是什么，也知道未来要怎么做才能将利益最大化。他居然不是一个意气用事的草包，这一点，是宋晨曦看错了。

宋晨曦沉默了一瞬，说："不行，这件事不能就这么算了。"

宋晨曦毫不犹豫地拒绝了他息事宁人的提议。

宋晨曦："这种事情有一就有二，是对方不守规矩在先，凭什么要让你来承受后果？而且，打人犯法，他以为他们是黑社会吗？这件事情必须有个说法。"

"可是……"池远航依然有些束手束脚，犹豫道，"你先别激动，我想先去跟他们交涉一下，看看他们的态度，假如态度恶劣，再报警也不迟。"

宋晨曦没有答应。

黑暗里，她看不清表情，只淡淡地说："先休息，明天再说。"

"……好。"

第二天，池远航出院后，宋晨曦直接拿着验伤单就去了警局，不由分说，一定要让这三个人付出代价。

“法治社会，他们还玩这一套，未免过时了吧？”宋晨曦轻蔑地笑道，“这种嚣张的气焰绝对不能助长，否则以后只会出现越来越多类似的事情。必须让他们知道自己错了，且大错特错，错得离谱！”

“可是……”池远航拉都拉不住，叹着气，却不论如何都不愿意在立案回执单上签下自己的名字。

民警看着池远航的脸，知道他的确是被人打了，但不愿意揪出施暴者为自己争取利益也是很好奇：“你是不是有什么把柄在他们手里？”

池远航连忙摇头：“没有的事！”

“那你为什么要忍气吞声？”宋晨曦抱着双臂，问他。

“因为……”池远航犹豫。

“嗯？”宋晨曦催促。

“……因为你还在这里。”池远航道。

宋晨曦疑惑：“什么意思？”

“我？这跟我有什么关系？”宋晨曦不解。

池远航：“我当然可以报警，可是我连轻伤的标准都达不到，他们最多也只是行政拘留十五天，他们付出了代价，却彻底将他们得罪了。而你还在这里，你还要靠这片海生活下去。以后我或许拍拍屁股想走就走了，可是你呢？你虽然十项全能，但你到底是个女孩子，我怕他们欺负你……”

宋晨曦愣了半晌，眨眨眼：“就因为这个？”

“什么叫‘就因为这个’？你说得如此轻描淡写，有什么比你更重要吗！”池远航脱口而出，宋晨曦听了，有些发愣。

池远航忙又解释：“你不要误会，我的意思是，因为这点事情让你未来几十年不好过，没有必要。”

“你……”宋晨曦突然就被他逗笑了，许久，她才收起笑意，说，“你放心吧，这里没有人能伤到我。而我……或许会比你更早离开呢？”

池远航显然不相信她这句话。

宋晨曦在这里待了七年了，这是她引以为傲的事业的起始，她怎么可能离开这里？

离了这片海，她靠什么生活？

池远航的担忧不无道理，但，也有点思虑深远。

宋晨曦看着他鼻青脸肿的脸，想到他刚受伤的脑子里还要思考自己的未来，实属不易。她叹了一口气，拿起笔，递给他："相信我，我能保护好我自己，而你要做的，是保护好自己的合法权益。这对我来说，也很重要。"

报案后，伤害池远航的人很快被找到了。在事发当晚，他们就连夜赶回了S市，后来在鸿恩码头被逮捕——是三个年轻人。他们刚刚上船，进入这行还没多久，被池远航抢了生意，十分窝火，于是一时冲动，犯下了罪行。

宋晨曦原以为到了警局，他们道歉、赔钱，再签下和解书，下不为例，这件事情就算结束了。可没想到，到了警局，对方丝毫也没有要认错的样子。

"不就是行政拘留十五日和赔一千块医疗费、误工费吗？我们老大说了，这是两千，送给你们了，人就是我们打的，能怎样？"

宋晨曦一时间哑口无言，就连池远航也被他们气着了。

头一次，他觉得刑法量刑可能有点轻。

而他们显然知道自己下手的轻重，根本构不成伤残鉴定，也上升不到刑事犯罪的高度。才会如此嚣张。赔偿的钱宋晨曦拿了，可他们被行政拘留前，还恶狠狠地瞪了宋晨曦一眼，眼里半分愧疚都没有，反而像要吃人。

宋晨曦目瞪口呆，万万没想到，深蓝游艇会现在变成了这个样子！

这还有王法吗？

事实证明，宋晨曦还是小看了这些年深蓝游艇会的规模和变化。没过多久，"深蓝游艇会"便联合其他所有大小公司一起抵制"晨曦航海会"。

池远航万万没想到，自己热火朝天的事业居然能够在短短几天内变得无人问津，连个中场休息过渡的时间都没有，这简直是匪夷所思！

网络上，突如其来的脏水铺天盖地地泼向他们。他们双拳难敌四手，这让"晨曦航海会"连还手的余地都没有。更巧合的是，近日，一艘渔船在南海起火，虽然没有人员伤亡，但是海事局发现船只的安全问题不容小觑。于是出台了新的规定，帆船自驾游至少需要两艘船一起结伴出海，否则不予放行。

池远航的生意被深蓝游艇会瓜分干净了不说，整个落霞湾码头上的商船都将他们孤立，他们不仅无法再拥有浩荡的船队，甚至找不到商船结伴出游——他们被彻底困住了。

柳柳坐在船上，看着愁眉不展抽烟的大金，不理解地问："明明错的是他们，怎么落难的成了我们呢？”

经过半个月的相处，大金已经不排斥柳柳了。大金去哪儿，柳柳就去哪儿。以前大金还经常需要出海，在岸上的时间不多，但最近没有活儿干，柳柳几乎每天都跑来，跟他腻在一起。

柳柳的话大金没有回答。

这个问题的答案，船上的人都懂。哪怕连池远航这个没怎么出过社会的人也知道，这就是商业规则。得罪了一方龙头，势必就会引起一系列的连锁反应。

宋晨曦也知道，但她并没有退缩，她坚持要为池远航讨回公道。如今公道讨回来了，可生意也就此失去了……

“值得吗？”池远航问宋晨曦。

宋晨曦坚定地说：“值得。”在这件事情的处理上，宋晨曦的立场从来都没有变过，哪怕生意一落千丈，也在所不惜。

宋晨曦说：“我并不是不在意营业额和利润，但有些事情对就是对，错就是错。这件事情不是你的错，是他们的错；帮你讨回公道的我也没有错。”

宋晨曦长舒了一口气，想了想，说：“但是我向你保证，这件事情一定会有别的解决办法，我不会让你亏的。”

最后一句话，是宋晨曦一直以来的初衷。从未改变。

第二天早上，小林的情绪不太好，来跟她辞职。

“为什么要辞职？”宋晨曦问。

小林：“阿玫家里说我老这样混日子不行，得找一份稳定的工作。哪怕是去当保安也没问题，每个月钱虽然少，但总比在船上漂泊、见不着人的好。何况……现在航海会这个情况，只怕未来很长一段时间都不会有生意了。”而他又不可能像宋晨曦一样教别人潜水、开帆船，他没有教练资格证书，他纯粹靠跑船生活。

宋晨曦迟疑了一下，说：“你再给我一周时间，一周后，这件事情一定会解决。这一周你就当放假，回去多陪陪老婆孩子。”

小林犹豫地点了点头：“好。”

当天，宋晨曦去了一趟S市，单枪匹马，没有告诉任何人她去了哪里。

那天她中午出的门，随后的一整个下午都见不着人。

池远航原本想着趁大家都没事，想约宋晨曦去周边的乐山玩一趟。

毕竟他们在海里待了几个月，偶尔去山上走走、拜拜佛，也不错。

但宋晨曦直到很晚都没有回来。她一整天，都不见人影，电话也不接，消息也不回。

池远航又着急了。

他在楼下的酒吧待到凌晨两点，还没收到宋晨曦的消息，也没见她回来，只得不停地给她打电话。

就在他忍受不了，准备发动所有人一起找人的时候，凌晨三点半，他接到了宋晨曦的电话。

“池远航，来接我。”宋晨曦的声音听起来不太清醒，喘息声很重，周围也很嘈杂。

“你在哪里？”池远航急忙问。

“鸿恩码头。”

S市，深蓝游艇会所在的地方。从这里过去，最快也要一个半小时的车程。

“你等我，我马上到。”池远航二话不说，拿了老板娘的车钥匙就直奔S市而去。任凭后面KK怎么追都不还给他，只说：“出了事我全责。”

出了咖啡厅，池远航一边找车，一边提醒宋晨曦：“别挂电话。”就像上次宋晨曦来接他一样，他心急如焚，听着宋晨曦的声音才能稍稍安心。

好久，宋晨曦才在那边回答：“……要没电了，你……你快点儿……”

宋晨曦的声音模糊不清，与平时大不相同，只怕这会儿意识已经不太清醒。

这下让池远航更担心了。

“你在那儿等我，哪里都不要去，我马上来接你。”

“好。”说完，没多久，那边就挂断了。临挂断前，他还听见那边在说：“把她扔出去，别放在这儿碍事。”

“落水了怎么办？”

“那只能怪她命不好了。”

“来，我们喝……”

池远航的心沉到了海底。

他们那边都有些什么人？她怎么一个人跑去狼窝里跟人喝酒？他们会不会对她不利？把她打一顿，然后扔进海里？

池远航的车开得快要飞起来，一路上各种各样最坏的情况池远航都想到了。他不知道自己一路上是怎么熬过来的，他只知道，他要尽快见到宋晨曦。

一个小时零十分钟后，凌晨五点，池远航的车停在了鸿恩码头的门口。

“宋晨曦！你在哪里？宋晨曦——”池远航的声音大而密集，一路都在叫她的名字。

码头上人不多，但睡在船里的也有，都被他给吵醒了。

听到他在喊宋晨曦的名字，所有人都跑出来，上次打池远航的那三个人也在。

他们已经拘留结束，被放出来了。

“宋晨曦在哪里？”池远航走到三人的船前，一步跨上了帆船，揪着他们的 T 恤领子问。

他的眼里几乎要喷出火来。

三人睡得迷迷糊糊，有点被池远航吓到了。

池远航看着柔柔弱弱的，但关键时候，与平时表现出来的模样，很是不同——他是真的怒了。

也不知是三人太累了还是被池远航吓着了，这会儿似乎也不想闹事，指着出口便说：“她早就走了。”

“你最好说的是实话。”池远航来不及分辨这话里的真假，立刻循着他手指的方向走去。

工作人员的出口处，一个生锈了的大铁门下，宋晨曦坐在花坛边，头重重地垂下，几乎就要埋到双腿之间。她整个人都没有生气，看上去就像快要死掉了一样。

“宋晨曦！你怎么了？你没事吧？”池远航飞快地跑过去，走到她的身边，小心翼翼地触碰她的身体。

宋晨曦听到有人在叫自己，这才睁开眼睛，抬起头来，望着眼前的人。

池远航焦急的脸出现在眼前，宋晨曦盯着看了两秒，才确定是他。

“你怎么才来啊？”宋晨曦一巴掌拍在池远航的脸上，池远航被打蒙了，刚要说话，但紧接着，她的手又从他的脖颈滑到了领口。

她揪着他的衣领，凑近了他的脸，在距离他不到两厘米的距离，说：“我等了你好久……好久……”

宋晨曦的脸红扑扑的，眼神迷离，一看就喝了不少的酒。她呼出的热气萦绕在池远航的周身，酒精的味道浓烈而清甜，让他的脸也跟着红了个彻底。

而他的脸上除了因为发红而带来的灼热感，更伴随着剧痛。不仅仅是因为被宋晨曦打了一巴掌，而是因为，她打他的那只手里，还紧紧攥了一部手机。手机被她死死地攥在手里，哪怕喝多了酒，她也依然是一个守财奴，不会让手里的财富漏掉一点。

知道宋晨曦还惦记着钱，就知道她的意识大概还幸存着，于是稍稍松了一口气。

池远航把宋晨曦的手拽下来，摁在掌中，道："是我的错，我来晚了。我们先回家，回家再说。"

池远航顾不得脸上的疼痛，将她扶起来，可她整个人就像个软体无脊椎动物，扑在他的身上，全靠他才勉强支撑着。

"你究竟喝了多少酒？"池远航惊呆了。

"不多。"宋晨曦伸出三根手指头，在他眼前晃了晃。

池远航迟疑地问："三两？"

宋晨曦摇头，粲然一笑："三杯。这么大……"宋晨曦比画了一个大玻璃杯的高度，将池远航吓了一跳。

"红酒？"池远航问。

宋晨曦摇头："海上喝什么红酒？我又不是去度蜜月……"

"那是什么？洋酒？"

宋晨曦想了一下，说："啤酒。"

三杯啤酒就能喝醉成这个样子？她的酒量也太差了吧？

但池远航想起这几个月以来，她唯一一次喝酒，也不过是第一次出海时，浅尝了一罐啤酒。于是喝三杯醉成这样也情有可原了。

池远航无奈地说："不会喝酒就别喝，一个女孩大半夜跑来男人堆里喝酒，像什么话？下次不要再喝了。"

"嗯。不喝了。再也不喝了……"

宋晨曦说完，整个人吊在池远航的身上，把头埋在他的肩窝里。

是清醒时从未有过的柔软和温柔。

"你今晚跟谁在喝酒？为什么不叫我们？"池远航又问。

宋晨曦没有回答他，只是一个劲地用拿手机的那只手拍打池远航的脸："车在哪儿？累了，我要回去睡觉。"

要说宋晨曦不清醒吧，她又跟清醒的时候一样，嘴风很紧，问什么都不说。

可要说她清醒吧，她在清醒的时候，绝对不会靠近池远航一步，更别说拿胸蹭他。

池远航被她蹭得没了脾气，决定暂时不追究她今晚的所作所为，叹气问：“还能走吗？”

“能。”

宋晨曦说完，用实际行动回答了他。她刚往前走了两步，一个不慎，便向前栽倒下去，还好池远航跟得紧，将她一把捞起，这才免了她与地面的亲密接触。

“上来吧，我背你。”池远航又是无奈地叹气，走到宋晨曦面前蹲下。

宋晨曦也没扭捏，直接扑了上去。她呼出的热气落在他的脖颈处，全身的柔软也都凸显得淋漓尽致。

池远航脸红不已，但他是个君子，对乘人之危这种事情没什么兴趣。于是就算心猿意马，也有心无力。

宋晨曦闭着眼睛，趴在池远航的身上，不知是因为太累了，还是因为池远航的肩膀格外让她有安全感，她的呼吸声很快变得均匀。

显然，她已经睡着了。

睡得可真够快的。

还好是他来了，要是换了别人，她岂不是要被人吃干抹净？

也亏的那些人没追上来，否则他真不敢想象，宋晨曦要是这副样子遇到他们，会是什么样的下场……

池远航回到鲸歌的时候，天光已经大亮了。KK 等在咖啡厅门口，正在着急地来回踱步，他见到池远航开着车完好无损地回来了，松了一大口气。

“你总算回来了，我真怕你把老板娘的车开走了不回来了。”KK 说。

“至于吗？”池远航熄火，下车，然后去抱副驾驶座上已经睡熟了的宋晨曦。

KK 大惊失色：“宋哥，怎么了？”说着，见池远航有些吃力，准备去搭把手。但池远航瞪了他一眼，说：“拿好车钥匙，不该碰的地方别碰，不该管的事情少管。”

至于吗？他只是想帮忙而已，不领情就算了。

KK 拿了钥匙，走到宋晨曦面前帮他开门。宋晨曦又不知道钥匙丢哪儿了，池远航只能把她往自己房间里带。

KK 在一旁看着有些迟疑：“合适吗？”

“不然呢？”

“……去我那儿？”KK 试探性地问。

池远航翻了一个巨大的白眼：“我那儿不合适，你那儿就合适了？”

KK 干笑了两声，觉得自己虽然对宋晨曦没有觊觎之心，但好像也不是那么合适。那还是扔给池远航吧，毕竟，他们是一条船上的人，严格意义上来说，同船渡了那么久，睡一间房问题也不大吧。

KK 很快识趣地离开，回房睡回笼觉去了。

他走后，池远航把宋晨曦放在房间的沙发上，然后认真地换了床单和被套，才让她睡在自己的床上。倒不是嫌自己脏，只是没来由地，他就是想让宋晨曦睡得更舒适、更安心一些。

第二天，池远航是被小林的电话铃声吵醒的。

“视频看了吗？”电话接通后，小林直接问。

“什么视频？”池远航不解。打开手机，才发现自己的朋友圈被一条相同的视频刷屏了。

视频中，宋晨曦在鸿恩码头的一条宽体帆船上，一个人站在一堆古铜色、光着膀子的男人中间，拿着玻璃杯，接连干了三大杯。喝完后，周围的男人们纷纷起立、鼓掌，为她叫好。宋晨曦擦了一把嘴，举起杯，微微一笑。那脸不红心不跳的样子，虽然极力克制着自己，但颤抖的手出卖了她——她很难受，很想吐。

池远航这才意识到，宋晨曦喝的不是啤酒，也不是洋酒、红酒，而是白酒！

她在骗他！

她喝的根本不是啤酒，而是白酒！

而那视频的配文则是：杯酒释前嫌。意味着“深蓝游艇会”和“晨曦航海会”的和解。

一个女人单枪匹马闯进粗汉堆里，连干了三杯白酒换来的尽释前嫌。池远航不知道自己看到这个视频的时候是什么心情。他只觉得心疼，以及愤怒。

不是愤怒深蓝游艇会的人，而是愤怒自己的无能。

该出头、该喝酒的人是他，而不是宋晨曦。

小林又问：“我给宋哥打电话，她关机了，你能联系上她吗？”

“她现在在我家。”池远航说。

对面愣了一下，又问：“她没事吧？”

“暂时没事……就是喝多了。”

“喝多之后没出什么事吧？”小林问得很隐晦，意思是，他有没有乘人之危？

池远航坦然地说：“……没有。我昨晚去S把她接回来的，她什么事情都没有，可能有点难受。这会儿正在睡觉。”

“没事就好，你照顾好她，她……不容易。”小林叹了口气，语气跟池远航一样的难受。

显然，他看了那个视频，对宋晨曦毫无崇敬和钦佩，有的只是心疼。

无力和压抑萦绕在“晨曦航海会”的每个人心头，沉甸甸的，如影随形，挥之不去。

池远航在宋晨曦床边守了一整天，生怕她有什么不妥，时刻准备着带她去医院。但他没想到的是宋晨曦一直在睡，最难受的反应也不过在梦里呢喃两句，哭几声，翻个身子继续睡。她虽然喝得多，但酒精耐受度还可以。渐渐地，她的脸颊不那么红了，紧锁的眉头也舒展开来，躺在池远航的床上，十分惬意又安然。她又恢复到了没喝酒时候的样子。

傍晚，宋晨曦醒来的时候，发现自己正躺在池远航的房间里，吓了一跳。但回头，看见池远航睡在床边的地下，又松了一口气。

“你醒了？”池远航睡得浅，床上有什么动静他几乎瞬间就能知道。见宋晨曦已经清醒了很多，终于放下心来。

“你送我回来的？”宋晨曦问。

“你不记得了？”池远航惊讶。

宋晨曦：“……不记得了。”

宋晨曦眼神迷茫，不像在说谎。可她昨天明明好像还很清醒的样子？她知道要给他打电话，知道在没有人的地方等他来，一直到他把她背在肩头，她才敢放下心沉沉睡去。

那么正常的她，起床却一点都不记得了？

不过，不记得就不记得吧，也不是什么好记忆。

“你还难受吗？我去给你倒杯水。”池远航刚要起身，宋晨曦却摁住了他。

她摇了摇头，说：“没事，我回去喝。”

她几乎瞬间就能想明白，她的房间钥匙在车里，他们肯定没带回来，于是才睡在了池远航的房间里。但是问题不大，她这会儿清醒了，又能翻阳台了。

“找房东吧，这个点，她应该醒来了，你昨晚刚喝了那么多酒，不安全。”

虽然两个阳台之间只有半步的距离，但也还是存在一定危险。

宋晨曦点了点头，说：“好。”

“我去帮你拿。”不等宋晨曦拒绝，池远航直接拿了外套下了楼。

12 月的海边，虽然不冷，但随手拿件小外套也是为了防止夜晚突然起风。

听着门外传来他急切地下楼的脚步声，宋晨曦的心情有些微妙。

她怎么会打电话给池远航呢？

她难道不该打给小林、大金，甚至 KK？或者干脆打 120……

但小林如今已经结婚了，大金有了女朋友，KK 是个调酒师，只怕到了夜里，酒精就成了身体的常客，有心无力。再者，他们也没有那么熟悉，而打 120 又没到那个份上。于是她最后想到的人，只剩下池远航。

而他也真的平安又快速地把她带回来了。

闻着被子上洗衣液的清香，混合着阳光炙烤过的味道，池远航的房间里，一切都大不一样了。也不知道是特地为了她收拾的，还是因为上次她的突击检查不合格，如今他的房间里，东西整齐有序地排列着，香氛放在柜子顶上，幽幽然，既不浓烈，又有一股清香，像从海上吹来的风，吹过栀子花林一样的味道，若隐若现。

宋晨曦说不感动是不可能的，但，也仅仅限于感动。

她半点也不能表现出对池远航的依赖，否则，这份依赖，迟早会变成束缚她的噩梦。

池远航回来的时候，宋晨曦已经走了，半开的窗户昭示着她又翻阳台回房了。

“就这么等不及吗？”池远航叹气，给宋晨曦发消息。

宋晨曦没回。

池远航没觉得有什么，她回消息本来就是选择性回复。他又出门去买了一份饭，放在宋晨曦的门口，给她发消息说：“给你买了小米粥和鸡蛋羹，放在门口了，开门的时候小心。”

没隔多久，宋晨曦回了他一个：“谢谢。”

“不客气。”你我之间，不必说谢谢。

后面这句池远航没发出去，想了想，又删了。

经过昨晚，他们之间的关系有一点不一样了，但具体是怎么样的不一样，又说不上来。

池远航只莫名地觉得，她好像离他更加遥远了……

有了宋晨曦喝的那一顿酒，“深蓝游艇会”和“晨曦航海会”便算是达成了和解。双方口头约定，以后不论客人以何种形式、何种渠道找了谁，出海价格都要保持一致，绝不能出现为抢客人而私下降价的恶意竞争行为。

池远航只能答应，并且严格遵守。因为他们规模小，只有一条船。势单力薄，不宜跟他们正面硬刚。至于“深蓝游艇会”会不会遵守，就全靠他们的素质了。

“晨曦航海会”终于又有了客人，也有商船愿意与他们结伴同行，他们终于能再次扬帆起航，去南海牧云、西沙摘星了。

甲板上，宋晨曦又在给船进行大扫除，为第二天的起航做准备。她一天一小扫，三天一大扫，船板简直干净得会发光。她装作很忙碌的样子，似乎在有意避开池远航。见她这样一刻不停，池远航忍了大半日，终于还是忍不住走过去，坐在了她的身边，把她摁在了沙龙区。

“有事？”宋晨曦问。

池远航想了想，说：“抱歉Vicky，虽然我极力忍耐了，但是……有些话我必须说。”

宋晨曦看着池远航，手里的抹布都没有放下，一副“你有话快说”的样子，并不觉得会是什么重要的事。

但池远航夺走了她的抹布，放在一旁，认真地说：“Vicky，我没想到这件事情，最后居然是由你出面解决的，我觉得自己特别没用。

“过去我从来没有想过，会要一个女人罩着。第一次在海上，你将我们在不呼救的情况下全须全尾地带回去，那一刻虽然也是你在为我们兜底，但我并没有像这次这样，感到如此的无助。

“术业有专攻，你在帆船类竞技项目上对我有降维打击的效果，我不会觉得难受，反而十分钦佩。但是在经营上，我依然要靠牺牲一个女人的脸面、伤害一个女人的身体去换取钱财。说实话，这个钱我宁愿不赚。

“Vicky，你知道我在说什么吗？我不想出海了，‘晨曦航海会’就是一个笑话，我们……散了吧。”

池远航的话让宋晨曦沉默了一会儿。一瞬后，宋晨曦问："你今天下午有事吗？"

池远航一脸懵懂，不明白她是什么意思，摇头道："没事。"

宋晨曦："我带你去个地方。"

池远航："哪里？"

"到了你就知道了。"宋晨曦说完，带着池远航离开了帆船。

离开落霞湾，宋晨曦把车停到路边，然后找了个租车店，花一百块钱租了一辆小电驴。

宋晨曦递给池远航一个安全头盔，对他说："上来。"

池远航看着眼前的电动车，很是发愣："坐这个？"

"对。"

"这么浪漫的吗……"池远航有些受宠若惊，一时间有些不知该如何反应。

宋晨曦："不愿意？"

"愿、愿意……就是觉得，有些惊喜。"

每一个到W市明月湾的人都推荐这个项目，在池远航的心愿单里，带着宋晨曦坐小电驴环游明月湾是排第一的。只不过现在的他正在和宋晨曦谈论一个十分严肃的话题，好像气氛有点不对……可以说，跟约会毫不相干。

而且，假如可以，他希望自己是掌握方向盘的那个人。

但池远航还是上了车，问："我们去哪儿？"

宋晨曦没回答，只问他："坐好了吗？"

池远航在宋晨曦身后落座之后，手有点不知道该往哪放，半天不吭声。

宋晨曦叹了口气，回身，将他的双手自然而然地放在自己的腰间，说："抱紧。"

池远航这才敢搂住她的腰。

没办法，她气场太强大，若不是有她的首肯，他还真不大敢碰触。

宋晨曦带着池远航去了一个村庄。一路上，成片的椰林从身边划过，风景秀丽，空气清新。然而渐渐地，水泥路被泥泞的小路所取代，两岸的度假小别墅也变成了土坯房，而且彼此之间的距离越来越远。

到了目的地，池远航发现自己被带到了一个山村。山中房屋不多，彼此之间相距甚远，大片的菜园连接成片，是当地人赖以生存的主要来源。

最终，他们停在了一幢破旧的房屋前。这栋房屋的破旧程度与明月湾的美景截然不同。如果说明月湾是世外桃源，那么这里，又仿佛瞬间拉回了尘世的烟火气息。

各家各户前，养鸡、养鸭，晒棉被、打椰子，柴米油盐在这里展现得淋漓尽致，与明月湾自由的诗意和远方的大海截然不同。

“这是哪里？”池远航问道。

“小林的家。”

“小林？”池远航惊讶地说道。

他知道小林家境不是很好，但没想到会这么糟糕。

“小林家有六个老人，包括他的爷爷奶奶、外公外婆，以及父母。而他的妻子没有工作，小孩还在上小学。因为船队最近效益不太好，他们似乎正在闹离婚。”

“结婚的时候就知道小林的条件了，为什么现在才开始嫌弃？她出轨了吗？”池远航问道。

宋晨曦摇头说：“不清楚，但不管是什么原因，他们快过不下去了是真的。”

“孩子呢？孩子怎么办？”池远航问道。

“孩子是他老婆和前夫生的。跟女方姓，现在读书的问题还没解决，应该会继续跟小林一起生活。”宋晨曦回答道。

池远航惊讶地说：“那他一定很爱自己的妻子。这么多年，他没有再生一个吗？”

“爱是一方面，养不起是另一方面。假如可以，谁会不想拥有自己的孩子呢？但是养不起，就只能先行搁置。再者哪怕女方有了新情况，他也依然要忍，因为以他的条件，很难找到更好的妻子。”宋晨曦解释道。

池远航彻底惊呆了，这在他看来是不可想象的事情。

他怎么可能接受自己的妻子出轨，还帮别的男人养孩子？

换作宋晨曦，他可能愿意养孩子，但是出轨……是可忍孰不可忍。

池远航将这一想法说出之后，宋晨曦看着他好半晌，道：“这个笑话不好笑。”

“不是笑话啊。爱一个人帮她养孩子我能理解，但假若爱人都不爱自己了，那还算是爱人吗？”

宋晨曦不知该怎么回答，良久，才道：“所以人和人之间是不一样的，各自能选择的生活、能过的生活也是不一样的。你可以轻易放弃，但小林他们……没有选择。”

宋晨曦没有打扰小林，带着池远航原路返回了。

海岸椰林里，宋晨曦坐在驾驶位上，池远航坐在她的后面，双手紧紧抱住她的腰。两人一路无话，直到回到海岸椰林里，在鲸歌的门口停下车，宋晨曦才问他："池远航，你知道，我真的对你改变看法，是在什么时候吗？"

"什么时候？"池远航问。

"是在你被人莫名其妙地打了一顿，却想忍下这口气的时候。"

"为什么？"池远航惊讶地问，"我明明……"明明那么没用，不想报警，想要息事宁人。

"你若说自己是云杉远航的，会有人对你不敬吗？你没有说。而且，那时候的你，跟我的做法是一样的。你想保护我的心情我理解，我也是一样的。而那时候的你看得明白，知道报警之后对我们不利，可是我难道不懂吗？我懂的，但你是我的朋友，我也不想你失去自己应有的维护自己的权益。在这片海上，赚钱很重要，但有些事情比赚钱更重要。

"至于后来，为什么我要去道歉，因为这就是规则。我守护了你该有的权益，那么他们在这片海上根植的势力，他们也有权利去守护。我去求和是理所应当的，这一点也不丢人。

"而且，你觉得现在不干了，就能找回尊严和脸面吗？真的有尊严就是挣钱，让身边跟着你的人都过得好，这比所谓的尊严和面子要有意义得多。喝酒怎么了？他们愿意用三杯酒和解，又有什么大不了的？你若因为这个而退缩了，那我那场酒喝得还有什么意义？我也只会更加看不起你。"

池远航愣了愣，旋即点头，说："……我知道了。"

看过小林的家之后，池远航再也不想说放弃这样的话了。他可以随心所欲、想放弃就放弃，可有些人不行。

他们的人生没得选择。

回去后，晨曦号联系好了结伴船，便准备再次扬帆起航了。还是原来的配置。大金是大副，小林是水手，池远航是气氛组，负责讲笑话、打下手、做饭。

日子又回到了过去，虽然没有那么红火的生意，但一切平静而稳步地向前走着……

而宋晨曦喝大酒的视频在朋友圈传播了半天，在突然之间，便没了声息。所有的视频在一瞬间被删除得干干净净，池远航见了，十分惊奇，问小林：“难道他们良心发现了？”

小林也愣：“我不知道。”

但转头小林就跑去问宋晨曦：“你告诉向海川了？”

宋晨曦摇头：“没有。”从她决定离开向海川的那一刻起，她就下定决心，不论遇到多大的困难，都绝不会再求助他。他们毫无干系了。

何况，这也不算什么困难。

倒是大蹼看见视频后，给宋晨曦发消息，问她：“怎么回事？”

宋晨曦没回复。很快，大蹼又来问小林，小林这才知道，宋晨曦身上发生的事情，向海川根本不知道。深蓝航海会的人一级级往下，跟池远航抢生意，又把他打了一顿的人，与向海川之间离了十万八千里。

小林把前因后果跟大蹼说了，对方便没有再回答。但很快，所有的视频都消失了。而那艘名叫“晨曦号”的双体帆船也悄然驶离了落霞湾。

向海川给了宋晨曦自以为最好的礼物，对她的伤害，却在无形之中犹如一座大山，压在她的肩头。他对她的保护，可笑得就像一个泡沫。华丽、美貌，却毫无用处。他甚至纵容自己的手下对他们围追堵截，全行业封杀。这等事情，让他自己都觉得丢人。

“晨曦号”走了，宋晨曦没什么反应，但池远航十分惊讶：“这船怎么跟个幽灵一样？悄无声息地出现，又悄无声息地离开。”

“大概是因为，宋哥生气了吧……”小林说。

“这关宋晨曦什么事？”池远航不解。

“你不知道吗？”小林说道，“这艘船是向海川送给宋晨曦的礼物。”

“……我不知道。”池远航惊住了。

能随手送一艘帆船，这个男人，势力不可小觑。而且……这个名字，似乎有些耳熟。

向海川，他好像有些熟悉。

他在微信中搜索了一下，发现自己加了向海川的微信。两个人从来没有说过一句话，而他的朋友圈，也是仅三天可见。

他从来没有发过任何东西，所以他完全忘记了他的存在。

池远航不好直接问他，只能问小林：“向海川又是谁？”

“深蓝游艇会的老板，一把手。”小林伸出一根手指头，晃了晃，“唯一的。”

所以，“深蓝游艇会”的老板用一艘帆船追宋晨曦，还失败了？

失败了，所以因爱生恨？

“他应该不知道‘晨曦航海会’的事情，所以，他比你还要生气。”管不住手底下的人，他还有什么脸面徘徊在宋晨曦面前？

“所以这艘船开走了？”池远航又问。

“大概吧……”小林道，“可能他终于意识到，自己给予宋晨曦的庇护，其实并不重要吧……他自以为是的一切，在宋晨曦眼里，一文不值。而宋晨曦真正在意的东西，他又给不起。这艘船停在这里，除了让双方感到尴尬，没有任何别的意义。”

池远航愣了许久，才问：“宋晨曦和向海川，究竟是怎么一回事？”

诚如宋晨曦所说，在她的嘴里永远也不会提起有关过去的任何一句。

凡是过往，皆为过去，但凡离开，绝不回头。

这个问题的答案只有小林会告诉他。

小林看着池远航半晌，似乎认真思索了许久，知道池远航绝不会害宋晨曦，终于缓缓开口道：“故事要从一个骄阳似火，又黏黏糊糊的夏天开始说起……”

第八章 · 深蓝

Heading towards the morning light

七年前，十九岁的宋晨曦在退伍之后，孤身背着一个背包，来到了海边。鸿恩码头里，有不少肤色白皙、容貌美丽的姑娘，像宋晨曦这样英姿飒爽、干练高挑的女子却很少见。一头整齐的短发让她一路上吸引了不少人的侧目。她最终停在了京涵号的面前，众人一见，这才又纷纷叹了口气，收回了目光——又一个来找向海川的。

果然，宋晨曦将背上的迷彩色行军包往地上一放，对着船上的小林、大金说："你好，我找向海川。"

那时候的小林和大金还在向海川手底下当水手，连开船的资格都没有。而向海川也是整日不见人的，他们联系不上向海川，只能联系他的大副。

小蔡船长赶到码头，见了宋晨曦，问小林和大金："又一个？"

小林和大金互相看了一眼，点头说："可能是……"

"哦。"小蔡船长点了点头，再次望向宋晨曦，"你找老向有什么事？"

小蔡船长跟向海川是同一时期的兄弟，这船上只有小蔡能这么叫他，其他人只能叫向海川为"向哥"。

而小蔡船长，别人也几乎都称他为"蔡导"。至于宋晨曦是怎么叫他小蔡的，故事大抵要从后来的一次喝酒赌约开始。但现在，宋晨曦依然尊称他一声："蔡哥。"

宋晨曦说："我来投奔他。"

小蔡船长听了十分惊讶："你跟他约好了吗？"

宋晨曦点头："约好了。"

"那你直接跟他联系，他现在在哪里，我们也不清楚。"向海川历来神龙见首不见尾，他若没有提前通知他们，陌生女人找上门他们一定是不会出卖哥们儿的。

宋晨曦说："我想给他一个惊喜，你们能带我去找他吗？"

"不行。"小蔡斩钉截铁地拒绝了她。

宋晨曦叹了一口气，说："那好吧，我就在这儿等他。他总会回船上来的，对吧？"而后，她就从行军包里拿出了简易的帐篷和睡袋，做好了长期攻坚战的准备。

小蔡、小林、大金都惊呆了。

小蔡船长："这……"这不太妥当吧？

一个花季少女，在他们船边上打地铺，怎么看都引人遐想。小蔡船长为了尽快把她请走，立即联系了向海川。

彼时，向海川正在S市的酒吧里跳野迪。电话那头的音乐声震耳欲聋，小蔡船长用尽全力的大吼，对方也依然听不清小蔡在说什么。

“天塌下来也明儿再说。”向海川说完，啪的一下将电话一挂，然后就关机，怎么都打不通了。

小蔡船长看着宋晨曦在码头搭帐篷，怎么都不像话，无奈地说：“你来船上等吧。”

“京涵号”上，夜里只有小林和大金在住。宋晨曦可以睡在舱里，也能在甲板上搭帐篷。

宋晨曦立刻点头，上了船。

她对这艘船无比熟悉，根本不需要小林和大金介绍，从上船之后鞋要放在哪里，到每一个房间的布置，有几个厕所，能使用多少淡水量，她都门儿清。显然，她不是第一次登船了。

“你以前来过？”小蔡船长问。

宋晨曦点头：“来过。”

小蔡：“什么时候？我怎么没见过你？”

宋晨曦：“两年前，那时向海川还不是船长，他跟你一样，还是大副。”

小蔡：“怪不得……那你说的‘投奔’是什么意思？”

“我想拜他为师，我也要像他一样，成为乘风破浪、环游世界的船长。”说完，宋晨曦又补充道，“当然，现在的我只能从水手做起。”

宋晨曦的话让小蔡差点从船上滚下去，他盯着宋晨曦看了半晌——眼前这个姑娘，身子骨算结实，想来平时没少锻炼，但也并不算很强壮。但比起身体素质，更重要的是，她好像还未成年？

“你多大了？”小蔡问。

“十九，已经成年了。”宋晨曦强调。

小蔡松了一口气，又说道：“就算已经成年了，这里也没有女船长的先例，你还是等向哥回来，让他带你玩几天吧。然后……”从哪来的回哪去。

小蔡船长眼里的无奈已经溢于言表，宋晨曦没反驳，找了个空旷的地方便准备睡了。

她的想法的确没有几个人能理解。就算是她的父母都无法理解，何况是他呢？

向海川一直到第二天的下午三点才来到船上。他和天南海北来的陌生人喝了一顿大酒，又睡了十个小时，神采奕奕，准备带着兄弟们去夜钓，却没想到一上船，就看到宋晨曦坐在沙龙区，正在片刺身。

宋晨曦的下刀手法又快又准又狠，让向海川看了好一会儿，甚至拿起一片尝了一下，才问她："你是谁？小蔡的朋友吗？"

宋晨曦的手愣了一下，但很快又释怀般地笑了笑，说："我叫宋晨曦，我是来找你的。"

向海川盯着宋晨曦那张脸看了好一会儿，其实应该是没有想起她是谁，虽然眼熟，但依然陌生。

本着叫错也不能犯错的原则，向海川说："晨曦？！居然是你？你怎么来了？"

这句话，是个万金油通用句。不论他认不认识、想不想起来，对方都会觉得他想起来了。

他果然还记得她。

宋晨曦拿出复员证，告诉向海川："那年高中毕业跟你分别后，我没有去念大学，而是选择了参军，走了和你一样的路。而我今天来到这里，也是想像你一样，能拥有一艘自己的船，把家安在这里，从此生活在大海上。向海川，你能教我开船吗？"

宋晨曦这番话让向海川惊呆了。一旁的小蔡、小林、大金也都惊呆了。

两年参军，然后退伍，她的身体素质绝对足够，能够应对海上一切变化。她用这张证书做了敲门砖，告诉向海川："我很认真，我也很努力，你没有理由拒绝我。"

的确，她这样一往无前的人才确实不可多得，但是，向海川也并没有再招人的打算，何况……她还是个女人。

"晨曦啊，是这样……"向海川放下碗筷，一本正经地说道，"大海上风云莫测，危机四伏，可能发生的情况很多。而我们这里也不是做慈善的，不能你说来就能来的。一来我无法保证你的安全，其次我的兄弟们也会有意见，你明白吗？"

"我明白。"宋晨曦认真地点头，问，"所以呢？"

向海川温和地说："所以……我会带你再次好好地感受一下海上的风土人情，等玩够了，你就回去，好吗？"

"不好。"宋晨曦斩钉截铁地说，"我要留下来，把家安在这里。相信我，我可以做到。"

向海川当然不会相信。

一个女孩子，孤身一人，突然出现，说要留在船上，这谁敢答应？谁能负责？万一她的家人不知道，找过来告他拐带女孩怎么办？届时他跳海都洗不清。

“我爸妈管不着我。”宋晨曦坚持说，“他们早在我拒绝上大学、参军入伍的那一刻就已经跟我断绝了关系，但我不后悔。我长大了，我有能力、有信心照顾好自己，我也知道以后的人生要过怎样的生活。”

向海川沉默了很久，才说：“先玩几天再说吧。”

向海川本着人家大老远来一趟不容易，车费估计也花了不少钱，就这么把人家赶走了有些不近人情，于是带着宋晨曦一块儿出了海。

这一次出海，海面并不太平静。汹涌的近岸浪将帆船高高地抬起，又重重地落下。

宋晨曦晕船晕得不行，胃里的东西都吐干净了，然后便趴在桌子上，一动不动。因为但凡她抬起一点头，便会天旋地转。趴着虽然也晕，但至少，她不需要费力气将头抬起。

毕竟，这会儿的她已经一丁点力气都没有了。

“就这样，还想把家安在海上？”小蔡见了，满脸笑意。

而水手大金和小林都年轻，大金对女人毫无兴趣，不仅避之不及，甚至有些厌恶，也没将她当回事，只顾着自己忙碌。

但小林是个热心肠的人，虽然不至于对她生出什么怜悯和同情，但依然会担心地问她：“你没事吧？”

宋晨曦摆了摆手，示意自己无事。

“死鸭子嘴硬。”小蔡在旁嘲笑，“自己选的路，跪着都得自己走完。但我想，走完这一遭，她应该不会再想来第二遭了。”

小林不想小蔡再继续说下去戳她的痛点，忙拉着他去了船头。而大金在掌舵，无暇顾及她，沙龙区便只剩下宋晨曦和向海川。

向海川是个怜香惜玉的人，平日里见女孩子皱个眉头都会觉得是个天大的事情，何况现在鼻子眉毛脸都皱成了一团的宋晨曦？

“我们也可以不去海钓的。”向海川坐在她旁边，同样手靠着桌子，将头埋下，从桌子底下观察宋晨曦的表情。

他怕她脱水、意识不清。

但宋晨曦还好，虽然晕船，但还没晕到意识模糊的程度。

她咬了咬嘴唇，强撑起力气，说：“我没事。”

可是她明明连抬头的力气都没有了，又怎么会没事呢？

向海川从船舱里拿出了一盒晕船药，递给宋晨曦："这是祖传的，快吃了。"

"祖传？"宋晨曦疑惑地问道。

向海川呃了一下，说："其实是太久没人吃了，所以说它是'祖传'。今天拿出来，给你试试，死马当活马医吧……毕竟，你知道，在这条船上，吃晕船药是一个笑话。"

"那我也不吃。"宋晨曦坚决地拒绝了向海川，准备硬熬过去。

但向海川怎么可能让一个刚上船的新人硬熬呢？他直接抬起宋晨曦的头，掰过她的下巴，强行却又不失温柔地让她面向自己，然后将晕船药和水一起送到了宋晨曦的嘴边。

宋晨曦还是不肯张嘴，誓要靠自己的意志力强行硬挺过去。但她没想到，向海川居然是没脸没皮的。

他严肃地说："张嘴，别逼我喂你。"

看着向海川那张近在咫尺的脸，他的唇似乎下一刻就真的会贴上来，宋晨曦吓得连忙张嘴，将水和药一起吞了下去。

"真乖。"向海川满意地笑了笑，放开了她，然后拿着晕船药又回了船舱。

他步履矫健，身姿挺拔，半点都没有被浪涌带偏的感觉，这随着波涛起伏、翻涌的浪花对他而言，如履平地。随性自如的掌控感让宋晨曦格外羡慕。

她要多久才能像他一样，在舟起沉浮之间恣意挥洒呢？

宋晨曦坚信自己可以做到，但又觉得，那一天的到来将格外黑暗和漫长，看不见明天……

晚上，到了海钓的地方锚泊，风浪没有开船时的大，但又是另一种不同的眩晕。如果说下午的近岸浪是滚筒洗衣机一般的翻江倒海，那么夜晚的锚泊就是摇晃的海盗船，颠簸又刺激。宋晨曦胆汁都吐出来了，只能在船上，眼睁睁地看着向海川、小蔡、小林、大金依次下海，徜徉游弋。而后，消失不见。

天空中乌云密布，星星都躲藏在云层里，月亮连一丝光亮也透不出来。一片黑暗中，没有手机信号，没有人声，只有风吹海浪拍打船身的声音，天地之间，仿佛只有宋晨曦一个人。随着风浪渐渐加剧，船身的倾斜程度也越来越大，宋晨曦除了晕，更多的是恐惧。

她害怕极了。

万一船翻了怎么办？万一他们在水下渔猎出事了怎么办？她不会开船，游泳技能也一般，假如船只倾覆，她可能葬身海底都无人知晓。她已经两年没跟父母联系过了……她要是死了，可能多少年以后才会有人来找她。到时候，她在这世上存在过的一切证据只怕都会消失吧……巨大的恐惧笼罩着宋晨曦。她很想去拿一件救生衣穿上，但救生衣离她只有两步的距离，她却怎么都迈不过去——她又头疼，又恶心。

就在宋晨曦死死地抓住餐厅区沙发位的扶手，想着就算死，也要跟这条船死在一起时，突然，一只手掌紧紧握住了她的手。

“别怕，我还在。”

掌心的温度将宋晨曦从恐惧的深渊中拉了回来，她勉强抬起头，发现向海川不知什么时候站在了自己眼前。

他一只手拿着潜水面镜，一只手握着她的手，气喘吁吁之间，似乎在想尽办法缓解她的恐惧和难受。他满眼写着心疼和抱歉，说：“对不起，我不该丢下你一人。”

再后来他说的话宋晨曦就听不见了，她像是窒息了很久，突然出现了一个人让她不再担惊受怕，然后早已用完的力气在一瞬之间消失得干净。

她一头栽倒在向海川的怀里，接下来的事情，就全都不知道了。

宋晨曦再次醒来的时候，发现自己躺在医院里，手上还打着点滴。向海川坐在她的床边，正在看一本书——是《银河帝国》的第二部。

两年前只知道他喜欢大海，现在才发现，他竟然还是个科幻迷。也许星辰和大海本就是一体的，喜欢大海的人，理所应当也会向往宇宙之海，浩瀚无垠。

宋晨曦正想着，向海川突然一声惊呼：“谢天谢地，你终于醒了。”

向海川很快发现宋晨曦醒来了。他放下书，凑近宋晨曦，摸了摸她的额头，说：“终于退烧了。你真该庆幸，我们拥有一艘不错的船，还有经验老到的船长，以及没有在恶劣海况状态下掉链子的发动机。否则，后果将不堪设想。”

宋晨曦疑惑：“我怎么了？”

“你已经昏迷两天了。”

“两天？”宋晨曦惊讶，“可我明明……”

“明明觉得自己只是睡了一觉对不对？”向海川连连摇头，说道，“晕船引起的一系列身体不良反应。可能你在来S市的时候身体就已经不太好，医生说你过度劳累，且很久没有进食，低血糖再加上水土不服。总之，我在发现你的时候，你已经意识模糊，水都喂不进去了。”

宋晨曦愣了许久，喃喃道：“抱歉，我、我不知道，给你添麻烦了……”

“昏迷状态下当然什么都不知道了。抱歉的话也不必多说，说了没什么意义，你现在感觉怎么样？”

宋晨曦：“好多了。”

“那就好。”向海川说着，看了眼宋晨曦头顶的药水瓶，发现已经快要见底，便调节了控制器，准备出去叫医生。

他走后，宋晨曦一个人躺在病房里，观察着周围的一切。

她发现周围的设施都很陈旧，另外五张病床都是空着的，显然，这里平时很少有病人。向海川他们四个大男人一定被她吓了一跳，手忙脚乱才将她送到了这里。

宋晨曦能想得到他们是什么模样，内疚之情无以言表，只能拉过被子，把自己从头到脚地蒙上，恨不得找个地洞钻进去。

“让我们来看看，是哪个小倒霉蛋大言不惭地说要在海上安家的？”这时，一个人走了进来，笑嘻嘻地说着。

听到这话，宋晨曦的脸一沉，更加不开心了。被子被人撩起，果然，来人是小蔡。他正满眼笑意地看着宋晨曦。

“风凉话就别说了，谁刚上船的时候不是吐得七荤八素的？以过来人的姿态嘲笑新人，你害不害臊？”向海川走进来，刚好撞见了这一幕，毫不留情地斥责了他。

小蔡连忙举手投降：“行，我不说了，我只是来看看这个倒霉蛋，顺便给她买点水果。”

一大串香蕉放在宋晨曦的床头，刚摘下来的，清香扑鼻。

小蔡嬉笑着：“自家地里摘的，随便吃，管饱。”

宋晨曦刚产生些许感激，他又紧接着来了句：“毕竟，晕船晕到医院来的人，我还是第一次见。如此物种，值得围观和保护。”

宋晨曦的脸色猛地又沉了下去。

“行了，不说话没人当你是哑巴，围观完了就赶紧滚蛋，别打扰人家休息。”向海川说完，小蔡撇了撇嘴，溜之大吉。

虽然宋晨曦被嘲笑得有点不开心，但依然不忘在他身后喊：“谢谢。”

小蔡摆了摆手，示意自己听到了，不必客气。

病房里，向海川守着护士换完了点滴，又在她的床前坐下，拿起刚刚那本书看了起来。

他怡然自得，一点都没有要离开的意思。

“你……不忙吗？”宋晨曦犹豫了一会儿，问。

向海川：“忙啊。”

宋晨曦：“其实……你不用陪着我，我自己可以。”

“可以什么？”

向海川好笑地问：“可以自己换药，还是可以下地溜达？你吐了一天一夜，昏迷了两天，身体还很虚弱，身边没人怎么行？虽然我很忙，但是，你比其他人更需要我。安心躺着吧，船上并非没了我不行。”

向海川说完，宋晨曦虽然依然觉得很过意不去，但还是接受了他的陪伴。

不仅因为身边没有人，更因为看着这张记忆中熟悉的脸，她感到庆幸——庆幸他依然还是两年前的样子。他温文尔雅，温柔体贴，哪怕面对不熟悉的她，也依然能够做到全程陪伴，有始有终。

“对了，我联系不上你的家人，诊疗卡里也没有紧急联系人，所以我把我的手机号码填上去了。没问题吧？”向海川问。

“……没问题。”

宋晨曦说完，两个人都有点沉默。

向海川犹豫了一会儿，又问：“你要不要给你的家人打个电话，报个平安？”

宋晨曦摇了摇头，说：“没关系。他们不会在意的。”

向海川沉默了，见她这般讳莫如深，大抵也明白，她所说的闹翻了，没有家了，是真实的。

“虽然你的父母不在身边，但是，你的身边还是会有别人关心你，你不要太难过……”向海川的安慰有点苍白，但对宋晨曦来说，任何言语的力量都没有什么用处，在这时候能陪在她身边、不离不弃的行为比什么都管用。

宋晨曦微笑着说：“谢谢你，向海川。”

宋晨曦突然叫了他的名字，让他有点发愣。

被一个小十岁的人认认真真地叫名字，着实有些奇怪——这应该是同辈之间，或者关系很好的人才会这样称呼。但奇怪的是，他也没有觉得自己被冒犯，反而有些受用。

他脸一红，尴尬地咳嗽了一声，才说：“怎么突然这么正式？气氛有点凝重。”

宋晨曦一脸坦然地说：“哪里凝重？我只是想到了，就说了。你放心，我没有任何别的意思，只是单纯地感激你……非常感激。”

向海川浅浅一笑，点了点头：“不是大事，放心吧。”

向海川的情绪很稳定，仿佛天塌下来都由他顶着，让宋晨曦倍感安心。

向海川在医院总共陪了宋晨曦三天，前面两天她一直昏睡。后面一天她各项检查做完，又多打了一天的葡萄糖，身体各项体征总算都恢复了正常。

出院后，向海川问宋晨曦：“你住在哪里？”

宋晨曦：“金海湾。”

哦，是一个青旅的名字。

向海川在这里生活了十年，自然一听名字就知道这是家青年旅舍，而不是什么风景宜人的海湾。

向海川皱眉说道：“你一个女孩子，住在那种鱼龙混杂的地方，身体又不好，别回去了。搬到我那里去吧。”

向海川说完，不仅宋晨曦吓了一跳，连他自己都吓了一跳。

他不管跟谁在一起，从来都是在外面开房，还从来没有让别的女人进过他的房间。他怎么对这个宋晨曦就格外宽容了？

而宋晨曦也是十分惊讶。她犹豫地问：“这……不太好吧？”虽然她暗恋他两年了，但是，他们之间暂时还不是那种关系，住在一起，有些……太快了。

向海川连忙解释：“我不是那个意思。我的意思是，假如你没有地方去，我可以暂时收留你，我在这儿朋友多，去哪儿睡都行。等你玩开心了，不想待在这里了，我再回去。”

没来由地，他就是觉得，她不是一个找麻烦的人。虽然自从她出现以后，她带来的麻烦就没少过，但这样的念头，好像一直根深蒂固在他的脑海里，从未有警铃大作的一刻。

于是他放心地将她带回了自己的家。

向海川住在海边的一个四合院里。靠近大海的那一面门店，白天是咖啡厅，夜里经营西餐和酒吧。中间一个院子，四面都是二层的小楼。这样的建筑，在海边很少见，但不失为一个惬意的好归宿。

S市寸土寸金，向海川在海边拼搏了十年，才攒下个一室一厅。对这里极为宝贝，从来不让陌生女人进来，宋晨曦是他第一个带回来的人。

他的邻居以小年轻为多，但流动性也大，唯一一个跟向海川一样买了房的业主是一对年近七十的老人。东北来的，嫌那边太冷，于是横穿整个中国到了H省养老。而他们的独子，生活在美国，十年到头都回不来几次。向海川温和、礼貌又乐于助人，他们的生活也基本靠他来管。说他在给他们养老都不为过。于是，他在邻居们的嘴里口碑也极好。

邻居们都知道他虽然早出晚归，但基本独来独往，于是见了宋晨曦都十分惊奇，趁她下楼拿外卖的空档便来问她："你是向海川的女朋友吗？他从来没有带女孩子回来过，你们是不是要结婚了？"

宋晨曦连忙否认："不，不是！我只是他的朋友而已。"

"啊……这样啊。"

老太爷表情有点难过，但老太太眼睛眯成了一条线，胳膊肘戳了下老太爷的腰，道："现在还不是，以后谁知道呢？来日方长、来日方长。"

"也对！"老太爷被老太太说服了，心满意足地走了。

留下宋晨曦一人，拎着外卖站在楼梯口，有些不知该如何是好。

她好像又给向海川造成困扰了……

"你的邻居好像误会了我们的关系，你要不要去解释一下？"宋晨曦第一时间给向海川发消息，向他报备情况，并让他想办法去跟邻居们解释。

但很快，向海川发来消息，说："没关系。"信息简短，但莫名地让宋晨曦感到安心。

他立刻回复了她的消息。

真好……他没有嫌她麻烦。

宋晨曦这才长舒了一口气，又再次上了楼。

步伐间，她虽然有些慌乱，但更多的是欣喜。欣喜在向海川单身两年了，居然还没有交往过女朋友，他……还真是值得她奔赴啊。

向海川的房间里，在靠近窗户的地方有一个办公桌。桌上，放满了各式各样的贝壳。

彼时宋晨曦还不知道这些贝壳的意思，于是在最显眼的位置，看到自己的贝壳，她的心就像浸了蜜糖一样甜。

他还留着与她初见时发现的宝藏……紫色的贝壳，闪着细腻的金光，占据了一个手掌心的大小。圆鼓鼓的，十分饱满，跟她的那一枚几乎一模一样。

宋晨曦从行李中拿出属于她的那一枚贝壳，两枚一对比，发现向海川的那一枚表面的纹路要粗糙得多，远不如宋晨曦的这枚光滑——那是被她摩挲了两年后，才用手心磨出来的浆。

宋晨曦这两年就像个中年老男人，闲暇时间总是抱着个贝壳盘玩。这才将这枚紫色的贝壳摩挲得如此光滑。

宋晨曦突然心血来潮，将自己的那一枚与向海川的调换了。

将自己的那枚换上去之后，那贝壳便更加突出了。比桌上所有的贝壳都要好看许多，仿佛闪着一层光。而它在宋晨曦得意的眼里，已经不仅仅是一枚贝壳，更是倾注了她两年心血的信物。

如今……他们终于重逢了。

第二天，宋晨曦休息好，就去码头找向海川了。

向海川不在，小蔡见了她，哟了一声，嬉笑道："刚出院就来码头了，命不想要了？"

"你们可以克服晕船，我也一定可以。"宋晨曦没理会他的挖苦，坚定地说完，又问他，"向海川呢？"

"不在。"小蔡十分直接，直言道，"海哥不是你能抓住的男人，倒霉蛋，听我一句劝，赶紧走吧。离开这里，回到你该去的地方。"

她该去的地方？

那时候的宋晨曦唯一能想到的、摸得到的未来，就是在这片海上。她能去哪里？她破釜沉舟来到这片海上，刚尝到来自向海川给的甜头，对未来还有无限的期许和幻想，怎么可能就这样走掉呢？

见小蔡坚决地不肯告诉自己，她又去问小林和大金。

大金比小蔡的态度还要恶劣，根本不理她。最后是小林心软，给了宋晨曦一个地址，说："向哥不出海的时候，大多数情况都在这里教学生，你去这儿看看，或许能遇到他。"

宋晨曦接过他手写在卫生纸上的字条，看了一眼，上面写着：游鱼潜水馆。

潜水馆离这里不远，但也不近，宋晨曦当时没有收入，为了节约两块钱的公交车钱，决定走着去。

这一走就是一个半小时。

宋晨曦到达潜水馆的时候，已经快到中午，她正好看见向海川从潜水馆里走出来。

她刚要上前打招呼，准备约他一起吃午饭，可没承想，向海川突然伸出手揽住了从他身后走出来的人——一个长发飘飘、头发还没吹干的女人。她的发丝黏在身体上，水珠滑落在双峰之间，咸湿又诱人。

而后向海川自然而然地接过她背上的潜水包，揽着她向前走去。

可他一回头，就看见宋晨曦站在自己面前。

向海川愣住了，停下脚步。

女孩见他停下，也停下了。她转头看向宋晨曦，发现宋晨曦也正看着他们。

她的表情愣愣的，说不出是个什么表情。

受伤吗？没有。

难过吗？没有。只有双目无神的呆愣。

许久，还是女孩儿先开口，问向海川："她是谁？她好像……是来找你的？"

宋晨曦一动不动地盯着向海川，傻子都看得出来她的来意。

向海川没有否认，很快笑了一下，说："我介绍一下，宋晨曦，我妹妹。晨曦，这是Maria，我的……女朋友。"

"晨曦你好，我是Maria。"Maria大方地伸出手，跟宋晨曦打招呼。

宋晨曦也机械地伸出手，随她握着。

然而"你好"的话语说不出口，她只能牵起嘴角，露出一个比哭还难看的笑容，半晌说不出一个字。

向海川解释："晨曦前几天病了，昨天刚出院，现在住在我那里。"他说完，又问宋晨曦，"你今天感觉怎么样？还有没有不舒服？还缺什么，我帮你去买。"

宋晨曦摇了摇头，想说自己没事了，但又觉得心里堵得慌。

"没事"这个字眼挣扎了好久，也没说出口。

Maria露出理解的笑容："难怪脸色这么差，原来刚出院。以后有事也可以找我，毕竟海川他很忙，但是我很闲，下课之后的时间，我都可以照顾你。"她是向海川的自由潜水学生，身材一级棒。脸蛋也极为标致，与瘦弱的宋晨曦截然不同。

宋晨曦微微一笑，尴尬地点了点头。谢谢的话说不出口，毕竟，假如Maria知道自己对她男朋友的心思，她还能这样大方地说出“我来照顾你”这种话吗？

应该是不能的。

圣母来了都做不到。

那一刻，宋晨曦觉得自己龌龊极了。就像一个躲在暗处的小偷，妄想偷走他人最宝贵的东西。

第二天，宋晨曦离开了向海川的家。临走前，她把他家打扫得干干净净，然后把钥匙放在了门口的地毯下面，给他发了消息，说：“我走了，谢谢你。”

向海川回来的时候，看着几乎可以反光的地板和一尘不染的家具，脑海里几乎能想到宋晨曦穿着围裙，上下打扫的模样。

他突然觉得，这么温馨的家，好像有了那么一点点的空旷……但这样的想法，也仅仅是一闪即逝。

“你去哪里了？”向海川在微信上问宋晨曦。

宋晨曦很快回复了他：“去我该去的地方。”宋晨曦说完，又紧接着打了很多字在对话框里，犹豫了一会儿，才点击发送。

她说：“向海川，很抱歉，这一次，是我没有做好准备，才给你们添了不少麻烦。我以为两年部队的训练已经足够让我强大，但在海上，我才发现，事情根本不是我想的那样简单。我很过意不去，抱歉不辞而别，等我变强大了会再回来的。”

向海川看着宋晨曦的消息，一时间心情有点复杂。

他是个久经情场的男人，而宋晨曦看自己的眼神，内里藏了多少情愫，他怎么会不知道？他只是不想跟这个未经世事的小女孩多做纠缠罢了。

那天遇到Maria，其实他可以有一万种借口敷衍过去，但是他没有。

他怕她纠缠他。

他怕她要自己负责。

于是他假装看不见，装作不知道。

他只是想让宋晨曦残忍、清楚、干脆地明白，他的生活和他喜欢的类型完全不同于她的想象。

他希望她能自己知难而退。

宋晨曦的离开是他预料中的结果，但他没有想到她会如此果断地离开。果断到连见一面的必要都没有。而她回复的信息也很有意思——还会再回来。

世界那么大，离开这片海走了的人，又有几个会再回来呢？

他在海边待了十年，这样的人几乎没有。

他们只是旅游胜地的过客，大多数人来打卡、拍照，然后在人生中画上美丽的一笔，便再也不会记得海上的人。

上船不记岸上人，上岸不提船上事。

这才是航海人的人生。

一年后。

向海川三十岁生日这天，整个鸿恩码头上的船长、大副、水手，几乎都来参加了他的生日聚会。当然，也有新认识的女孩子们。男男女女凑了百八十个，热闹非凡。

这些年他依然万花丛中过，片叶不沾身，倒不是从来没有闹过矛盾的女人，但是那些受不了他这一点的，都离开了他的生活。他身边留下来的，都是不介意分享、不介意和平共处的。又或者已经断得干净，没有暧昧，只剩下友情了。

向海川这晚被他们灌醉了，等清醒过来的时候，他一个人躺在酒店里。

这时，门铃响起，他打开门，发现是自己上个月新交往的女朋友，她的名字向海川已经想不起来了，只见她捧着一个保温盒，献宝似的递到他面前，微笑地对他说："惊喜！"

向海川愣住了。

"你不是走了吗？"他问。

"是啊。"

"怎么又回来了？"向海川皱眉。

他记得……由于她结束了假期，离开了 S 市，回到上海工作，所以他默认他们已经分手了。

"走了就不能再回来吗？"女孩不满地道，"你好像不是很欢迎我的样子？"

"不是……我的意思是，我们已经分手了，不是吗？"

"分手了也能和好啊。"女孩笑着说，"惊不惊喜？知道你们昨晚有大 party，我刚下飞机就赶过来了，还给你带了我妈熬的粥。千里送温情，感动吗？"

向海川一愣，脸上半分喜悦都没有，问她："你怎么知道我在这里？你……跟踪我？"

"当然不是！"女孩笑着说，"你是我的男朋友，我跟你绑定了情侣ID，在软件上可以同步知道你在哪里，你忘了吗？"

向海川真的忘了。

大概是哪次喝醉了酒，她拿着他的手机操作，然后就一直到现在了。

真是……阴沟里翻船。

女孩没经过向海川的同意，就走进了房间，边走边说："上次分别，回去后我就一直想着你，终于说服了我妈，辞掉了上海的工作，跑到S市来陪伴你，怎么样，开不开……"女孩说到一半，看到房间里的景象，笑容凝固在了脸上。

房间内，自是一片狼藉。一条黑色的蕾丝内裤落在雪白的床单上，凌乱中透露出几分淫靡的美。

而这份凄迷之美，犹如一根钢钉，钉在了女孩的心上。

"渣男！"女孩回身，反手就是一巴掌，啪的一声，清脆地落在向海川的脸上。

向海川深深地叹了一口气，无所谓地扯了扯嘴角，说："这样我们就算扯平了。"

"扯平？呵……"女孩眼眶里噙着泪水，打开保温桶，将那一桶从上海跋涉千里迢迢带来的小米粥全数泼在了向海川的头上。

小米粥顺着向海川的头发落在他赤裸的上半身和地毯上，狼狈不堪。

女孩哭着说："这样才算扯平。"然后，便丢下了保温桶，拿起门口的行李，头也不回地离开了。

向海川深深地叹了口气，他谈了那么多次恋爱，好像每次结局都……差不多。

一地鸡毛、一片狼藉。

她们总是在不合时宜的时候幻想着不合时宜的剧情，然后对他提出一些格外严苛的道德标准，最后骂他是"渣男"。

他其实觉得自己很冤。

他从来没有脚踏两条船，也没有欺骗，更没有隐瞒，一切都是她们自愿的，怎么就是渣男了？分手了还不能找下一个吗？

无缝衔接也没衔接到她的亲戚、闺密、朋友，或者碍着她什么事啊？他只是不喜欢她了，仅此而已。感情是流动的，会有变化的，成年人若这一点都不懂，白吃了这么多年饭了……

他隐忍着怒气，把保温桶扔进了垃圾桶，又把床上的内裤也一并丢到了垃圾桶，然后平静地走去洗手间。

他冲完澡出来，头脑突然冷静了很多。

看着满地污秽，他突然觉得有些厌倦了。

倒不是他想安定，绑死在一个女人身边了。他只是突然觉得，除了疯玩，人生好像还可以做点儿别的事情……

过去的他只想享受生活，卖了A市的房子，换了一条帆船，在海边一待就是十年。十年过去，他三十岁了，突然觉得，自己也不能一辈子这样玩下去，得干点儿正事。

于是，他决定借由这次分手，让自己安静一阵子，也准备利用起自己这些年在海边积累下来的人脉，组建一个俱乐部——海川俱乐部。

海川俱乐部依托自家帆船，专业经营海上娱乐业务，承接各种团建和派对活动，为顾客量身定制海上盛宴。

一开始只有一艘船，后来与几位伙伴合作，共拥有三艘帆船，几乎形成了一个小型团队。随着规模的扩大，很快他们发现人手不足，尤其是专业人才。于是，他们开始在网上发布招聘信息。

宋晨曦的简历投到海川俱乐部时，所有人都眼前一亮。

其他人对宋晨曦的性别感到惊讶，而向海川、小蔡、小林则惊讶于她过去一年的经历——她作为业余参赛选手，参与了今年度克利伯环球帆船赛的第1－4赛段比赛，总历时160天。

而她的船长给她的推荐信里写道：“她是一个在船上待了160天都没有喊过一声苦和累的女孩。她的床铺永远干净整洁，她做的饭永远照顾所有人的口味，她总是最晚一个睡去、又最早一个醒来的人。她的组员在她的照顾下格外安全。她刚毅顽强，像一棵松树，傲然挺立，让人肃然起敬。”

向海川看到别人对宋晨曦这样的评价，内心的波动不小。

克利伯环球帆船赛他也参加过，但只参加了两个赛段的比赛，便匆匆下了船。

在船上，几乎一整年的时间，世界只有七十英尺长。而就在这七十英尺长的地方，你要和二十四个人分成三组轮流干活。若遇到大浪来了，你根本连睡觉的可能都没有，只能一日日、一夜夜地睁着眼睛数到天亮。

而帆船内会出现各式各样的问题，最艰难且日日夜夜伴随你的，便是你的床铺几乎永远是潮湿的。闷热的床舱里，机油混合着各种体味，以及因潮湿而发臭的床铺，一切的一切，都会让你觉得如坠地狱。更不要说，她还是个新人，晕船那么严重……

这一年，她一定过得极为艰苦。

原来她这一年没有消息，是去了克利伯环球帆船赛。

克利伯环球帆船赛面向普罗大众，只要满足基本条件，经过筛选，任何人都有可能参加。但大多数都是体验一个赛段，像她这样坚持了4个赛段的人，很少有。

可她为什么没有完赛呢？只要再坚持一下，她就能拿到全赛段的奖牌了。

带着这个疑惑，向海川第一时间联系了宋晨曦。

宋晨曦就在S市，一直等着面试。她说："因为……我受伤了。"

再见宋晨曦，她手上还包着固定板。她几乎是下船回了国，就看到向海川发的招募广告，立刻便赶了过来。

"如你所见，手肘骨折，如果不及时处理，可能有截肢的风险。所以……"说到这里，宋晨曦停顿了些许，苦笑了下，才说，"没能完成你的梦想，有点儿遗憾。"

"我的……梦想？"向海川愣住了。

透过眼前的宋晨曦满脸风霜和疲惫的表情，他突然想起来，自己为什么觉得一年前的她眼熟了。

他是真的见过她的。

三年前的那个夏天，他曾经帮朋友接待过他的一个远房亲戚，是个A市来的小女孩。十七岁，马上高中毕业，来毕业旅行。

她长得挺漂亮，有两颗虎牙，笑起来特别甜。头发长长的，直直地垂到腰间。听朋友说，还是个高才生，单招考上了国内顶尖学府的美术系，九月就要去念大学了。而她从小就是天之骄子，家境优渥，从小就是班上的尖子生，琴棋书画样样精通，人生轨迹十分完美。

而从小作为亲戚嘴里的"街溜子"的向海川，在听说了女孩的人生后，对她有一种天然的抵触心理——她们越是引以为傲的一切，他越是不在意，且越想打压。

于是他拒绝跟她聊陆地上的一切，拒绝以世人眼里的成功定义人生。

他跟她说海洋、说帆船、说克利伯、说环球航行。七十英尺长的世界，四万公里的路途，包罗万象，可以体验的是截然不同的自由生活。从咆啸的西风带一直讲到了西伯利亚大峡谷。有些是他见过的，有些是他听来的，但更多的是他信口胡诌的。

他将自己的人生描绘得无比潇洒，让小女孩眼里的星星无限地发光、发亮，而后一发不可收。

他对她其实是有印象的，但由于再见面，她的变化太大，他实在想不起来。但现在，他终于能把她和十七岁那年夏天的女孩联系上了。

可他没想到的是，她竟然没有去A大……而是选择去参军。走了跟他一样的路，梦想着像他一样，成为海上自由自在、乘风破浪的船长。

可他该怎么跟她解释，连他自己都没有完整地环球航行过？

他造的孽真的是……太大了。

向海川突然就有点不知道该怎么面对她了。

倒是小林、小蔡格外激动，小蔡摸着她的头，说："好可惜，以后都不能叫你倒霉蛋了。"

"为什么不能？"宋晨曦疑惑。

小蔡微笑："我该叫你水手了。"

160天的环球航行，足以让她积累足够多的经验。她的帆船驾照也已经拿到，以后在海川俱乐部，她的职位只会更高，不会更低。

小蔡第一个对宋晨曦表示了欢迎，小林也是如此，给了她一个大大的拥抱。小林告诉她："大金也报名了下一期的克利伯环球帆船赛，现在已经在准备了。"

宋晨曦点了点头，记忆中的大金，就是天生的水手、船长，他参赛一点问题都没有。

所有人几乎已经默认了宋晨曦的加入，只有向海川，一动不动地坐在那里，表情有些尴尬。

宋晨曦望向向海川，等着他给自己一个答案。

小林、小蔡也望着向海川，等着他宣布一个大家早就知道的答案——他没有任何理由拒绝宋晨曦。不论从经历还是其他方面，宋晨曦都值得成为他们中的一员。

向海川犹豫了很久，才终于释怀一笑，展颜伸手道："欢迎加入海川俱乐部。"

宋晨曦终于如愿以偿，来到了向海川的身边，与他待在了一起。她喜欢向海川是真的，但更喜欢的是他所描绘的那个世界。所以，在她看来，当不当他的女朋友不重要，但他所过的生活，是她所向往的日子。她无论如何要抓住的，是这份扎根在自己热爱中生活的心情。为此，她愿意放弃自己努力得来的一切，从头开始，也在所不惜。

那是宋晨曦有生以来，度过的最开心的一段时光。没有压力，没有焦虑，只有快乐。每天睡醒了就去海里游泳。可以背着氧气瓶，也可以直接穿上脚蹼，戴着面镜、挂着渔枪，一头扎进去。只要下海，就不愁晚上吃什么。总会有得吃，猎到什么就吃什么。

每天，她都过着今朝有酒今朝醉的生活，至于明天吃什么？明天再说。她生活在这片海上，海底水产丰富，她怎么都不会饿死自己。而她哪怕每天睡在潮湿又坚硬的甲板上，她都觉得比这世上任何金窝、银窝都要来得舒适。因为只要看到头顶的繁星，她就觉得自己的未来是无限宽广而又自由的，拥有无限的可能。

这样的日子过了两年。

向海川的生意渐渐做大之后，麻烦事也随之而来。由于当年玩帆船的人很少，大多是私家跑船，不存在营运性质，不做生意的前提下你想怎么玩都可以，一旦触及运营，随之而来的就是各种监管。消防、安全、责任人各种条款检查应时而至，让向海川一个头两个大。他历来自由自在惯了，怎么会想去处理这些琐碎的事情？他只想一边跑船，一边带客，一路渔猎、一路玩耍，快快乐乐地就把钱给赚了。

但世界上哪有这么好的事？他们的船被海事局扣留了几次，且面临巨额罚款。很多船不敢再继续干这一行，陆续准备转行。

向海川也想到了放弃。但小林、大金、小蔡、宋晨曦还在船上，还指望着他吃饭。他哪怕有一百万个烦扰，也不敢在他们面前提放弃。

他不知道那阵子自己是怎么熬过来的，但只要一看到宋晨曦那一双坚定又充满了希冀的眼睛，放弃的话就怎么都说不出口了。

向海川硬着头皮坚持下来了，所有的压力一个人承担，没有告诉旁人。他不仅没有放弃，还抵押了自己在海边唯一的房子，借了巨债准备孤注一掷，在其他人竞相离开甩卖船只的时候，将他们的船低价买了进来。

三艘帆船，分别叫京涵、海川、沧州号。从此，他拥有了自己的船队。

但拥有船队的喜悦并没有持续很久，市场环境持续恶劣，大金去了环球帆船赛，小林被迫回家结婚，船上只剩下了宋晨曦和小蔡。

小蔡是向海川的发小，二人同吃同住，绝不会独饮一杯美酒，除非与对方分享。

而向海川成了船东之后，游走于各方关系，没有时间开船，小蔡便成了船长，宋晨曦给他打下手，大多数情况下，专职服务于船上的客人。虽然宋晨曦开船的本领早已超过小蔡很多，但宋晨曦女性的天然优势就是能为客户带来更好的游玩体验。她也愿意为船队出力。

三人一起度过了极为艰难的一年。

一年后，向海川打通了各个渠道，获得了最广泛的海上资源，他四处游走，又遇到政策放宽，他拥有了自己团队的运营执照，他可以正大光明地带着客人们南海牧云、西沙摘星了！

向海川实现正向现金流的那一天，第一件事就是给宋晨曦和小蔡涨工资。

宋晨曦涨得是最多的。这三年里，她跟老船长推荐信里写的一样，总是船上第一个起来干活，又是最后一个睡下的人。她包揽了向海川所有的活，甚至会在他忙的时候帮他订酒店和机票。至于酒店、机票是用来干什么的，她用脚指头想都知道。

小蔡看了都很为她不平，她却满不在意地说："本来人家也没说喜欢我，我在他手底下工作，拿人钱财，替人消灾，没什么不对的。"

宋晨曦自己都这样说了，其他人再不平又能如何？

只能当作不知道了。

也就是向海川给宋晨曦和小蔡大幅度涨了工资的这天，意义格外特殊，意味着最艰难的日子已经过去。

那一晚大家都喝多了，向海川眼神迷离，指着宋晨曦的头发说："把头发留长。"

宋晨曦不太懂，问："为什么？"

向海川："你长发好看。"

宋晨曦突如其来地被他这么一夸，想起自己第一次见向海川的时候，就是一头长发。

……他竟然还记得她当时的样子。

宋晨曦心里一暖，虽然当时没有立即答应他，可是往后的三年，她再也没去过理发店。

海上跑船的日子艰苦，炎热和苦闷让她终日都只能将头发盘在脑袋后面。因此，向海川几乎没什么机会见到她长发披散。

但她再累再难受，也再没有动过剪发的念头——她要将头发留到腰间，回到十七岁的那个夏天。

随着向海川的商船队进入了正轨，他赚的钱越来越多，身边的女人也换得一个比一个勤。以前或许还会认真了解后再谈恋爱，但后来的向海川几乎就成了来者不拒。而且女朋友的腿一个比一个长，胸一个比一个大，美艳绝伦，连女人看了都会流鼻血。

也从这些女人中，宋晨曦知道，他喜欢的根本不是她这一类型。

她干瘦干瘪，木讷无趣，简直毫无女人味。

一开始，宋晨曦见了那些女孩子心里还会难过，看他带女孩子上船了会默默地躲在船头看书、背单词。

小蔡很快就会发现她的不对劲，过来陪她。他要么在她身边钓鱼，要么在她身边听笑话，总之不会让她一个人待着难受，也会告诉她："你放心，撑不过两周。"

宋晨曦当然知道。

向海川的爱情总是来得快去得也快，两周已经是她见过的极限了。

可她还是很不高兴。有谁会看着自己喜欢的人在自己面前一个劲地换女朋友啊？

宋晨曦只能自我安慰、自我攻略地说："我是来赚钱的，是来追寻梦想的，向海川喜欢谁都可以，我只希望他能真正得到幸福。"

后来的两年，国内的帆船环境好了很多，帆船开始进入普罗大众的视野，被更多的人知晓，并且心向往之。向海川还清了所有的外债，保住了自己的房子，也真真正正地拥有了自己的团队。而不是担心哪一天银行就会来查封他的资产，将他们从自己的船上赶下去。

结清银行欠款的那一天，向海川举办了一个大型派对，将亲朋好友都请了来，找了最豪华的五星级酒店，包下了全场。并且，要求他们这些平日里只穿T恤牛仔裤，甚至光膀子的船长、水手们，都要穿戴正装，整齐出场。

因为今晚，他们不是坐在船上烧烤、喝啤酒，而是在五星级酒店里喝红酒、开香槟。

并且高调地宣布，他将利用手中的资产，撬动更大的杠杆，做出一番更伟大的事业。

当晚，向海川向他们宣布，他准备再租借三十条船，将W市的业务也揽过来，在H省内全线发展，争做行业龙头——他不仅仅是单打独斗的自由浪漫主义者，更拥有了一重企业家的身份。

他能照拂几十上百个家庭，让他们所有人都能跟着他一起吃饱饭、穿好衣，过上舒适的生活。

“你还打算去环球航海吗？”就在所有人都在为向海川鼓掌的时候，宋晨曦突然穿越人群，走到向海川身边，突兀地问他。

全场的人都沉默了。

大金刚从环球帆船赛上下来，饶是他咬牙坚持，也终究没能完成比赛，并且打算继续参加下一期。

他是真正只喜欢大海的男人，对女人毫无兴趣。就连他都没能保证自己在船上待那么多天，何况已经在红尘俗事里打滚了五年的向海川？

而在座的几十个船长、大副、水手，也都被俗事缠身，在海上漂泊只是为了养家糊口。

像宋晨曦这样一门心思向往远方的人，还真是少见，独自一人。

向海川几乎毫不犹豫地反问她：“我离开了，手底下的人怎么办？小蔡、小林、大金靠什么生活？”

宋晨曦没有再问。

她知道，如今的向海川，跟十七岁时初遇的时候已经不同了。他不仅仅是当初那个一腔热血的恣意少年，身上更肩负着几十个家庭吃饭的重任。

宋晨曦理解并且支持他，这一路走来，她比谁都知道他的不易。

当晚在五星级酒店举行的烛光晚餐上，宋晨曦第一次化了妆。

她花了两个月的工资，买了一条长款包臀裙，留着一头黑色的长直发，看起来十分迷人。

也许是因为当晚的月色格外美丽，或者是向海川心情格外愉快，他对宋晨曦的眼神明显有了变化——那是一个男人对一个女人的欣赏，以及占有欲的眼神。以前，他只把她当作妹妹或晚辈来照顾。但是今晚，他第一次发现，原来宋晨曦也是一个女人。

她比他以前见过的所有人都美，而且……有一种格外的魅力。

小蔡也察觉到了向海川的异样，想带着宋晨曦离开，但宋晨曦坚持说不必，她可以送向海川回去。于是小蔡没有再坚持，毕竟他们在一起已经待了快五年。五年的时间里，如果有什么会发生的，早就已经发生了。

那个晚上却是不同的。

向海川喝多了酒，不愿意回去。他牵着宋晨曦的手，骑着他好多年不曾骑过、最初陪伴他在海边闯荡的小电驴，带着宋晨曦来到了码头，上了那艘最老的帆船“京涵”——那是他白手起家、梦想的起点。

也是他和宋晨曦初遇的地方。

他将船开到海中央，一直到没有人看见的地方。他站在船头，对宋晨曦说：“这是我的海，我拥有着这片海上的一切。”

宋晨曦没有反驳。现在的他，在某种程度上，的确可以这样说。

“包括你。”他说完，一转头，便倾身吻了宋晨曦。

宋晨曦的眼珠子蓦地睁大，全身的血液都几乎凝固，毫无动作。

她意识里知道该推开他，因为他们什么关系都没有，他什么承诺都没有给她。

但很快，她又觉得算了吧，就这样吧……这是她喜欢了七年的人。就这样沦陷在他的深吻之中吧……

夜色迷离，酒精醉人，他拉下她的裙子，宋晨曦略有挣扎，他按住她的手，说：“这里没人。”

四周一片寂静，连海浪的声音都没有。

波平浪静的夜晚，只有两人的心脏在随着对方而跳动。呼吸急促，面色潮红。

那晚发生了很多事情。

亲密、忘情地接吻，交换着对方的一切。

他们忘情恣意地拥吻着对方，渴求着对方，直到她躺在他的身下。

他看着身下的宋晨曦，一头长发铺洒在床上，虽然已经不是少女时候的容颜，但这一刻，她的模样跟十七岁那年夏天重叠。

他突然呼吸一滞，心猛地钝痛，而后眼神又恢复清明，便紧急叫停了。

“这不对……”他捂着头，略有些头疼地说。

苦恼为难的目光里，他乞求地对她说：“晨曦，我一直把你当作最好的朋友、最可关爱的妹妹、愿意倾囊相授的徒弟。以后我们也只是这些关系，好吗？”

宋晨曦低着头沉默了好久。

不好，一点也不好……

宋晨曦想要否认，但她觉得心如刀绞。最后，在两人良久的无声拉扯中，她也只能仰起脸，笑着点了点头，用力地说：“好。”

对面的向海川闻言，如释重负般地松了口气，跟以前一样，笑着摸了摸她的头：“睡吧，明天就上岸了，我带你去吃顿好的，想吃什么都可以。”就像摸一只听话乖顺的宠物，语气也像在逗路边的小野猫。

可宋晨曦知道，一切都回不到以前了。

假如什么都没有发生过，她可以和他只做朋友，绝不放任自己的喜欢肆意外泄。

可他明明也这样热情地喜欢着她，又为什么要叫停？

而停止之后，他还理直气壮地要让她当作什么事情都没有发生。

抱歉，他可以，但她做不到。

于是，快刀斩乱麻，挥别了年少时的自己，与十七岁的夏天诀别。

未来或许有很长的一段路要一个人走，但孤独也比无止境地消耗要好。

再也不想、再也不念，好过一个人的天长地久，地老天荒。

“……好。”宋晨曦低着头吸了吸鼻子，下定了决心似的点点头，然后，与向海川分房而睡。

第二天上岸后，她便头也不回地走了。从此再也没有回来过。

直到向海川金盆洗手上岸，也再没有回来过。

而向海川从此以后，则彻底地变成了一个商人。他将海川俱乐部改为深蓝游艇会，面向的市场也更加商业化。

他没有着急去找宋晨曦，因为他知道他们都需要时间冷静。而他也十分有自信，知道等宋晨曦冷静下来，她也依然会回来。

他从来没有觉得宋晨曦会真的离开自己，因为她爱他，哪怕跑到天涯海角，她也依然会回到他的身边。

没有人比他更了解她，也更适合她。

他的底气，无比丰厚。而且，从不改变。

第九章 · 破浪

Heading towards the morning light

“渣男。”

码头上，听了一个下午故事的池远航义愤填膺，恨不得把向海川抓起来打一顿。

小林却道：“站在宋哥的角度，确实委屈。但是跟了向海川很久的我们从某种意义上来说，也能理解他。他对宋晨曦一直尊重有加。他要真是完全的渣男，早就跟宋哥在一起了。毕竟，送上门来的女人，为什么不要呢？宋哥又不丑，她还……挺好看的。”

池远航虽然觉得无语，但又无法反驳。

的确，向海川渣了全世界，也没渣宋晨曦。他没想过要从她身上得到过什么，反而一直在给予。只不过他给的，并不是宋晨曦想要的那一个罢了。

但这也不耽误他骂他。

许久，池远航又说：“假如我不喜欢一个人，我绝不会拖着她。他明知道宋晨曦喜欢他，还一直把她带在身边，光这一点，就是死罪了。”

“或许吧……但有没有可能，他对宋哥好，不是因为想要拖着她，而是觉得自己该对宋晨曦的余生负责呢？毕竟，他一句玩笑话耽误了宋哥一辈子，那他负责她的下半辈子，也无可厚非，而他也有这个能力。”

小林说完，池远航沉默了。

池远航不知道怎么评价这个人。

你说他渣吧，他渣又渣得不彻底；你说他是好人吧，也不是全然的好人。但不管怎么说，他就是让人看不顺眼，很不爽。

小林：“后来的事情，你都知道了。宋晨曦从此离开了海川俱乐部。小蔡也走了。大金参加完克利伯环球帆船赛，就在各处挂职，不签约任何一家公司，从来都是哪里需要他就去哪里。自由自在，无拘无束，也没有什么牵挂。而我回家结婚，日子过得不好不坏，也还算不错吧。”

“那小蔡呢？”池远航问。

“小蔡啊……他在宋晨曦走之后，第二天就找向海川打了一架，说他不该让宋晨曦走，向海川应该为自己做过的事情负责。但向海川并没有听小蔡的话，他习惯了站在高位，听不进任何人的建议。于是兄弟散伙，分道扬镳。但向海川也没有亏待小蔡，给他的钱足够他一生逍遥了。”

“这个小蔡倒是挺对我的胃口的。”池远航笑着点了点头，说，“假如当时我在，我也一定会这么做。”

小林叹了一口气，说：“这些故事，其实大多数我都是从小蔡那里听来的。小蔡是向海川的发小，又和宋晨曦一起在船上待了五年，他可以这样做，但我们不行。我们说到底，只是员工罢了……”

“嗯……”池远航沉思了片刻，又问，“这事宋晨曦知道吗？”

小林摇了摇头，说：“她不知道。”

“宋晨曦离开向海川之后，就和深蓝的所有人切断了联系。之所以还留着我，是因为我在严格意义上来说，也不算深蓝的人。我对宋晨曦来说，是类似经纪人的存在。她需要我帮她接活，而我也需要她赚钱，我们各取所需，谁也不插手对方的私生活，也从来不在对方面前提向海川和深蓝的事情，更不会在深蓝的人面前提起宋晨曦。或许是这样，她才觉得安全。”

“可是你今天跟我说了。”池远航说道。

“那是因为，我觉得你也很安全。”

“为什么？”池远航问。

小林说：“跟你在一起工作和生活这么久，我看得出来你对宋哥的心思，或许这就是一个轮回。”

“轮回？”

“嗯。”小林点头，说，“你对宋哥的感情，就像宋哥对向海川的感情一样，你让我想起了过去的宋晨曦。”

池远航无语，他过得有那么悲惨吗？

小林毫不犹豫地点头：“有。”

“为什么？”池远航不解。

“宋哥好歹是一直跟着向海川吃香喝辣，向海川从来没有亏待过她，该给的工资、该教会的技能，一个都没少。而你……你全资进组，自带帆船，还给我们发工资，最后还包揽了设计、运营等一切活儿，可以说，你不仅仅是一个商人，更加是个纯爱战神，还是一个伟人、一个慈善家！”

池远航彻底无语了。

“我表现得这么明显吗？”池远航问。

小林点头：“是的。”

池远航长叹了一口气，耷拉着耳朵，感到很是挫败。他跟向海川比起来，好像表现得真的差了不止一点啊？

“但你的处境比过去的宋晨曦要好。”小林突然又说道。

“怎么说？”

“至少宋晨曦没有跟别人谈恋爱。她不仅拒绝了你，还拒绝了所有人，在这一点上，你还不算太冤。”

池远航呵呵一笑，道：“我谢谢你哦。”

小林走后，池远航依然坐在甲板上，他一直盯着手机页面发呆。

向海川这个人，在网页上是可以查到的。阳光、英俊、沉稳的侧脸，面朝大海，就算戴着墨镜也依然掩饰不了他自信张扬的气质。旁人透过照片也能感受到他本人一定谈吐不凡，坚而有力，与海上的宋晨曦如出一辙的飞扬模样。

看到向海川，池远航总算知道，宋晨曦的气质是从何而来了。

她与他的气场一脉相承。很显然，她就是他一手带大的。

两个人怎么看怎么般配，就像是成婚多年的佳偶。举手投足、一颦一笑之间都是默契。

池远航彻底地自卑了。

第二天，W市的落霞湾码头来了一个人。虽然身边没有任何人陪同，但他只是站在那里，就让人觉得充满了压迫感。沉稳的气质一览无余，能将他身边的所有人都比下去。

正是向海川。

他穿着一件黑色T恤，看不出牌子，配白色及膝短裤，运动鞋。简简单单的一身，只有手上戴了一块手表。低调又稳重，虽然看不出价值，但也能让人猜到他身价不菲。

有些人的有钱，就是刻在骨血里的，想藏也藏不住。向海川就是这样的人。

哪怕宋晨曦十七岁时遇到几乎一穷二白的他，抑或者二十岁时，最穷困潦倒，每天起床睁眼就是好几千元利息的时候，向海川也依然是这样，泰山崩于前而面不改色的模样——让人根本看不见他的压力。于是待在他的身边，充满了安全感。

当他出现在码头的时候，池远航第一个发现了他。再相见，他发现他们之间实在是太不同了。他似乎拥有一切，将花里胡哨的大牌堆了满身，但全然没有向海川这份气度。

向海川全身上下都看不出一个牌子，但他的气场告诉在场的每一个人：“我很有钱。”

池远航嫉妒得发疯。

落霞湾是个小码头，他这样的大商人是不会在意此处的。他来这里，一定是为了宋晨曦——他一定是因为那个视频，亲自来跟她道歉了。

“你带我去潜水吧。”突然，池远航快步走下船舱，对正要修理厕所的宋晨曦说，“就是现在，立刻、马上。从船头跳下去，一直游到海岸线。”

“为什么？”宋晨曦很疑惑。

池远航道：“我想锻炼自己。”

池远航说完，宋晨曦更加狐疑了。

池远航其实是不太喜欢水的。

他这几个月长期生活在海边，但真正下海的次数并不多。偶尔在热了一个下午后，在太阳落山时心血来潮下海游个泳，穿着救生圈扑腾两下，便算是消暑了。最长的一次在海里也不过是背着氧气瓶去捕了一条鱼，还被她罚了五千字的检讨。从那以后，他几乎都不下海。怎么这会儿，在太阳直射的大中午，跑到海里去潜水？还游回去？

“你是不是吃多了，撑得慌？慌就出去跑步，别来烦我。”宋晨曦说。

池远航无语，但是不依不饶：“我不管，我就要现在去。我以船东和老板的身份，要求你陪我去。”

“不去。”宋晨曦斩钉截铁地拒绝了他，说道，“作为对船东和老板负责的态度，厕所排水堵了，我现在要修船，哪里都不去。”

池远航：“交给码头的修理工。”

“不。”

宋晨曦白了池远航一眼，说道：“你今天怎么回事？为什么一定要把我拽出去？是不是……你又伤了某个姑娘的心，那姑娘今天要找上门来，怕被我撞见你丢人的一面？”

宋晨曦揶揄地说：“你放心，你什么模样我都见过，再丢人我也当作没看见。而且……我保证不说话、不出现、不打扰你们。你就当船上没我这个人，反正这儿我一时半会儿出不去。”

池远航一时之间，他不知该如何回答。

许久，他才问：“我在你心中地位就这么低？但凡有事就和别的女人牵扯不清？”

池远航怨气冲天，声音也不自觉地变大。

宋晨曦还是第一次见到池远航这么严肃，立即解释道：“只是开个玩笑而已……好吧，我道歉，不是你的前女友找上门了。但肯定也有别的事，说吧，究竟发生了什么？”

就在这时，向海川的声音从头顶的甲板传来：“宋晨曦，你在吗？”

宋晨曦的笑容霎时僵在脸上。

她愣愣地看了池远航一眼，有点疑惑，想问是不是自己听错了？

但池远航满脸怨气地说：“你没听错。不是我的前女友找上门来了，是你的前男友，他找上门来了！”

“别胡说，我可没有前男友。”很快，宋晨曦恢复如常，继续拿着扳手，拆马桶上的零件。她也终于明白，池远航一副如临大敌的样子，命都不要了想跟游走回去，原来是为了躲避向海川。

“是小林吧？”宋晨曦问。

“嗯？”

宋晨曦：“是他把向海川的事情告诉你的，对吗？昨天你俩凑在一起叽里咕噜地说了一下午，看来没少说我坏话。”

“怎么能算是坏话呢？就……反正也不算是吧……”池远航挠着头，想说自己没有出卖小林，但这会儿好像解释就是掩饰，掩饰就是事实。他这么快就把小林给卖掉了，属实是有点心虚。

但好在宋晨曦也没怎么生气的样子，她继续拿着扳手，进了淋浴房，一通捣鼓。最终，把淋浴房也拆得七零八落，里头果真没少塞东西。

池远航没忍住，捏着鼻子跟了进去，探出一个脑袋问她：“你不上去吗？”

“有什么好上去的？”宋晨曦头也不抬地问。

池远航：“向海川来找你的，你都不打算出现吗？”

“不。”

她很忙，她没空。

码头，向海川站在“晨曦号”的船尾边栈桥上，未经许可，他不好直接上船，于是站在岸上等。他等了许久，终于听到有人上楼的脚步声，原以为上来的会是宋晨曦，但没想到是一个男人。白T恤、白裤子，一口大白牙，笑得比蜜还甜，也不知道他怎么就这么高兴，就跟他平日里的朋友圈一样，没心没肺，像个话痨。

正是池远航。

向海川发现他比上次在鲸歌见面时要黑了些许，但与长期混迹在海上的水手来说，还是白得发光。向海川自然也知道他的存在，他一直缠着宋晨曦，甚至不惜买了艘船，聘请了她。

他笑得这样开心，想来日子过得很不错。

但他过得如何，向海川并不是很在意，他只是很有礼貌地问池远航："请问，宋晨曦在吗？"

"不在。"

池远航刚说完，楼梯下传来一个女人的声音："池远航，给我再拿一把扳手来。大点的。"

池远航和向海川都愣了一下，很快，向海川又露出了释然的表情，略有些失落地说："她不想见我。"

池远航没有解释，只摆了摆手，说："你懂就好。你自便，我要忙了。"

说完，他就跑回工具间，在一堆杂物里找了半天，正纠结着什么是扳手的时候，向海川的声音在头顶响起："是这个。"

而后，一只手从他的身后绕过来，将他左边的扳手拿起。他没有将它递给池远航，而是直接拿着扳手，下了船舱。

"喂……你！"强闯民船啊！

池远航想把他赶出去，但还不等他开口，他已经进了宋晨曦所在的主卧淋浴间。他连忙跟过去，就看见狭小的房间里，宋晨曦头都没抬，接过向海川递过去的扳手。

冬天的W市虽然没有夏季那么炎热，但船舱内十分闷热。她已经在这里蹲了半天，身上早已黏糊糊的，布满了细密的汗水。而在修理马桶的过程中，味道只会变得更加难闻。房间里早已容不下第三个人。

池远航站在门口，原本想要提醒一句，但看到宋晨曦如此专注，他担心自己开口会打扰她的工作。

向海川也有同样的想法，因此他只是站在她身后，在她需要的时候，适时递上合适的工具。

一会儿是螺丝刀，一会儿是刷子，还有新的管道和密封塞，每一个工具都被递到了恰到好处。宋晨曦从头到尾都不需要抬头。

"池远航，你最近功力大增啊，什么都备齐了，我得好好地刮目相看你了。"宋晨曦在门口远远地夸奖着池远航。

这让池远航的脸更加发烫。

与她一起修理船的人并不是他自己，而是向海川。

他们的默契足以融化身边所有人的心。

最后一个盖子盖上，宋晨曦弄好了堵塞的下水道，她擦了一把汗，任由扳手上的油便糊在了脸上，但她毫不在意。反正她再落魄再狼狈的样子，池远航他们也见过。

宋晨曦无所谓地回头，却看见向海川一身干干净净、面容清清冷冷却又目光灼灼地盯着自己，而池远航，远在门口，连声音都不敢发出。

她就知道，她不该对池远航抱有不切实际的幻想。

这下打脸了吧？

打的还是三个人的脸。

“他怎么进来的？”宋晨曦问向海川身后的池远航。

池远航站在房间门口，挠着头。说实话，他感到有点儿尴尬。

他也不能说是因为自己找不着工具，向海川帮的忙吧？那样他就成了不仅找不着工具，还没来得及把外人赶出去的形象。

多少有些愚笨，不太合适，一时间不知该如何回答。

最后，还是向海川自己开口：“我自己走进来的，船上没有关门。”

宋晨曦皱眉：“你这是非法闯入，你知道吗？”

“我知道。”

“那你还来？”

“我必须来。”

“那好。”宋晨曦沉默了一瞬，觉得把他赶出去也没什么必要，于是扔下工具，抱着双手，认真地看着他，问道，“你来，准备做什么呢？”

向海川皱了皱眉，看着身边狭小的通道中摆满了各式各样的零部件，虽然窗户开着，但这里的空气也并不算流通。他说：“这里不是说话的好地方，不如，我们换个地方聊？”

“就在这儿吧，长话短说。”宋晨曦不为所动，将脏污的双手往围裙上擦了擦，留下了两个长长的五指印。她半点都没觉得失礼，只淡淡地说，“你看我这儿，确实地方不大，东西又多，我一会儿还要收拾很久，去别处可能没有时间。抱歉啊……”

宋晨曦公事公办又满脸虚伪的样子，让人很是头疼。

上一次，她在走廊上，也是这样对他的。那时她对他还不是那么抵触，还会听他说话，但现在……她可能不会再对他有一丝一毫的妥协了。

两人僵持着，气氛有些沉重。池远航站在门口，思考了很久，最终还是决定留下。

显然，他不想让宋晨曦和向海川单独待在一个房子里。哪怕是在满地狼藉和残破零件的洗手间，也不想让他们在一起。

“好吧，就在这里说。”向海川拗不过宋晨曦，只得长舒了一口气，道，“我是来道歉的。”

“道歉？”宋晨曦疑惑道，“道什么歉？”

向海川：“手底下动手打人的事情……是我们不对。”

宋晨曦“哦”了一声：“你说这个啊……的确是你们的不对，但他们已经为此付出代价了，行政拘留，出警速度很快，处理得也很到位。他们已经承担了相应的责任，而你……有何错呢？”

向海川：“治下不严，就是我的责任。是我管教不当，才导致这样的事情的发生，我已经给了他们遣散费，让他们离开了深蓝。毕竟，深蓝是娱乐性质的俱乐部、游艇会，不是黑社会，我有义务引导他们向正确的方向发展。我保证以后不会再有任何深蓝的人来骚扰你们。我再次郑重地向你道歉。”

“哦，这样啊……那你不该对我道歉，你该道歉的人，是他——”宋晨曦指着楼梯上的池远航。

池远航突然被点名，有些发愣，但很快他就反应过来，郑重地说：“向总，我接受你的道歉。而且，那件事情已经过去了这么久了，我已经不在意了。而你们也信守了承诺，放过了我们，以后大家依然能够和谐相处，一起发财。”

向海川完全没注意到，池远航居然还在这里。

当他发现身后还有个人的时候，着实吓了一跳，还……有些尴尬。

他咳嗽了一下，才道：“多谢你的谅解。”

池远航：“不客气。”

向海川微微一笑，露出了长辈对晚辈的笑意，含蓄而包容。而后，便一直盯着他，目不转睛。

池远航也盯着他。

很明显，向海川在下逐客令，希望他离开这里，给他们俩空间。但池远航才不理会他，瞪大了两只眼睛，直勾勾地盯着向海川，想让他知难而退，自觉离开。

二人互不相让，主卧里的空气瞬间变得剑拔弩张。

最后，还是池远航性子急了些，按捺不住问他：“向总还有事？”言下之意就是：有事快说，没事就赶紧离开。

向海川脸色沉了沉，又道：“未来，我们深蓝也不会再碰W市的项目，你们接待的客人，我们也绝不会跟你们抢。”

池远航：“抢不抢的我们并不在意，赚不赚钱也不重要，重要的是，

Vicky 要开心。但显然，她看见你好像就不大开心，要不然你还是跟我去外面聊吧？”

反正他们也一直在公事公办，一直在谈业务的样子？那他俩去外头好好谈，只要不是跟宋晨曦谈，他陪他谈一天一夜都可以。

至此，再是脾气好修养好的向海川也忍不下去了，他看着池远航，微笑地说：“公事聊完了，现在，你可以留一点空间，让我和 Vicky 两个人谈吗？”

“不可以。”池远航又是斩钉截铁地一摇头，说，“我是老板，她是我的员工，上班时间，她属于我。”

向海川转身问宋晨曦：“是这样吗？”

宋晨曦配合地点了点头：“的确如此。”

向海川被噎得没话说，但依然保持着镇定，对宋晨曦说：“那我在外面等你，我们下班后再聊。”

“她十二点才下班。”池远航又道，“她在你那儿干了五年，你应该比谁都清楚，对吗？”

宋晨曦总是最早一个上船，最晚一个下船，这一点，她到哪里都没有变。这在向海川听起来，更加恼火。

曾经，他以为她全心全意、尽心尽力是为了自己，可当他知道她在别处依然是如此，从无改变，心情一下就微妙了起来。

她过去的拼命努力真的是为了他吗？

过去，向海川对这一点很自信，但现在又觉得好像也并不是那么回事。她的自律好像真的只对自己，不为旁人。

宋晨曦和池远航都是一副“送客”的模样，向海川无奈，知道今天的谈话是怎么都进行不下去了。

“那好吧，改天等你有空的时候我再来找你。”说完，他便要转身离开。走到池远航面前时，池远航并不想让位置，可楼梯只容得下一人过身，二人又是一阵对峙，最后一个为了离开、一个为了送客，都只能各退一步，侧着身子，在楼梯上艰难又狼狈地通过。

也就在向海川即将离开时，他突然又停下来，想起什么似的，回身问：“宋晨曦，你总说对我没有怨气，只当我是萍水相逢的普通人，可是假如你真的对我毫无波澜，将我当作生意场上遇见的人，你今日，还会这样对我吗？”

宋晨曦微微一愣。

深蓝游艇会是S市的龙头企业，独一无二的骄子，马上就要启动上市。向海川身上所拥有的资源，是很多人难以比拟的。就算是云杉远航，真与向海川比起来，强龙不压地头蛇的道理大家都懂。真要到了S市，也是要给向海川几分薄面的。

宋晨曦沉默了。

她无法回答。

的确，她还是仗着自己跟向海川熟悉，仗着他们之前曾经相濡以沫的五年感情，才能在洗手间里接待他。

但也就是因为这份感情，他才会跑到洗手间里来。否则，他们都会在外面，找一个光鲜亮丽的场地，吹着海风，喝着咖啡，聊着业务。你好我好大家好。

但其实，假如真的没有那些过去，宋晨曦或许连坐在一起跟他喝咖啡的机会都没有。

他的人生高不可攀，与她没有交集。

宋晨曦不说话，向海川也没有再逼迫她。他叹了口气，又问："你从来不喜欢小白脸，为什么要留在他的身边？"

"你……"

池远航脸色一白，显得更加白皙了，正要上前干架，宋晨曦却说："以前不喜欢，但审美这种东西是会变的。过去喜欢的不代表未来也会喜欢，过去不喜欢的也不代表现在就不喜欢，您说，是吗？"

向海川闻言，脸色更加难看了。

"还是那句话，假如你真的喜欢，我祝福你。你开心就好。"向海川说完，走上楼梯，离开了。

表面上，他是在祝福，但言下之意是："假如你是为了气我，而跟这个毛头小子在一起，那大可不必。"

她怎么就是气他了？

他就那么有自信吗？

宋晨曦被这句话气得陡然憋了一肚子火，没处发泄。

而池远航听了这话，却来了兴致，他望着宋晨曦，惊喜道："Vicky……难道你对我也……"

"滚。"宋晨曦翻了好大一个白眼，比过去翻过的加起来还要大，"哄向海川的，你也信？"

宋晨曦把刚刚用过的扳手塞进池远航的怀里，瞪了他一眼："记住，这是扳手，十字的叫螺丝刀！麻烦你多学点东西，别让向海川以后有机可乘！”说完，她头也不回地离开了船舱。

池远航听了宋晨曦的话，更加觉得自己没有理解错。

此刻，即使抱着不知道沾了些什么乱七八糟的螺丝刀，也没有丝毫的嫌弃，甚至……有那么点儿喜极而泣的意味。

宋晨曦她说她喜欢小白脸！

那么以后，谁叫他小白脸都无所谓了。

他承认自己就是白，且白得骄傲、白得大方、白得闪闪发光！

夜晚，宋晨曦洗完澡，吹完头发，侧躺在自己的床上，抬头，就看到床头灯下放着的那一只紫色贝壳。

灯光下，紫色的贝壳依然闪烁着一层细密的金光，这一枚，早已被她摩挲得比换给向海川的那一枚还要光滑了，但它内里的莹润，并没有随着时间而消逝。

就像向海川，时隔经年，他也依然还是当年那般模样。岁月并没有在他身上留下什么痕迹。但他们之间，已经回不去了。

今日向海川走前说的最后那一句，已经是以往的他不可能会说出来的话。他永远都是将情绪埋在心里，从不外露，不让任何人不高兴，他能当着池远航的面逼问她，已经是不可思议的事情。

可那又怎么样呢？

他们之间，已经有了一道裂痕。过去再美好，再相见，翻开来，也只会是疮疤。

宋晨曦将那枚紫色贝壳放进了抽屉，用杂物堆砌在上面，将它放在了一个看不见的角落里，轻易不会被想起。

九年记忆，两年的思念，五年的相濡以沫，到最后，用了两年时间彻底忘记。

她该与过去，彻底说再见了。

翌日，“晨曦号”再次起航，这次船上多了一个老熟人——钱老爷子。

钱老爷子身体倍儿棒，宋晨曦他们歇着的两个月，他也几乎没有出过海。在S市待了两个月，早已经心痒难耐，一听说宋晨曦又要带队了，立即赶了过来。

“自从跟你们去了一次西沙，就再也没法跟别的团队出行了。”钱老爷子兴致勃勃地说完，上船就给每位船员发了一包烟——软中华。

“谢谢，我不抽烟。”宋晨曦和池远航都拒绝了，但小林和大金是个烟鬼，平日里没舍得抽好烟，见到了软中华都两眼放光。

小林很快点燃了一支，但大金犹豫了一会儿，还是拒绝了：“算了，不抽了。”

小林见鬼似的看了眼大金，不可思议地问：“怎么不抽了？”

“柳柳不喜欢我身上有烟味儿。”自从跟北方姑娘柳柳凑在一起，大金的变化颇多。就连说话的时候，都不自觉地蹦出儿化音。

小林不满道：“柳柳、柳柳……又是柳柳。你不是对女人敬而远之，说她们是累赘，只会影响你开船的速度吗？你怎么现在张口闭口都是柳柳？”

大金也没有理会他的抱怨，只是说：“抽烟对身体不好，我建议你也戒了。”说完，他直接扯下小林嘴里的烟，在烟灰缸里压灭了。

“这可是一百块一包的！”小林立即捡起来，怪叫道，“你不抽也别浪费啊！给我！”小林说着，快速把烟捡起来，但看到其他人都不抽，也不好意思再点火了。只是放回烟盒里，准备晚上一个人熬夜的时候再抽。

钱老爷子也不是个小气人，索性把四包烟都给了小林，小林也不客气，笑着收下了。

钱老爷子说：“这次我带了自由潜的脚蹼，刚学不久，希望能跟小宋船长一起，看到更有趣的场景。当然，你能抽空指点我一下，就更好了。毕竟，他们都说你潜水教得好，我也想挑战一下身体的极限。”

“没问题。”宋晨曦不藏私，来者是客，能一起玩当然是最好的。

但池远航听着这对话，心里就不乐意了。

钱老爷子跟着深蓝出海了五六十次，这个“他们说”里的“他们”，自然指的是深蓝游艇会的人。向海川给宋晨曦撑腰的事情肯定已经传遍了深蓝上下，那么宋晨曦的事迹自然也不是什么秘密了。而宋晨曦的潜水技能是一流的，跟她一起潜水自然是丝滑体验。过去池远航能把这一点当作卖点来宣传，但自从知道宋晨曦的潜水是向海川教的之后，他突然很是嫉妒，暗搓搓地不爽。

严格说来，向海川岂不是他的师爷？辈分陡然矮了两辈，他不高兴。很不高兴。

除此之外，他一有空就会盯着向海川的微信看一阵子，纠结到底是该把他删了呢还是不删了呢？

他纠结了好些日子，但每次都发现对方并没有删他，他若主动把人家删了，好像有点落了下风。于是从来没有朋友圈分过组的池远航头一次建了一个组——渣男组。

有关于“晨曦航海会”的事情向海川看不到，但有关于宋晨曦每天做了什么菜，他倒是会暗搓搓地发一下，还仅一人可见，配文是——“她的手艺越来越好了，大概是带着爱意的吧”之类的矫情秀恩爱文字。

这个“她”指的是谁，不言而喻。

渐渐地，宋晨曦发现只要是她做饭，池远航就会拍照，然后抱着手机傻笑。一开始她不明所以，但池远航总会以拙劣的借口让她喂他吃。比如说故意拿着无人机的操纵器，表面上在控制无人机为客人拍照，看起来很忙，但又饿得不行，说：“快给我喂一口。”

一开始，宋晨曦怜他辛苦，还会给他喂饭、喂水，但当她发现每次在她伸手之后，他那“没空”吃饭的双手却能精准地抽出一只来掏出手机，咔咔拍照，她突然明白了。他这么做，八成是在想方设法地“秀恩爱”。

他自从知道了向海川的存在，那么爱发朋友圈的他，又怎么会放过这么好的机会呢？

他一定背着她在朋友圈作妖。

“无聊。”宋晨曦翻了个白眼，再也没喂过他。

但他也不死心，继续想别的办法。

夜里，宋晨曦守着船舵，盯着航海仪，在没有报警的情况下就会小睡一会儿。

池远航趁她睡着了，就忍不住悄悄地走过来，坐在宋晨曦的身边，靠着她坐下，拍照。他的手不动声色地从她的肩膀后边的座位上划过，露出二人好似亲密无间的合影。

但实际上，宋晨曦戴着鸭舌帽，压低了帽檐，早已经熟睡。就这样，拍一千张照片里，才可能会有一两张显得二人交颈而卧、同榻而眠。十分暧昧。

池远航美滋滋地发了朋友圈。不管向海川看不看，他都只设置了向海川一人可见，为了确保他想起自己时能第一时间看到，他甚至不发广告了！

宋晨曦看到一直在欣赏朋友圈的池远航，忍不住提醒他：“最近客源没以前好了。”

池远航点头：“嗯，生意要慢慢恢复。”他并没有听到宋晨曦的“弦外之音”，还恬不知耻地解释着。

“你的心思不在营运上，你每天在想些什么？”宋晨曦直截了当地指出，他最近有点不对劲。

池远航却理直气壮地说道：“没想什么。我只是朋友圈发得少了，但微博、小红书、抖音号经营得都很棒。”

“那行吧，你心里有数就好。”宋晨曦翻了个白眼，走了。

反正，船东自个儿都不着急，她急什么？

经过一夜的航行，帆船到达了北礁，这几乎是每次帆船航行必到的第一站。虽然流程相似，但每次来北礁，体验感都不同。

这里帆船往来密集，来来去去，每次都能见到来自全国各地的不同的船只，认识不同的船友。到了北礁，才算是西沙旅行的正式开始，但今天情况有些特殊。

其他的客人头一次看到浅蓝色的玻璃海，都跃跃欲试，准备下水玩耍，可钱老爷子吃过早饭后，状态就不大好。从来不晕船的他突然说有些头晕，早饭吃了两口，就全都吐了，还一直犯恶心。

他的状态跟前一晚晕船的客人相似，所以都以为他晕船了，没人放在心上，但宋晨曦却觉得不对劲。

钱老爷子来了西沙那么多次，从来没晕船过。怎么这会儿突然头晕呕吐了？

“钱老爷子，你没事吧？”宋晨曦格外关注人群后的他，第一时间赶到他身边，细心询问。

他坐在沙发上，手捂着头，脸色难看，但他依然声称自己没事。

钱老爷子：“就是头有点晕，歇一会儿就好了。你们去玩吧，别因为我扫了大家的兴致。”

“不行。”宋晨曦看着他这副模样，为了保险起见，说，“我们得返航。”

很快，她便将返航的决定告诉了船队中的其他人。

“我不同意！”同行的船友都很崩溃。

“我们才刚到北礁灯塔，连照片都还没拍呢！”最年轻的小姑娘怒道，“他只是头晕，又不是要死了，怎么能因为这点小毛病就返航呢？我们昨晚吐了一晚上，也没人说要回去啊？”

小姑娘刚考了自由潜二星，第一次下水，好不容易换好湿衣，拼了老命才将全身都裹在小一号的湿衣里头，这会儿说不能潜水要返航，哪有这样的事？

况且，前往西沙也不是每天都能进行的，需要等待海况平稳并且得到海事局的放行。船队通常会提前三天通知客人，让他们从全国各地聚集在此。他们甚至两次更改了出发日期。现在突然说要返航，任何人都无法接受。

“必须得回去。”面对全船的反对，宋晨曦却坚持，几乎不等大家都同意，就直接开足了马力。就连在近海几乎不会打开的风帆，她也全部打开，让马达和海风一起推动船只全速返航。

对讲机里各个船只都在问宋晨曦发生了什么事，宋晨曦直接说船上有病人，一刻也不能耽搁。大家也都立刻避让开来，给她让出了航道，就连前方过来的船只也都纷纷避让。

眼见北礁越来越远，穿着一身湿衣的女士怒不可遏，和男朋友一起，指着宋晨曦的鼻子大骂：“我一定要投诉你们！”

小林在照顾钱老爷子，甲板上只剩下大金和池远航安抚其他七位客人的情绪。

池远航点头哈腰道：“抱歉啊，钱老爷子已经七十岁了，他这个样子有点危险，我们也是为了客人的安全考虑。抱歉、抱歉……”

“一两万的旅行费就一句抱歉就了事？还有我们的机票、酒店、误工费、精神损失费，谁来赔偿？”

“他一个人是舒坦了，可我们呢？他那么年纪大出来玩，不是买保险了吗？真出事了有保险，找保险赔，也比拉着我们一起陪他在海上遛弯好吧！”

“抱歉，我们也不愿意见到这样的情况，要不然这样，船费我都退给你，这次两天一夜的航行全免费。你们上岸的食宿我也都报销，若你们近期还想去西沙，我介绍别的船给你。若你们还想跟我们一起出行，我们择期出发的时候再通知你们，好吗？”池远航低声下气，既出钱又出力，却也没有得到大家的谅解。

能够接受赔钱的倒是不闹了，但是出来玩，只注重心情的小姑娘就不依不饶了：“就你们这样的，谁还敢再跟你们一块儿出来？我不仅要告你们，还要在网上挂你们！简直太可气了！”

“我……”

“你去挂吧。”池远航还想解释，但宋晨曦直接打断了他，“就算我们名誉扫地，我也必须以大家的安全为先，不出事最好，大不了是我们赔钱。但要真出什么事了可就来不及了。毕竟，大家出来玩的都是图开心，你们也不希望过两天船上有一具尸体陪着你们一起玩吧？到时候去了西沙腹地，再遇到些小状况，还想返航谈何容易呢？”

“他不是说了自己没事吗？”女孩翻了个白眼，依然不肯服软。

钱老爷子在一旁听着他们吵了好一会儿，终于忍不住了，摇头说：“我没事，休息一会儿就好了。天是不是快黑了？我进去睡一会儿就好，你们继续玩你们的。”

这下，所有人都意识到，大事不好了。

大家刚刚才起床吃过早饭，怎么就天黑了？

“脑卒中，头疼、头晕，视力减退、意识模糊，再下一步就是昏厥了。”

宋晨曦说完，池远航立即凑过去看钱老爷子，脸色一沉，说：“他，他好像已经昏迷了……”

女孩这才吓了一跳，脸色苍白地说：“刚刚不是还没事吗？”

宋晨曦：“年纪大了，说不准的。”

这下，全船的人都没心思吵架了，一个个都守在钱老爷子的身边，注意着他的一举一动。

宋晨曦心中忐忑，但面上却不动如山。

她把船开得飞快，老天爷也给力，回来的路上顺风顺水，当天夜里，他们就赶回了码头。早已联系好的救护车等在栈桥边，船一靠岸，立即就有担架将他抬上了车。

在救护车的警铃轰鸣声中，钱老爷子终于被送到了医院。宋晨曦作为船长，池远航作为船东，是第一责任人，一步都不敢离开。

大金和小林留在船上，处理客人的善后问题。

小林将客人们都送到了周边的五星级酒店，并告诉他们：“船东说了，这次的损失都算在公司账上，W市内的酒店包吃包住三天，你们往返的机票也全都报销。而西沙团期，你们愿意择日出发的再另行补发，不愿意去的我们全额退款。这三天内，要是想在W市内游玩，我们也可以带领，这样安排，你们看合适吗？”

大家提心吊胆了大半天，早已经累得不行，见他们的认错、赔偿态度还行，这才平息了众怒，各自拿了房卡离开了。

但这边小年轻的问题好解决，钱老爷子的事情却并没完结。甚至，只是一个开始。

因为送医及时，钱老爷子的命捡回来了一半，但也没全部捡回来。缺血性脑卒中，目前除了眼睛能动，其他的地方都不行。医院建议紧急转院到S市去，但是家人都不在身边，不论是转院还是手术，都进展艰难。而钱老爷子写的紧急联系人也联系不上。

“什么仇什么怨，老公躺在病房里都能不管不顾？这女人也太心狠了。”

池远航对钱老爷子的遭遇感到不平，但宋晨曦却冷眼旁观，淡然地问他：“或许你应该等钱老爷子康复后问问他，究竟是做了什么才让一个女人变成了恶魔，甚至对丈夫躺在鬼门关都不闻不问？人与人之间是相互的，她态度恶劣，钱老爷子估计也不怎么样，你不要随意站队，也不要过多操心。”

“好吧。”池远航觉得她说得有道理，一时无法反驳。

“那现在该怎么办？”池远航问宋晨曦。虽然池远航是船东和老板，但他不知何故习惯性地听宋晨曦出主意，这次却让宋晨曦有些不知所措。

“报警吧。”许久，宋晨曦才说道，“钱老爷子买了全套商业保险，医疗费用有保险，任何事故都能报销，不需要花什么钱，只需要警察联系到他的家人，让他家人来签字就好。”

“报警是必须的，但在警察找到他的家人之前，还得有人照顾他。”

听到这里，宋晨曦也陷入了沉默。

这个问题让他们都感到为难。一大早，池远航和宋晨曦一起回到了船上，与小林和大金商量接下来如何照顾钱老爷子的事情。

小林踌躇着说：“你们知道，我家里事情多，离不了人……”

小林的困难，大家都能理解，于是自然地排除了他。

宋晨曦又看向大金，但令她没想到的是，大金也犯了难，推托道：“我从没进过医院，更不会在医院照顾人。假如不跑船，我就回家陪柳柳了。她……最近需要我。”

“陪柳柳？”宋晨曦皱眉，“你一个从来12点前都不回家的人，居然开始恋家了？”

大金是个一米八九的壮汉，被宋晨曦这么一揶揄，脸立刻红了起来，尴尬地说：“女人就是麻烦，谁让她煮了饭？我也不好意思不吃啊……”虽然他极力地掩饰着，但他的行为反应才是他内心的真实写照。

他已经对柳柳产生了依赖。

这下，大金和小林都指望不上，最后，还是池远航叹了口气，说：“还是我来吧。小林回家陪老婆孩子，大金陪女朋友，我陪钱老爷子，挺好的。毕竟他是我签来的客人，船也是我的，赚的大头也是我拿的，不能出事了让你们担着。”

虽然池远航觉得自己只是在承担自己该承担的责任，但与前面两个老婆孩子暖被窝的人比起来，在医院陪一个不算很熟的七十岁老爷子，感觉还是略凄凉。

“我陪你。”宋晨曦叹了口气，说，“我去把其他课程都取消了，等钱老爷子恢复了再说。”

池远航一听，顿时精神好了七八成，几乎眼带泪花地点了点头，说：“好！”

第二天，钱老爷子便转院了，去了S市的三甲医院。经过诊断，钱老爷子只是轻微中风，因抢救及时，还有康复的可能，但必须马上进行手术。手术不算复杂，但术后的恢复是一个漫长的过程，只能疗养，不能操劳。这下，他的家人又成了关键。

可是一整天过去了，警察还是没能联系到他的家人出面，哪怕是联络了A市的同事，找到他妻子的家去了，对方也依然一口咬定：“除非他死了，否则不要找我。”

而他女儿也是一句话：“我父亲有钱，给他请护工就好了。至于手术签字，我妈不管，我也不管，他自己决定吧。抱歉，我很忙，不要再来打扰我。谢谢。”说完，她便下了逐客令。

在人情上来说，这是凉薄、是无情。从法律上来说，这是违法。

民警带着社区的人跟她们理论，但对方拿出一张二十年前的离婚证，直接一句老死不相往来，让警察噎得没话说。

母女俩决绝的态度让所有人都无能为力。

池远航望着病床上的钱老爷子，一时之间，也感到五味杂陈起来……一个中风患者怎么自己签字？怎么自行决定？妻子女儿都不管，他们怎么管？且不说病情平稳的情况下日夜看护，万一恶化了呢？在ICU里住着一天就好几万，还要涉及保险报销、转院、手术等一系列后续问题，谁来签字做主？难道让池远航或者宋晨曦来吗？

这也太离谱了！

至此，宋晨曦和池远航才觉得，他们摊上大事了。

然而福无双至、祸不单行，屋漏偏逢连夜雨，最糟糕的情况很快就发生了。

或许是意识到自己生病无人照料，过去几十年的悲愤与悔恨涌上心头，钱老爷子的病情突然恶化，再次紧急转院，从旅游城市 S 市转到了 H 省的省会城市。手术迫在眉睫，最后院方没办法，只能紧急找来钱老爷子的一个远房亲戚，飞来代为签字，另一方面又在民警和社区工作人员的见证下，让远在 A 市的钱老爷子的女儿签署了免责书。如此，才终于将他送进了手术室。因为手术耽误了病情，虽然手术成功，但是钱老爷子依然陷入了重度昏迷，如今只能躺在 ICU 里，一天的治疗费要好几万。而这笔钱，自然而然地落到了送医来的池远航和宋晨曦的头上。

池远航当然不会要宋晨曦掏这笔钱，人是他找来的，船也是他的，若不是宋晨曦，钱老爷子这会儿只怕已经死在了海上。他要赔偿的金额只会更多。他感激宋晨曦都来不及，又怎么会让她出钱？

但池远航自己也是个手里不留钱，有多少花多少的主，让他一时间拿出这么一大笔钱，也有些难，而他也不可能找家里要。毕竟当初离开的时候就说好了，这艘船就是他的全副身家，他自信满满地拿了船，总不至于又恬不知耻地回家要治疗费。

池远航找了几个研究生时期的朋友借了些钱，才勉强支撑着。

进入 ICU 的病人，花费如流水般流逝。等住了一周之后，钱老爷子脱离了危险，他们的钱也几乎见底了，为了节约开支，他们请不起护工，只得宋晨曦和池远航两人轮班照顾。

接下来的两周，宋晨曦和池远航几乎都被困在医院里。两人虽然都在医院，但见面的时间并不多。他们在医院附近租了个小房子，白天，宋晨曦醒来后，就买了早饭来医院，给池远航带一份。吃过早饭，池远航就回去睡觉，等到下午吃晚饭的时候，再带着晚饭过来与宋晨曦换班。两人能够见面的时间，只有短暂的十几分钟交班时间。他们都累得不行，连交流的机会都很少。但池远航只要能在交班的时候看到宋晨曦，他的眼睛里就会重新闪起亮光——他还有人陪着。他不是一个人。

宋晨曦和池远航都是从未经历过这些的人，生老病死一直都离他们特别远。他们过去所考虑的，只有诗和远方的大海，从未有哪一天像现在这样，被压在医院里，照顾着一个和自己没什么关系的人。

尤其是在刚出 ICU 的那几天，钱老爷子无法进食，需要宋晨曦和池远航自己学习如何调制流食，再将它们用针筒从胃管里直接打进去。更别提擦身、排尿等一系列脏活累活。

池远航觉得自己在这里待了半个月，算是把人世间的苦难都看完了，他突然从云端回到了现实。

“也算是一种学习了。”池远航刚喂完饭，一边苦笑，一边洗碗说，“以后万一家人老了、病了，提前练习一下，也能更得心应手了。”

宋晨曦虽然想斥责他不要胡说八道，但一想起他们的父母也年过五十，很快会步入老年，也不禁有些发愁。

她……已经好多年没回去过了。

“你最近跟爸妈联系过吗？”见她脸色不太好，池远航问。

宋晨曦：“没有。”

“为什么不联系？”池远航不解。

宋晨曦沉默了一下，说：“还不到时候。”

说到这里，池远航大概也猜到一点。当年她不顾父母反对，放弃大学，一头扎进了军营，想来也是遭受了极大的阻力。

“那你准备什么时候才跟他们联系？”池远航问，“他们年纪也不小了……”

“我知道。等能联系的时候，自然会联系。”宋晨曦有些不想谈论这个话题，反问他，“那你呢，你来这里，你家里人不反对吗？”

“反对啊。”池远航耸肩，道，“所以我只能自己想办法了。自己赚钱、自己做饭、自己刷碗、自己照顾。”甚至是尿盆，他都得每天接个十四五次。

一个月前，在海边吹着海风、听着歌的他哪里能想到，自己还会端屎端尿这样的技能呢？

宋晨曦莞尔，池远航也苦笑地撇了撇嘴，子女的远行和父母的不理解永远是个矛盾的话题，无解又沉重。生活已经够苦了，还是不要再给对方施压了。

二人果断选择同时闭嘴，结束了这个话题。

半个月后，这天，病房里来了一个陌生女人，看年岁不大，算起来，似乎与钱老爷子女儿的年纪相仿。他惊喜地问：“您是……”

“您好，我是林越的妻子，我叫刘玫。”刘玫的手里拎着两个苹果，表皮不太光滑，但还是很客气地将它们递到了池远航的手里。

池远航有些发愣，他想过无数种可能，却从来没有想过来人会是小林的老婆。但很快，他回过神来，接过了苹果，问她：“你好你好，你……

怎么过来了？”

“啊，是这样。我听说你们公司出了事，今后可能没有办法出海，然后上个月的工资没有结算，小林还往里垫了几千块钱，您看是不是能……给结一下？”

刘玫说完，见池远航没说话，紧接着又道：“你知道的，我们家人多，十几口人等着吃饭，小林他也没跟我说一声，就把钱给垫上了。他倒是逞能了，可我们全家吃什么呢？马上又要过年了，到处都需要用钱，你是当领导的，应该不会差我们这点钱吧？”

池远航这才想起来，当时他们去医院之后，余下旅客的安排全是小林和大金善后的。

池远航：“抱歉，抱歉，实在是对不起，太忙了给忘了。总共多少钱？我现在就转给你。”

池远航说完，刘玫的脸上立即笑出了一朵花来。她催了小林半个月，小林都一直支支吾吾不肯拿钱，说要不回来。她还以为会很难，却没想到池远航居然这么好说话。

她大笑着：“我就说你们这么大的老板，船都买得起，怎么可能给不起工资。总共八千二，这是我的收款码，您看，能不能现在就付了？”

“没问题。”池远航点了点头，立刻打开手机，扫了刘玫的付款码，却没有成功。

池远航换了三张卡，都显示余额不足。

“还没好吗？”刘玫皱着眉头，问。

宋晨曦在一旁看到了，猜到池远航或许有困难，主动站了出来，说：“可能他的手机信号不好，我来吧。”

刘玫看了她一眼，知道宋晨曦的身份，但她天然对女性没有那么友好，总觉得小林身边的女人都不安好心。于是她也没多少笑意，只将二维码递了过去，说：“你就是宋晨曦吧？你来也行。”

宋晨曦知道刘玫的脾气，也省得跟她寒暄，直接拿出手机，正要扫描，池远航却按住了她，说：“不必。我来就好。等我两分钟。”

池远航拿着网银一通操作，最终将三张卡里的钱凑在了一起，但他发现还差七百，为难地问她：“先给你七千五，行不行？还有七百，过几天给你补上。”

“那不行！你们当大老板的不在乎，但对我们来说，两百是我们一家人半个月的伙食费！”刘玫突然就被他这句话刺激到了，怒道，“你们总不至于连七百都要拖欠吧？能买得起几百万的船，居然连几百块都没有？还有没有天理了！实在不行你去卖船啊！”

刘玫突然的高声呼唤，让池远航吓了一跳，也让其他病房的人纷纷从门口探出头来，看热闹。

池远航急忙道：“不是不给，是先欠着。”

“那也不行！已经欠了这么久了，我说什么今天都要满打满算全额要回去！”刘玫不依不饶，指着宋晨曦说，“再说了，她不是有吗？你当欠了她的，过几天再还给她不就好了！”

“是，我来吧。”宋晨曦为了息事宁人，再次拿出了手机。

但池远航的尊严和底线是不花女人的钱，这种事情，再困难也不会发生。

“我……”他刚要去想办法，就在这时，小林突然冲进了病房，快速跑到刘玫身边，拉住她的手，喝道，“你什么都不知道，别在这添乱，快跟我回去！”

“我添乱？我添什么乱了？”刘玫更加疯狂了，大叫道，“欠债还钱，天经地义！是他们欠我们钱，我们怕什么？”

刘玫的声音越发大了起来，嗓门嘹亮高亢，被小林这样一激，在家呼三喝四的模样立即便浮现了出来，指着他的鼻子骂道：“你没用，要不来钱，还不是只能我来？我一来就拿回来七千五，这说明什么？说明他有钱！就你傻乎乎的，还为他们着想。他们这种人，你不逼他们是不会拿钱的！”

“你……你！”小林此时已经气得脸红脖子粗，但在家里，被呵斥习惯了，良久，才憋出一句，“有事回去再说，别在这儿丢人！”

“丢人？你说我丢人？！好啊林越，你有本事嫌我丢人，你倒是拿钱回来啊？拿不出钱你还好意思叫我回去？我跟你说，今儿我不管他们是去借还是去讨，总之，我要看到八千二，一毛都不能少！”

越来越多的人聚集在门口，有不少病友都知道宋晨曦和池远航是义务照顾钱老爷子的，也知道他们困难。他们俩每天累得前胸贴后背的，还要被她这样辱骂，着实有些也听不下去。

“我借给你。”隔壁房间的老大爷走来，扫了刘玫的二维码，又转了七百过去。才对池远航说，“我相信你，等你有钱了再还我，不急。”

“谢谢莫叔。”

两个人几乎天天见面，对彼此也算有一定了解。莫叔拍了拍池远航的肩膀，让他不要担心，然后就离开了病房。

这下，刘玫是高兴了，可其他人不论是池远航，还是小林，都觉得十分丢人。

池远航是因为自己七百块都拿不出来了，小林则觉得，他在最困难的时候，来给池远航这么一记暴击，实在是不应该。

可他没办法，他管不住刘玫。

小林挫败地低着头，对池远航说："对不起，是我的错，我不该告诉她钱老爷子的病房号……"

池远航摇了摇头，没觉得他对不起自己。

他更觉得，其实是自己对不起他们。

是他把他们带到绝境的。

钱老爷子其实根本就不该上船的，是他拍板做主，让七十岁的钱老爷子上了船。

并不是没有人提醒过池远航，可他觉得，国外那些老头七八十了还在海滩上冲浪，没道理他们国家的老人就该在家里发霉，他们也该享受海岸、椰林、日光浴才对。

可是，他把事情想得太简单了。而且，他也没有做出任何抵御风险的准备。他没有抗风险的能力。他错了，而且错得很离谱。

经过这么一番闹剧，池远航和宋晨曦在医院算是彻底出名了。

估计很快消息就会传开来，"晨曦航海会"的老板池远航连七百块都拿不出来，比起拥有一百多艘船的向海川来说，他更觉得无地自容了。

刘玫拿着钱，心满意足地离开之后，给了小林半个小时的时间与他们叙旧。他们来这里也已经大半个月了，后续还有很多问题值得商榷。房间的人散去，只剩下宋晨曦、池远航和小林。

小林是最先知道池远航底细的人，当时他耀武扬威地告诉自己他是云杉远航的继承人的时候，他还有些轻视他。但一起朝夕相处了半年，见他绝口不提自己的家世，对他倒是有所改观了。至少落到这个境地，他也依然没有想着给家里添麻烦。

"接下来该怎么办？"小林问。

"抵押贷款。"池远航思索了下，说，"你老婆说得不错，我还可以卖船。"

宋晨曦愣了一下，盯着池远航，很是不解。

“你别听她胡说！”小林也是一惊，道，“为了一个不相干的老爷子把船拿去做抵押，合适吗？”

“钱老爷子并非无关紧要的人。”池远航坚定地说道，“钱老爷子是我们的客人，他是在我们船上出事的，我们必须负责。而且，我相信他会康复的，到那时，他一定会知悉我们这些日子的付出，他一定不会亏待我们。”

这一点，宋晨曦和小林都不太赞同。

池远航几乎没有涉足社会。他从未见识过社会的黑暗，因此他总是坚信，这世上的人都光明磊落。他做好事说好话存好心，善恶到头终有报，他的付出绝不会白费。但显然，这种想法在自幼行走江湖的小林和宋晨曦眼里，有些异想天开和一厢情愿。

但此时也没有人会给他泼冷水。

他的压力已经够大了。

池远航又说道：“等船卖了我会给你们一笔遣散费，你们靠这笔钱，也能生活一阵子。假如我还有把船赎回来的那一天，我还会来找你们。如果没有，你们也可以另谋高就，我不会怪你们。”

“遣散费就不必了，我的钱够用。”小林说：“虽然刘玫把我们说得很惨，但我们家还没到揭不开锅的地步，她只是怕你跑了……而已。”说到这里，小林又觉得自己有些不合时宜了，赶紧闭上了嘴。

宋晨曦也摇头，说：“我很有钱。比你想象的……要有钱很多。”

宋晨曦说完，池远航苦笑了一下。他说：“现在不仅仅是钱的问题，更重要的是，我们也没有时间出去跑船。船停在码头，一天的停泊费也不少。与其空置，不如变卖。至少在钱老爷子醒来之前，我们都只能如此。至于他什么时候能清醒过来，还是个未知数……先做好最坏的打算吧。”

池远航作为船东，他的选择没有人能反对，就算是宋晨曦也不行。

小林和宋晨曦都没有说话，只能陪着他走一步算一步了。

但银行贷款也并不容易。

一条估价两百万的船，到手的贷款额度只有六成，而池远航这艘船船龄极大，显然对方只会将价格压到更低，想要靠船拿到大笔额度根本不可能。

池远航这么大了，第一次为钱发愁。

第二天，宋晨曦拿出自己的存折，递给池远航：“给你。”

“我不要。”

“这钱算是借给你的，反正你迟早都会还给我。”

但池远航连打开的兴趣都没有，直接退了回去，坚定地说道：“这件事情，我来解决。”而后，他说什么都不肯接受宋晨曦的钱。

宋晨曦叹了一口气，有些无奈地说：“你还真是不相信我有很多钱。池远航，你会后悔的。”

但宋晨曦的话在池远航耳朵里，等于空气。

跟女人拿钱？

抱歉，他宁愿去卖肾都不会走到这一步。

夜里，换完班，池远航正在看借贷公司的网站，房间里突然来了一个熟人。他怎么都想不到的一个人，向海川，他正一身西装笔挺，出现在了病房里，与周遭的一切都格格不入。

“抱歉，刚开完会就赶过来了，听说你们遇到了困难，我能帮上忙吗？”向海川开门见山，半点弯弯都不绕。除了他很忙这个理由以外，显然，他跟池远航之间也没有绕弯的必要。

都是在海上混饭吃的人，消息传得贼快。事情发生了这么久，向海川也知道，他们已经到了山穷水尽的地步。

可再是山穷水尽，池远航也不会跟向海川借钱。

就像他永远不会找宋晨曦拿钱一样。

“我来不是要给你钱，我只是觉得，你作为宋晨曦的老板、朋友，甚至是……男朋友，你该为晨曦的未来考虑。”向海川道。

“你什么意思？”池远航皱眉。

“我来找你，是希望你考虑一下晨曦的未来。你们已经不年轻了，在这片海上单打独斗自由自在的确惬意，可是你有想过未来吗？你们能这样跑一辈子的船吗？一个钱正国就能让你们束手无策，连带整个公司停运，未来还会遇到更多、更大的问题，你能护得住她吗？”

向海川提出的问题，池远航一个都没有办法回答。

他原本是很有底气的。

他的未来早就注定好了，云杉远航的继承人，“钱”途光明，金光万丈，一片坦途。这是祖辈就留下的产业，他根本不必担心。

可是也就是这么一个“钱老爷子”，让他对自己产生了怀疑。

他要是不靠家里，他似乎真的没有办法凭自己的能力护住宋晨曦……

“所以，让她回到我的身边，我能保护她，给她遮风挡雨，免她颠沛流离。而你……与她在一起可能是互相耽误。你再好好考虑一下。”

向海川离开后，池远航思索了一晚上，然后给宋晨曦发了一条消息，劝她离开自己。至于以后去哪里，她只要高兴，都可以。哪怕是回到向海川的身边，他也不会觉得有什么问题，还会为她感到开心。因为，只有向海川，才是能够护她周全的男人。

他掌控一切。

“池远航，你是不是疯了？”一大早，宋晨曦看到这条消息，气得差点心肌梗阻。

“什么叫回到向海川的身边就能有人遮风挡雨？你知不知道，我人生中最大的风雨就是向海川带给我的？没有他我好得很！”宋晨曦冲进病房，对着池远航一通吼，直接把池远航给吼蒙了。

良久，他才道：“可是我的船保不住了。”

“保不住又怎样？保不住我就得回到向海川身边，去乞讨吗？”

“不是乞讨，他会对你很好、很好……至少比跟着我有前途。而我，我不能再耽误你的时间了。钱老爷子有我照顾，你应该回到原本的生活中去，向海川的公司很有发展前景，你回到他的身边，他绝不会亏待你。”

在过去，宋晨曦一天要打好几份工，像现在这样天天陪着他守着个不能动的老爷子，实在是说不过去。

宋晨曦却斩钉截铁地拒绝了，她说：“我来你这里干活，缺钱是一方面，但更多的是因为自由。你会放权，给我所需要的一切，你从来不会怀疑我，也不会控制我。但向海川不一样。哪怕我离开他这么久，他也依然觉得自己手里拽着一根线。”

“什么线？”

“绑着我的风筝线。他以为我永远也飞不走，只要他拽一拽，我就会回去，但是他错了。错得离谱！你以为他为什么会来找你？因为他在我这里已经没有办法了。池远航，就算没有你，就算我再穷，那个地方，我也是不会回去的。所以请你把心放回肚子里，暂时，我哪里都不想去，一切等钱老爷子醒来再说。”

至此，池远航终于放下了心。

他纠结了一晚上，在不舍得和宋晨曦的未来之间左右徘徊，难以抉择。如今她自己都说了，她永远不会回到向海川的身边去，那么他就没什么好忐忑的了。

“你不会走……真是太好了。”池远航长舒了一口气，捂住了脸，眼泪都似乎要掉下来。

宋晨曦看着他这副模样，叹道："池远航，在你眼里，我是嫌贫爱富，大难临头各自飞的女人吗？"

池远航还没说话，宋晨曦又自问自答道："虽然面对不喜欢的人，我可能是。但是对你，我做不到。"

池远航愣了一下，惊道："难道……"

"我的意思不是说自己喜欢你。"池远航刚升起的快乐又在一瞬间被宋晨曦无情浇灭，她说，"而是我对'晨曦航海会'已经有了感情。我看着她一点一滴从你的手里建立起来，我看着这艘船迎来送往那么多客人，他们每一个都鲜活、对生活充满了希望，但生活从来都不是一帆风顺的。

"人生一分甜，九分苦，我们大多数时候，都是在为了这'一分甜'而忍受'九分苦'。

"过去的确太顺利了，而不顺才是常态啊。总不至于我只要遇到逆境，就换环境，那我可能永远都熬不到真正幸福的那一天。池远航，这一段路，我会陪着你。所以，你也不要放弃，好吗？"

池远航愣愣地听完，点了点头，说："……好。"

下午，池远航没有回去睡觉，而是将船以极低的价格抵押给了借贷公司。虽然合理合法，但也算民间借贷，在高利贷的边缘行走。这是来钱最快的方法，和当铺没什么区别。

池远航忍痛签下了自己的名字，卖掉了祖传陪着爷爷打江山的船。他说不出心里是个什么感觉，但直觉告诉他，自己这样做没有错。他宁愿卖船，也不能不管钱老爷子。

宋晨曦知道后，没有骂他，只是很平静地问他："你就不怕钱老爷子出意外，无人赔付，最后船也没了吗？"

"不怕。"池远航斩钉截铁地说，"最差，我还能回去找我爹。最多就是丢点脸，然后被他打一顿。好多年没被他打过了，说实话，还有点想念来着……"池远故意表现得很无所谓，嬉皮笑脸着，半点压力都没给到宋晨曦身上。

但宋晨曦知道。他早已不是一开始那个带着八个女网红出海无所顾忌的池远航了。

在他选择告诉父亲真相，不是他开着船去南海的那一刻，他就已经下定决心改变了。

只可惜……老天爷对他还真不公平，一切才刚刚好起来，就遇到这种事，未来在何方，他突然有点不是那么有底气了。

但他也坚信，人是活的，钱是死的。只要人还在，钱迟早还会赚回来的。

第十章 · 沧海

Heading towards the morning light

日子如流水，一晃而过，马上就要到春节了。宋晨曦和池远航已经在医院待了一个月了。

康养病房里，宋晨曦来交接班，问池远航：“你过年不回家吗？”

自从他们换到康养病房，池远航的状态好了很多。没了扰人的机器和没完没了需要更换的药水，他几乎能睡个好觉了。

池远航一边帮着给钱老爷子擦身子，一边摇头：“船都卖了，还有什么资格回家啊？你呢？你回吗？”

“我也不回。”宋晨曦说完，神色有些黯淡。她已经不记得自己有多少年没回过家了。她只在表姐的朋友圈里，偶尔零星的才能看到一些父母的消息。

“我知道他们身体健康就好，不回去给他们添堵了。”宋晨曦说完，去帮池远航换了一盆水。两个人轮流做着看护的工作，已经默契的不需要说明，就知道下一步该做什么。

“那咱俩过。也省得请人照顾，毕竟，春节看护费要三倍呢！”池远航夸张地伸出了三根手指头，那一副一块钱要掰成三份花的姿态，与他刚来海边时，一晚十万的总统套房住着的模样大相径庭。

他现在一想起来当初的一掷千金，就恨不得抽死自己。

“谁能想到呢？虎落平阳，连犬都懒得欺。”池远航啧啧感叹。他们在这康养病房里，到了春节，着实是连个鬼影子都看不见。不要说被人欺负了，想找个人说说话都没有。

“安静些也好。”宋晨曦笑了笑，“生活总不会都是歌舞升平、夜夜笙歌的。平平淡淡、平平安安才是真。”

除夕夜这天，池远航接到了一个电话。池远航还没说话，对面的吼声已经连宋晨曦都能听见。虽然她听不太清楚具体内容，但总不会是什么好话。

池远航被骂了一阵，脾气也上来了，直说：“不回！我很忙，等我忙完了再说！”说完，他直接就把电话挂了。

“你爸？”宋晨曦问。

池远航点了点头：“也只有他会性子这么急，他要是少骂我一点儿，我可能也不会这么叛逆了。”

宋晨曦哑然一笑：“你哪儿叛逆了？”

池远航说：“他不同意我学画画，说画家都是不务正业。非要我去学经管，以后好接班。我不感兴趣，时常跟他吵架，尤其到了过年，跟上刑没区别，这哪是什么春节？春劫才对！我还不如在这儿陪钱老爷子。”

宋晨曦苦笑。原来他学画画，竟也是一种“叛逆”。跟她这种被逼着去学画画，而后跑去当兵的人来说，生命轨迹也算是异曲同工了。

“好好跟你爸说话……”宋晨曦调制好一碗稀饭，给钱老爷子一边喂食，一边说，“生命中的意外太多了，要珍惜每一次跟父母相处的机会，哪怕是一个电话，也不应该被忽略。”

“你还教训起我来了？你呢？多久没跟爸妈联系过了？”池远航问。

宋晨曦愣了一下，说：“我不一样。我想打，但是没脸打，等我挣回我自己的脸面，自然会联系他们。”

“怎么才算挣回脸面？”池远航又问。

“到时候你就知道了。毕竟，目标说出来，就难以实现了。”宋晨曦狡黠一笑，难得地没有露出苦大仇深的样子。

池远航被她说服了，想了想，觉得今天除夕，也确实不该给老爷子脸色看。

池远航：“我去外面打个电话。”说完，他拿着手机就出去了。

这一次，他们聊了很久，几乎两小时才回来。

中途，宋晨曦出去过两次。在走廊上，池远航坐在公共长凳上，表情从皱眉不悦，到后来的松弛愉快。再次说明，没有什么是沟通不能解决的，假如不能，那就继续沟通。

宋晨曦为池远航感到高兴。不管他能不能回家，至少，这个电话想必也能安抚他的家人一二了。

除夕夜，宋晨曦买了饺子皮和馅，和池远航坐在病房里包饺子。一张木板搁在长凳上，就是他们的操作台。电锅在平日里是不允许使用的，但宋晨曦和池远航已经是常客了，又是除夕夜，护士睁只眼闭只眼也就过去了。

病床上的钱老爷子偶尔会眨眨眼睛、动动手指头，似乎是在给他们希望。他们每次看见，都会高兴很久，每一点进步都是希望。

晚上八点，电视机里，伴随着春节联欢晚会开锣，锅里的饺子也沸腾了。池远航买了酒，给自己倒了一杯，又给宋晨曦开了一瓶椰汁。

宋晨曦指了指杯子，说：“给我也倒上。”

“酒？”池远航问。

“嗯。”

“你不是不喝酒吗？”池远航惊讶道。

“气氛到了，陪你喝点。”

“行。”

难得宋晨曦愿意陪他喝，池远航求之不得。

“不过……你要是喝多了，就不怕我对你做什么吗？”池远航问道。

“在这里？”宋晨曦惊讶道。

池远航脸一红，咳嗽了一下：“好像条件是不太允许……”

宋晨曦莞尔：“就算是条件允许，你也不会的。”

“为什么？你对我的人品这么有信心？”

“不是。”宋晨曦说，“因为……你不敢。”

说到底，还是觉得他有些胆小。

池远航的确有些胆小。

宋晨曦上次都喝醉成那样了，他什么都没敢做，但也正是这份“胆小”，宋晨曦才会这么放心他吧。

“行吧，第一杯，敬自由。”池远航提议。

宋晨曦难得心情好，立刻举起酒杯，与池远航碰了杯。

一杯喝完，她才问：“为什么要追求自由呢？”

“我们今天坐在这里，是为了追求自由，但最终似乎并不那么自由。希望未来，我们都能得到真正的自由。”

宋晨曦明白了。

他们之所以坐在这里，都是“反叛”的结果。自由是有代价的，除夕夜被困在这里照顾钱老爷子，就是自由的代价。他们愿意为此买单、负责，但同时也希望他们能早日脱离苦海。

“第二杯，敬未来。”池远航再次倒满酒，笑着说，“虽然现在看不见前路，但我相信，我们不会在这里待一辈子的。”

“那当然。”宋晨曦也笑了。

这一段旅程，是她从未有过的体验，也算是切实感受到生命中那些酸甜苦辣中的“苦”了。

过去她所受过的苦，都不算苦。毕竟，她活在热爱里，每一分每一秒都在为自己的热爱奋斗，她从来不觉得那是苦。等到了这里，这一个多月，她才真正地了解，这一日日地重复着一段不知道尽头的日子，才是真的“苦”。

想来，床上的钱老爷子，只会比他们更“苦”吧……

“这一杯，敬钱老爷子。希望他早日康复。”宋晨曦说着举起了杯，池远航其实已经有点脸红了，但一听这个话，又觉得，这一杯不喝不行。

“希望钱老爷子早日还我们自由和未来，还有……钱。”

池远航十分现实，眼下的困境，不外乎就是钱。假如他们有很多钱，请人照顾也是可以的，但他们没有。甚至连保险赔付款，都依然在走流程。假如他女儿不配合签字和追溯，他们连要钱都难。

三杯下肚，池远航已经不行了。但宋晨曦还脸不红心不跳，喝酒跟喝水一样。

池远航这才觉得，自己刚刚的问题有多可笑。

哪怕他把自己喝死了，宋晨曦也不会有问题的。

还对她动手动脚？

下辈子吧。

吃过年夜饭后，两人收拾好，又一起坐在角落的硬板凳上观看春节联欢晚会。板凳很小，两人需要紧紧挨在一起才能坐下。

池远航贴身靠着宋晨曦，温热源源不断地从她身上传来。他一动也不敢动，眼睛里虽然是春节联欢会，但脑海里想的全是宋晨曦。

而宋晨曦以前从不觉得春节联欢晚会的小品和笑话好笑，歌也不好听，甚至连看都懒得看，大年三十也跟几个哥们儿开着车四处溜达。但似乎在今天这种时候，在四周安静得骇人，左邻右舍都是躺在床上不能翻身、有今天没明日的人时，才会觉得这种歌舞升平着实吸引人，热闹得让人想哭。

宋晨曦看得眼眶都有些湿润了，虽然眼泪忍着没掉下来，但池远航猜测，她或许也在想念家人吧……

池远航递给她一张纸巾，没说话。这时候说什么都不对，安安静静陪着，或许就是最好的。

宋晨曦把纸巾攥在手里，并没有擦，只说了句：“谢谢。”

“不客气。”

二人又是无话，只紧紧盯着屏幕。直到十二点的倒数响起，四周响起礼炮，二人才都挪了挪身子，感叹一年又过了。

真是令人记忆深刻的春节。

"不过……你有想过以后吗？"临换班前，池远航在医院门口，问她。

宋晨曦点了点头："想过。"

"以后，你准备做什么呢？"池远航又问。

宋晨曦回答："还能做什么？在这片海上，扎根。"

"怎样才算扎根？"

"现在这样也算，我满足于自己的生活，但……还不够。总有一天，我要成为他们的骄傲。等到了那一天，我就会回去。"

这个"他们"指的是谁，池远航懂。可成为父母的骄傲实在是太难了。尤其是他们这种，年少意气，叛逆过的，才知道凭借自己的力量对抗这个世界到底有多难。

他到现在也没做到，甚至一败涂地。

池远航叹了口气："虽然我不知道你究竟要做什么，才能达到心里的预期。但我答应你，不论你要去哪里，我都支持你，陪着你！就像现在，你也没有丢下我一样，怎么样？感动吗？"

池远航这突如其来的发自肺腑的言语，把自己感动得没了边，却并没有感动到宋晨曦。

宋晨曦看着他，淡淡地说："我要去的地方，你陪不了。"

"那也要去了才知道嘛……"

池远航嘟囔着，很有些泄气，但很快，宋晨曦又笑了一下，说："不过谢谢你，有你的精神陪伴，我也很感动，足以支撑我能走得更远一些了。"

宋晨曦难得才笑一下。

这一笑，就让池远航不知道该说什么了。

也许，仅仅是这个"笑"本身，就代表了很多，比任何言语都要来得有力量。

"那，明天见。"池远航把宋晨曦送到了家门口。

"明天见。"宋晨曦转身上楼，倒也没有多做逗留。

反正，他们每天都是如此交接着。就算明天是初一，他们也依然会在医院再见。

过完年，来看钱老爷子的人越来越多。拎着大包小包，让池远航他们很是摸不着头脑。还有很多人甚至主动提出要留下来，照顾钱老爷子。

这让池远航和宋晨曦很有些莫名其妙。

虽然说天气越来越好了，但也没道理突然人缘也变好了吧？

他们细细一打听，才明白过来，他们正在照顾的这位独身的钱老爷子，不仅不是个孤寡老人，还是个隐形的大富翁！

这些时日，民警和社区工作人员不停地奔走，发现钱老爷子身价不菲。粗略计算也有好几个亿。再加上没有子女继承财产，如此亲戚邻居四处奔走，在家族群里一吆喝，居然跑出来很多亲戚，不论远近都愿意给钱老爷子养老。

而池远航和宋晨曦也没有义务给一个陌生的老人养老送终，很快就和他关系最为亲近的二表姑的亲舅爷的儿子做了交接手续。

那人欢天喜地，就差没喊钱老爷子一声爹了。

池远航和宋晨曦也管不着他们是不是真的感情有这么好，他们只知道钱老爷子已经捡回了一条命，身体也越来越好。虽然依然躺在病床上，还有些残疾，但意识是越来越清醒了。

而他们也需要自由。

剩下的保险理赔程序也进行得差不多了，钱老爷子本人也没有要求宋晨曦和池远航赔偿的意思，不仅没有赔偿，还将这一两个月以来他们的损失如数补偿，再给了他们不少礼物。而这一切，都是在他远房亲戚们的陪伴下完成的。他的前妻和女儿自始至终没有露面。

池远航在社区工作人员的陪同下，进行见证和交接时，一点惊讶的意味都没有，甚至一笔一笔账单都仔细记录、打印，放在他们的面前。似乎早就准备好了这一切。

对方也豪爽，直接问他要了卡号，把这阵子的费用全都打给了他。当然也有宋晨曦的一份。她这些时日的看护费、误工费，都按市价的三倍给了她，这一趟没亏，还赚了。

看到池远航如此淡定从容的样子，宋晨曦狐疑地问他："你是不是早就知道钱老爷子有钱，所以才对他不离不弃？"

"你怎么能这么想？我是那种唯利是图的商人吗？"池远航故作惊讶。

宋晨曦皱了皱眉头，想说是，但又不大愿意承认。毕竟，池远航看着咋咋呼呼的，一点也没动什么脑子的样子，说他是为了赚钱？不大可能吧……

宋晨曦很快又甩掉了这个龌龊的想法，说："是我想多了，抱歉。"

池远航笑了下，又说："我虽然没有什么私心，但是知道自己不会亏是真的。"

“嗯？”

池远航说：“钱老爷子去了五六十次西沙，每次价格都不便宜，少则一两万，多则十几万。听说他以前去的时候，更多的选择是包船。后来年纪大了，身边的人渐渐地越来越少，才选择散拼跟团，为的是多认识几个朋友，跟着年轻人一起玩热闹。”

“这样一个有钱、有闲的老头，怎么可能缺钱呢？”池远航说，“所谓穷在闹市无人问，富在深山有远亲，这个道理，我比谁都懂。这么一个有钱的老头儿，怎么可能会没人管顾呢？就算他没有亲情、爱情、友情，可也总有人会为了利益来当接盘侠。”

“假如没有呢？”宋晨曦问。

池远航笑了笑，说：“退一万步，假如真的没人管，我们也不亏。毕竟，我不能眼睁睁地看着一条鲜活的生命在眼前逝去，我们这么做对得起自己的良心，一生都不会后悔，不是吗？这么想，也是赚大发了。”

“……是这个道理。”宋晨曦点了点头。

“我家三代从商，相信我，没错。所谓千金难买我心安，说的就是这个意思。”池远航依然嬉笑着，什么都不放在心上的样子。但宋晨曦却突然觉得眼前这个小孩儿，有些不可小觑。以前，她有些小看他了。

“不过，你说……什么样的女人们，才会看见几个小目标都不为所动？这个钱老爷子年轻时候干了什么，才这么遭人恨？”回家路上，池远航没忍住，跟宋晨曦聊天。

他指的“女人们”，自然是钱老爷子始终没有露面的前妻和女儿。

宋晨曦淡淡地说：“男人女人不外乎就那点事，前妻能放着几个小目标都不要，大抵也能想得到，他做了些什么。”

宋晨曦说完，二人都沉默了。

宋晨曦在想，假如有一天，向海川出了事，无人照顾，她会怎么办？

而池远航想的事情也差不多。

他想，刚烈耿直如宋晨曦，假如向海川来求和，她会不会也能做到像钱太太那样，绝不露面？毕竟，有些人的底线在那里放着，一旦踏过去，就是鱼死网破。不会再有重来的那一天了。二十年前的钱老爷子或许不会想到会有这一天，所以他才能无所顾忌地跟钱太太离婚，与女儿断绝关系。

“钱老爷子一定会好起来的。”突然，池远航又幽幽地开口。

“为什么？”宋晨曦问。

“他赚那么多钱，显然不是给这些平日里不来往的亲戚。他一生没有再婚，八成是在等前妻和女儿回心转意呀，他要是好不了，这些钱都落到那些亲戚手里，他怎么肯？他一定会好起来的。我们还会在西沙遇见他的。”

“还是别了。让他自己买条船吧，保险起见最好再配一台水上飞机。作为伴侣船我很乐意为他效劳，作为船长，我并不想带着他一起，否则……”这种在医院待了两个月还差点看不见未来的日子，她是一天都不想再过了。

池远航听了哈哈直笑。

“你笑什么？”宋晨曦问。

池远航：“笑你两个月以来没抱怨过一句，我还以为你真的既来之则安之，什么状态都能接受。原来，你也并不喜欢啊……”

“难道你喜欢？”宋晨曦翻了个白眼，“我不抱怨不代表我喜欢，只是有些事情不得不做而已，而抱怨，也不抵用。”

“我知道，我知道，现在我知道了，你也是个正常的女人……”池远航一把搂过宋晨曦的肩膀，笑着说，“走，别回家了。哥带你去搓澡，去去晦气！”

虽然这日子没死过人、没坐过牢，但他俩还真的觉得这两个月晦气极了，是该好好搓个澡了。

宋晨曦并没有甩开他的手，两人就这么一路搂着，走去了澡堂。舒舒服服地洗了一个澡，又安排了牛奶浴、马杀鸡，一整套的服务下来，直到半夜才结束。

两个人怎么睡，又成了一个问题。

H省的省会，夜生活不算丰富。半夜从澡堂子里出来，路上几乎已经没有什么人了。

他们在医院边上租了一间房子，平时两人几乎都是两班倒，一张床两个人轮流睡。宋晨曦睡晚上，池远航睡白天，几乎也都碰不着面。但突如其来的解放，这下让两个人都犯了难。

“我们现在是有钱人了，该去享受享受了！”池远航笑着打开了酒店预订APP，看着上面的价格，笑容却僵在了脸上。

他吞了一口口水，发现酒店都不便宜。一晚上最少的也要大几百，五星酒店临时预定价格更是离谱，少说也得四位数。要是从前他可能眼睛都不眨地定下来了，但现在，经过这两个月的历练，他深刻地意识到钱的重要性，而他的口袋里虽然还有七位数的存款，但扣除赎回船只的开支，也剩不下多少来。

这时让他再花这个钱，实在是心疼。

“要不然你睡床，我在桌子上趴一会儿，反正一大早我们就要赶高铁回W市了。”这鬼地方，他们是一刻都不想多待，早已经达成一致，买了第二天最早班的高铁回去。

现在距离高铁的时间只有三个多小时，着实没有必要订酒店。

“一起睡吧。”宋晨曦突然说。

“这……不太好吧。”她还是个黄花大闺女，这传出去，怎么得了？

“我跟你一起照顾老爷子的消息都多久了，医院上下谁不知道咱俩是一对？在他们眼里，我们就是钱老爷子的亲儿子和儿媳！还怕谁看见了？而且，只要你不说，我不说，谁知道呢？走吧，别啰唆了。”

宋晨曦没给池远航拒绝的机会，拖着他的手就回了家。

医院对面的小单间，条件不算好。四面瓷砖，缝隙里全是这些年积累下来的不知名污垢。两人几乎就在这样的房间里睡了一个月。平时他们在医院累了一天，回来倒头就睡，不会觉得条件很差，但在完全放松下来之后，两个人挤在一起，才觉得这房间又小又闷。

比单人床大不了多少的小双人床此刻躺了两个人，池远航几乎要很小心，才能让自己既不碰到宋晨曦，又不掉下去。

他呼吸急促，心跳加快，整个人呈现出一种无比僵硬的状态，紧张到宋晨曦都能察觉到。

她叹了一口气，索性抓过池远航的手，转身，让他的手放在了自己的腰上，而她整个人也蜷缩在了池远航的怀里。如此，床终于不显得小了。

两个人的身侧都还有余地。池远航既不会掉下去，宋晨曦也不必紧靠墙壁，而触碰到湿冷。

躺在池远航的怀里，听到他的心跳如擂鼓，宋晨曦说：“你这样我可没法睡。”

池远航吞了口水，道：“我也没办法，控制不住。”

能控制得住的是神仙！

他能忍住不乱摸已经是用了毕生功力了，还想让他心脏不乱跳？

怎么可能！

“既然睡不着，那就都别睡了。”池远航硬着头皮，索性两只手都伸了出来，一手环住她的腋下，一手搂着她的腰，将她整个人簇拥在怀里，更紧密地抱在了一起。

这是他想了大半年都没敢做的事情！突如其来的幸福直接把他给砸晕了过去，也不管他们现在是什么关系，他只知道，错过这次机会，就不知道要等多久了。抱了再说！

而宋晨曦被禁锢住，感受到一点点异常，她瞬间闭了嘴。

两个人至此都一动也不敢动了。这下，是真的睡不着了。

许久，池远航都没有冷静下来，宋晨曦忍不住问："池远航，你还好吗？"

池远航顿了一下，才说："……还好。"

"那，就这样吧。不要动了。"

"……好。"

池远航说完，当真是听话，一动不动。

听着池远航的心跳，虽然快速且急切，但急切得均匀，听久了也就习惯了。宋晨曦累极，很快就睡了过去。两人就这样相拥而眠，一直到天亮。

宋晨曦睡了一会儿，等闹钟响起的时候，才睁开眼睛。她抬头，看到的就是池远航瞪大了的双眼，他目光灼灼，一动不动地盯着自己。显然眠的人只有宋晨曦，池远航那是连眼睛都没敢眨一下。

"你没睡？"宋晨曦惊讶地问。

池远航咳嗽了一声，说："这种情况下，你觉得我睡得着吗？"

"……哦。"宋晨曦没说话了。她虽然平时看上去比较钢铁直男，但是在这方面，还是有一定的灵敏度，默契地不再讨论，就准备起床，但池远航又把她按了回去。

"再抱一会儿。"池远航说。

"要迟到了。"

"不会，现在没有堵车。"

"一会儿就会堵了。"

"……好吧。"池远航泄气，恋恋不舍地放开了宋晨曦。

宋晨曦坐起来，迅速开始收拾行李。池远航却趴在留有宋晨曦体温的地方，深沉地大口呼吸，仿佛还在怀念着她的温度和体香。

宋晨曦长叹一声，翻了个白眼说："再不起床，我就一个人走了。"

宋晨曦背着行李，一点不像在开玩笑，池远航这才不得不起身，坐了起来。

“你先出去，我马上就来。”池远航说。

宋晨曦：“？”

池远航：“我要冷静一下。”

宋晨曦愣了一下，看着他拿被子遮挡住下半身，脸“唰”的一下就红了。这才明白他说的“冷静”一下，是什么意思。

“……我在下面等你。”宋晨曦慌忙开门，下了楼。

过了好一会儿，等天光大亮后，池远航才拿着行李出来。他下楼就看见宋晨曦穿着T恤，一个人站在空无人烟的街道上，搓着双手。

她百无聊赖却依然身姿挺拔，不动如松，那是长期坚持运动的人才会拥有的身材。虽然她并不干瘦，可这一两个月以来，她已然瘦了很多，肌肉线条都没有以前分明了。

宋晨曦走得急，忘了拿外套。虽然H省一年四季温暖如春，但冬季的早晨，不穿外套又适逢刮风，还是会有些冷。

池远航走过去，心疼地将自己的外套披在她的身上，而后捧着她的手，放在掌心，用自己的体温温暖着她的。

宋晨曦被池远航突如其来的动作吓了一跳。

她看着他，很想问他：“你干吗？”但池远航这个样子，显然是把她当成了自己的女朋友，如他们所见过的千万情侣一样，互相取暖。

他的目光深情，让人无可躲避。问都不用问，就知道池远航的意思。

但宋晨曦依然低下了头，狠心地将自己的手抽了出来，说：“谢谢。车来了。”

尴尬、冷漠、疏离，公事公办。这是宋晨曦的态度。

池远航不知道她是什么意思，也不好再冒犯，两人一路无话，打车到了高铁站，然后上了回W市的高铁。

阔别月余，W市还是原先的模样。碧海蓝天，迎来送往，热闹非凡。对宋晨曦和池远航来说，恍如隔世。

阳光、沙滩、椰林，冲浪店里此起彼伏的音乐声混合着沙滩酒吧里的打碟声，还有路上小电驴和汽车之间，互相狂按喇叭的咒骂声，所有的声音混合在一起，虽然嘈杂，却让两人觉得，分外好听。

两人一扫之前的颓气，看着这满世界的比基尼和八块腹肌，宛若置身天堂。

“还是人间好啊！”池远航深呼吸一口气，感叹。

宋晨曦也点头，说："再也不要回去了。"

"我们一定要好好保重自己的身体，保持运动、保持乐观，珍爱生命，远离医院！"

"是。"

二人一唱一和，难得步调如此一致，原先的尴尬也一扫而空。

回到"鲸歌"，老板娘鲸歌不在店里，KK也不在，取而代之的，是一副陌生的面孔。男孩站在柜台后，看上去年纪不大，不过二十出头的样子。他见了池远航和宋晨曦，有些腼腆，扬起微笑，问他们："欢迎光临，喝点什么？这是菜单，想坐哪里随便挑。"

显然，他并不知道宋晨曦和池远航是这里的住客。以为他们是刚到W市，连行李都还没有来得及放就来了明月湾的人。

"KK呢？"池远航走过去，问他。

他愣了下，说："KK是谁？"

"KK不在这里了吗？"池远航愣住了，问，"之前的店长，会煮咖啡、会拉花，会做面包，还会调酒……挺帅的。"

提起KK，池远航对他的印象形容得十分具体。这是宋晨曦都没有发现的细节。

池远航记住一个人的，是那些温暖过他的瞬间。

吧台后面的小哥恍然大悟，说："你说的是康康啊……他辞职了。"

"辞职了？为什么？"池远航惊讶。

"他拿到心仪学校的录取通知书，准备去法国念书了。"

"那你是顶替他的人？"

"算是吧，不过我还在学习，还没过试用期，能不能顶替还是未知数……"小伙脸红红的，对自己显得没那么有底气。

"那……鲸歌在吗？"池远航又问。

宋晨曦和池远航都没有带钥匙，还指望着鲸歌帮他们开门。

小哥："鲸姐失恋了，出去旅游了，还没回来，你们找她有事吗？"

宋晨曦和池远航对望了一眼，池远航颇感惊讶，宋晨曦也有些发愣。短短一个月，KK辞职了，鲸歌失恋了，难怪整个店的气氛都有些不对劲。

二人聊了几句，小哥就知道了他们的来意。他这才明白，他们是这里的住客。

而小哥名叫阿烁，他确认过二人的租房合同，便将鲸歌留在柜台里的钥匙给了他们。二人这才转身上楼了。

回房的路上，宋晨曦和池远航的情绪都有些低落——怪不得店里生意不好，一直甜甜蜜蜜的老板娘失恋了，KK 也辞职了……而他们什么都不知道！

池远航感叹道："原来这一个月，居然发生了这么多事……"

宋晨曦却见惯了来去，淡定地说："W 市是旅游城市，以旅游为支柱的产业，人口流动本来就比其他地方要大，再加上都是年轻人，鲸歌已经算是流动小的了。"

"为什么？"

"这条街上别的店，很多请的都是义务工，来 W 市旅游的人为了节省房费，在咖啡店或者潜水店里打工，就能获得包吃包住的待遇。玩够了，就回去了。鲸歌愿意给人开工资，待遇已经是顶好的了，所以人口流动也相对较少。"

"原来如此。"池远航又上了一堂课。天下无不散之筵席，在海边展现得淋漓尽致。

但失去 KK 的鲸歌 Coffee&Whiskey Bar，池远航总觉得这里不再是原来的鲸歌了。

比起那个腼腆的小男孩阿烁，他还是更喜欢自信、恣意又张扬的 KK。年少意气，不胜轻狂。

他总是会在清晨，拿着自己最新研究的面包甜点，强迫着池远航配着酒精一起喝，还说："还没上市的酒，便宜你了。"

半年的时间，足以让池远航习惯这样的日子。哪怕清晨喝酒，都已经成了习惯。

可是后来池远航下楼，不会再遇到 KK 了。

KK 离开了 W 市，飞向了远方，连个招呼都没有打。

"他们居然什么都不告诉我们……"池远航神色黯淡，很是受伤。

宋晨曦宽慰他："不是他们不愿意告诉我们，他们只是不想让我们担心。"

毕竟池远航他们之前所处的环境，比 KK 他们任何一个人所面临的压力都要大。能这么快从泥泞里脱困，也是池远航他们运气好。KK 他们不告诉池远航，也是不想给他们添堵。

宋晨曦又说："而且，现在科技这么发达，想见面随时都能打视频。甚至，你想飞到法国去见他，也并不难，不是吗？"

"……是。"

宋晨曦说完，池远航明显感到安慰，他感激地点了点头，便各自回了房间。

下午，池远航收拾完房间，连午饭都顾不得吃，便去了借贷公司，想打听一下自己的船卖给谁了，能不能再买回来。

岂料办理过户的小张兴奋地接待了池远航，还说："当初我以市价三成的价格买了你的船，本以为捡了个大漏，但是万万没想到，这船在我们这儿挂了大半个月，价格一降再降，几乎已经是一成的价格，都卖不脱手！池总啊池总，您这艘船，还是摆在博物馆里合适。"

"……有这么遭人嫌？"池远航狐疑地问。

小张郑重地点了点头："船龄太老，根本没人要，差点就砸手里了。您要是还想赎回去，我给你打折！"

"行！"

于是，池远航这条自带吸金体质的锦鲤本鲤，在阔别自己的船一个月后，以低于当时卖船的价格，又把船给买了回来。

那船在码头停了两个月，没接待过别人，还净赚了二十万差价。池远航笑得嘴都合不拢，兴高采烈地将船赎了回去。

当晚，他就召集了小林和大金，准备吃一顿庆功宴，再继续开展他们红红火火的事业。但他没想到的是，被小林给拒绝了。

"抱歉啊池总，我今晚脱不开身，不能来吃饭了。"小林在电话那头，压低了声音，为难地又着急地说。

池远航愣了一下，问："怎么了？"

"我现在在上班，不方便接电话，等下了班我再跟您汇报详细情况。"说完，他就把电话挂了。

池远航一脸莫名其妙，有些郁闷，便给大金打电话。

大金晚上倒是有空，却要求要带柳柳一起来。池远航觉得没问题，人多还热闹，爽快地便答应了。

夜晚，蓝湾海岸边，他们经常聚会的烧烤酒吧里，池远航点了一桌子菜，还叫了一箱啤酒，准备和大金好好庆祝一番他们的"出狱"。

却没料到，大金居然迟到了。二人姗姗来迟，菜都有些凉了，才等到他们出现。

"你怎么回事？以前喝酒干饭第一名，来得比谁都快，怎么这会儿还迟到了？”池远航佯装不悦地问。

大金连忙合十作揖，抱歉地说道：“临出发前柳柳不舒服，耽搁了一会儿，实在是不好意思。”他说完后，体贴地帮柳柳拉了把椅子，让柳柳妥帖落座后，才又坐了下来。坐下后，还不忘将自己的椅子往柳柳身边挪了下。

两个人恩爱的样子，让池远航鸡皮疙瘩都起了一地。

宋晨曦也是如此，她还从来没见五大三粗的大金呈现出这样温柔体贴的模样。

“你是不是被小林附身了？”宋晨曦问大金。

大金“嗐”了一声，说：“才不是，我只是成熟了。”

“成熟？就这样？”池远航嗤笑了一声，装模作样地将椅子往宋晨曦身边拉了拉，然后给她洗碗筷、倒水、夹菜。一系列动作做完，宋晨曦差点没把他打出去。

但在她动手之前，池远航飞快地躲开了，说：“恶心吗？恶心就对了。你们的模样啊……比我们过分多了。”

原来他是在模仿大金和柳柳，宋晨曦的脸色这才好看了些。

大金并没有被冒犯到，反而笑着说：“疼老婆而已，没什么不对的。”

“老……婆？”池远航愣了一下，问，“是什么意思？”

“字面上的意思。”

大金淡定地说完，和柳柳一齐伸出了自己的左手，无名指上的金色指环闪烁着光芒，亮瞎了池远航和宋晨曦的眼睛。

“订婚了？”池远航问。

大金摇了摇头，说：“不，是结婚了。”

池远航和宋晨曦顿时张大了嘴巴，从来都泰山崩于前而面不改色的宋晨曦惊讶得嘴里几乎都可以塞下鸡蛋了，更别提平时就咋咋呼呼的池远航了。

“什么时候的事？”池远航震惊地问。

“情人节领的证。”大金揽过柳柳的肩膀，骄傲地说，“现在已经是合法夫妻了，你们准备好红包。”

许久，宋晨曦才说：“你不是不婚主义吗？”

大金说道：“现在不是了。人都是会变的，现在的我不仅要结婚，还要……生孩子。”

“所以你们……”宋晨曦看向柳柳的肚子，柳柳从来的时候就不自觉地捂着，她还以为她闹肚子，原来是有了！

大金也不避讳，说："虽然我本来也很喜欢柳柳，但经过钱老爷子的事情，我发现吧，有个孩子或许会更不错。柳柳害喜严重，身体不太好，我听她的，婚礼就不办了，等到时候和满月酒一起办，你们的红包可得准备得厚实一点儿。"

宋晨曦和池远航听完后，愣了好一会儿，不约而同地拿起酒杯，一饮而尽。这才稍稍地压制住了心中的震惊。

池远航："行吧，所以你来赴宴，是为了告诉我，你为了柳柳和孩子，准备转行了。对吗？"

大金点头，认真地说："是。我准备卖掉一切，和柳柳重新开始。"

"做什么呢？"池远航问。

大金："还没想好，但总归要踏实，做一些有把握的活儿。海上日子很好，但是，生了孩子，就得脚踏实地了。"

对此，宋晨曦表示理解，但池远航不理解。

"跑船不踏实吗？"他问。

大金说："在海上漂着，总归是有风险的。我不想柳柳天天在家提心吊胆，而且，这段时间她需要我，孩子生下来之后更是离不了我，我希望未来能日日夜夜陪着她，给足她和孩子安全感。"

这番说辞，池远航是认可的，虽然遗憾，但也不再劝了。

"那小林呢？他又怎么了？"过了一会儿，二人喝了两杯酒，池远航才又问起他。

大金说："跟我差不多吧。老婆让他找一份稳定的工作，他拗不过家里人，便正式转行了。托关系，去了供电所上班，夫妻关系也算是保住了。日子没什么盼头，但也算是稳定。"

一直到这把年纪，大金才终于意识到，稳定、平淡，并不是一个贬义词，那是绝大多数人生活的最终归宿。

这顿饭吃得既愉快又伤感。

愉快地与大家一起在海上卖过命，也算共同经历风雨，早已视对方为兄弟和知己。但知道以后不会经常在一起跑船了，过去的点点滴滴浮上心头，又是别样的煽情。

南海牧云和西沙摘星的愿景，终于还是败给了现实和未来。

而后大金又一件一件地跟他们介绍，说他已经将自己原先斥巨资买回来的潜水装备一件件挂在网上卖，但很可惜，价格太低，问池远航和宋晨曦有没有兴趣。

宋晨曦买了一些船上的必备物资，池远航则把剩下的全都包了。也不管自己用不用得上，反正就算用不上，也能给宋晨曦、给客人用。

卖之前，大金还特地找了一整天的时间，将这些装备打蜡、包边，一系列的爱护，让它们宛若新生，足以看出他有多么不舍。

池远航也才终于知道，原来普通人是要在自由和生存之间做抉择的。

大金虽然热爱这片海，但是有了老婆孩子，就只能跟这片海说再见。

他将这些装备送到了“晨曦号”上，塞满了半艘船，但池远航并不觉得高兴，因为船上最终只剩下宋晨曦和池远航了。

宋晨曦问他：“你还打算起航吗？”

池远航犹豫了一瞬，才说：“我想先回家看看。”他出来大半年，过年都没有回家，现在，是时候回家看看了。

宋晨曦没有挽留，只点了点头，说：“好。”

第二天，池远航就带走了自己所有的东西，没有跟宋晨曦告别。

宋晨曦之所以知道他的行李全都拿走了，是因为阿烁来整理房间。池远航的房间门大开着，宋晨曦看着空空荡荡的房间，问他：“池远航呢？”

阿烁说：“他退租了，老板娘让我来整理房间。”

宋晨曦愣住了。

她万万没想到，池远航兴冲冲地来，走的时候竟也这般干脆。

但很快，她又理解了。

W 市是一个旅游城市，这里的人从来都是随缘来，随缘走。他们在这里遇到的每一个人，不论在一起的时间长短，都是暂时借来的关系。

不论过去多么壮怀激烈、把酒言欢，也都会有曲终人散的一天。

就像她对向海川，池远航对她一样。真正要走的人，都是突然消失在一个清晨或者黄昏，不留下只言片语，不告而别。

宋晨曦难过，但又很快释怀。

这样反而省却了依依不舍的分离之情景，对大家都好……

池远航走后，宋晨曦给自己放了一个大假，无限期的。她劳累了一两个月，好不容易轻松下来，并不急于给自己安排工作和任务。她每天就摊在鲸歌院前的吊床里，吹着海风，听听歌、看看书、背背单词。

难得轻松的时光，假如没有鲸歌一直在她耳朵边念叨前男友，她应该会更舒适、更惬意。只可惜，老板娘旅游回来，见着同样孤独的宋晨曦，以为找到了知音，成天抓着她哭哭啼啼，数落她的前男友狠心。

“他怎么狠心了？”宋晨曦问。

“他说父母不同意我们在一起，他要回到正常的生活里去。”

“什么才是正常？”

“找一个年轻的、单身的未婚女人，没有孩子的，安安稳稳地过日子。”

鲸歌大了人家二十岁，离异有娃，虽然她的孩子都上大学了，跟没有娃差不多，但人家父母不同意也在情理之中。

宋晨曦：“这个能理解，也不算渣。”

“可他还无缝衔接有了别的女人！他肯定是拿父母当借口，想要甩掉我，这就是一场早有预谋的分手，是劈腿！”

“你怎么知道他劈腿了？”宋晨曦问。

“他都官宣了。”

“你怎么知道他官宣了？”

“他朋友圈封面上放着呢！这才刚分手没多久，他不是无缝衔接是什么？”

“哦……你还在关注他啊。既然你都知道他是个渣男了，你为什么还要在意呢？”

“毕竟也是有过感情的……”

最终，鲸歌又是一句“有感情”，第一百零八次扼腕长叹。她逮着一个人，就问过路的客人，自己到底哪点比不上那小姑娘？

她哪里比不过、哪里比得过，实在是太明显了。

她这般明知故问，实在是浪费时间。

她浪费自己的时间不要紧，浪费宋晨曦的，她就有点听不下去了，直接甩出了王炸。

“雪梅啊……”宋晨曦刚一开口，鲸歌就捂住了她的嘴。

“叫谁雪梅呢？我不是李雪梅，我叫鲸歌，李——鲸——歌——”

房东兼店长的鲸歌一听别人叫她的本名，她就整个人汗毛倒立起来。过去没来海边之前三十五年的时光仿佛被人掀了老底，落荒而逃。连失恋和伤心都忘记了，生怕被别人提起来她的真名叫李雪梅。

“我就不该给你看身份证！”李雪梅恶狠狠地咒骂了一句，转身进了咖啡厅。

世界终于又清静了。

李雪梅回到了咖啡厅，拿出手机，开始给人打电话、发短信。看她那副不达目的绝不罢休的模样，就算用脚指头也能猜到对方是谁。

她对小前男友，依然没有死心……

宋晨曦突然有些羡慕她了。她年过四十，找了个二十岁的男朋友，度过了一整年没羞没臊粉红泡泡的生活，被分手、被渣、被劈腿以后还能坚定地说自己对他的喜欢和不舍。

相差二十岁的爱情，甜蜜了一整年，都以为对方是这个世界上最独一无二契合的灵魂与肉体。可到了分别的时候，因为一方的离开，被留下的那一方，总归是不那么舒服的。这或许是每一对情侣的宿命。

鲸歌痛苦如此，依然愿意原谅和为爱冲锋，但在宋晨曦这里，这是永远也不可能做到的。

或许十七岁的她可以，但现在，她快二十七了。

她已经长大了。

宋晨曦一个人坐在夕阳下，看着头顶的椰子树，有些唏嘘。

她无数次地打开手机，看着当初因为池远航生病而置顶了的头像，因为麻烦，所以也一直没有取消。一直到半年后的今天，他也依然在她的首页上。

过去只要打开手机，几乎就是他发来的:“吃了吗？”、“睡了吗？”、“你在干什么？”……

可现在的他很安静。

他不再像从前那样，给她发无数条的消息。

他一个标点符号或者表情都没有发过。

他消失了。

宋晨曦其实还是很舍不得的，无数次想要拨打池远航的电话，但最终还是放弃了。

打电话说什么呢？问他去哪儿了？

没必要呀。

他去的地方如果没有她，她问了也没有意义，还不如忘记。

又这样过了几天，池远航退租，宋晨曦在“鲸歌 Coffee&Whiskey”吧养老的消息不胫而走，业内纷纷传言“晨曦航海会”要散伙了。于是来接洽宋晨曦的人很多，给出的报酬也相当优厚，但宋晨曦统统拒绝了。

“暂时不想工作，只想休息。”宋晨曦一句话就将他们都打发了。

住在隔壁民宿、沉迷海钓的一个大叔总是能看见宋晨曦瘫在吊床上，拒绝一拨又一拨的人。他不禁好奇地问道：“年轻人，这么早就躺平了，不好吧？”

他的穿着打扮挺讲究，与一般的中老年人不同。

他没有发福，也没有秃顶，精神矍铄，与钱老爷子的状态有些相似，但更加年轻。而他的身上，并没有钱老爷子长期坚持运动的痕迹，更像是第一次来海边的游客。但他的手里，拎着一整套钓竿渔具，粗略一看就知道价格不菲。

这要么是一个资深玩家，要么就是一个有钱的24K纯新手。毕竟，刚入坑的新人文具是最多的。

“那依您看，什么时候才能躺平？”宋晨曦问。

“生命在于运动，什么时候都不能躺平。”大叔见宋晨曦实在无聊，举着手中的渔具，问她，“会钓鱼吗？要不要比画比画？”

宋晨曦被他逗乐了。

这份自信，相当从容。

“你就这么肯定，自己能赢过我？”宋晨曦问。

“若这点自信都没有，我这些年不是白活了？姑娘，我好歹比你多吃了几年饭，对我有点信心，行不行？”

这大叔宋晨曦见过几次。他来这家民宿已经三天了，每天，她都能看见他从海边拎着一些小鱼小虾回来，着实没有一点让她为之侧目的地方。至于对他有信心……就更是谈不上了。

但她反正闲着也是闲着，比画比画，也好。以免她瘫太久，骨头都瘫软了。

“你想怎么比？”宋晨曦问。

“当然是海钓了，比谁钓的鱼公斤数大，如何？”

“可以。”

大叔无比自信地说完，问她：“你的装备呢？”

宋晨曦：“给我根钓竿就行。”

“……行吧。”

大叔很想说她大言不惭，但本着对对手的尊重，忍住了。二人坐着宋晨曦的小破车，一路“哐哐当当”地来到了码头。

码头上，停着一艘白色的巨型游艇，十分专业，价格高昂，让周遭一切帆船都为之失色。而那大叔望着游艇一脸自信的样子，很显然，那正是大叔的船了。

又是一个巨富。

这年头，巨富都很低调啊……

宋晨曦叹了一口气，跟他上了船。

游艇很快平稳又安静地开到了海中央。

“3800转速，400马力，好船。”宋晨曦毫不掩饰自己的夸奖。

“你认识这艘船吗？”大叔惊讶地问道。

“我不认识这艘船，但是听发动机的声音，我大概也能知道是什么配置。毕竟，开了太久的船，只要站在船上，我就能知道转速有多少，马力有多大。”

宋晨曦对船的了解，胜过任何一个船舶修理厂的工人。

她真的热爱大海，热爱帆船。

这艘船上，除了他们，只有一个开船的船长。这老头儿也是任性，包了这么大一艘船，一个人玩海钓，可他每天钓上来的那些鱼，又实在与他的船、他的钓具不匹配。

“我带你去钓金枪鱼吧，这么好的装备，不钓大鱼可惜了。”宋晨曦说完，将钓钩、鱼线布在了船尾，然后就在一旁的甲板上继续看书、背单词。那形状，跟瘫在吊床上差不多。

“小姑娘，大言不惭了吧，你当大海是菜市场，想钓金枪鱼就钓得到？”大叔说完，很认真地打开自己的渔具，取出专业的三号钓钩，四号鱼线，将一整只小鱼挂在钩上当钓饵。然后才甩钩。

他认真钓鱼的样子，与宋晨曦这样不着调的模样形成了鲜明对比。

很快，他的鱼便咬钩了。

是一条石斑鱼，不算小，搁码头上卖，也能卖个几百块。

宋晨曦却一点儿也不着急，她时不时望一眼自己布的钩子，见没有动静，继续旁若无人地看起书来。

两个小时过去，大叔的网袋里已经放满了鱼，而宋晨曦还一条都没有。

“你要输了。”太阳西下，红霞满天，他正要宣布比赛结束，这时，宋晨曦的钩动了一下，然后，更加剧烈地抖动起来。

“终于来了！停船，快停船！”宋晨曦说完，飞速地跑了过去，将钓竿拉起。

大叔也被她突如其来的举动惊到了，示意船长停下。

待船停稳后，船长也走了过来，围在宋晨曦的身边，看着她吃力地摆弄着钓竿。

“需要帮忙吗？”船长问。

宋晨曦：“不必，这条不算大。”她说得轻巧，可水底的鱼显然不会这般轻易地就让她得手，在海里剧烈地挣扎着。

宋晨曦也不慌乱，一松一弛，张弛有度，拖拽了一会儿，整片海都几乎要被那条鱼的血染红。好一会儿过后，终于，它没力气了。

宋晨曦一只手拿着钓竿，一只手拿着网兜，慢慢地将线收紧，用网兜将那鱼捞近自己。

好家伙，一条蓝鳍金枪鱼，目测少说也有六十斤。

大叔终于知道她刚刚那么用力是为什么了，这么一条鱼，两个男人合力都难以把它抱起来，她一个人就把它捞上来了，这是什么样的臂力？！

“大叔，还要过秤吗？”按照规矩，钓鱼比赛最终比的是鱼的公斤数，但眼下，显然不需要称重，一眼就能知道，他一篓子的鱼加起来也比不上宋晨曦这一条。

“南海很少能见到蓝鳍金枪鱼。”

大叔说完，宋晨曦也赞同地点头：“平时也很少见，今天是我运气好，沾了你的光。”

“当真只是运气好？”

“嗯……应该是吧，一定是它看大叔您的船好，给面子，自个儿往上跳。”毕竟平时她就算钓到金枪鱼，也是狗牙、虎牙为多，蓝鳍游到这片海域上来的很少。

宋晨曦的话让大叔如沐春风，他一扫输了比赛的霉气，笑着说：“我认输了。现在的年轻人，真是让人不可小觑。就凭你这钓鱼的手艺，你未来几十年也饿不死，是我瞎操心了。”

“嗯，您吃的盐比我吃的饭还多，您愿意指点一二，也是小辈的幸运。只不过嘛……”宋晨曦顿了一下，又笑道，“只不过人的精力有限，长时间绷紧一根弦之后，松懈下来的那段时间，不叫放弃，而是为了收拢能量，为下一次的远航积存体力——我在蓄力而已。”

“那你打算休息多久？”大叔又问。

“先歇着吧，暂时不想考虑未来。”

“年轻人，机会稍纵即逝，该多加考虑，为未来积攒筹码。”他说完，又问，“你念过大学吗？”

宋晨曦神色一黯，摇了摇头，说：“没有，我去当兵了。”

“难怪力气这么大，跟我一样，也是军人出身。”大叔闻言，对她的好感更甚了，连忙给她开了一瓶冰可乐，递给她问，“那你现在后悔吗？”

“不后悔。”宋晨曦笑了笑，说，“人生只有一条错误的路，叫回头路。既然做了决定，选择了一条路，就一往无前，向前看，想太多后悔不后悔的，没意义。”

“怎么没有意义？你还想念书吗？我可以帮你。在国外，有很多人生完孩子才回去继续念大学，你想念的话，我可以给你写推荐信。假如你缺钱，我也可以借给你。”

宋晨曦震惊。

大叔对宋晨曦展现出来的热情让宋晨曦惊讶。她在海边遇到的热情的人不少，但像大叔这样，头一次见面就想给钱的，并不多。

而她也看得出来，他没有别的想法，他纯粹将她当作了晚辈，以一种过来人的态度，把自己当成了她的伯乐。

宋晨曦却摇了摇头，说：“谢谢您，但是，不必了，我学英语不是为了上学，一所好的大学固然吸引人，但我有更重要的事情要做。”

“什么事？”大叔问。

宋晨曦：“我要实现梦想，然后靠梦想赚钱。”

她坚定地说完，大叔愣了一下，瞬间又笑开了。若旁人说这话，他可能全然当作笑话。可不知怎的，宋晨曦说这句话，他竟然有些深信不疑。

“好的，希望真的有那一天。到时候，一定要让我知道，你的梦想是什么。”

“一定会的。”宋晨曦说，“你一定会在电视上看见我的。”

“一言为定。”

当晚，回程的路上，宋晨曦又帮大叔钓上来一条马鲛，两条虎牙金枪。总共的收获超过两百斤。这一趟航行，至少远远地把燃油费和包船费赚回来了。

他不会亏。

大叔的收获颇丰，他似乎从来没有想过自己真的能钓到金枪鱼，连连说宋晨曦是他的幸运之星！

看到他高兴，宋晨曦自己也很高兴。

一起回到住处后，宋晨曦往左，去鲸歌。大叔往右，去民宿。

临分别前，他主动加了宋晨曦的微信，还说下次再来W市，一定要约着再好好玩一玩。

宋晨曦答应了，准备给他一个备注，问他：“您怎么称呼？”

“你现在才想起来要问我姓什么吗？姑娘，你问得有些晚了。”

“抱歉……”海上人太多，她真的记不住。大家一起玩，也最多是个代号。

她没想过这个大叔会跟自己这么投缘，还想着有下一次……

他莞尔说：“我原谅你了。我姓池，记住了，下次，早点问。”说完，他摆了摆手，心满意足地拎着价值不菲的渔具和那一条稍小的金枪鱼，回了酒店，准备明天片刺身吃。

他这一程，收获颇丰。

而宋晨曦则站在原处，狠狠地愣了一下，盯着他的背影看了很久。

姓池的人好像不多，他该不会是……

很快，她又摇了摇头，觉得自己想多了。

这么一个日理万机的人怎么可能待在这么一个小城市里，陪她钓鱼？

但这个不多见的姓又让她不得不多想。

宋晨曦立即打开了老头的朋友圈，朋友圈显示三天可见，什么都没有。她又打开了池远航的，二人几乎没有交集，她提起来的心刚要放下去，可突然地，在池远航那一条拿到SSI美人鱼潜水证书的朋友圈下面，她看见池大叔给他点了一个赞。

如此，再迟钝的人，也该知道大叔是谁了……

宋晨曦有些纠结地站在鲸歌门口，不知道到底该给他备注个什么名。

池……叔？池远航爸爸？池总？

好像都不太对劲，索性，她懒得备注了。

就让他以本名出现在自己的好友列表里吧——宁静致远，很中年人的一个名字。配合着他的头像：一个冒着茶香袅袅的茶壶。

简直绝配。

第十一章 · 巫山

Heading towards the morning light

自从加了池远航父亲的微信，宋晨曦更加不敢跟池远航说话了。甚至，连想都没有想过他。因为，她有一个很强烈的预感，他很快就会回来。

果然，半个月后，鲸歌旁边的民宿被一个神秘人买下，民宿的门头也被改成了渔具店，专门经营一些小众又十分昂贵的渔具。价格之高昂，以至于连见惯了大场面的鲸歌老板娘李雪梅都在进了一次渔具店后，被惊得一整天没有念叨她的前男友。这足以证明，这些渔具的价格对她的冲击有多大。

宋晨曦听了一愣，那些牌子，她都在宁静致远的游艇上见过。那么这家神秘渔具店的主人是谁，便呼之欲出了。

池老爷子喜欢钓鱼，想要将这项运动发展壮大，并结识更多志同道合的好友。这一点，大家都差不多。人总是在财务自由之后，开始追寻精神层面的东西，可谓是同一个世界同一个梦想。但是他的钓鱼水准要求太高，曲高和寡，能跟得上他脚步的人也少。这家渔具店，与其说是做生意用，还不如说是展览馆更合适。毕竟，普通人走进去，看到那渔具下面的一连串的零，可能连底裤都吓掉了。

在渔具店开业一周后，池远航回来了。当他拎着大包小包站在渔具店门口跟宋晨曦打招呼的时候，宋晨曦一点惊讶都没有。

这家店姓池，她比谁都先知道。只不过这家店的老板究竟是池老爷子还是池远航，她就摸不清了，也没有必要摸清。一家人而已。

宋晨曦对池远航笑了一下，没有其他反应。

池远航见到后愣了一会儿，非但没有上前来给宋晨曦打招呼，反而气呼呼地冲进了渔具店，然后，便没有再出来。

宋晨曦也没问，自顾自地继续看书。

“池远航回来了！”下午，李雪梅看见池远航站在隔壁的窗户上，一闪而过。

一开始她还以为闹鬼了，但接二连三地看见他在房里忙活之后，她确定了，她不是见鬼了，是池远航真的回来了。

不是作为租客和游客的身份回来的，而是一掷千金，买下了隔壁的民宿。他摇身一变，成了一家贵得匪夷所思的渔具店的大掌柜，兼民宿老板！

李雪梅咋舌：“以前看不出来，还以为是个借网贷买二手破船的伪富二代，没想到是个真富豪啊！豪气，真豪气！”

宋晨曦听着周围的人对他的评价，心中不知道该作何感想，也不知道该有什么样的反应，索性就没有反应。她安然地躺在吊床上，啃着晦涩难耐的单词书。一直到池远航忙完，安顿好，等他忍不住来找她的时候，她才放下了书，看着头顶的池远航。

绿树掩映下，斑驳的阳光照耀在他的脸上，显得他的脸更黑了。

池远航站在她的吊床前，有些幽怨地看着她，说："就非得我来找你吗？你就不能主动来找我一次吗？"

"嗯？"宋晨曦眨了眨眼睛，有些听不懂似的。

池远航："我离开了大半个月，你一条消息都没给我发，我忍了。可我又没脸没皮地回来了，你都不高兴、不兴奋、不激动吗？"

"激动啊。"宋晨曦坦然地说，"我很兴奋、很高兴。"

"……没看出来。"池远航狐疑地皱眉，宋晨曦话虽如此，可她的脸上半分的激动、兴奋、高兴都没有。他的幽怨程度更加深邃了。

他说："可是你都没来欢迎我，你宁愿看书，也不来找我，最后还是我来找的你。"

池远航表情受伤，很有些失望。

"我不是跟你打招呼了吗？像这样……"宋晨曦扬起一个笑脸，和上午一样。

她还不如不笑，当没看见他，或许他心里还好受些。

宋晨曦见他脸色更难看了，又解释："你没联系我，就算你在忙，等你忙完了，自然会来找我，我只需要等待。等到你不忙、有空找我的时候，两个人就像现在这样轻松地聊天，不是更好吗？"

"不好，一点儿也不好。"池远航不满地道，"我虽然在忙，但是也在忙的时候想着你。想着你什么时候会来找我，对我有更多的需求。可你呢？哪怕不忙，也没有想着我。你会去潜水、渔猎、看书、背单词！你就没有一点儿需要我的地方！"

"我……"

"你先听着，让我说完。"池远航突然间，像是委屈到了极点，打断了宋晨曦，接着说道，"你知道我为了你，这半个月有多折腾吗？我不想未来有一丁点儿让你担心的地方，我想着你可能会担心我们之间有距离，所以尽量想要去缩短我们之间的距离，为了让你没有后顾之忧，我光去找我爸都跑了四个国家！可要见他一面实在太难了，我到现在都没见到他……但这不是问题，我向你保证，我的家人，绝不会成为我们之间的阻碍。在我的终身大事上，他们只有建议权，没有决策权。

“然后就是办买房手续、民宿转让手续，还有装修招聘等一系列的事情，全都由我亲力亲为，你当我真的喜欢大海吗？我现在有点喜欢大海是不假，可是我是因为你才喜欢这片海！

“我想着你喜欢在海上漂，但也不能漂一辈子吧？我不能跟你去浪迹天涯，那我就在海边买房，等你一上岸，就会看到我。我会一直、一直在岸边守着、等着你回来。而你……

“宋晨曦……你怎么能这么冷漠呢？”池远航突然认真地叫了她的名字。他喋喋不休地诉说着自己的委屈。同时，还撸起袖子，一个劲地展示着自己身上，因为装修搬家而受的伤。这一切，都是在抱怨宋晨曦冷漠、漠然、不在意。她宁愿背单词都不来陪他。

他觉得自己的付出宋晨曦一点儿都没看到，还不在意，也不关心。

池远航眼眶发红，泫然欲泣，真是委屈到了极点。他瞪着眼睛望着宋晨曦，等她给自己一个解释。

可宋晨曦真的无法感同身受。

他……怎么就这么委屈呢？

他在委屈什么呢？

她什么都没做啊……

但是算了，看在他不管是因为什么，却是真的委屈了的分上，她不跟他争辩了。

宋晨曦叹了口气，从吊床上起身，而后上前半步，张开了双手，抱住了池远航的腰。她将头靠在他的肩上，吸着他身上的气息，无奈又轻声地说：“真怀念啊……”

池远航狠狠地愣住了。

宋晨曦又道：“我想念这个怀抱，想念你身上的味道。想了好久、好久了……池远航，你怎么才回来啊？”

剩下的抱怨的话，池远航都没有说出口了。

行动胜过千言万语。宋晨曦不善言辞，不喜欢表达自己，但是她的行动早已经说明了她的内心。

紧接着，池远航便伸出手，更加用力地紧紧回抱住了她。

“没想到你居然这么想我……”池远航惊讶地说。想到……她居然直接对他上手了。

池远航：“对不起，让你久等了。是我不好，我应该告诉你一句，而不该让你这么担心的。”于是，池远航的抱怨到最后竟然演变成了道歉。

宋晨曦只是一个动作、一句话，就瓦解了他全部的怨念。

他想，他再也不能这样无理取闹了……所谓的情侣，就是有一方要为另一方付出。

假如追求公平，那么爱面子的小男孩和嘴硬的小女孩就永远不可能在一起；

假如宋晨曦不愿意说甜言蜜语，那么他来；假如有一方一定要迁就另一方，那么也是他来。

总之，宋晨曦缺少安全感，他会全力以赴，想尽一切办法弥补。他再也不能用这种不告而别的试探方式让她难堪，让她担心了。

她想要的一切，他都会给予。

因为他爱她，超过她爱自己。

他愿意为她付出，而她也值得他为她付出。

池远航以神秘富豪的身份回归了，整日无所顾忌地和宋晨曦待在一起，早中晚三餐的变着法儿地来找宋晨曦打卡。两人出双入对，这更加刺激了失恋的老板娘。

“我这是造了什么孽？男朋友没了，KK 也走了，我是吃也吃不好，睡也睡不着，还要被你们两个刺激！连你这棵万年铁树都开了花儿，而我呢？只能形单影只，凄凄惨惨戚戚……”咖啡厅里，鲸歌买了一块肉，准备中午做辣椒炒肉。原本在厨房里的砧板被她拿到了咖啡台上，她看着宋晨曦吃着池远航一大早从 S 市买来的咖啡和面包，剁肉的声音震天响。

宋晨曦被她念叨得快要吃不下去了，她漠然地望向吧台后哭天抢地的鲸歌，问：“李雪梅，你要不要来吃点儿？”

鲸歌脸一僵，连忙左顾右盼，见没人才松了一口气。她咬牙切齿地说：“伤心难过也就算了，还要被你叫本名！真是要死了。”

李雪梅气得把她赶了出去，宋晨曦也不停留，拿着自己的咖啡和面包就出去了。

幸亏池远航在鲸歌边上开了家渔具店，“鲸歌”待不下去了，她还能去渔具店里摸鱼。

池远航一边打扫卫生，一边看着对面窗户里，不停剁肉的老板娘，他小心翼翼地问：“老板娘最近脾气好像有点暴躁？”

“她没事，就是心痒了。”

“心痒？”池远航不解地问，“为什么？”

“还能为什么？被刺激了呗。”

“被谁刺激了？”池远航问。

宋晨曦不回答了。

鲸歌当然是被他们俩刺激了。

“她不会有事吧？”池远航害怕地问道，“要不然你这段时间到我那儿去住？我楼上有空房间。”

宋晨曦摇了摇头，说：“懒得挪窝了，而且，她不会有事的。”

“嗯？”

“李……鲸歌她很快就会好起来的。”

“但愿吧。”池远航看着鲸歌那吃人的模样，很为宋晨曦捏了一把汗。

最近鲸歌每天都是如此，白天咬牙切齿地看店，晚上跟一群小年轻买醉，短短一个月，她就消瘦了一大圈，原本每天都化精致妆容的她甚至连头发都不洗了。

池远航和阿烁都非常担心。

阿烁是担心自己老板出事跑路，而池远航则是担心她突然哪天发了疯，找宋晨曦的晦气，于是一步也不敢离开，紧紧地跟着宋晨曦。

宋晨曦看书，他也就坐在她身边画画。

宋晨曦去潜水，池远航也会套上救生圈，在旁边划水。

总之，他们形影不离，寸步不离，就这样小心翼翼地过了一周。有一天，鲸歌的店里来了个年轻帅气的小伙子。他的长相和气质都和KK相仿，身材却要好上许多。简直就是一个阳光运动版的KK，是KK与鲸歌前男友的结合版。

他走进店里，问池远航：“请问，你们这儿还招工吗？”

池远航和宋晨曦正在吃早饭，刚想说自己不是老板，这时，却听见吧台后面传来软绵绵、甜腻腻的声音：“招人。”这声音不似少女那样软糯，却比少女更有韵味。

池远航觉得这声音耳熟，但又想不起来在哪儿听过。他回头，正在找这声音的来源，还没找着，就见原本在后院里砍柴的鲸歌像一阵风似的进来，而刚刚还一副没睡醒的她出现的时候却已经整理好了衣冠，并在不知道什么时候迅速涂好了口红。

眨眼间，她又再次变成了风情万种的少男杀手，一扫之前的颓气。

她假装睡眼惺忪地对着小帅哥眨了眨眼，说：“这里招工，但是只招长工，包吃包住，一个月三千，你要留下来吗？”

池远航惊呆了。

原来刚刚说话的人是鲸歌！

显然，这人是鲸歌喜欢的类型，喜欢到她根本不记得自己已经招了一个服务员。池远航也才知道，在面对喜欢的人的时候，鲸歌说话的方式竟然如此软糯香甜。

阿烁在一旁，急得眼泪在眼眶里打转，他乞求地望向鲸歌：“老板娘，那我呢？”再说，他转正才两千八，这个人凭啥一来就三千！

老板娘在底下踩了他一脚，对着新来的小哥说：“这是我弟弟，来这里帮忙。假如你要来，他归你管。”

这一瞬间，阿烁只恨自己没有长了一张阳光运动型男的脸，否则，他的工资没准还能再涨一千。

“好啊。”小哥腼腆一笑，在鲸歌的温柔笑意里败下阵来，自然而然地留了下来。

而后的每一天，他们都出双入对，很快地，他就从二楼搬到了一楼。

而一楼，被鲸歌打通，除了店门做了咖啡店和威士忌酒吧以外，后边只有一间套房，连接着花园。那里，是鲸歌的房间。

鲸歌再次过上了没羞没臊的激情生活，只不过，对象换了一个而已。

至于那个无缝衔接的渣男前男友，这会儿，她是连姓什么都想不起来了。

“怪不得你从来不担心鲸歌，原来她竟可以好得这样快！”池远航看着鲸歌的变化，连连惊讶。

宋晨曦笑了笑，说：“我可太了解鲸歌是什么人了。她啊……铁打的鲸歌，流水的男人，迎来送往，不胜枚举。”

“这岂不是水性杨花？”池远航皱眉。

“这怎么是水性杨花呢？”宋晨曦白了他一眼，说，“她这叫潇洒。她从来都是一对一，不劈腿不养鱼，只不过记性也不大好。所谓过往不记、前事不提，只有在身边的才是最好的。这是她的座右铭，也是她的人生态度，难道不好吗？”

“……倒也是挺好的。”

池远航很快就被说服了。但对于自己这些日子的担心，他也依然有些感到气愤。

他就应该像宋晨曦一样，对鲸歌的情事不管、不问、不看，否则这些日子陪她喝的酒、骂的渣男岂不是都白骂了？

“也不算白折腾。”宋晨曦说。

“嗯？”

“每个人解决情绪的方式不同。鲸歌喜欢逢人就说，这是她发泄的方式，假如没有人陪她，或许她很难挺到KK二号的到来……”

“人家叫阿宇。”

“哦，好吧，阿宇。”宋晨曦点了点头，任凭池远航提醒了多少遍，她也依然记不住对方的名字。

真不是她不尊重他，实在是每天要见的人太多了，这么多年，她的脑子要是用来记鲸歌男朋友的名字，那她别的东西是真不用记了。

“总之，我的意思是，那些陪伴她走过痛苦时光的你们，是有意义的，不要妄自菲薄呀。”毕竟，陪伴才是最重要的。就算是阶段性的陪伴，也有意义。

那是他们一起快乐过、存在过的证据。

鲸歌有了阿宇的陪伴之后，池远航和宋晨曦便再次踏上了帆船之行。这一次，他们没有带客，也不算工作，纯粹就是两个人的度假之旅。

宋晨曦将帆船开到南海中央，然后放了个钓钩，便坐等鱼儿自己上钩。她则躺在沙龙区的躺椅上，看书学习。四周是清澈的玻璃海，灿烂的阳光下，一切都美得格外透明，就像天外桃源。

但太阳太暖和了，她没忍住，很快便睡着了。而池远航坐在宋晨曦的对面，一会儿伸出手，一会儿又缩回来。总之他想叫醒她，又怕叫醒她。毕竟，这还是他们第一次在毫无压力的情况下，单独出来玩。

波平如镜的海面上，天气晴好，万里无云，天地之间清洁、纯净得仿佛只有他们两个人。这样美好的时光，可宋晨曦居然睡着了，独留下池远航一个人在纠结。

纠结爱人就在眼前，究竟该不该表白？他们都这样亲密和暧昧了，但他还没表白，贸然动手有点不尊重人，还是等她醒来再说吧……

而宋晨曦一睡就睡了两个小时。宋晨曦是睡得很香，可池远航有些气闷——气宋晨曦对他一点真心都没有，也不设防啊……

宋晨曦没有注意到池远航的怨恨，她清醒了一会儿，走过去看了一下钓钩，发现没有大鱼，又坐了回去，拿起书来看，一点也没有要搭理池远航的样子。眼见时光流逝，池远航忍不住了，他气鼓鼓地抱怨说：“航海太无聊，和蹲监狱有什么区别？”

池远航毫不犹豫地宣泄着自己的不满，将对宋晨曦的怨恨投射到了这片海上。妄想让她关注一下自己、跟自己说说话。但宋晨曦半点都听不出来他的弦外之音，放下书，严肃地说：“行船的路，看似无聊和重复，可打磨的是人生。”

“嗯？”池远航皱眉，有些不解。

宋晨曦接道：“行船的路上，有太多的不可预测。当暴风雨来袭，我们就像在炉子里淬炼的兵器，要想锋利，首先要磨掉身上的害怕、懦弱和摇摆。毕竟，人这一生，究其根本，都是在与自己作对。当你熬过了寂寞，全神贯注执着地过好当下，学会与自己相处，你就会变得无坚不摧。”

宋晨曦认真地开导着池远航，池远航突然受到了一番教训，胸口更加闷闷的。其实这时候与其说这么大一堆，还不如给他一个吻，或者拥抱，最不济，牵牵手也行。但宋晨曦没有。她很严肃地向池远航解释，帆船和航海的意义。

“……哦。”池远航无精打采地答了句，又问，“那你无坚不摧了吗？”

“还差一点。”

“哪一点？”

宋晨曦沉默了一下，才说：“我还差最后一步，完成环球航海。”

“嗯？”

宋晨曦认真地说：“四万海里的行程，我还没有走完，我迟早要走完它。”

哦……原来，她是这个意思。

海上重复的一日又一日，就像一个渺小的囚笼，将她困在一方随波飘零的枯叶之上。但她并没有觉得这样的日复一日没有意义。相反，她觉得特别有意义。当年参加的克利伯环球帆船赛，她没有跑满全程，这一直是她心底的一个遗憾。她迟早要将这份遗憾填满。于是她哪怕闲着，也从来没有停下过步伐。她每天背的英语单词，都是航海途中可能用得上的。她希望自己能够准备得充足、更充足一点。

意识到这一点，池远航的心情好过一点了。至少，她不是真的认为英语书比他有意思。她只是依然沉浸在自己的世界里，为了自己长久的目标努力而已。

吃完午饭，池远航在刷盘子的时候，发现海面上漂着一只海龟。海龟身上缠满了水草，积压如山，压得它喘不过气。海龟是保护动物，一般人都不能轻易捕捞，而是要绕道走，但宋晨曦在海洋动物保护协会工作过，处理这种事情有经验。

“把它捞起来。”宋晨曦指挥池远航。

池远航不明白，但捞起来之后，才知道是怎么回事。原来海龟身上密密麻麻的全是藤壶，它背上的水草便是附着在这些藤壶之上。甚至，还有些许塑料，不知道什么时候也一起缠绕在了一起。

宋晨曦：“海龟是有灵性的生物，它们看见人类，会想方设法求助。”

“该怎么办？”

“把藤壶抠下来。”

池远航点了点头，就要拿来小刀，准备着手给它清理藤壶。宋晨曦却阻止了他：“藤壶太多了，直接用刀会有危险，或许会伤着它。”

“那该怎么办？”

“去拿一个盆来，装半桶淡水。”

池远航照做了。等他将桶拿来，宋晨曦便将海龟放了进去，水面高度恰好没过它的背部。

“好了，放着就行。”宋晨曦说。

“就这么放着？”池远航惊讶。

宋晨曦点头：“藤壶分泌出来的藤壶胶十分稳固，哪怕用刀，也无法剔除，还可能会伤到海龟的身体。但它们在淡水中活不久，泡一会儿它们自己就死了，等它们枯萎再清理，对海龟的损伤能降至最小。”

“这你都知道！你也太厉害了！”池远航惊呼。

“在海上漂泊、靠海生活的人，对海洋环境和生物的保护自然要多懂一些。因为在海上，你总会遇到需要帮助的，不论是人，还是动物，都能帮则帮。这样，在你遇到困难的时候，他们也会回馈你。”

阳光下，宋晨曦盯着海龟，露出了难得温和的目光，与看人时的大为不同。她一点都没有觉得自己了不起，她只是在做自己认为对的事情而已。

不知怎么的，池远航突然很想拿出相机，把这一幕记录下来。但他拍了两张，发现相机拍不出宋晨曦的美。索性拿出画板，将这一幕画了下来。

傍晚，艳阳散去，黄昏是一天中最美好的时候。四周都是镜面的粉色玻璃海，宛若人间仙境。宋晨曦便是在这样的环境里，将清理完藤壶的海龟放回到了大海。

粉色的玻璃海里，它自由游弋，很快就消失在了夕阳里。

而宋晨曦就这样痴迷地望着海龟远去，仿佛望着的不仅仅是一只海龟，似乎也在望着她自己。

她跟这些在大海中徜徉、生活的万千生灵一样，靠着这片海生活、成长，而后老去。

她们的一生，都与这片海息息相连，密不可分。

池远航笔下的画，便是将她与大海融为一体的画面记录了下来，细节到连眼神都如见到宋晨曦的真人一般，眼睛里似乎会发光。

宋晨曦看了一眼，夸他："你把我画得很美。"

"那当然。"她在他眼里，是独一无二最美的那一个，在他的笔下，她永远是女神。

"但是，你不觉得我的脸，破坏了这幅画的意境吗？"宋晨曦又道。

池远航愣了一下，说："为什么？"

"因为……我不是一个人。"

"什么意思？"池远航不解。

宋晨曦道："这幅画里，你画的是我。可我代表的，不仅仅是我。而是那些跟我一样，为了实现梦想而努力的那一群人。我不该是一个具体的人。"

"池远航，艺术家描绘的，也不能仅仅只是一个人，或者你想象中的世界。我相信，当有一天，你能与万家灯火共鸣，那一天，你就会成功了。"

宋晨曦说完，池远航似懂非懂，但还是听了她的话，再次将她刻画到细致入微的脸抹去。

而后，画里没有了宋晨曦。但这幅画，比刚开始画好的时候，更耐看了。

宋晨曦说得对，她不是一个人。

她代表的是一群人，也是一份追求自由、拼搏的精神。

她可以是任何人。

她不该被具象化。

池远航觉得很满意，又很可惜。

满意在这幅画升华了，宋晨曦却没了。

宋晨曦笑了笑，说："我从不向别人证明我得到过什么，我只记得自己感受过什么。不论你的画里有没有我，我永远都会记得，在这片粉色的玻璃海里，你画了一个最美的‘我’。”

宋晨曦说完，池远航就释怀了。但紧接着，他又想起什么似的，问：“小林说你当年考了美术系，是哪里的美术系？”

“啊，A大。”宋晨曦说道。

果然是A大……

池远航终于理解了宋晨曦当初听到他说自己是A大时的反应，原来她差一点就是他的校友了！

不过，假如她去了A大，那他可能……

池远航想到这里，表情突然有点难看。

“你怎么了？”宋晨曦问。

池远航沉默了一瞬，摇了摇头，展颜说：“没什么。我只是在想，你我同龄，假如当年你去了A大，或许我们早就认识了。你也不至于受这么多苦，我也不必绕这么多的弯子……”他们或许连孩子都会打酱油了！

宋晨曦却悄然一笑，说：“那或许我们就不会有交集了。”

“为什么？”池远航不懂。

宋晨曦：“到那时，可能在你的眼里，我就跟你的万千同学没有什么两样了。你喜欢那些同学吗？假如你喜欢的话，现在也不会有我什么事了吧？”

池远航无法反驳。

的确，A大美女如云。尤其是在美术系，艺术生满地都是。清一色的黑长直，清纯系的大有人在。宋晨曦若走在校园里，或许真跟那些人没有区别。

而假如没有当初心惊胆战、乘风破浪的七天，没有后来水族馆美人鱼的惊鸿一瞥，她将泯然众生，与万千同学一样，在他的身边，没有惊喜、没有惊讶。

现在所遇到的一切，才是刚刚好。

夜晚吃完饭，海天相接，星星和月亮倒映在海上，一丝风声都没有。绝对安静的环境里，宋晨曦单手枕着头，躺在甲板上，池远航在她的身边躺下。天地间，他们是彼此眼中唯一的风景。

此时的宋晨曦没有睡着，没有看书，也没有背单词，她就只是简单地这样和他并排躺在一起。

“好难得。”池远航说。

“嗯？”

池远航：“还记得以前你是什么样的吗？”

“什么样？”宋晨曦疑惑。

池远航清了清嗓子，学着宋晨曦的口气说：“我已见过最壮阔的风景，这些风景，对我来说，没有特别。”于是她对他，总是不看、不听、不理。

“我有这么无情？”宋晨曦自己都记不得了。

“比我说的还要无情。”池远航肯定地说。

过去的宋晨曦，对他就是瞧不上、还不屑一顾的。但或许她也并没有瞧不上他，她只是平等地瞧不上所有人。因为对她来说，除了自己，别人都跟她没关系。他费了九牛二虎之力，才终于在她的身边留下了些许不同的痕迹。而这痕迹究竟有多重，他还当真是没什么把握……

二人就这样躺在甲板上，有一搭没一搭地聊天。

聊了很多。

宋晨曦跟他聊环球航海时的刺激、困难与挑战；聊海底大片发光的水母群、憋气从船下游过的鲸鱼，还有马达加斯加里的人没有鞋子穿。

在参加环球帆船赛时，曾途经马达加斯加。那里的牛比人口还多，而那里的儿童大多衣衫不整，住在泥巴糊的草屋里。下雨了，就拿一片芭蕉遮挡，光着脚走在泥泞的雨林里。

那时候的她想，看啊，这世界上还有那么多人没有鞋子穿，而她却还有时间苦恼他不爱自己，这足以说明，她很幸福了。

在食不果腹的人眼里，没有爱情，只有生活。她还有机会体验失落，这恰恰说明，她的生活足够富足。

但这些思念向海川的过去，宋晨曦没有告诉池远航。她只是说：“假如还有机会，我很想去到那些真正贫瘠的地方，去帮助那些没有温暖的房屋居住、没有雨伞、没有鞋子光着脚的人们。让他们吃得饱饭、穿得暖衣，拥有良好的教育，可以拥有选择自己人生的能力。如果更进一步，能让他们也有机会像我一样，有憧憬爱情的能力，那就更好了。”

而池远航则跟宋晨曦说A大食堂的菜很难吃，寝室很破，但道旁的梧桐树很大，夏日走在校园的长廊里，十分惬意。

他们一直聊了很久、很久，久到月亮升起，又要落下，他们才抱着对方，相拥睡去。

天地间，他们交换了各自的人生，体验了对方不曾有过的青春。而后手牵着手，沉沉睡着。那一刻，也不知是海面上四下无人的错觉，还是宋晨曦头一回开口跟他说了这么多话，让池远航无比确认，他们都是对方身边的唯一，也是眼中的唯一……

宋晨曦带着池远航两个人出海，玩了三天两夜后才回家。

这一消息，很快传遍了码头。让业内人士都纷纷忍不住好奇，发来了消息，问她是不是谈恋爱了？

鲸歌最先问，但大蹼发的消息最多。

宋晨曦一条都没回。

这些人吃饱了撑的，老是关注她干什么？还不如回去问问老妈晚饭想吃什么，那比关心她有意义得多！

下午，宋晨曦约了课，准备继续教潜水。而池远航，则是要准备一个盛大的表白仪式。

他一上岸，就开始跟鲸歌、阿宇、阿烁商量这件事，为此，他还特地“请”了一个外援，那就是宋晨曦的学生，请她务必要拖住宋晨曦，让她晚饭过后才回来。

池远航一刻不停、风急火燎，还给足了花店预算。他要求场地全部要用鲜花布置，一朵假的都不行。整个场景花费过十万，将整个 W 市和 S 市的鲜花都几乎包圆了。

“一个表白而已，又不是结婚，需要搞这么大的阵仗吗？”阿烁看不懂有钱人的行为方式，很是震惊。

阿宇也是满脸的不满，说：“你这么做，让我们怎么办？我们还要不要谈恋爱了？”

鲸歌可是在边上全程看着的，他以后逢年过节，还怎么度过？

而同为女人的鲸歌充满了羡慕，她说：“女孩子要的就是浪漫。虽然Vicky骨子里未必是女孩子，但她也有权利享受！池远航，我支持你！”

在众人你一言我一语的争论中，有支持、有反对，但不管别人是什么声音和想法，池远航一意孤行。

不是他有了钱就乱花钱，好了伤疤忘了疼。他只是觉得，这件事情对他们来说很重要，宋晨曦值得他这样做。

虽然她从来都不说、从来也不要，可是他想给，哪怕事后再被她骂也无所谓。他就是想给她最好的一切。

他们在一起的每一天都值得被记住。

池远航没想到的是，他安排好了一切，加班加点赶制了全套的浪漫，却并没有等来宋晨曦。

“我今晚不回来了。”宋晨曦给池远航发了一条消息，让池远航又惊讶又担心。

除了跑船，宋晨曦还从来没有夜不归宿过。

“你去哪里了？”池远航问。

宋晨曦：“我在医院。”

宋晨曦说完，池远航心一紧，正要打电话过去，她紧接着又发来了一条：“不是我病了，是向海川，他生病了。”

看到这条消息，池远航愣住了。

原来下课之后，宋晨曦被大蹼给拦了下来，直接将她带去了S市。在那里，向海川躺在病房里一动不动，已经三天了。

池远航有一万个冲动去医院把宋晨曦揪回来，但是他忍住了。

他们之间，还什么关系都没有，他凭什么阻碍她去见向海川？

他应该相信她，就像她等待自己一样。等她处理好自己的事情后，她自然便会回到他的身边。

池远航没有再说什么，只静静地等着宋晨曦回来。

鲸歌Coffee&Whiskey Bar里外都装点了花束，引来不少人围观、拍照，但它一直处于暂停营业状态，不允许其他人进入，外人就只能在门外看着。

而店内，鲸歌、阿宇、阿烁都陪着池远航，翘首以盼等待宋晨曦回来。

可是他们一直等到第二天、第三天，池远航的花儿都快要谢了，她也依然没有回来。

第三天，大蹼来了。他来帮宋晨曦拿衣服，看了这一屋子的花，还有满脸胡楂的池远航，瞬间便明白了他想干什么。

大蹼没戳破他，只说宋晨曦短时间内不会回来了，请他们帮忙收拾一下换洗衣服。

池远航坐着没动，是鲸歌去帮他置办的。

鲸歌本来想问，但看见池远航在，又忍住了。再一想到大蹼是向海川的得力助手兼好兄弟，她大概也猜到，宋晨曦八成在向海川那里。

等到了房间，一边收拾衣服，鲸歌一边忍不住讥讽了两句：“有些男人吧，天生就是贱骨头，女孩喜欢你的时候不珍惜，等她不喜欢了有了新对象又想尽办法找存在感。这病可生得真是时候，早不病晚不病，等人家度完蜜月要定下来了的时候病。”

大蹼立刻皱眉，不悦地问：“你这是什么意思？”

鲸歌摆弄着头发，欠欠地说：“没什么意思。我就是听说最近我那个小前男朋友跟新女朋友玩腻了，还是觉得我好，满世界地找我给我发消息，甚至说自己病了。我回了他一句‘有病治病，治不了买地’，找我有什么用？我在骂他呢，你急什么？莫非，你年近四十的老板向海川也玩二十岁小男孩那一套？”

“你……无聊，管好你自己！”大蹼无可反驳，拎着衣物，气哄哄地走了。

下楼后，看见池远航跟蔫了的鸡似的，还耀武扬威地瞪了他一眼。

大蹼自始至终没有瞧得上池远航过，他也从来没觉得宋晨曦会喜欢他。可当他知道宋晨曦和池远航一起出游之后，才真的有了些许危机感，旁敲侧击地提醒向海川。

可似乎向海川早已有了预感，他什么都没说，只是日夜不停地喝酒。

玩命地喝。

表面上是为了谈生意，可大蹼跟在向海川身边那么久，自然知道他的心思。

他就是拉不下脸，也不愿意相信。不相信从十七岁就喜欢着他的女孩，居然会喜欢上别人……也开始反思自己。反思的时间如流水，原来真的没有人会一直站在原地。

然后，他就病倒了。胃穿孔，吐了不少血。还好送医及时，没有什么大问题。

可也就是他这一病，让大蹼的心再次回到肚子里。

宋晨曦依然会回来。

她的心里依然还有向海川。

大蹼离开后，池远航终于忍不住，去 S 市找了宋晨曦。他没有问宋晨曦在哪间病房，也没有问大蹼，他只是托了几个朋友的关系，问到了向海川所处的病房。通过打听，得知他病情不重，大概是喝多了酒，胃穿孔，刚做完手术需要静养。问题不小，但也不大。至少，还没到钱老爷子躺在床上不能动弹的地步。

就是这么一个不算大但磨人的病，宋晨曦整整三天都没有回来。

病房外，池远航透过房间的窗户，他看到宋晨曦正趴在向海川的病床前，一动不动，显然，她这些日子都没怎么休息，一副疲惫至极的模样。

她已经衣不解带地在这里照顾他三天了。她陪着向海川手术，而后在医院里跑上跑下，各方奔走、拿检查单。她全心全意照顾一个人的样子，跟照顾钱老爷子时截然不同。

她对钱老爷子没有感情，于是也像个机器，尽职尽责，却不动心、不动念。钱老爷子是死是活，她听天由命。

可她对向海川不同。

她希望向海川好好活着，最好一点委屈都不要受。她尽心尽力、全力相帮。

池远航还从来没有见过这样的宋晨曦。

她所有的底线、尊严，在向海川的面前似乎都土崩瓦解。两年的分离，终究逃不过他回头望向她的眼睛。

诚如她自己所说，只要向海川钩钩手指头，甚至不需要钩钩手指头，只需要稍微病一场，只要他回过头，对她坚定一次，她就会毫不犹豫地回到他的怀抱。

那般旁若无人，还奋不顾身……

池远航心情难受到了极点，转身离开了。

他悄无声息地来，悄无声息地走，自始至终，没有打扰过他们。

“撤了吧。”回到鲸歌，池远航最后看了一眼满屋子的鲜花，说。

所有人都惊讶，还想劝一下。

“我给宋晨曦打电话……”

鲸歌刚拿起手机，池远航就大喝了一声：“撤了！”

鲸歌打电话的手便停住了。

“行吧……”她只能关上手机，叹息地指挥着阿宇和阿烁，将这满屋子的鲜花扔进了垃圾堆。

于是这一场告白，在宋晨曦根本不知道的情况下出现，而后又默不作声地消失。

鲸歌 Coffee&Whiskey Bar 重新开业了，却并没有让人觉得惊喜。

满屋子的花消失得无影无踪，鲸歌甚至不敢留下一朵，生怕刺激到池远航。

可池远航也再没踏进过“鲸歌”。

他每天都待在自己的渔具店里，不知道在忙活些什么。

众人都不敢打扰他，只能盼着宋晨曦早点回来，将这死结给好好地掰扯掰扯……

宋晨曦在向海川那里照顾了他一个星期。一个星期后，向海川的身体基本已经完全康复。住院期间还做了一些病理检查，各项指标也都良好，宋晨曦拿到检查结果确认没有问题后，就准备离开了。

"不能一起吃个饭吗？"病房里，刚换好衣服的向海川有些发愣。

她陪了他这么久，每天都吃医院配的餐，他很过意不去，原本想着今天出院，特地备了一桌酒席，想邀请她一起，正式感谢一下，也好拉近一些感情，却没想到她连逗留都没打算。

"不了。"宋晨曦斩钉截铁地说，"我还有事。"

"什么事？""晨曦航海会"已经停业好一段时间了，最近也没听说要重新起航的意思。向海川不理解她这么着急的回去是为什么？

"池远航还在等我。"宋晨曦丝毫也不避讳，直言道，"出来好几天了，他应该挺担心的。既然你已经痊愈，我也该回去了。"

这一周，池远航没给她发消息。就连她发过去的消息，他也没回复。

宋晨曦忍不住，中途给他打过一个电话。电话他接了，语气却很冰冷。

"有事吗？"他问。

宋晨曦说："没事，就想问问你怎么了。"

"我什么事都没有，我好得很。你要没事我就挂了。"池远航说完，过了半秒钟，都不等她回答，就把电话给挂了。

这是过去的他从未有过的态度，不用猜都知道，他一定是生气了……

还很生气。

生气了得哄，小孩子都知道的道理，宋晨曦当然也知道，可她分身乏术，没空去哄。等如今一切尘埃落定了，她也该回去好好哄哄他了。

毕竟，这阵子，她其实还挺担心池远航的。

向海川见她去意坚决，也不再挽留。

二人一路沉默，从病房走到电梯，而后是医院门口。

向海川走得极慢，很想多跟宋晨曦说点什么，可两个人都沉默，他不开口，宋晨曦也没什么想要说的样子，而向海川也不知道能聊什么。于是一路无话。

他突然发觉，以前跟他无话不谈的宋晨曦，居然变得这样沉默了……

宋晨曦一路将向海川和他的行李送到了停车场。

停车场里，最贵的那辆车就是向海川的。虽然质感看上去很好，与周边所有的车都拉开了距离，但在宋晨曦看来，还是有些低调。

过去向海川开的是大G，虽然他自己没有炫耀，但他的座驾时常出现在别人的朋友圈里，张扬又有个性。如今他换了一辆低调的迈巴赫，对车毫无研究的宋晨曦就完全不认识了。

宋晨曦微笑着调侃："又换车啦？这车……好像不配你，太低调了。"向海川从来都是开一些狂放不羁的越野车，这样一辆四平八稳的轿车，与过去的他很不一样。

"年纪到了，该稳重些了。"向海川也笑了，笑得十分尴尬。

病了短短一周，他的心境似乎就完全不一样了。过去喜欢玩的、在意的那些好像也突然间不值一提了。

宋晨曦也笑了笑，说道："也好，稳重些好。以后你也记得要尽量少喝酒，虽然你的身体还不错，但到底不年轻了，别逞能。"

这些劝慰的话，宋晨曦过去从来没有说过。她根本不会像那些女孩子一样，乐衷于当妈，她只会去做。每次醉酒后的醒酒汤、清晨的热牛奶、温热的小米粥，她给予他的从来都是行动，而非言语。

后来分开之后，她的行动停止了，安慰的话也没有一句，如今再听来，竟是格外窝心。与他交往过的女孩们给予的情感价值截然不同——她的关心是真诚又有力、还不图回报的。

"别走了，好吗？"向海川拉开车门，刚要坐上去，突然又拉开了车门，问她。

还是没死心，想让宋晨曦跟自己一起走。

可宋晨曦摇了摇头，说："还有人在等我。"

向海川脸色僵了僵，有些难看。

这个"人"是谁，他当然知道。

池远航，那个他从来都看不上的小孩儿……

向海川没急着让她做决定，又道："那我送你去。"

"不必了，我叫车了。"也就在这时，一台破旧的顺风车停在了宋晨曦和他的面前，与他的迈巴赫形成了鲜明的对比。

她宁愿搭顺风车也不想坐向海川的车，独立得让人心疼。

"那……我走了，你多保重。"宋晨曦说完，看也不看他一眼，便拉开了网约车的车门，坐了上去。车启动，绝尘而去，她甚至连头都没有回过。

直到她的车彻底消失，向海川都没有回过神来。

他还记得，她离开自己的那一天，也是跟今天一样，平平无奇。

微风不燥，阳光正好，像过去一千多个日子一样风和日丽，什么都没有发生。

向海川以为只是普通的一天，可是直到今天，他才意识到，那天对宋晨曦来说意味着什么。

从那一天起，宋晨曦其实就下定决心，不会再回来了。

而他竟然还以为她留下来照顾自己，是因为还有感情。但其实哪有什么感情？她不过是在报恩。

报了当年医院的恩情，还了五年相濡以沫的陪伴。

从现在开始，她只是宋晨曦，和向海川已经毫无关系了……

那一瞬间，向海川感到自己的心突然一阵钝痛，有一种想要回医院的错觉。但他知道，现在再回去也没有什么用了。

宋晨曦，她不会再回来了。

意识到这一点，向海川陡然觉得，他换了这么多辆车，交了这么多的女朋友，又有什么用呢？

错过了这五年，分别了这三年，他早已错过了最该珍惜的东西。

宋晨曦回到“鲸歌”后，老板娘和阿宇不在，但阿烁看她的眼神有点奇怪。

那样子，很明显是在看一个渣女。虽然宋晨曦不知道自己做错了什么，但还是对他的眼神有些耿耿于怀。

“池远航呢？”宋晨曦装作没看见他的嫌弃，问他。

阿烁翻了个白眼，戴上了耳机，装作没听到的样子。

这下傻子都看得出来，他对自己的意见很大了，甚至比池远航还要大。但宋晨曦并不在意旁人的眼光，她不再理会阿烁，放下东西就去了隔壁。

渔具店里，池远航坐在收银台后看书，看的什么书宋晨曦不知道，但他好半天都没有翻过一页，让宋晨曦着实有点想笑。

“别看了，书都看烂了，也看不到脑子里去。”宋晨曦突然开口，让池远航一愣。他突然抬头，就看见宋晨曦站在门口，一脸好笑地望着自己。

显然，她已经站在那好一会儿了。

池远航没理她，看了她一眼，又转过头去，继续看书。

宋晨曦走过来，站在柜台前，问他：“你没什么想跟我说的吗？”

“没有。我很忙，你也很忙，大家各忙各的，挺好。”池远航嘴硬，不肯承认自己早已经气得发疯，还要故作平静的样子，装作什么事情都没有发生过。

但宋晨曦并不打算放过他。

她直接走进来，坐在池远航的旁边。这时，她看清了，池远航正在看一本关于船舶的书。书中关于船舶的解剖全都是英文注释的，细到每一颗螺丝钉，单词都分外冗长、复杂。

好在，这本书她看过，还学得不错。

“看不懂吗？”宋晨曦也学着他把手撑在桌面上，盯着他说，“这本书我背过，我可以教你呀。”

池远航闻言，更加觉得挫败了。

他研究许久都研究不进去的书，人宋晨曦居然早就背过了！真是岂有此理。

池远航冷淡地说：“不必了，我自己看。”

宋晨曦也不逼他，只说：“那行吧，你忙。至于我……我不忙，我看你忙。”

这还怎么看得下去？

池远航不可置信地看向她，问：“你这人怎么不讲道理？”

“我怎么不讲道理了？”宋晨曦问道。

“你说你忙，我就给你自由，不打扰你。因为我知道自己无法离开你，所以只能成全你，让你做一切你想做的事情，甚至，是去照顾向海川。这些我都能忍，可是你总得给我一些冷静和发脾气的时间吧？你忙完了就跑回来，一句解释都没有，就这样看着我，还让我怎么冷静、怎么发脾气了？”

宋晨曦眨了眨眼睛，说：“你这不叫发脾气，你这叫生闷气。”

“行吧，那我就生闷气了，怎么样吧？我有权利生闷气！我现在想一个人在这里生闷气，你别理我，行不行？”

“不行。”宋晨曦说。

“那你想怎样？”池远航啪地一把盖住书，不等宋晨曦回答，紧接着怒气冲冲地瞪着她，问，“我是不是还得恬不知耻地给你俩买好水果，看你俩卿卿我我，再送你们一次马尔代夫七日蜜月游啊？”

池远航一口气说了很多，宋晨曦始终颜色淡淡，不冷不热地看着他。

偏偏她的眼睛还瞪得挺好看的，让他根本连气都撒得有些没劲。

她似乎根本没觉得这有什么错。

气得池远航想撞墙。

可他只能忍。

他不是她的什么人，他们没有经历过激情澎湃的五年，也没有共同经历过相互扶持的时光，他只能忍受着独自的郁闷。

可是他实在忍受不了这种气氛，于是只能转过头去，不再理睬她，继续假装在看书，仿佛她不存在一样。

宋晨曦叹了一口气，把他的身体掰了回来，强迫他看着自己。

“你想干什么？有事说……”池远航话还没说完，突然，宋晨曦便倾身上前，吻了他一下。

冰冰凉凉、一触即离。

池远航霎时瞪大了眼睛，问：“你知道自己在干什么吗？”

“知道，我在吻你。”宋晨曦说完，又再次倾身上前，吻住了他。

池远航剩下的话便全留在了肚子里，化作了惊愕。

池远航彻底震惊了。

但心中震惊归震惊，身体倒是诚实得很。半点抗拒都没有，甚至，很快配合起来……许久，宋晨曦才离开了他的唇，二人分开，但唇瓣间，都已经微红。

池远航盯着她唇上属于自己的痕迹，不可置信地问：“为、为什么？”

宋晨曦：“没有为什么，想吻就吻了。”

池远航震惊：“你……”

“难道你不想吻我吗？”宋晨曦反问他。

池远航很快就投降，半个反驳的字都没有，点头道：“……想。”

他怎么可能不想？他无时无刻地，都快想疯了！

“那你还等什么呢？”这一次，宋晨曦坐在了他的腿上，双手环过他的脖颈，一动不动地望着他。

而池远航已经完全惊住了，根本不敢动。

她盯了一会儿，见他还是没什么反应，又再次倾身，在他的唇上亲了一下。

她亲完了才问他：“你怎么回事？像这样做很难吗？不难啊，要不然……我再示范一次？”

宋晨曦刚想挣脱，却被池远航握住了双手。下一刻，她整个人就被他抱在了怀里，俯身轻压吻了上来。

一个长长的吻，时间久到二人的呼吸都变得紊乱。

“你不会后悔吧？”池远航认真地问宋晨曦。

“不会。”灯光下，宋晨曦的双眼瞪得大大的，半点犹豫和不安都没有。她的眼里就如同那晚在帆船上时的那样，激情似火，再容不下旁人了。

宋晨曦原本靠在池远航的胳膊上睡着，被他一动弄醒，然而她并不急着起床，翻身背对着池远航，继续睡觉。

怀中突然失去了温暖柔软的身体，池远航有些不习惯。他强行把她转过来，不管自己的胳膊是否要废了，依然把她搂在怀里。

宋晨曦推了几下，没推动，也就罢了，蜷缩在他的怀里，继续闭着眼睛睡觉。

池远航看见她近在咫尺的脸，连睫毛上的细节都能清晰看见。然而即使如此真切，他依然觉得自己在做梦。

于是不自觉地，他又把她抱得更紧了些，双手也不自觉地在她的身上摩挲。

“别摸。”宋晨曦突然说道，语气生硬，声音冰冷，和以往的宋晨曦没有什么不同。

这……不应该啊。

她昨晚可不是这个样子……

“别闹。”宋晨曦哼了一声，又黏黏糊糊地说，“痒……”

嗯，这声音对了。

她柔软起来，应该是这个样子。

三天后，他们终于出门了。这三天，几乎就没出过房间，饿急了才会叫一份外卖。

宋晨曦打开手机，发现无数个未接电话，其中不乏鲸歌的。

鲸歌回到店里，看见宋晨曦的包，给她打了无数个电话，可是都没有人接。而后，她又打池远航的，依然没有人接。直到三天后的下午，她终于看见他们手拉手，一起从渔具店出来。

宋晨曦满脸绯红，虽然脸还是那张扑克脸，但多了些许娇羞，而池远航美得恨不得要上天，屁股后头都差点长出尾巴似的，大摇大摆，带着宋晨曦招摇过市。

这下，就连傻子也知道他们终于在一起了。

第十二章·仰望

Heading towards the morning light

所有人都为池远航感到高兴，但只有他自己没那么高兴。他总觉得他们之间，好像什么都变了，又好像什么都没变……

宋晨曦依然住在“鲸歌”，偶尔过来跟他一起度过些许没羞没臊的生活。

其次，她也还跟从前一样，从不主动给他发消息。不跑船之后，学生带的也少了，没日没夜地在健身房里，给自己安排各式各样的训练。偶尔也会徒步、爬山、攀岩、竞速游泳。

池远航都陪她去了，只不过，她在上面爬，他在下面看。就算如此，他也依然觉得自己被折腾得半死。

但没有关系，看自己的女朋友在山顶俯瞰众生，他觉得也挺有面子的。

可宋晨曦从来不认自己是他的女朋友。

他总是很骄傲地向所有人介绍她，可她每次就是淡淡一笑，既不承认也不反驳。当然，她也不发朋友圈、不换情头，还不让池远航换。

这让池远航很憋屈。

“你……不会在钓鱼吧？”一次，池远航眯着眼睛，问宋晨曦。

“钓什么鱼？我最近没钓鱼，一直都在练体能。”宋晨曦如实答道。

“钓鱼就是……养鱼。不告诉别人你在谈恋爱、你有对象，是为了发展更多的潜在对象。”

“无聊。”宋晨曦翻了个白眼，“你一个我都嫌黏，再来一个，啊不，一群？我是疯了吗？”

“也是。”

池远航也觉得不可能。他从早到晚跟着她，她连看手机的时间都少，别说养鱼了，喝水都是见缝插针的，跟打仗一样，而池远航对此也颇有微词。

“你就不能抽时间多陪陪我？”池远航问。

“我不是在陪吗？”宋晨曦反问。

池远航：“不是叫上我攀岩、徒步、登山，而是坐在海边，比如说玩泥塑、吹海风、扎羊毛毡。”他幻想中的情侣，就该是这样黏黏糊糊。大金就每天陪着柳柳在羊毛毡店里，用羊毛毡做了一个一家三口，还发在了朋友圈，可真是羡煞旁人。

宋晨曦看完他递过来的大金的朋友圈之后，说了句：“我很忙，你自己玩去。”

于是，这成了池远航的一个心结。

“你永远在做自己，未曾有一刻把时间留给我。”池远航不满地说。

“你这样说，对我不公平。”宋晨曦说。

“怎么不公平？”

“至少晚上我陪你了。”

“你……”池远航脸一红，有点僵，却无法反驳。

的确，等她忙完了，晚上的时间的确是属于他的。但也并没有多久，她很快又会回去，让他连抱着睡觉的机会都几乎没得……池远航觉得有些怪异，却说不出来。

宋晨曦开始躲着池远航了。她最近的训练项目要飞到别的省市去，还不让池远航跟着。池远航不理解，问宋晨曦，她也不说。只在半夜才给他打回来一个视频，给他看自己满身大汗，刚从训练场上下来。

“你究竟在忙什么？”池远航问。

“训练。”

“我知道是训练，但训练什么呢？”

“体能。”

他当然知道是体能，可训练体能干什么呢？有什么意义吗？

“还有事吗？没事我挂了，我好累。”宋晨曦说完，就要挂电话。

池远航整个人都不好了：“还没说两句话就挂了，你究竟有多忙？”

“我真的就是累……而已。”宋晨曦刚回到住处，已经十二点半了。明天一早六点钟又有课，她得抓紧时间冲凉。

可视频里的池远航显然又不高兴了。

宋晨曦这时也没心情哄他，但还是强忍住了脾气，皱着眉头问：“你都没有自己的事情要做吗？怎么老是盯着我？”

“你是我的女朋友，我不盯着你盯着谁？”池远航振振有词，委屈极了。他当然有事情要做，不论是学习，还是看店，还是远程参与父亲的公司，他比过去都要努力。还有他自己的梦想，他乐此不疲地画画，他一样都没有放下。但到了闲暇时间，他总是希望能多跟宋晨曦说说话。否则异地恋的距离产生不了美感，把好不容易追来的女朋友弄丢了怎么办？

可宋晨曦丝毫也感受不到他的崩溃，只是叹了一口气说：“行吧，盯完了，你还想怎样？”

“你就这样跟男朋友说话吗？”池远航问。

但宋晨曦又沉默了。

她自始至终，在男女朋友这个关系问题上讳莫如深，让池远航一点儿底气和安全感都没有。

“你怎么变成这样了呢？”池远航问。

“我变成什么样了？我什么都没变。”她依然是她。

池远航：“没变才有问题。你以前对我冷淡我能理解，可我们都这样了……你还不回消息？”

“什么样？”宋晨曦问。

“就……那样啊。”池远航神色躲闪，这会儿要是她在自己身边，他一定把她抱在怀里，用行动告诉她他们究竟是“什么样”。可他们现在隔了几千公里，闻不见摸不着。

宋晨曦“哦”了一句，说：“你是说我们睡了？”

“……嗯。”

“睡了又怎样？睡了也不代表需要改变什么。我不喜欢看手机，也不喜欢聊微信。”宋晨曦声音清冷，让池远航气得发疯。

他恨不得立刻把她从手机里揪出来打一顿，可是他忍住了。

他沉下脸，安静地问她：“所以对你来说，这件事并不重要？发生了也对我们之间的关系没有影响？”

宋晨曦沉默了一下，满不在意地“嗯”了一声。

“渣女。”池远航说完，气得把电话挂了。

他感觉自己被彻底玩弄了。

还不知道该找谁哭。

池远航再次离开了W市，拎着一个大箱子。没跟任何人说去了哪里，渔具店交给了阿宇，暂时替他看着。工资提前预支了三个月，看样子短期内不打算回来似的。

他也没告诉宋晨曦自己去哪儿了，宋晨曦问了，但他没回复，她也没追着问。

她依然和过去一样，该干吗干吗。

宋晨曦回到W市的时候，已经是两个月以后了。

“池哥去哪儿啦？”阿宇问宋晨曦。

宋晨曦摇了摇头，说：“我不知道。”

“你都不问吗？”

“我问了。”

“然后呢？”

“他没回。”

“然后你就不问了？！”阿宇震惊。

“嗯。”

“你们这是谈的哪门子恋爱啊。”阿宇无奈地摇了摇头。

宋晨曦也没吭声，笑了笑，就回房了。她依然偶尔给池远航发消息，但池远航回复得少，一般一两个字就结束对话。两个人聊天不温不火，远没有当初那么热情。

池远航在干什么呢……

所有人都很困惑，宋晨曦也是好奇的，但是她想，不回复也好。这样，她就没有牵挂了。

宋晨曦回到W市后，买了一艘二手船。船型不算大，但麻雀虽小，五脏俱全。这艘船过了向海川的手，向海川很快得到了消息。

两百万这个数字对他来说不大，他想免了宋晨曦的船款，但没想到过户的时候，她居然全款一次性付清。她赚钱和攒钱的能力一直都令他惊讶。但更让他惊讶的是，她买船就意味着很可能要单飞。再一打听，也间接知道了池远航离开的消息。

向海川在一个清晨来到了鲸歌Coffee&Whiskey Bar的门口。当那台稳重的迈巴赫停在“鲸歌”门口的一瞬间，阿宇和阿烁的警铃就开始大作，鲸歌更是直接拿出手机，拍照发给池远航。

“向海川来了，你还不回来吗？”鲸歌问池远航。

这一次，池远航倒是很快回复。

三个叹号，让他内心的崩溃一览无余。

他居然把向海川给忘了！

他跟宋晨曦赌气两个月了。但赌气归赌气，他居然忘记了，S市里还有个人暗搓搓地、虎视眈眈地觊觎着宋晨曦！

要换作别的男人，他一点儿也不会担心，可那是向海川！

宋晨曦惦记了一整个青春少女时期的男神！

池远航一连发了好几条消息给宋晨曦，又给打电话、发视频，可宋晨曦根本没带手机，哪里接得到？

他只能不停地给鲸歌发，告诉她：“帮我稳住，别让宋晨曦跟那个‘海王’接触，我下周就回来！”

“下周？下周有点晚吧，万一他们重新擦出火花，没准孩子都有了……”

鲸歌恐吓池远航，池远航欲哭无泪：“没办法，还要一周，就一周！”

鲸歌叹气：“我努力吧。”

于是在鲸歌Coffee&Whiskey Bar全体的帮助下，向海川和宋晨曦这次的谈话也并不顺利。

宋晨曦刚在店门口的座位坐下，向海川紧接着想坐在她的身边，阿宇就横插过去，啪的一下，把菜单扔在他面前，并瞪了他一眼，让他只能坐在宋晨曦的对面。

向海川没表露出不耐烦，很绅士地拉开了另外一张椅子，坐在了离宋晨曦稍远一些的位置上。阿宇这才满意地走了。

之所以没留下来让他点单，就是为了下一次再来。

向海川看了一下菜单，没有什么有兴趣的，递给宋晨曦，问她喝什么？

宋晨曦说都可以。

也是兴趣寥寥的样子。

向海川索性把菜单放在一边，搬着凳子，又想靠近宋晨曦。这时候，阿烁又杀出来了，问他：“喝什么？”

向海川又不得不停下手中的东西，点了一杯咖啡。

阿烁离开后，向海川感受到窗户后好几道注视的目光。本想换个地方，但又联想到宋晨曦已经拒绝了他两次，觉得她这么忙，再换地方又是多余。索性，只能强忍着不看那三个人，问她，“你……还好吗？”

又是这个开场白。

宋晨曦笑了下说：“很好。”

向海川沉默了一下，又说：“那你们……分手了吗？”

这个“你们”指的自然是她和池远航。

宋晨曦既没有回答有没有分手，也没有承认他们终究没有正式在一起，只反问道：“关你什么事？”

“作为朋友随口问问。”

“这不是你的风格。”宋晨曦说，“你从来都不是八卦的人。”

“人是会变的，这个道理，还是你告诉我的。”向海川目光温和地看着宋晨曦，既不咄咄逼人，也不让自己落下风，让人如沐春风。

宋晨曦没反驳，只说：“你来还有别的事吗？总不至于专程来问这个吧？”

宋晨曦惜时如金，她一分一毫都没有时间浪费，所以也不想跟他绕弯子。

向海川身体前倾了一下，刚要开口，鲸歌突然又走了过来，送来了一杯咖啡，而后，站着不动，看着宋晨曦，说：“池远航说他给你打电话你不接，让我转告你，他下周就回来。”

宋晨曦察觉到了她眼中的警告，她突然有些不悦。

就算池远航要回来，她也有跟人喝咖啡的权利。

“我知道了。”宋晨曦说完，沉了沉眸子，又说，“可以给我们一点私人空间吗？”

鲸歌、阿烁和阿宇轮番去打扰他们，傻子都看得出来他们的目的。宋晨曦倒没有觉得他们做错了，只是他们再这样接二连三地出现，她可能一上午都脱不开身了。

对于向海川，她最好是长话短说、速战速决。

鲸歌“哦”了一声，快步走开了。

“还有这个。”宋晨曦叫住她，为了避免她再找借口过来，顺带让她拿走了菜单。请他们离开。

鲸歌拿过菜单，不情不愿地走了。这下，不会再有人来打扰他们了。

宋晨曦重新看向向海川，向海川的目光不仅没有因为听到池远航要回来的消息而紧张，却更柔和了许多。

他依然没有将这个毛孩子放在心上。哪怕宋晨曦跟他谈过恋爱，他也不在意。

“你也看出来他们别有目的了？”向海川笑问。

“也不算有目的，他们只是关心我而已。”宋晨曦说。

说完，二人又短暂地沉默了。

微风不燥的海边，一年四季海风都清爽，海水都清澈。坐在椰子树下，眺望不远处的海浪一下一下拍打着海岸。这是过去七年宋晨曦都没有仔细欣赏过的风景。

上一次这样轻松地和向海川一起看海，已经是九年前了。

十七岁的那个夏天，永远留在了那里。

或许他的心情也和宋晨曦一样，所以也没有急着说话，只是一起看向远处的风景。他发现自己好像从来没有在一个阳光正好的日子里，简简单单地陪着宋晨曦看过一次海。

他们总是马不停蹄，总是风急火燎，从而错过了很多沿途的风景。

如今他已经知道自己错过了最珍贵的东西，可是不代表错过了就要放弃。

池远航可以一直不停地追着宋晨曦跑，他为什么不行？

宋晨曦等了他七年，现在就该是他主动的时候了。毕竟，在感情里，总有一个人要低头的，不是吗？

“还能再给我一次机会吗？”向海川突然说。

宋晨曦笑了一下，轻轻摇了摇头，说：“晚了。”

“你和池远航并没有在一起。”向海川看得出来，池远航若是有安全感，他身边的人不会这样。

“这跟池远航没有关系。”宋晨曦说。

“那跟谁有关系？”

“只跟我自己有关系。”宋晨曦说完，顿了一下，又说，“我要走了。”

向海川愣了一下，问：“去哪里？”

“很远的地方。”

“我可以陪你一起。”

宋晨曦又是摇头，笑道：“你不能。”

向海川不理解，这个世界上，哪怕她要去南极，他也可以陪她去。就算她想去太空，他也不是不能想办法，有什么地方是他不能去的？

“我要去环球航海，单人航海四万海里，不间断、不停靠。”

宋晨曦说完，向海川的脸色变了。

“你疯了？”向海川皱眉道，“你知道那有多危险吗？全世界迄今为止完成过单人环球航海的只有一百多人！而登顶珠峰的有五千人，上过太空的有五百人！”

“我知道，我没疯。”宋晨曦眼神坚定，一点都不像在开玩笑。她为此已经准备了整整七年。原本还会缓上几年，但离开了白帆俱乐部，上了行业黑名单，迫使她不得不将这件事情提前。

既然没有退路，那就一往无前，在别人还在为克利伯的赛场名额挤破头的时候，她另辟蹊径，直接走一条没有人敢走的路。省略了其中所有的弯路，直接一步登顶。

她总不会一辈子在海上当船长、当导游，给人洗衣做饭叠被洗碗，那不是她离开原先舒适区的目的。

“为什么要去？莫非……”

向海川突然想起，那年夏天，宋晨曦十七岁。那是一个阳光明媚的日子，他在帆船上告诉她："这世上最酷、最放肆的事情，就是驾驶一艘帆船，去到这个世界的任何角落。这不仅是为了追寻自由，更是一种挑战。毕竟，现代文明源自航海文明，开拓进取的创新精神适用于各个领域、各个赛道。若能完成环球航海，那么余生将没有任何事情可以难倒你。人活这一辈子，总要做一些让平常人想都不敢想的壮举，那样才不负此生。"

宋晨曦信了他的话，从此，将环球航海当作了她的毕生追求。

她曾以为向海川会跟她一起去。

但后来她发现，他不会。

他的身后还有太多的牵挂和羁绊，他离不开。

向海川自己也承认："我当年跟你说的话，只不过是骗女孩子的花言巧语，我没想过你会信！"

"我知道。"宋晨曦说。

"你知道还去？"向海川觉得不可思议，"每个人都妄想着自由，却不知道挣脱牢笼需要多么大的勇气和经历多少艰难！我相信你能吃苦，但是我不想再看见你吃苦。而且，那没有意义。"

"有意义。"宋晨曦坚定而坦然地看着他，说，"对你而言是张口就来，哄小女孩的戏言，但是在我这里不是。那是我九年如一日，始终坚定不移，搭上了我几乎整个青春的意义之所在。或许这个梦想，是因为你而有了开始，但并不意味着要因你而终结。你给我描绘的美好蓝图，或许连你自己都不相信，可是我信的。我不仅相信，我还要实现它。不是因为你，只是因为我自己。我热爱这片大海，我热爱我的理想，我要让我的人生永远炽热、滚烫。使命必达。"

宋晨曦的坚定让向海川无地自容。

向海川表情受伤，感到挫败，却不是因为自己的花言巧语被她看穿的窘迫，而是因为他担心。

"宋晨曦，我不希望你去送死。"向海川捂着脸，许久，才无助地说。

见到这样的向海川，宋晨曦内心也是不好过的。

她没想着要戳穿他的谎言。

可既然已经说到这里，她也必须告诉他，她早就知道了，也早就原谅他了。

宋晨曦说："我承认，当年当兵来当船长是为了你。后来我去克利伯之后，才发现，完全不是那么一回事。我们的帆船一路坏，一路修，一路向前进，不择手段地向前进。越过它，完成它，它会反过来成就你。旅途或许没有意义，但旅途中锻造出的品质，将会让我受用一生。从那时候起，我才真正地找到了我自己。后来的那五年，我待在你身边，喜欢你是真的，崇拜你也是真的，但更多的，我从未一刻放弃过我的梦想。我要靠你赚钱，我要存钱、买属于自己的帆船，我要完成环球航海，哪怕没有团队，一个人也要去。”

宋晨曦的坚定让向海川知道自己说什么都没有用了，他问她：“当年郭川独自航海，在海上失联，他的妻子在岸上已经等了他多少年，你知道吗？”

“我知道。”宋晨曦说。

郭川船长的事令每一个航海人都感到遗憾。

“那么你呢？假如失败，我们要等你多少年？”向海川问宋晨曦。

宋晨曦说：“所以，我不告诉池远航。”

“这就是你们分手的原因？”

“是。”

向海川终于想明白了，宋晨曦跟池远航的关系始终又近又远的原因。

她也毫不避讳地说：“我始终不敢接受池远航，不是因为心里还想着你，也不是因为不喜欢他，相反，我非常喜欢他。所以，我想跟他在一起，在我出发之前，不留遗憾。至于为什么又要冷待他……大概是因为，我知道自己要去环球航海，我怕我会出意外、回不来。我不希望他担心、难过。我希望他能好好过自己的人生。”

“那你告诉我这个，就不怕我难过？”向海川问。

他知道了她要去，那么在岸上的这百十来天，他要怎么度过？

“你不会难过很久的。”宋晨曦说，“你的世界足够充实，你那么忙，你有很多的人可以打发时间、分散精力。可是池远航，他的世界里，好像真的只有我了……假如我回不来，他一定会很难过。我不希望他难过。”

“所以，这是你今天愿意坐下来跟我聊天的原因？”向海川突然想到了这一点，问她。

宋晨曦笑了一下，说：“或许这样，池远航就能彻底死心了。”

宋晨曦说完，把凳子往向海川的身边挪了一些，然后靠在他的身上。在鲸歌、阿宇、阿烁看不到的地方，她脸上一丝笑容都没有。

他们看到的是她轻轻靠在向海川的身上，一起面朝大海，看着海浪。

三个人的心都要一起炸了。

向海川下意识想推开她，却被她拖住了。

“还记得上次挽你的手是什么时候吗？”宋晨曦问。

向海川被问住了。

他们好像从来没有挽过。

“你看，你都不记得了，可是我记得。”宋晨曦说，“我拿到自由潜教练证书的那天，我挽着你的手，跟你拍了一张合照，那是我们唯一一次挽手。”更不要提拥抱。

他们之间，总是宋晨曦小心翼翼地靠近，不敢有丝毫越界，生怕被他察觉出自己的感情。可向海川见过那么多女人，又怎么可能会不知道？他只是装作不知道，好让自己过得舒适而已。

他丝毫也不在意宋晨曦每次看到自己时的小鹿乱撞，或者看到他和别人走在一起时内心的酸涩，也不在意她的希望落空。

过去的他，只在乎自己舒不舒服，仅此而已。

后来，等他再想要牵她的手的时候，他却连问候的资格都没有了。

向海川苦涩地说：“我真没想到，再次站在你的身边，会是因为这个原因。”

“时过境迁，一切都变了，时间就是这样一刻不停，不为任何人停留。”宋晨曦微微一笑，释怀地说，“向海川，如今的你功成名就，得到了你想要的一切光环，伟岸又高不可攀。而我也即将追寻真正属于我的人生。从某种意义上来说，我们的人生都是既完美又完整的。我为现在的你感到高兴，所以，也请你祝福我，让我完成我的梦想。也许……曾是你的梦想。”

哪怕这个梦想他自己都已经忘了，但在她十七岁时，他信口胡说的那一段话，总该也是他那时候真正所思所想过的事情。

只是他从来没有觉得那段话会成为另一个人心上最重要的事情。她认认真真地把他的梦想当作了自己的，并且坚定不移地要去完成。就算这个梦想，已经与他无关。这也依然会是她的人生轨迹。她不可不去的地方。

“对不起，我做不到。”

向海川轻轻拂开了宋晨曦的手，说：“你想干什么我都支持你，唯独这一点，我不同意。我不能眼睁睁地看着你去送死，我希望你在我看得见的地方，好好活着。哪怕只能看着你的背影，也无所谓。”

向海川拂开了宋晨曦的手，拒绝跟她扮演“暧昧”的关系。

让他气池远航可以。

让他当她没有牵挂的刽子手，那不行。

假如池远航能成为留下她的人，他宁愿将她拱手让人。

毕竟，人只有活着才有希望。

但显然，“好事之徒”鲸歌他们早就已经把向海川和宋晨曦手挽着手看大海、喝咖啡的照片发给了池远航。

池远航在憋屈了两个月之后，又是以气得发疯为终局。

“稳住，我马上就回来！”池远航终于还是没忍住，在遥远的大洋彼岸，买了最快的一班回国的飞机。

由于直飞的航班要后天才有，他不惜先飞到了布宜诺斯艾利斯，再从阿根廷转机回A市，再跨越整个中国到S市。马不停蹄地四十个小时后，一落地，他就接到了特纳艺术绘画奖评委组的通知。

原来这两个月，他在处理他的画作，并报名参加了这一届在法国举办的特纳艺术绘画奖的比赛。他递交的参赛作品总共有三幅，一幅创作于大学时期，最是青春年少，意气飞扬，至今不可遗忘的作品；还有一幅是在美国念研究生的时候所创作的，那时候他被父亲断了经济支持，他深刻地了解到，原来靠画画是难以生存的。于是，他不得不向父亲低头，与父亲定下了驾驶祖传的帆船，平安从西沙往返，就可以获得生活费的约定。那一幅作品，比之第一幅，已然要黑暗很多——当时他的人生是潦倒而没有希望的。

但最让他引以为傲的是第三幅。第三幅画，是那天他和宋晨曦单独出海，在海上，傍晚的粉色玻璃海中，宋晨曦望着海龟远去的模样。她抹掉了自己的脸，她说她代表的是一群人，而不是一个人。而最终他觉得海龟也多余，索性连海龟也涂掉了。留下来的，只有宋晨曦。

也或许也是他最近心情不好，那粉色的玻璃海被他全部涂成了灰色，只留下遥远海天之间的一点粉。

那是夕阳，却又像朝阳。似绝望，又隐藏着希望。在绝境中寻找光明，在桎梏中寻找自由，与这世上所有的人一样。在九分痛苦的伴随下，期待着那一分的甜。

池远航的画得奖了。他给自己设立的四十岁才达成的目标，提前了十二年完成。

他原以为自己会非常高兴，演讲稿写了无数遍，甚至大学时就已经写好了。他终于可以站在梦想的顶尖舞台上，发表自己十七岁时写的获奖感言。他迫不及待地想要把这个消息告诉宋晨曦，但一想到他们还在吵架，他又想再等等。他想等到拿到奖杯之后，再堂堂正正地站在宋晨曦面前，告诉她："我也有能力像你一样，完成、实现自己的梦想。"他希望被宋晨曦仰望、看得起。

但看见宋晨曦和向海川手挽手看海的照片后，立刻便等不了了。颁奖典礼也不想参加了，他匆匆录了一段视频，交给了组委会，便回了中国。当他踏上 S 市的土地时，这段视频已经传遍了全网。

池远航在国外拿奖的消息是"宁静致远"发给她的。

"宁静致远"分享了专题报道，她点开，就是池远航在颁奖典礼上放出来的那段视频——视频里的他头发乱糟糟的，不知道是因为没睡好还是因为着急什么事，总之就是精神状态一般，但也更有了一些艺术家的气质。

看得出来，视频是他在完全没有准备好的时候，在一个凌乱的房间里录制的。视频里，他面色急切地说："我从小的梦想，是当一名画家。希望可以通过画画养活自己，过上自由自在的生活。可是现实告诉我，这不太可能。我几乎就要放弃了，直到遇见一个人，是她教会了我什么是梦想和责任，什么是理想与现实。或许每个人在梦想和责任之间都要做抉择，现实和理想永远也无法共存，但是在她身上，我看到了二者的合而为一。

"梦想不是空想，自由不是随意。梦想，是要我们一步一步为之付出努力的东西，而自由是要高度自律之后，衍生出的结果。她的生活态度让我明白，梦想和自由掌握在自己手里，理想和现实可以共存。只是这个过程特别艰辛。而我希望，在她这样拼命努力一刻不停的生活里，我能成为她的帆、她的岸、她的底气和希望。是因为她才有了这幅画的存在，也是她给了我这幅画灵魂。

"同样的，我很喜欢她，我欠她一个正式的表白，一个尘埃落定的誓言。她的名字叫宋晨曦。她绝不是会被藏起来遮遮掩掩的人，她是我此生最独一无二、坚定不移的选择。她要被放在阳光下，让所有人都知道她的存在。

"这幅画得益于她的帮助，我不敢独自享受。现在她的前男友正在勾引她，我担心她会被夺走，我要赶回去向她表白了，所以不能参加这个颁奖典礼。再次感谢大家的支持，也请大家能够祝福我，让我能够成功表白，与她一起立下永不分离的誓言。”

池远航的这番言论，已经远远超出了表白的措辞，几乎已经是结婚誓词了。

宋晨曦看到这个视频的时候，大金、柳柳、小林、鲸歌、阿烁、阿宇也几乎同时看到了。

微博、抖音上都充斥着他的激动人心的表白言辞。并不是因为这个奖项在社会上有多出名，而是池远航这番自断后路的纯爱宣言，着实让所有人惊讶。

“真厉害……”鲸歌忍不住在阿宇面前说了一句粗口。在这个年代，还有人能当着全世界的面，在他事业最重要的顶峰，一句展望未来都没有，全部的核心只有一个主题：“宋晨曦，我喜欢你，你等我，我马上到。”

这样激动人心的宣言，谁听了不心动？谁不会说一声真厉害？

但宋晨曦一点都没有觉得离谱，甚至很感动。她没有想到，自己的名字首先火出圈的不是因为“女子单人不间断环球航海第一人”。先被大家所知的，竟然是因为池远航。

她在向海川身边做了五年没名没姓没身份的人，她没有任何身份去跟他吵闹，所有的委屈全都一个人往肚子里咽。可是池远航给她的，是站在全世界人的面前，他也能异常骄傲却一腔孤勇地宣布：“你就是我这辈子最喜欢的人。”

不管过去、现在，还是未来，他都有信心对这段言论负责。

不论未来结果如何，他都愿意为此刻对宋晨曦的爱意负责。

这样的发言，落在别人眼里是愚蠢，在宋晨曦的眼里，却是一笔抹掉了过去所有的伤口。

她能在出发前看到这样的视频，她突然觉得自己的人生更加没有遗憾了。

宋晨曦眼眶发红，泪水将要落下，也就在这时候，她陡然地落入了一个人的怀抱——池远航。他穿着视频里的衣服，日夜兼程，马不停蹄，从地球的另一端飞到了她的身边，出现在了她的眼前。

他握住她的双肩，看着她的眼睛，急切地说：“抱歉，宋晨曦，我不该跟你吵架，你还没跟向海川在一起吧？”

宋晨曦的眼泪还在眼眶里打转，池远航看到她的眼泪，更加担心了：“是不是向海川欺负你了？你告诉我，我饶不了他！”池远航说着就要转身去找向海川。

宋晨曦赶忙拉住了他：“没有，他没有欺负我。”

“那你怎么了？”

“风沙大，眯了眼睛。”宋晨曦强忍住心头的感动，忍住了上前抱住他的冲动，摁掉了手机。而后便站在他的身边，任他贴近着自己。

“向海川找你干什么来了？”池远航问。

“你说呢？”宋晨曦道。

不用猜都知道，向海川一定是来找宋晨曦和好的！

“你答应他了吗？”宋晨曦本来想点头，但看到池远航这样劳累不堪、风尘仆仆，她实在不想在这件事上再欺骗他了。

宋晨曦摇了摇头，说：“我拒绝了。”

“那就好。”池远航松了口气。

他忐忑不安地走了一路。当他看到他们手挽手的照片时，差点脑血栓，还好凭借着要回来讨个说法的信念，又撑住了没倒下，否则他可能就要躺在医院里了。

池远航冷静下来后，看到她这个样子有些难受，问她：“可是……你为什么要拒绝呢？”

她在哭。

她从来没有哭过。

他以为她宁愿流血也不会流泪。

而这个世界上，或许只有向海川能让她流泪。

假如她真的这样喜欢向海川，他……也是可以放手的。

“不。我不爱向海川了。”看着池远航眼神的变化，宋晨曦忍不住说，“我早就喜欢上了另一个人。”

这个人是谁，不言而喻。但池远航没有信心，觉得她口中的人是自己。

因为她给予他的反应，实在跟爱情没有什么关系。但不管她是不是真的喜欢他，有些话，他还是要说。

池远航：“Vicky，我以前不成熟，但是自从跟你在一起之后，就全都改了。我不告而别，跟你赌气，是我不成熟，我发誓以后不会再发生这样的情况。你对我来说，是在遇到的时候我就知道，就是你了，我再也不想别人了。只要待在你的身边，我就感觉到无穷无尽的快乐和力量。我的心因你而定，再不会有旁人了。”

“宋晨曦，做我的女朋友，好不好？”

池远航一字一句，认真地问她。

此刻的他两天没洗澡了，路上耽搁、头发比视频里还要凌乱，看到这样滑稽的他，宋晨曦却笑不出来。

她真的很想答应他、回应他，可是她现在没有办法回应。

她依然只是踮起脚，在他的唇上轻轻地亲了一下。

在他最邋里邋遢的时候，洁癖的她一点都没有嫌弃，反而任他靠近，意思已经很明显了，但是，承诺的话就是无法说出口。

“你这是什么意思？”池远航皱眉问。

宋晨曦长舒了一口气，认真地道：“我要参加单人不间断、不停靠环球航海帆船赛了，生死未卜。假如我活着回来，我就回答你；假如我死了，你就把我忘了。好吗？”

闻言，许多的事情在这一刻突然想通，池远航瞪大了眼睛，觉得不可思议，问：“这就是你这些天不回应我的理由？”

宋晨曦苦涩地笑了一下，说：“是。”

“什么时候去？”

“下个月初。”

“所以这些天，你一直在备战这个？”

“是的。不仅仅是这些天，这九年，我无时无刻不在为这件事情而努力。”她已经等了太长的时间，她一刻都不想再等了。

池远航长舒了一口气，拍着胸脯道：“我以为是什么事儿呢，居然是因为这个。”

宋晨曦惊讶地问道：“你……不反对？”

池远航摇了摇头，平静地说：“我不可能忘记你，我会在岸上等你。”

宋晨曦更加惊讶了。

他没有一个字的反对，只告诉她：去吧，做你想做的事情，我等你。

宋晨曦苦涩地说道：“可是四万海里那么长，会发生什么谁能说得准呢？万一我回不来怎么办？”

“不会的。”池远航满不在乎地说，“你那么厉害，你去做的一定是有把握的事情。假如你觉得时机不到，你不会去。可你既然决定去了，就说明已经做了万全的准备。能通过你的评估系统，显然比我的要缜密很多。那我为什么要反对呢？我只希望你一生恣意，做一切自己想做的事情。而我就在岸上，等你平安归来。然后，告诉我答案。”

听到这里，宋晨曦再也忍不住了，一把抱住他，而后将整个头埋在他的怀里，放声大哭起来：“你怎么不早说啊……”

这些年，没有一个人理解过她。

她反叛了父母，告别了亲友，而那个给了她梦想的男人，也一心一意地想要折断她的翅膀，她几乎是孤家寡人一般的存在。只有池远航，他坚定不移地支持着她。

在他的面前，她可以做她想做的一切，他全盘接受，全盘支持。不论多疯狂的事情，在他那里都不是大事，仿佛他都能兜得住。

这样的人，她有什么理由再拒绝呢？

感受到胸口渐渐濡湿，宋晨曦的哭泣无声又滂沱。池远航陪在宋晨曦身边，一路看着她生活的点滴，完全切身知道她这些年是怎么熬过来的。

她承受的辛苦，十倍百倍于常人。

而这样坚韧能忍的她能哭出声，是一件极其不可思议的事情。

她憋了多少年的委屈，在这一刻爆发。

池远航没有出声，没有安慰，他只是抱着她，让她靠在自己的怀里，哭个尽兴。

人生海海，每个人终其一生所追寻的，不过是四个字：有帆有岸。

在她想纵情恣意，扬帆起航的时候，风帆足够飘扬，自由挥洒。在她累了想要休息的时候，转身就有她可以停靠、躺下的地方。

“我会是你的岸。”他认真地说。

他永远都会是最理解、最支持她的那个人。

夜晚，向海川第一次给池远航发来消息，约他第二天见面。

池远航去了，地点选在向海川第一次见到宋晨曦的地方。

那时候的他还在小渔村里，守着一艘二手破旧的帆船。那是他的第一艘帆船，在他的手里，也曾如珠如宝一段时间过。

就是那段时间，他对待帆船的态度，毫无疑问地感染了宋晨曦。

宋晨曦第一次接触到无动力帆船。这么小小的一艘船，居然可以顺着洋流、季风，在风的托送下，去到这个世界的每一个角落。刺激又有趣，令人神向往之。

她义无反顾地来到这片海上，加入了这个航海大家庭。

如今的落霞湾码头，也依然还有这么多帆船，可他已经好多年没有回来过。

向海川在更大的S市扎根，早已忘记了自己起航的地方。

他不仅把宋晨曦弄丢了，就连自己，也弄丢了。

“你不是来跟我说故事的吧？”池远航并不想听他说这些过去。

他不感兴趣。

向海川也很快收起了思绪，问他：“你知道宋晨曦要去单人不间断环球航海吗？”

“知道。”池远航说。

“你不反对？”

“不。”

向海川沉默了一阵子，才又问道：“为什么？那很危险，很可能有去无回，男人都没几个能做到，她……”

“她可以。”池远航打断了他，说，“宋晨曦是宋晨曦，她不跟其他人比。我相信别的男人做不到的事情，她可以。”

池远航对宋晨曦的盲目自信让向海川感到震惊。但也是这一刻，向海川突然觉得，自己一向看不起的池远航，让他真正产生了危机感。

这个小男孩，以画画为梦想的艺术家，就像活在一个泡沫里。原本他以为他的泡沫一戳就会破，他跟自己毫无竞争力。

可他又是真正懂宋晨曦的那个人。

所谓爱情，就是要旗鼓相当。而自己，对待宋晨曦一直是俯视的态度。他想要照顾她、保护她、呵护她，让她活在自己的羽翼下，做一只金丝雀。他可以给她永远不可撼动的底气，让她永远没有后顾之忧。殊不知，她根本不是金丝雀。

她早已在他不知道的时候，变成了雄鹰。

她根本不需要他这个靠山了。

“而且……”池远航犹豫了一会儿，还是说出了口，他笑道，“而且，宋晨曦是一个分外认真的人，她说出的话一言九鼎、驷马难追。她说，她回来了就会回答我，要不要当我的女朋友。我一定会等到这个答案。我要她亲口跟我说，我喜欢你，我要当你的女朋友。”

就算他们已经什么都做过了，可没有那份约定，他依然觉得自己并没有真正得到她。

他要等她回来，给他一个早已确定了的答案。

后来，池远航很快地就离开了。时间不剩几日了，能跟宋晨曦待在一起，就不该在旁人身上浪费时间。

而向海川却在那片海上坐了一下午。

粉红色的玻璃海，他已经好多年、好多年没有看过了。

原来W市的海边，这么、这么的美……

过去的他为什么当时没有意识到呢？他只觉得这里破旧、破碎。生活的苦难磨灭了他所有的激情。然后他拼命地努力，成立了海川、成就了深蓝，成为海边的一个传奇。但直到此刻，他才发现自己曾经无比想要逃离的这片海，美得足以令人心颤，而他却再没有了停留的借口。

他永远地失去了这片海……

第十三章・彼岸

Heading towards
the morning light

月初，宋晨曦独自一人，带足了压缩罐头、饼干就出发了。航行时长大约三个月，运气好的话可能两个月就能完成，顺便还能打破世界纪录。但她从来不觉得自己是一个幸运者，于是食物带足了三个月的量。

港口来送行的人不多，鲸歌、阿宇、阿烁，都不知道宋晨曦要去做什么，更没有媒体报道。她并不打算通知任何人，总想完成挑战之后再被人知晓。

就连池远航，她都希望他不要来。

“我不想在临别时感到伤感。”前一晚，宋晨曦躺在池远航的怀里，对他说，“不用送行了，如果我完成了挑战，我希望第一个在码头见到的是你。”

“……好的。”池远航答应了她。

宋晨曦是一个直率的人，既然她希望自己不出现，那对她来说就是最舒适的状态。那么他就等她就好了。

“我们来张合影吧。”第一次，宋晨曦提出了这样的要求。

“现在？”

“嗯。”宋晨曦点头。

“在这里？”

“对。”

两个人躺在床上合影，合成什么影？不太合适？

宋晨曦也不理他，拿出手机，拍了一张二人相依相偎的自拍。

池远航觉得不太好看，没有拍出她的美，又问：“你手机里没有美颜相机吗？”

“那是什么？”宋晨曦问。

池远航有点傻了。

宋晨曦这种人，怎么可能用美颜相机？多打开这个程序的那一秒，都是浪费。

池远航拿出自己的手机，下载了美颜相机，宋晨曦仿佛发现了新大陆一般：“还能这样？”

“好看吧？”

“好看！”

宋晨曦跟池远航一连拍了好多，她最喜欢的是池远航亲她侧脸的一张。两个人都笑得好甜……

第二天，宋晨曦只身带上世界纪录委员会给的GPS装置就独自出发了。仪器会记录她的航线以及时间，清晰明确，无法作弊。这也将是她全程唯一的记录者。

池远航如约没有来，向海川倒是出现在了码头，想跟她说话。但宋晨曦忙，没顾得上，他也没有强行上前与她打招呼。

他登上了那艘“晨曦号”双体帆船，亲自驾驶着帆船陪了宋晨曦一段路程。两面招展的五星红旗一前一后地呼应着、飘扬着。直到夕阳西下，夜幕四合，向海川再也看不到她的脸了。

宋晨曦期待了九年的旅途，终于开始了。

此行将从太平洋开始，经历大西洋、印度洋，穿过被称为“海上珠穆朗玛峰”的合恩角、好望角、卢因角，最终回到S市。

三个月的时间，世界只有六十英尺长。颠簸、湿透、又冷又湿。太平洋上的风暴一个比一个凶残，刚出发没几天，赤道以北，低气压齐聚。泼墨般的雨打在头上、脸上，又黑又冷。巨浪滔天。低压槽带来速度，也带来了暴雨和激情。近五米的大浪，船身不断地在波峰和浪谷之间航行。

宋晨曦换上了从头包到脚的航海服，全身上下只有一双眼睛露在外面，海水不断拍在甲板上，溅在她的眼睛里，很快就连睫毛上都是黏糊糊的一层盐。疾风骤雨中，船只只能顶峰顶浪地穿过去，才是最安全的做法。

巨浪之间，帆船如一个翻滚的洗衣机。宋晨曦把自己紧紧地绑在安全绳上，才不至于被甩出去。同时，她还要想尽办法控制航向，让船不至于偏移。没有信号的地带，只有卫星电话可以使用。可是不到万不得已，她不会跟人联络。

这也是她这么多年不交朋友、不谈感情的原因。

玩帆船的人，只能没心没肺，没有期待，否则，船上没有信号的每一日都是折磨。

从前宋晨曦没有期待、没有牵挂，觉得四万海里的航程也不过就是将她的人生全部搬到了海上，与寻常的每一日都没有什么区别。但是自从心里有了池远航，航行的每一日都变得漫长起来。在翻滚到没有尽头的日子里，二人手机里的合照，成了她唯一的念想。

池远航现在在干什么呢？

没有联系的日子，他一定百倍于她的思念吧？

但再是思念，也要记得吃饭呀……

池远航有没有好好吃饭，宋晨曦不知道，但宋晨曦却是没有办法好好吃饭的。

快接近赤道时，暴风天持续了半个月，厨房根本无法做饭，抽空吃一口压缩饼干都是奢侈，她已经半个月没有吃过一口热菜了。

然而祸不单行，不仅是连日的暴风雨，就连宋晨曦也不幸负伤。

开罐头的时候，一个大浪打来，意外过帆，船身一百八十度的倾斜，宋晨曦没站稳，被罐头割伤了手指，中指几乎被削去了一大半，指甲完全从中裂开，露出白森森的骨头。

宋晨曦习惯了这样的伤。在滔天巨浪面前，什么都有可能发生，什么都不值一提。

呻吟换不来同情，自怨自艾得不到救赎。她唯一能做的，是在无人的绝境里一往无前，到达彼岸，才算终结。

宋晨曦驾轻就熟地拿出药箱，简单地给自己消毒、清洗、上药，然后用纱布简单地包扎。但这并不是最严重的，最可怕的是，她发现自己的肋骨往下，有一块骨头剧烈地疼痛着。根据她的经验，假如没猜错的话，她应该骨折了，但不知道骨折的部位有没有穿透内脏。

宋晨曦来不及细想，海水一浪接一浪地打来，劈头盖脸，全身湿透。任何的包扎在海浪面前都显得那么无力。胸口钝痛，而手上的伤口也永远浸湿，盐水灼痛，蚀骨铭心。

在低压槽的连日洗礼下，宋晨曦已经不堪重负。她没有办法再掌舵，她固定好自己，瘫软在甲板上，突然就开始思考起来。

狂风巨浪、排山倒海，大海无情，能吞没一切。就像人生，我们渺小如尘埃，时光从不曾为谁而停歇。

她还是对这场挑战掉以轻心了。

忘记了这么多年，大海告诉她的，就是她没那么重要。

在这种情况下，她似乎只能呼救，而后放弃了……

但也不知宋晨曦是幸运还是不幸，她的船在经历连日的狂风暴雨后，突然地被送入了赤道无风带。

摆脱了扰人的倾盆大雨，宋晨曦的世界突然安静了下来。赤道无风带里，没有风、没有浪，船体突然平静下来，只有头顶的烈日骄阳，不停地炙烤着大地。

宋晨曦满身都是血，头发乱糟糟地顶在头顶、贴在脸上。整个人就像是刚从战场上下来，无比可怖。

她的手指一直浸在潮湿的环境下，她满不在乎地撕下旧纱布，露出被海水泡得发白的伤口。她想下到船舱去找药箱重新包扎，可是稍微一挪动，才发现胸口剧烈地疼痛着。

她根本动不了。

她被迫放假，强行休息。好处在于她能有喘息的时间。不好则因为在赤道无风带时，帆船依靠风力航行。在赤道无风带里，没有风，就等于陷入绝境，且不知道这样无风的日子会持续多长时间。这严重影响了她的航行速度。

而她也不知道自己的伤势有多严重。假如是普通的骨裂，休息几天就可以恢复。但如果是骨折，戳破了内脏，那就会非常危险。她现在不知道自己属于哪一种，只能趴在地上，尽量不要再碰到自己的伤口。

她任由头顶的太阳照射着自己，在波平浪静的海面上，享受着没有一丝遮挡的阳光。

她的手很疼，胸口也很疼。在闷热的甲板上，她动不了就会长痱子。痱子会发炎，流脓，感染，溃烂；更别提手上的伤口。

可是宋晨曦全程没有任何表情。

这九年的磨砺，让她早就知道，并不是优秀就会拥有一切，并不是喊疼就会不疼。

既然喊疼没有用，她索性节约一点表情，在这叫天天不应、叫地地不灵的境地里，为自己多储存一些体力才是上策。

无波无澜的时候，无线电台里的帆友广播是唯一的乐趣。这时，她突然听到一个熟悉的声音，可又一时间想不起来是谁。

电台里那个人说："在我的职业生涯中，最离谱的一件事，也是最幸运的一件事，是遇到一个傻子。他拿出了二十万，让我陪他演一场戏，演一场他被我坑了的戏，目的是让一个女人加入他的团队，我觉得他疯了。想追女孩子，直接给人家砸钱不好吗？假如明面上人家不收，可以换着花样砸呀。但他偏不，他让我演戏。用这样迂回的方式，不仅把我塑造成了骗子，还把他的形象变成了傻子。他真是脑子不好使。"

"那后来那个女人加入了他的团队吗？"主持人问。

那个人沉默了一下，说："加入了。"

"那他的目的就达到了，也不算脑子不好使，只能说，他处理问题的方式有一点异于常人。”

“可不是？”无线电台里，那个人的表情不用想都知道，挺无语的。

宋晨曦听完，突然就笑了。

这一笑，胸口的疼痛又减轻了不少。

她也终于想起来这个熟悉的声音是谁——大昌，当年坑了池远航的外地船长。

没想到他竟然是池远航请来的戏子，亏她还觉得池远航被人骗了，要替他打抱不平。原来这一切都是池远航布的局！目的，就是请她入瓮！

宋晨曦忍了大半个月的孤寂，在这一刻，突然有点不想忍了。她拿起卫星电话，便拨通了池远航的号码。

电话接通后，池远航的声音很快响起。

“Vicky，你怎么样了？为了不让你分心，我都不敢打电话给你，我很担心你！”池远航的声音急切，四周有些嘈杂。

不知道是因为海上信号不好，还是池远航那边在经历什么暴风骤雨，电流声格外大。

宋晨曦听着那边的声音，忍着胸口的疼痛，带着轻松和戏谑的声音说：“池远航，你赚大发了。”

“什么？”池远航愣住了，有些不解。

宋晨曦说：“我要是挑战成功了，你知道我会有多值钱吗？我将是全中国第一个完成单人不间断、不靠岸环球航行的女船长。我可以拥有自己的船队、俱乐部、个人IP、代言……商业合作会纷至沓来，我会很值钱的！就连‘晨曦航海会’这个俱乐部，也会成为业内的标杆……”

“我知道。”池远航说，“我一直都觉得你很珍贵。”所以，他才会那样宝贝她、珍惜她。

就是因为他从一开始就知道，她值得。

“你那二十万，花得不亏。”

宋晨曦说完，电话那头沉默了一阵，他才见鬼似的问：“你知道了？”

宋晨曦点头：“世界上没有不透风的墙。”

“这个大昌，不尊重保密协议！我要告他！”池远航义愤填膺，宋晨曦却是难得的好心情，笑得想打滚，但奈何，她胸口的骨头还在疼，让她没办法打滚。

“池远航，谢谢你。”过了一会儿，宋晨曦又说。

“谢什么？”

“谢谢有你的存在。”

因为他，她不想放弃。

她原本想呼叫附近的船只救援，可这会儿，她突然想再坚持一下。

她想完成挑战，让自己变成更珍贵的人，让池远航那二十万花得物超所值。

而既然暴风雨在这时候把她送进了无风带，那么就是老天在给她时间休息。哪怕现在躺在甲板上一动不动，可能会被晒成鱼干，但至少不像在暴风雨中翻滚，那么她还有恢复的可能。

挂了电话后，她的心情好了很多。跟池远航聊了几句，似乎日子也没那么难熬了。

她期待着自己能赶紧好起来，然后回家拥抱他。

她在无风无浪的大海上漂着，给自己强行放了假，一动不动地躺着的日子，让她感受到这些天，伤口在慢慢愈合，而胸口的疼痛也在逐渐减轻。

她没有骨折，最多是骨裂。于是她安然地让自己躺在船舱里，啃着饼干，喝着水。

宋晨曦耐不住寂寞，索性拿着一本古老的英语字典，背起了单词。普通的单词她已经几乎都会了，只有这些生僻的词组，她当作故事书来看。

十天过去，她的伤好了，词汇量也增加了。

她看到一个古老的几乎已经被停用的单词，准备回去后要告诉池远航。

——“redamancy”，释义为你爱的人也恰好爱着你。

这个被停用多年的单词，宋晨曦读来觉得浪漫无比。

这不正是在描述她和池远航吗？

在感情中最幸运的状态，莫过于“redamancy”——你爱的人，也恰好爱着你。

四个半月之后，宋晨曦回到了S市。

四个半月的时间，世界只有六十英尺长，也只有她一个人。孤独、寂寥以及面对未知的彷徨，每一种情绪都足以击垮一个人。但是宋晨曦熬过来了，熬过赤道无风带、冲过咆哮的西风带，经过无望的合恩角。一路前行，风雨无阻，最终上岸。

不同于去时的静悄悄，这次归来，带着荣耀，迎接她的人密密麻麻，几乎站满了整个码头。而码头外，也已经挤得水泄不通。礼花弹、迎接礼炮、欢迎横幅拉满了整个码头。

向海川站在人群中间，在她下船时，忍不住给了她一个大大的拥抱。

她没有回抱他，甚至累得连微笑都懒得给予。

向海川很快松开了她，并代表航海会，为她献上了一束花，他说："恭喜你。"

宋晨曦礼貌地接过，回答："谢谢。"

向海川看着她被大海折磨得沧桑疲惫的脸，非但没有觉得她变丑，还觉得她比以往任何时候都要好看。

她已经是一个英雄了。

她完成了绝大多数人连想都不敢想的英雄事迹。

宋晨曦微笑地摇头说："每个普通人都有英雄梦，可当梦想成真那一天，我才发现，英雄也是普通人。"所谓的英雄，都是她一步一个脚印，踏出来的结果。而旁人，似乎只看到了她一夕之间的涅槃，却忽略了她日复一日的煎熬。她也突然发现，自己对这些闪光灯没有兴趣了，她并不像自己想象中的那么在意他人的眼光。

她只在熙熙攘攘的人群里寻找着一个人的身影——池远航。

可她并没有发现池远航，她只见到了向海川。

"还能做朋友吗？"向海川又问她。

"没必要了吧。"宋晨曦淡淡地说，"喜欢过的人，做不成朋友，对后来者也不公平，而且……"

向海川静静地听她说。

"而且，你不是输给了谁，你是输给了自己的自尊心。你不是不喜欢我的，你只是无法面对你曾经欺骗我的事实。你无法承认当年所谓的环球航海的梦想只是信口雌黄。你无法面对的，是你自己心里的愧疚。这一点，我早就知道了。"

"你知道？"向海川不可思议地问。

"向海川，犯错不可怕，不肯承认、不肯改正，才是最可怕的。我们之间错过的，是这个。"

向海川沉默了。

他无法反驳。

因为宋晨曦说的每一个字都完全正确。

他早就喜欢她了，可是他无法面对曾经信口雌黄、害了女孩一辈子的自己。

“池远航没来接你吗？”向海川又问。

宋晨曦也奇怪着，正想给他打电话，却突然看见她的身后，遥远地漂来几艘船。

这些船有动力、靠着发电机和马达，能够快速地在大海之上驰骋。只要燃油带得够足，甚至可以去到大海上的任何角落。

而池远航，就站在那艘船的船头，整个人晒得黝黑，瘦得像干柴，正在船头对自己挥手。

这些船的名字，宋晨曦在雷达上偶然见过，一路都跟着她。当然，并没有一起出现，可能到了一个地方，才会在雷达上一闪而过。

而这一刻，宋晨曦才知道，她在卫星电话里听到的池远航的声音是什么——他带了一整个救援团队，不紧不慢地跟着自己。

甚至为了怕被她发现，他不停地更换着船只。但无论宋晨曦在大海的哪个位置，他都能在最近的距离、最短的时间内赶到她的身边。

他为她成立了一支船队，为她的环球航行保驾护航。

原来这才是他放心让她放手去做的原因——不论她去到这个世界的任何角落，他都会跟在她的身后，成为她的岸。不论在她什么时候，累了想喊停的时候，回头，就能回到他的怀抱。

他能处理她身边的一切紧急事务。

那一刻，宋晨曦更加清晰明了地知道“redamancy”的含义——你爱的人，恰好也在爱着你。

他做到了他所承诺的事情——他是她的岸。

他陪她扬帆起航、陪她乘风破浪、而后陪她回归平凡。

无论身处何境，他永远都会陪在她的左右。人生海海，让她有帆有岸。

· 番外 ·

羊毛毡

上岸后，宋晨曦发了人生中的第一条朋友圈。

她一直觉得自己的人生很单调、枯燥。她没有上司、没有同事，也没有几个朋友。为数不多的几个稍微亲密一些的人，就算需要联系，也是电话居多，基本不会刷朋友圈。因为她自小就明白一个道理，人类的悲欢并不相通。当你认为的人生中很重要的事情，在他人眼里或许根本不值一提，他们只会觉得你吵闹。而她虽然不会觉得别人吵闹，但也漠不关心。她以己度人，觉得别人也未必关心自己，所以她从来不去朋友圈博人眼球。她也不需要被别人注意到。直到她发了这条朋友圈，她才发现，原来她的观众居然有这么、这么多。

那是一张她在码头上和池远航的合影，背景是大海和她的船，以及池远航的船队。船上的五星红旗迎风招展，飘扬在他们的头顶。阳光下，她与池远航站在一起。他的手，一只手搂着宋晨曦的肩膀，一只手拿着两个羊毛毡，放在二人之间，宛若缩小版的他们。

“送给你。”下船后，宋晨曦从兜里掏出两个羊毛毡娃娃，递给他。

池远航接过，才想起羊毛毡这种玩具，曾在许久之前，在大金的朋友圈里见过。那时的大金和柳柳一起做了一家三口的娃娃，羡煞旁人，让池远航眼红得不行。

而当时他因为宋晨曦不愿意跟他进行这种情侣间的小互动，觉得她不在乎他而吵崩。后来就算和好了，他也知道宋晨曦的脑袋里装的是星辰大海，就不想用俗世中的小欢喜去打扰她。从此他再也没提过这些情侣间的小玩意。

他知道但没想到的是，宋晨曦一直都记得。

“我当然记得。”宋晨曦说，“你向我提出过的要求，总共也就只有这么一个。平时我没时间去满足你，可到了船上，在风和日丽、波平浪静又无事可做的日子里，我还是愿意满足你。”毕竟，她在乎的人也不多。

她在海上漂泊的那四个多月，做了一个“自己”，还做了一个“池远航”，就连娃娃们脸上的墨镜，都几乎与他们本人一模一样。

池远航喜欢极了。

然后，宋晨曦就拉着他，拍了一张大金和柳柳的同款照片，发在了朋友圈。

只不过当时的大金和柳柳结束了航行，正在养胎，两个人都十分滋润。而宋晨曦和池远航刚下船，都是风尘仆仆，刚从十八层地狱爬出来的感觉。原相机里，他们的皮肤黝黑发亮，还层层皲裂。实在算不上美观。

但没有人会在意他们美不美，因为他们刚刚完成的是四万海里的环球航行。他们身后所代表的精神和力量足以让人忽略他们的颜值。而他们脸上定格的笑，也是最有感染力的。

那是风雨过后的彩虹。

配文，则是简短的两个字：我们。

不到一分钟，宋晨曦收到了几十个赞，半个小时后，几乎好友列表里七成的人都送上了祝福。池远航心满意足，美滋滋地拿着宋晨曦的手机，把她的朋友圈翻来覆去地看了几十遍，每过一会儿，就会打开去看新评论，然后嘴角渐渐上扬。直到，他突然看到一个人的点赞，心里突然微微一紧——那是一个茶壶的头像，茗香袅袅，看着就宁静又悠远。

“别说，每个人的朋友圈里都会有这种大叔，简直跟我爸一样。”池远航笑着随口说了句，没当回事。但等他打开自己的手机，发现这个头像也在自己的朋友圈里，能共同看到以后，他点开了那个人的微信——“太上皇”。

随之而来的，就是他一连串地给他爸发了无数的消息，对方一条都没有回的尴尬对话框。

呃……宋晨曦也认识他爸？

不可能吧……

池远航再次打开了宋晨曦的手机，点开了那人的微信，宁静致远的ID就冒了出来。而他们的对话框里，他高高在上、日理万机、神秘莫测又高不可攀的太上皇爸爸，给宋晨曦发来了无数条消息：“新入手的40米渔枪，什么时候再比画比画？”“你教的那个渔猎方式不对。”“自由潜与水肺潜水员的宿命纠葛。”“S市最强渔猎王者。”……

他爸也像一只舔狗，给宋晨曦发了许许多多关于渔猎、海钓的文章、建议和分享。当然，也不乏帆船、游艇的设计与构造。

池远航完全没想到，他爸居然是这样的爸爸。

而宋晨曦还是那个宋晨曦。

宋晨曦极少回复。聊到帆船和游艇的驱动力的时候，话可能会多一些，但涉及那些海钓、渔猎的视频，她几乎没有一句废话，而是直接单刀直入地说一句：“博主在我这儿上了三天课，毕业证没拿到，他说的话不可信。”直接把他爸的崇拜扼杀在摇篮里。

“你什么时候加上我爸的？”池远航瞪大了眼珠子，满眼的不可置信。

“不是有聊天记录吗？你自己看。”宋晨曦忙着应付码头上乌泱泱的记者，没空再理会池远航。

池远航当然知道他们是什么时候加上的，有显示，可问题是，什么情况下加上的？

“大概就是你找了四个国家都没找着他的时候吧……”宋晨曦回忆了一下，确定了，就是那个时候。

池远航的内心更加不平衡了。他殚精竭虑，满世界地找爹，而他那日理万机的爹却悄无声息地来到了W市，在他完全不知情的情况下与他的女神有了接触。这两人都口风极严，谁也不戳穿，他也不知道自己该哭该笑。然后池远航发了一模一样的一条朋友圈，在自己的微信里。毫无意外地，“宁静致远”没有理他——他对他的嫌弃真是表露得一览无余。

池远航正不平着，但是突然，破天荒地，从来没有露过面的向海川给他点了一个赞。

池远航看到这个赞愣了一下，但很快又释怀了。因为这一个赞，池远航忘记了被他爸鄙视的痛苦，只有对自己抱得美人归的喜悦。

向海川应该也放下了吧？他不得不承认，那个十七岁不管不顾、奋不顾身跑来他身边的女孩，终于要成为别人的新娘，不会再回头了。

生活就是如此，只有一条错误的路，叫回头路。人只要往前看，就没有过不去的坎，前方，也总会有新的希望再出现……

·番外·

订婚宴

宋晨曦和池远航准备搬家了。各种报道、活动、商演和代言都需要全国乃至世界各地飞来飞去，W 市已经不再方便。他们把家搬去了 S 市。S 市有机场，去哪都比较方便。

池远航帮着宋晨曦一起收拾行李，打开抽屉，看到一堆文件、书籍下面压着一枚紫色贝壳。他拿起来，问她："这贝壳很好看，但似乎有些年头了，还要吗？"

宋晨曦这才想起来，原来她还留着它。

"不带了。"宋晨曦看了一眼，漠然地从那贝壳上移开了视线，然后将它扔进了垃圾桶。

"怪可惜的……"池远航舍不得，但宋晨曦说不要了那就不要了。

二人收拾完行李，就离开了鲸歌 Coffee&Whiskey Bar。

到达 S 市，二人安顿好，便开始广邀好友、写请帖。当然主要是池远航在张罗，宋晨曦没几个朋友，而且，他几乎都认识，就都代劳了。

池远航策划了一场盛大的订婚宴，邀请所有亲朋好友参加，包括远在国外求学的 KK，以弥补他告白仪式的缺憾。

KK 放假回来，真没想到池远航能追到宋晨曦，等他看到海边盛大的订婚仪式布置现场之后，突然又理解了。

"美女到底还是拜倒在金钱之下。"KK 酸溜溜地说。

"去。你曦姐不是这种人，她要真是，也没我什么事了。"一个游手好闲的富二代和根正苗红的富一代向海川比起来，能动用的金钱还是有区别的。假如她拜金，不如选向海川。

除了 KK，池远航还邀请了小蔡船长，以及宋晨曦的父母。

宋晨曦上岸之后就回家了，带着巨额的奖金以及几个代言加在一起的费用，合在一张存折里，递给了十年不见的妈妈。可她妈妈看都没看里面的数字，抱着她直哭，说：“人回来就好。”她父亲也在一边，偷偷地抹眼泪。而后说什么都不肯要那张存折。跟当时她递给池远航时一样，他们根本不在乎里面有多少钱。他们在乎的是儿女平安、健康。

或许天下的父母都一样，就算儿女们真的不能如自己所愿，做他们希望他们做的事，但最终，只要儿女平安，他们也没什么别的祈求了。

听说宋晨曦要跟云杉远航的继承人结婚，他们原本有些反对。担心他们相差巨大，在豪门受委屈。但一想到他们的女儿连单人不间断环球航海都去过了，似乎也没有她克服不了的困难，再三确定她是真的嫁给爱情后，才同意了。但要求先订婚，结婚的事情先缓缓。

宋晨曦答应了。于是婚礼变成了订婚，池远航觉得也行。这样，他以后还能再办一次婚礼，让大家再羡慕一次，也很不错！

订婚宴上，小蔡带着老婆孩子一起出席。大的那一个已经能走路了，二胎在肚子里，也快出生了。而他的老婆一头齐耳短发，在一众长发姑娘里十分抢眼。小林和大金一眼就看出来，他的老婆，气质很像当年的宋晨曦。青涩、稚嫩、一腔热血。二人都尴尬了一下，相视一眼，才上前相认。

而宋晨曦本人却完全没理解到这层意思，大方地拥抱，而后寒暄了几句，给了小孩一个大大的红包。

“感谢当年你们的照顾，要是没有你，就没有今天的我。”宋晨曦由衷地感叹。

她说的是实话。当年小蔡在船上，对她也是极为照顾的。向海川忙，很多时候，都是小蔡在陪伴她。那每一个黯然神伤的夜晚，都有小蔡的身影，他是她的助力。也是她仅剩的会认真回复信息的朋友。

“还说当我是朋友，尽说些客套话。”小蔡船长笑呵呵地拍着自己圆润的腹部，与分别时的干瘦已经大相径庭，几乎跟他二胎的老婆一样。

宋晨曦笑了：“幸福肥。对吧？”

“可不是？”小蔡船长抱着一岁的孩子，牵着隆起腹部的夫人，也算是和美的一家人了。

“向海川来了吗？”小蔡问。

宋晨曦笑了笑，说："我没叫他。"

"我想也是。"

他们自从三年前分开，已经多年不见，再见面也是尴尬，还不如相忘于江湖。

傍晚，宾客们都到齐了。订婚宴设在海天相接的地方，晚霞、沙滩、椰林、绿草地。一切神圣又美到不切实际。

宋晨曦和池远航的双方父母都在席，四位老人身体健康，对彼此都很满意。

大金带着快要临盆的柳柳；鲸歌带着阿宇、阿烁以及KK，还有这些年她谈过的一些其他的前男友，都因为宋晨曦的关系欢聚一堂，但她一点儿也不尴尬。

她越来越年轻了，找的男朋友也一个比一个帅，她跟谁遇上都不会觉得尴尬，因为长了眼睛的人都会觉得，是她甩了他们。

就连钱老爷子，都坐着轮椅参加了他们的订婚礼，成了他们的证婚人。

仪式很完美，一群人嗨到了十一二点，原本还有个礼花弹的环节，但奇怪的是S市的烟花最近被人包场了，一个都买不到。于是只能在海边点一些小型的烟花，调节气氛。

小烟花也有小烟花的氛围，宋晨曦没觉得有哪里遗憾，玩得不亦乐乎。但也就是这时候，突然，天边各个地方都开始放烟花，一时间，美轮美奂，不似真实。

他们的前面是一望无际的大海，头顶是明月，身边是小型的烟花筒，而天边的礼花弹，则像是为了他们祝福一般，将他们环抱其中。

宋晨曦望着这些烟花，心情很复杂。

她知道，会这样做的人只有一个——向海川。

他没来参加她的婚礼，却以这样的方式遥遥送来了祝福。

担心宋晨曦难过，池远航走到她的身边，牵着她的手，让她靠在自己的肩膀上。

无声的关心让她永远知道自己有靠山。

宋晨曦突然觉得自己很幸运。

这些年，她跟向海川一直都是如此，不管是她还是他，他们总有一人不敢靠近。那些不敢靠近的关心只能远远地表达祝福，而宋晨曦过去九年所受的委屈，都已经由另一人来填平。

或许每个人的人生都会经历过两个人。一个惊艳了时光，一个温暖了岁月。细水长流的陪伴，好过烟花一时的绚烂。

“池远航，谢谢你。”她由衷地谢谢他，将她多年的遗憾所填满，让她年少的梦想得以实现。

池远航没说什么，只是握着她的手，无比坚定、有力。这双手，他等了那么久、努力了那么久，甚至连最讨厌的环球航海都熬过来了，这么辛苦才抓住的一个人，往后是无论如何也不会放开的了。

弱水三千，只取一瓢，执子之手，与子偕老。

他们经得起稀松日常，也担得起光华璀璨。不论是怎么样的她，他都见过，他都爱。未来还有无限的可能，他想陪她共赴。

共同望向同一处，这就是最好的感情。

·番外·

A大

十七岁的池远航得知自己过了A大的分数线的时候，整个人欢呼雀跃，恨不得八千里外的人都知道。可当他发现自己并没有收到通知书的时候，整个人又像一根蔫了吧唧的黄瓜，一蹶不振。

他只有一个可能，可以上A大。那就是前面有人不去了，才会在补录批的时候轮到他。

可是自古以来，有谁会考上A大不去，然后轮到他这个替补第一名呢？

那两个月，池远航基本上都在借酒浇愁，而他的父亲则眉开眼笑。

因为他跟父亲打赌，约好了只有考上A大，才同意他继续画画。可他既然考不上，就说明这件事情跟他无缘。

“又不是念美术系才能画画，就算念经管，业余时间也照样可以画画。”池老爷子如是说。

池远航无法反驳，且因为考试失利，已经不抱希望、不做挣扎。

他和朋友们喝了一个月的酒，准备认命去一个没那么好的学校念经济，但没想到的是，他又收到了补录通知书！竟真的有一个傻子考上了A大美术系的人没有去。

“我就说我天生该吃这碗饭吧！”池远航突然就来了精神，再次证明了自己的“锦鲤”体质。这一次，是池老爷子无话可说。

池远航如愿以偿地念了美术系，为了庆祝，又跟朋友们喝了一个月的酒。于是暑假很快过去。

来到A大校园的时候，没有人知道他是补录进来的，但所有人都知道，他们今年的第一名退学了。没有人知道他的名字，也不知道他去了哪里，甚至不知道他的性别。他神秘莫测，成了一个传说。

天赋这种东西，不是所有人都有。能够获得专家导师们的认可，足以说明他的实力。他是天生该吃这碗饭的人。

所有人都为他感到惋惜，除了池远航。

“既然退学，就说明跟美术无缘。无缘之人，何来天生吃这碗饭一说？”

他这个分明没考上，又硬上了的人，才是天生该吃这碗饭的人！

都已经不可能的事情，却被他碰上了，他就是幸运之星！

池远航对那人又嫉妒又不爽，可也感谢。感谢他的离开，才有了他的存在。

直到八年后，他从宋晨曦的嘴里，知道了她曾经考上A大美术系后又退学，才明白，原来当时被他骂了四年，又感谢了四年的人，就是她。

这缘分……也活该他爱上她。命定的恋人齿轮，或许从那时候就已经启动了……

不过，他永远也不会告诉她真相。

否则，在她面前，他最后的骄傲也将荡然无存……（全文完）